KB156164

LITTLE DORRIT

작은
도릿

2

서양편 · 718

작은 도릿 2

찰스 디킨스(Charles Dickens) 지음
장남수 옮김

한국문화사

1권 차례

제1부 가난

3권 차례

제2부 부유(富裕)

4권 차례

19 마셜시의 아버지가 맺고 있는 두세 가지의 관계

    윌리엄 도릿과 프레드릭 도릿 형제는 학교의 마당을 왔다갔다할 때―당연히 귀족적인 쪽이나 펌프가 있는 마당 쪽으로 다녔다. 마셜시의 아버지는 일요일 아침이나 크리스마스 날이나 의식을 치르는 경우를 제외하곤 가난한 쪽 마당에 있는 아이들 사이로 다니지 않는 것을 자신의 높은 지위를 드러내는 데 핵심적인 것으로 여겼기 때문이다. 그는 가난한 쪽 마당으로 다녀야 하는 경우를 매우 꼼꼼하게 따져서 지켰고, 그때마다 그 아이들의 머리에 손을 얹고 어린 채무자들을 아주 교훈적인 인자함으로 축복했다―이 형제가 학교마당을 함께 왔다갔다하는 모습은 주목할 만한 광경이었다. 자유의 몸인 프레드릭은 아주 겸손하게 머리를 숙이고 다녔을 뿐 아니라 활력이 없고 기력이 쇠퇴한 반면, 감금되어있는 몸인 윌리엄은 아주 기품 있게 거들먹거렸을 뿐 아니라 높은 지위를 인자하게 의식하고 다녔기 때문에, 다른 점은 제쳐놓더라도 그 점만으로도 이

군중

형제는 놀라운 구경거리였다.

그들은 작은 도릿이 아이언브리지에서 그녀를 사랑하는 남자와 이야기를 나누었던 바로 그 일요일 저녁에 마당을 거닐었다. 마셜시의 아버지의 공식적인 그날 일정은 끝이 났다. 그는 접견실을 잘 지켰고, 새로 온 사람들의 알현을 몇 차례 받았으며, 탁자 위에 우연히 놓아두었던 3실링 6펜스가 우연히 12실링으로 늘어났고, 담배를 피우면서 원기를 회복했다. 자신의 걸음걸이를 발을 끌며 걷는 동생의 걸음에 상냥하게 맞추어서 거닐 때, 그는 자신의 우월성을 자랑하지 않고 그 불쌍한 사람을 배려하여 인내했을 뿐 아니라 자기 입술에서 빠져나와 못 박힌 담장 너머로 넘어가기를 열망하는 담배 연기를 조금씩 내뿜을 때마다 동생의 병약함을 배려하는 말을 입 밖에 내었으니, 그야말로 놀라운 구경거리였다.

침침한 눈에 부들부들 떠는 손, 그리고 구부정한 몸에 더듬거리는 정신을 지닌 동생 프레드릭은, 그 자신이 길을 잃어버린 미로 같은 세상에서 일어나는 일들을 모두 다 받아들이듯이 형의 보호를 받아들였고, 형 옆에서 발을 끌며 공손하게 걸었다. 그는 희끄무레하게 갈색을 띤 종이를 구겨서 평상시처럼 손에 쥐고 있었는데, 이따금 구긴 종이를 펴서 여분으로 소량의 코담배를 만들었고, 코담배를 머뭇머뭇 맡다가 형을 감탄조로 흘긋 본 후에 뒷짐을 지고 그의 옆에서 발을 끌며 걸었다. 그러다가 코담배를 다시 맡거나 주위를 둘러보기 위해 가만히 서 있거나 했다ー어쩌면 자신의 클라리넷이 갑자기 그리워진 것인지 모른다.

학교를 찾아온 방문자들은 밤의 그림자가 다가오자 서서히 돌아갔지만, 학생들이 친구들을 간수실까지 배웅하느라 대부분 밖에 나와 있었기 때문에 마당은 여전히 꽉 차 있었다. 형제가 마당을 천천히 거니는 동안, 감금되어있는 몸인 윌리엄은 주위를 둘러보며 인사를 받았고 모자를 우아하게 들어 올려서 그들에게 답례를 했으며, 자유의 몸인 프레드릭이 사람들과 부딪치거나 벽 쪽으로 떠밀려가지 않도록 매력적인 태도로 막아주었다. 학생들은 하나의 무리를 이루면 쉽게 감동시킬 수 없었지만 그들조차도 다양하게 놀라는 자신들의 방식에 따라 두 형제에게서 놀라운 구경거리를 찾아내는 것 같았다.

"프레드릭, 오늘 저녁에는 네가 조금 침울하구나." 마셜시의 아버지가 말했다. "무슨 문제라도 있니?"

"문제라고?" 프레드릭이 잠시 눈을 동그랗게 뜨고 빤히 쳐다보더니 고개와 시선을 다시 떨어뜨렸다. "없어, 형, 없어. 아무 문제없어."

"프레드릭, 조금 말쑥하게 차려입도록 널 설득할 수 있다면—"

"아, 그래!" 프레드릭이 허둥지둥 말했다. "하지만 난 그럴 수 없어. 그럴 수 없다고. 그런 얘긴 하지도 마. 다 끝난 얘기잖아."

마셜시의 아버지는 "이 사람은 쇠약한 노인이지만 내 동생이야, 동생이라니까, 타고난 목소리가 커!"라고 말하듯이 스스럼없이 지내던 지나가는 학생을 흘긋 보았고, 동생의 닳아빠진 소맷자락을 잡아서 동생이 펌프 손잡이를 피하게 해주었다. 그가 동생에게 파멸을 가져다주지 않고 파멸에서 피하게만 했다면, 안내자이자 철학자이자 친구로서 형의 역할을 완수하는 데 부족함이 없었을 것이다.

"형," 그의 애정 어린 배려의 대상이 입을 열었다. "피곤해, 집에 가서 자야겠어."

"프레드릭," 마셜시의 아버지가 대답했다. "널 잡지 않을게. 나 때문에 하고 싶은 것을 억누르진 마."

"늦은 시간까지 가열된 분위기에서 일을 하고,[1] 그리고 나이를 먹어서 약해진 것 같아." 프레드릭이 말했다.

"프레드릭," 마셜시의 아버지가 말을 받았다. "제대로 건강을 챙기고 있는 거니? 정확하고 규칙적으로 생활하고 있니 – 이를테면, 나처럼 말이야? 내가 방금 조금 이상하게 했던 얘기를 다시는 안 해도 될 만큼 네가 충분히 공기를 쐬고 운동을 하는 건지 모르겠구나, 프레드릭. 여기 마당만 해도, 네가 언제든 이용할 수 있잖아. 지금보다 좀 더 정기적으로 이용하는 게 어떻겠니?"

"하아!" 상대가 한숨을 쉬었다. "그래 알았어, 그래 알았다고."

"하지만 프레드릭, 네가 대답한 대로 행동하지 않으면, 그래 알았어, 라고 해봤자 아무 소용없어." 마셜시의 아버지가 온후하고 지혜롭게 말을 계속했다. "나를 봐, 프레드릭. 나야말로 모범이라고 할 수 있잖아. 필요와 시간이 어떻게 해야 하는지를 가르쳐준 거지. 내가 하루 중 일정하게 정해진 시간에 마당을 걷고, 방 안에서 쉬고,

---

[1] 극장에서 밤늦게까지 일했다는 의미인 듯.

간수실을 방문하고, 신문을 읽고, 사람들을 맞이하고, 먹고 마신다는 사실을 너는 알 거야. 나는 (예를 들자면) 식사를 정해진 시간에 해야 한다고 오랫동안 에이미에게 강조했어. 에이미는 그런 일들의 중요성을 느끼면서 자랐고, 그 아이가 얼마나 착한지는 너도 알잖아."

동생은 꿈을 꾸는 듯한 표정으로 터벅터벅 걸어가면서 다시 한숨만 지었다. "하아! 그래 알았어, 그래 알았다고."

"이봐," 마셜시의 아버지가 동생의 어깨에 손을 얹고 살짝 비꼬면서 말했다 - 그의 연약함 때문에 살짝 비꼬았던 것이다, 불쌍한 사람. "프레드릭, 네가 전에도 그렇게 말한 적이 있었는데, 그렇게 말하면 깊은 뜻이 있어도 그 뜻을 나타내지 못해. 프레드릭, 난 네가 힘을 냈으면 좋겠어, 넌 힘을 낼 필요가 있어."

"맞아, 형, 맞는 얘기야. 틀림없이 맞는 말이야." 상대가 침침한 두 눈을 들어 그의 얼굴을 바라보며 대답했다. "하지만 나는 형과 달라."

마셜시의 아버지가 겸손하게 자기비하 조로 어깨를 으쓱하면서 말했다. "저런! 프레드릭, 너도 나와 같아질 수 있어. 원한다면 같아질 수 있다고!" 그러고 나서는 관대하다는 장점을 발휘하여 이미 쓰러져 있는 동생을 추가로 압박하는 것을 그만두었다.

일요일 밤이면 으레 그러하듯이 사방의 귀퉁이에서 많은 사람이 작별을 고하고 있었고, 어둠 속의 어딘가에서 부인인지 어머니인지 어느 불쌍한 여성이 새로 온 학생과 함께 흐느끼고 있었다. 마셜시의 아버지 자신도 옛날에 그의 불쌍한 아내가 흐느꼈을 때 그늘진 마당에서 흐느꼈던 때가 있었다. 그러나 그것은 오래전의 일이었고, 지금은 장거리 항해 중인 여객선을 탔다가 뱃멀미에서 회복하여 직전의 항구에서 새로 올라탄 승객들이 뱃멀미 하는 것을 못 견뎌 하는 승객과 마찬가지였다. 그는 충고를 하고 싶었고, 울지 않고 승선할 수 없는 사람은 거기에서 볼일이 없는 거라는 의견을 표하고 싶었다. 그는 말은 하지 않았지만 전체적인 조화가 이렇게 중단되는 것에 대해 언제나 불쾌하다는 태도를 드러냈다. 그가 불쾌해한다는 것을 알아차린 범법자들은 그를 의식하여 보통 그에게서 멀찌감치 떨어졌다.

그 일요일 저녁에 마셜시의 아버지가 참을성 있고 인자한 태도로 동생을 출입문까지 배웅했던 것은, 기분이 상쾌했을 뿐 아니라 동생이 눈물 흘리는 것을 너그럽게 봐주고 싶은 자비로운 기분이 들었기 때문이었다. 몇몇 학생들이 간수실의 너울거리는 가스등 불빛을 받고 있었다. 일부는 방문자들과 작별을 고하고 있었고 방문자가 없는 또 다른 일부는 열쇠가 자꾸 돌아가는 것을 지켜보며 서로서로 그리고 치버리 씨와 이야기를 나누고 있었다. 그의 등장이 큰 관심을 불러일으킨 것은 물론이었다. 치버리 씨가 열쇠를 모자에 대면서 (그러나 무뚝뚝한 태도로) 건강하기를 바란다고 인사했다.

"고맙소, 치버리, 아주 건강해. 자넨 어떤가?"

치버리 씨가 "오! **그는** 괜찮아요,"라고 작은 소리로 구시렁댔다. 그것은 그 자신이 약간 언짢을 상태에 있을 때 안부를 묻는 말에 대답하는 일반적인 방식이었다.

"치버리, 오늘 자네 아들 존이 나를 찾아왔었어. 정말로 아주 말쑥하게 입었더군."

그렇게 들었다고 치버리 씨가 말했다. 그러나 아들이 옷치장에 너무 많은 돈을 쓰지 않았으면 좋겠다는 말을 해야겠다고 했다. 그 것이 그에게 뭘 가져다줬죠? 그저 짜증만 가져다줬어요. 그런데 그 건 어디서나 공짜로 얻을 수 있는 거잖아요.

"짜증이라니, 치버리?" 마셜시의 아버지가 상냥하게 물었다.

"대수롭지 않은 일이에요." 치버리 씨가 대답했다. "신경 쓰지 마세요. 프레드릭 씨가 가나 보죠?"

"그래, 치버리, 동생이 자려고 집에 가는 길이야. 피곤한데다 건강이 별로 안 좋거든. 조심해, 프레드릭, 조심하라고. 잘 가, 프레드릭!"

프레드릭은 형과 악수를 하고, 간수실에 모여 있는 사람들을 향해 기름때가 묻은 모자를 살짝 들어 올렸다가 치버리 씨가 그를 위해 열어준 문밖으로 발을 끌며 천천히 나갔다. 마셜시의 아버지는 동생이 다치지 말아야 한다는 걱정을 우월한 존재로서 상냥하게 표현했다.

"치버리, 그가 복도를 지나 계단을 내려가는 모습을 볼 수 있도록 잠시만 문을 열어 두게. 조심해, 프레드릭! (그는 아주 허약하거든.) 계단을 조심해! (정신이 온통 딴 데 팔려 있거든.) 길을 건널 때 조심해, 프레드릭. (그가 자유롭게 돌아다닌다는 생각은 정말로 하기 싫어, 자칫하면 마차에 치일 가능성이 대단히 많으니까.)"

마셜시의 아버지는 그런 말을 하면서 그리고 불편한 의심과 근심
섞인 보호를 잔뜩 표현하는 표정을 짓고서 간수실에 모여 있는 사
람들을 주시했다. 그 시선은 동생이 안전하게 감금되어있지 않기
때문에 동정받아야 한다는 사실을 노골적으로 나타내는 것이어서
모여 있던 학생들이 그런 취지의 의견을 수군거렸다.

그러나 그런 취지의 의견에 대해 그가 무조건 동의하는 것은 아
니었다. 그러기는커녕, 아니야, 제군들, 그렇지 않아, 내 뜻을 오해
하지 말게, 라고 했다. 동생 프레드릭이 틀림없이 많이 쇠약하기 때
문에, 감옥에서 안전하게 지내면 자신(마셜시의 아버지)이 더 편안
하겠다고 했다. 그러나 감옥에서의 생활을 오랫동안 버티기 위해서
는 복합적인 자질 - 고상한 자질이라고 말하지는 않겠지만 어떤 자
질 - 정신적인 자질이 필요하다는 사실을 명심하게. 그런데 프레드
릭이 그 특이한 자질이 있을 거 같나? 제군들, 동생은 아주 뛰어난
사람으로서 아이 같은 단순성을 지니고 있는 매우 친절하고 다정하
고 존경할만한 사람이네. 하지만 동생이 대부분의 다른 장소와는
달리 감옥에는 적합할 거 같나? 아니네. 그가 자신 있게 말했다. 아
니란 말이야! 그리고 나서 덧붙이기를, 동생이 현재 자발적으로 떠
맡은 역할 말고 다른 역할을 하며 감옥에 갇힐 일은 없을 거야! 제군
들, 학교에 온 사람이 상당 기간 학교에 머무르기 위해서는 누구든
많은 것을 겪고 많은 것을 이겨낼 수 있는 강한 성격을 가져야 하네.
내가 사랑하는 동생 프레드릭이 그런 사람인 줄 아나? 아니야. 제군

들은 실제로 으깨어진 그의 모습을 봤네. 불행이 그를 으깬 거지. 학교 같은 곳에 오랫동안 갇혀 있으면서도 자기 자존심을 지키고 자신을 신사라고 여길만한 충분한 반동력이나 탄력이 없어. 프레드릭은 그런 상황에 처해 그가 받을 수 있는 모든 미묘하고 자잘한 관심과 - 그리고 - 선물 속에서 착한 인간성을 발견하고 학생 공동체를 생기 있게 해주는 훌륭한 정신을 찾아낼 수 있을 정도로, 그리고 그와 동시에 자신을 낮추지 않고 신사의 권리를 깎아내리지 않을 정도로 (이런 표현을 사용해도 된다면) 정신력이 강한 사람이 아니네. 제군들, 신의 축복을 비네!

그가 안색이 누르스름한 학생들이 모여 있는 마당으로 다시 나가, 외투가 없어서 실내복을 걸치고 있는 학생을 지나, 신발이 없어서 바닷가에서 신는 슬리퍼를 신고 있는 학생을 지나, 아무 걱정 없이 코르덴으로 만든 반바지를 입고 있는 뚱뚱한 채소 장수라는 학생을 지나, 아무 희망 없이 단추가 다 떨어진 검정색 옷을 입고 있는 홀쭉한 사무원이라는 학생을 지나, 자신의 보잘것없고 초라한 품위를 유지하면서 보잘것없고 초라한 계단을 올라가 보잘것없고 초라한 방으로 들어가기 전에, 그 기회를 이용하여 간수실에 모여 있던 학생들에게 행한 설교가 그러한 것이었다.

방에는 저녁식탁이 차려져 있었고, 낡은 회색가운이 난롯가에 놓인 의자 등받이에 걸려있었다. 그의 딸이 작은 기도서를 주머니에 집어넣고 - 모든 죄수와 포로들을 불쌍히 여겨서 기도하고 있었던 걸까! - 그를 맞이하기 위해 일어났다.

그럼, 삼촌은 집에 가셨어요? 그녀가 그의 외투를 받아들고 검정색 벨벳 캡을 내밀면서 물었다. 그래, 삼촌은 집에 갔어. 산책을 즐기셨어요? 글쎄, 별로였다, 에이미. 별로였어. 아니라고? 그의 기분이 별로 안 좋았단 말인가?

작은 도릿이 그의 의자에 아주 사랑스럽게 기댄 채 뒤에 서 있는 동안 그는 눈길을 내리깔고 난롯불을 응시했다. 약간의 수치심과도 같은 불편함이 그의 얼굴에 퍼졌다. 그리고 곧바로 조리에 맞지 않고 쩔쩔매는 식으로 말을 하기 시작했다.

"뭔가가, 내가 – 에헴! – 정확히는 모르지만 치버리가 뭔가가 잘못됐어. 오늘 밤에는 다른 때처럼 – 하아! – 친절하거나 상냥하지 않아. 그것이 – 에헴! – 사소한 일이긴 하지만 당황스럽구나, 애야. 잊을 수가 없잖니," 그가 두 손을 자꾸 뒤집으면서 자기 손을 뚫어져라 바라보았다. " – 에헴! – 나 같은 삶을 살면서 불행하게도 매 시간 뭔가를 그런 사람들에게 의지하고 있다는 사실을 잊을 수야 없잖니."

작은 도릿은 팔을 아버지의 어깨에 올리고 있었지만 그가 말하는 동안 그의 얼굴을 바라보지는 않았다. 고개를 숙이고 다른 데를 바라보았던 것이다.

"난 – 에헴! – 치버리가 무엇 때문에 기분이 상했는지 모르겠어, 에이미. 보통은 아주 – 아주 친절하고 공손한데 말이다. 그런데 오늘 밤에는 아주 – 아주 무뚝뚝하게 대하더구나. 게다가 다른 사람들도 있는 데서 말이지! 글쎄, 큰일이구나! 치버리와 그의 동료 간수들의 지원과 인정을 잃게 되면 여기서 굶어 죽을 수도 있으니까 말이야."

그는 말을 하는 동안 두 손을 밸브처럼 폈다 오므렸다 했다. 자기가 하는 말의 의미를 깨닫고 움츠릴 정도로 약간의 수치심을 내내 느끼고 있었던 것이다.

"나는 – 하아! – 무엇 때문인지 모르겠어. 그 원인을 확실히 짐작할 수 없거든. 옛날에 잭슨이라는 사람이, 잭슨이라는 이름을 가진 간수가 여기 있었단다. (애야, 너는 그 사람을 기억 못 할 거 같구나, 네가 아주 어렸을 때니까.) 그리고 – 에헴! – 그에게는 동생이 한 명 있었는데 – 그 – 동생이 구혼을 했어 – 구혼까지는 아니더라도 최소한 – 사랑을 했어 – 정중하게 사랑했지 – 죄수 중 한 명의 – 어 – 딸과 말이야, 아니야, 누이였어. 그 죄수는 다소 유명한 학생이었단다, 대단히 유명했다고도 할 수 있겠지. 이름이 마틴 대령이었는데, 자기 딸이 – 누이가 – 간수의 동생에게 지나치게 – 하아! – 지나치게 솔직하게 대해서 간수인 형을 기분 나쁘게 만들 위험을 무릅쓸 필요가 있는지에 대해 나의 의견을 묻더구나. 마틴 대령은 신사였고 명예를 존중하는 사람이었단다. 그의 – 그의 의견을 먼저 말해보라고 했지. 그러자 마틴 대령이(군대에서 대단히 존경받던 사람인데) 주저 없이 말하더구나, 자기 생각에는 자기 – 하아! – 누이가 젊은이의 뜻을 똑 부러지게 이해하려고 들 필요는 없을 것 같다고, 그를 계속 끌고 다닐 수 있지 않겠느냐고 말하더구나 – 그를 계속 끌고 다닐 수 있다, 는 것이 마틴 대령의 정확한 표현이었는지는 자신

없어. 실은, 아빠를 - 오빠라고 해야겠지 - 위해 그를 참을 수 있지 않겠느냐는 뜻으로 말했던 것 같아. 어쩌다가 이런 이야기로 새었는지 모르겠구나. 아마 치버리의 태도를 설명할 수 없어서겠지. 그러나 두 경우 사이의 연관성에 대해서는, 내가 차마 - "

아버지의 이야기를 들어야 하는 고통을 견딜 수가 없어서 작은 도릿이 그의 입술에 마치 서서히 손을 갖다 댄 것같이 그의 목소리가 차차 작아졌다. 잠시 완벽한 침묵과 고요가 흘렀다. 그는 의자에 웅크리고 있었고, 그녀는 팔을 그의 목에 두른 채 머리를 그의 어깨 위에 수그리고 있었다.

저녁식사가 난롯불 위에 올려놓은 냄비에서 끓고 있었다. 그녀가 움직인 것은 그의 식사를 탁자 위에 차리기 위해서였다. 그는 늘 앉던 의자에 앉았고 그녀도 자기 자리에 앉았다. 그리고 그가 식사를 시작했다. 그때까지 그들은 서로 바라보지 않았다. 그가 조금씩 식사를 했는데, 나이프와 포크를 소리 나게 내려놓거나, 날카로운 소리를 내며 그것들을 집어 들거나, 마치 빵에 대해 화가 난 것처럼 빵을 베어 물거나, 그리고 다른 비슷한 방식을 통해 자신의 기분이 언짢다는 사실을 나타냈다. 마침내 그가 접시를 치우더니 큰 소리로 그리고 아주 이상할 정도로 조리 없이 말했다.

"내가 먹든지 굶든지 그게 뭐가 중요해? 나같이 바싹 말라버린 삶이 지금 끝나든, 내주에 끝나든, 내년에 끝나든, 그게 뭐가 중요해? 내가 누구에게든 무슨 가치가 있겠어? 구호품과 우수리 음식으로 연명하는 보잘것없는 죄수이고, 지저분하고 수치스러운 사람에 불과한데 말이야!"

　"아빠, 아빠!" 그가 일어나자 작은 도릿이 무릎을 꿇은 채 그를 향해 두 손을 추켜올렸다.

　"에이미," 그가 심하게 몸을 떨면서 미친 것처럼 그녀를 험상궂게 노려보더니 가라앉은 목소리로 말을 이었다. "사실, 네 엄마가 날 보았던 대로 네가 날 볼 수 있다면, 쇠창살이 쳐진 이 새장을 통해서만 보았던 인물이 바로 그 사람이라는 사실을 넌 믿을 수 없을 거야. 젊었고 세련되었으며 잘생겼고 남에게 의존하지 않는 사람이었거든 ─ 하느님께 맹세코 그런 사람이었어, 애야! ─ 그래서 사람들이 날 찾았고 날 부러워했지. 부러워했다니까!"

　"아빠!" 그녀는 그가 떨면서 허공에 휘젓고 있는 팔을 내려놓으려고 애썼지만 그는 저항을 하며 그녀의 손을 떨쳐버렸다.

　"비록 언제나 심하게 잘못 그려지긴 했어도 그 시절의 초상화가 하나라도 남아있다면 너는 그걸 자랑으로 여길 게다, 자랑으로 여길 게야. 하지만 내게는 그런 초상화가 없어. 그러니, 내 경우를 경계로 삼거라! 누구든," 그는 사나운 눈초리로 주위를 둘러보다가 흐느꼈다. "번창하고 존경받던 시절의 하찮은 증거라도 반드시 간수하도록 하고, 자식들이 옛날의 자신에 대해 그런 단서를 갖도록 해라. 죽을 때 부기가 빠져서 오래전에 사라진 표정을 띠지 않는다면 ─ 그러한 일이 일어난다고 하더구나, 잘 모르겠지만 말이야 ─ 내 자식들은 내 원래 얼굴을 결코 보지 못하겠구나."

　"아빠, 아빠!"

"아, 날 경멸해라, 경멸해! 날 외면하고, 내 얘길 듣지 말고, 내 말을 막고, 나 때문에 얼굴을 붉히고, 나 때문에 흐느껴 울어라 - 에이미, 너마저도! 그렇게 해라, 그렇게 해! 나도 나 자신에게 그렇게 할 테니! 이젠 나도 무감각해, 너무 낮게 침몰해서 그런 걱정조차도 오래 할 수 없거든!"

"아빠, 사랑하는 아빠, 누구보다도 사랑하는 아빠!" 그녀는 두 팔로 그에게 매달려서 그가 의자에 다시 털썩 앉도록 했다. 그러고 나서 추켜올린 그의 팔을 잡고, 그 팔을 자기 목에 두르려고 애썼다.

"손을 여기에 두세요, 아빠. 날 보세요, 아빠, 키스해 주세요, 아빠! 잠시라도 나만 생각하세요, 아빠!"

그는 여전히 흥분해서 중얼거렸지만 그 소리는 점차 애처롭게 우는 소리로 잦아들었다.

"그러나 나는 여기서 약간의 존경을 받고 있어. 약간의 저항을 했던 거고 완전히 짓밟힌 건 아니지. 밖에 나가서 여기서 제일 높은 사람이 누구인지 물어 보아라. 사람들이 네 아버지라고 할 거야. 밖에 나가서 누가 결코 가볍게 취급되지 않는지, 그리고 누가 언제나 다소 세심한 대접을 받는지 물어 보아라. 사람들이 네 아버지라고 할 거야. 밖에 나가서 여기서 치러질 어떤 장례식이(장례는 틀림없이 여기서 치를 거야, 다른 곳에서 치를 순 없어) 이제까지 그 출입문으로 나갔던 어떤 장례식보다도 더 많은 이야깃거리가 되고 더 많은 슬픔을 불러일으킬 것 같은지 물어 보아라. 사람들이 네 아버지의 장례식이라고 할 거다. 그렇다면, 에이미! 에이미야! 네 아빠가 모든 사람에게서 멸시받는 거니? 네 아빠를 구제할 게 전혀 없는 거니? 파멸과 몰락 말고는 네 아빠를 기억할 게 하나도 없는 거니? 불쌍한 조난자인 네 아빠가 죽어도, 죽어도 말이야, 네 아빠에게 애정을 가질 수 없는 거니?"

　그는 자신에 대한 감상적인 동정심에 빠져서 눈물을 터뜨렸다. 그리고 작은 도릿이 자신을 껴안고 자신을 돌보도록 묵묵히 내버려 두었다가, 마침내는 희끗희끗한 머리를 그녀의 뺨에 대고 자신의 비참에 대해 애통해했다. 그러다 곧바로 애통해하는 대상을 바꾸더니, 자신을 껴안고 있는 그녀를 두 손으로 꼭 껴안고 소리 질렀다. 오, 에이미, 어미 없는 불쌍한 아이야! 오, 나를 위해 네가 정성스레 부지런히 일하는 모습을 지켜보았던 날들이여! 그러더니 다시 자기 얘기로 돌아가서, 그녀가 자신의 사라진 모습에 대해 알았다면 자기를 얼마나 더 사랑했을지, 그리고 그녀가 자기 딸인 것을 자랑으로 여기는 신사와 그녀를 어떻게 결혼시켰을지 힘없이 늘어놓았다. 또한 (그때 다시 울음을 터뜨렸다) 그녀가 아버지 옆에서 처음으로 어떻게 말을 탔을지, 그리고 대중이(그가 말하는 대중은 그때 자기 주머니에 들어있는 12실링을 선물한 사람들을 사실상 의미했다) 경의를 표하며 먼지투성이의 길을 터벅터벅 어떻게 걸었을지 힘없이 늘어놓았다.

　때로는 자랑을 늘어놓고 또 때로는 절망하면서, 어느 경우든 감옥의 소모성 질환을 앓기에 그리고 감옥의 불순물이 영혼의 조직으로 스며들기에 알맞은 포로인 그가 자신의 타락한 상태를 그런 식으로 사랑하는 딸에게 드러냈다. 그의 창피한 모습을 세밀히 본 사람이 그때까지는 작은 도릿 외에 아무도 없었다. 그가 간수실에서 조금 전에 행한 연설에 대해 그들의 방에서 웃음을 터뜨리고 있던 학생들은 그들이 그날 일요일 밤에 얼마나 진지한 초상화를 마셜시의 어두운 방에 모셔둔 것인지 별로 개의치 않았다.

옛날에 - 아마 - 어머니가 자신을 돌보았던 것처럼 감옥에 갇힌 아버지를 돌보았던 모범적인 딸[2]이 있었던 것 같다. 작은 도릿은 현대의 비영웅적인 혈통을 타고 났고 단지 영국인일 뿐이었지만 훨씬 더 큰일을 했으니, 아버지의 황폐한 마음을 자신의 순결한 가슴으로 위로하고, 그에게 기근이 들었던 세월 내내 결코 마르거나 줄어들지 않는 사랑과 효성의 샘물을 그의 마음에 대어 주었던 것이다.

작은 도릿은 아버지를 위로하면서, 만일 자신이 불효했다면 또는 불효하는 것 같았다면 용서해달라고 청했다. 그리고 행운의 여신이 제일 사랑하는 총아가 아빠고 온 세상 사람들이 그 사실을 인정한다고 하더라도, 자신이 아빠를 지금보다 더 존경할 수 없다는 점은 하늘이 정말로 알 거라고 했다. 그가 눈물을 훔쳤다. 그리고 나약함 때문에 흐느끼던 것을 그만두고 약간의 수치심에서 벗어나 평상시의 태도를 회복하자 그녀는 나머지 저녁식사를 새로 준비했다. 그리고 그의 곁에 앉아서 그가 먹고 마시는 것을 기쁘게 지켜보았다. 이제 그가 검정색 벨벳 캡과 낡은 회색가운을 걸치고 다시 관대한

---

[2] 유프레지아(Euphrasia)를 지칭.

모습으로 앉았으므로, 자신의 충고를 듣기 위해 들른 어떤 학생에게
든 위대하고 도덕적인 체스터필드 경[3]이나 마셜시의 윤리적 의식의
대가처럼 처신할 것이다.

주의를 계속 끌기 위해 그녀가 그의 의복에 대해 이야기를 했다.
그래, 정말이야, 내가 가진 옷들은 해졌을 뿐 아니라 기성복이어서
잘 맞지 않기 때문에 네가 말한 셔츠가 아주 맘에 드는구나, 라고
그가 기쁘게 말했다. 그는 스스럼이 없고 상당히 활달한 기분으로,
문 뒤에 걸려있는 자기 외투를 보라고 했고, 마셜시의 아버지가 팔
꿈치가 불룩 나와 있는 옷을 입고 다니면, 되는대로 지낼 마음을
벌써 먹고 있는 자식들에게 그런 일에는 개의치 말라는 모범을 보
이는 것이라고 했다. 신발에 뒤축을 대는 문제에 대해서는 익살맞기
도 했다. 그러나 크러뱃에는 진지했고 여유가 있을 때 새것을 사주
어야 한다고 단언했다.

그가 편안하게 담배를 피우는 동안 작은 도릿은 그의 잠자리를
준비했고, 쉴 수 있도록 작은 방을 정돈했다. 그는 밤이 깊은 데다
감정을 소모해서 피곤했기 때문에 의자에서 일어나 그녀에게 신의
축복을 빌며 잘 자라고 했다. 그동안 내내 그는 **그녀의** 옷과 신발에
대해, 그리고 그녀가 뭐든 필요로 한다는 사실에 대해 한 번도 생각
하지 않았다. 이 세상에서 그녀를 제외한 어떤 사람도 자신에게 필
요한 물건에 대해 그토록 무관심할 수는 없을 것이다.

---

[3] 채스터필드 경(Lord Chesterfield, 1694~1773): 세속적 교훈을 담은 『아들에게
    주는 편지』의 저자.

그는 "신의 축복을 빈다, 얘야. 잘 자라, 아가!"라고 말하며 그녀에게 여러 차례 키스했다.

그러나 아버지의 말을 듣고 깨달은 사실 때문에 고결한 가슴에 심한 상처를 입은 그녀는 그가 다시 슬퍼하고 절망할까 봐 혼자 두고 떠나기가 싫었다. "아빠, 난 피곤하지 않아요. 아빠가 잠들면 곧 돌아와서 아빠 옆에 있을게요."

그가 보호하는 자의 태도로 물었다. 외롭니?

"네, 아빠."

"그렇다면 꼭 오너라, 아가야."

"조용히 있을게요, 아빠."

"내 걱정은 말아라, 아가." 그가 친절하고 넉넉한 마음으로 허락하면서 말했다. "꼭 와."

그녀가 돌아왔을 때 마셜시의 아버지는 선잠이 든 것 같았다. 그래서 그를 깨우지 않도록 깜부기불을 아주 조용히 모았다. 그러나 그가 그 소리를 듣고 소리쳤다. 거기 누구야?

"에이미에요, 아빠."

"에이미, 아가, 이리 오렴. 네게 할 얘기가 있어."

그녀가 얼굴을 가까이 대기 위해 침대 옆에 무릎을 꿇자, 그는 낮은 침대에서 몸을 약간 일으키더니 그녀가 마주 잡도록 자신의 손을 내밀었다. 이런! 사적인 아버지와 마셜시의 아버지 둘 다가 그의 마음속에 강하게 자리 잡고 있었던 것이다.

"아가, 네가 여기서 힘들게 살아왔구나. 친구도 없이, 기분전환도 못 하면서, 근심만 잔뜩 지고 사는 거 아니니?"

"그런 생각 마세요, 아빠. 절대 그렇지 않아요."

"에이미야, 내 처지를 알잖니. 너를 위해 많은 일을 할 수는 없었지만 할 수 있는 일은 모두 했어."

"맞아요, 아빠." 그에게 키스하며 작은 도릿이 대답했다. "알아요, 알고 있어요."

"내가 여기서 산 지 23년째가 되는구나." 그가 숨을 멈추며 말했는데, 그것은 우는 소리라기보다 억제할 수 없이 자화자찬하는 소리에, 자신의 고귀한 신분에 대한 의식이 순간적으로 폭발하는 것에 가까웠다. "아이들을 위해 할 수 있었던 일은 뭐든ᅳ 했어. 에이미, 아가, 셋 중에서도 단연 제일 사랑하는 아이가 바로 너야. 너를 주로 생각했어ᅳ 너를 위해 했던 일은 뭐든, 아가야, 아낌없이 그리고 불평 없이 했단다."

사람이, 특히 이처럼 영락한 사람이 어느 정도까지 자신을 기만할 수 있는지는 모든 마음과 모든 비밀에 접근할 수 있는 실마리를 가진 현인만이 분명히 알 수 있을 것이다. 지금 이 자리에서는, 삶의 고통이 무겁게 누르고 있는 아이에게, 그리고 사랑으로 그를 구원해서 그나마 현재의 그가 될 수 있게 해준 헌신적인 아이에게, 그가 영락한 삶을 일종의 운명으로 부여한 다음에, 눈물 젖은 눈썹을 하고 평화롭고 위엄 있게 누워 있다고 얘기하는 것으로 충분하다.

그 아이는 머리 주위에 광채가 나는 그를 보고는 그저 너무 만족해서 의심하지도 않았고 자문하지도 않았다. 그녀가 그를 재우기 위해 달래면서 했던 말들은, 불쌍한 아버지, 좋은 아버지, 최고로 진실한 아버지, 최고로 친절한 아버지, 최고로 사랑하는 아버지, 가 전부였다.

그날 밤 내내 작은 도릿은 그를 떠나지 않았다. 그녀의 애정으로도 도저히 보상할 수 없는 잘못을 범한 것처럼, 그녀는 가끔 숨을 멈추고 부드럽게 그에게 키스하거나 가끔 어떤 사랑스러운 이름을 그에게 속삭이면서 잠들어있는 그의 곁에 앉아있었다. 깜부기불빛을 가로막지 않기 위해 가끔 그녀는 옆으로 비켜섰고, 그 불빛이 잠든 그의 얼굴에 비칠 때 그 얼굴을 바라보면서, 아버지가 번창하고 행복할 때의 모습 그대로인지, 그리고 그가 그 대단한 시절의 모습을 다시 보여줄 수 있다는 상상을 통해 자신에게 대단한 감동을 주었던 모습 그대로인지 궁금해했다. 그 시절이 생각나자 그녀는 그의 침대 옆에 다시 무릎을 꿇고 기도했다. "오, 그를 살려주소서! 오, 저를 위해 그를 지켜주소서! 오, 소중하고, 오랫동안 고통받았고, 불행하고, 온갖 변화를 겪은, 사랑하고 사랑하는 아빠를 굽어 살펴주소서!"

먼동이 그를 보호하고 격려하기 위해 튼 다음에야 작은 도릿은 그에게 작별의 키스를 하고 작은 방을 나왔다. 그녀가 아래층으로 살금살금 내려가서, 텅 빈 마당을 살금살금 지나, 높은 곳에 있는 자신의 다락방으로 살금살금 올라갈 때, 연기가 나지 않는 지붕들과 먼 곳의 시골 언덕들이 맑은 아침에 담장 너머로 보였다. 창문을 조용히 열고 감옥의 마당을 동쪽으로 내려다보니, 담장 위의 못 끝이 붉은색으로 물들어 붉게 타오르며 하늘로 떠오르는 태양에다 음침한 자줏빛의 무늬를 새겨놓고 있었다. 담장 위의 못이 그렇게 날카롭고 잔인하게 보인 적이 없었고, 쇠창살이 그렇게 묵직하게 보인 적이 없었으며, 감옥의 공간이 그렇게 음울하고 좁게 여겨진 적이 없었다. 그녀는 도도히 흐르는 강물 위로 태양이 떠오르는 모습을 생각해보았고, 넓은 바다 위로 태양이 떠오르는 모습을 생각해보았다. 또한 풍성한 풍경 위로 태양이 떠오르는 모습을 생각해보았고, 새들이 깨어나고 나뭇잎들이 살랑거리는 커다란 숲 위로 태양이 떠오르는 모습을 생각해보았다. 그러고 나서 태양이 벌써 솟아올라 있는 산 자들의 무덤을, 아버지를 23년 동안 가두어두었던 산 자들의 무덤을 내려다보다가, 슬픔과 동정심을 폭발시키며 말했다. "절대, 절대 없다니, 평생 아빠의 진짜 얼굴을 본 적이 없다니!"

20 상류사회에 드나들다

간수의 아들 존 치버리가 가문에 대한 자부심을 주제로 해서 풍자문을 쓰려는 마음과 능력이 있었다면, 앙갚음할 수 있는 실례를 사랑하는 사람의 가족 바깥에서 찾을 필요는 없었을 것이다. 그녀의 훌륭한 오빠와 우아한 언니에게서 실례를 충분히 찾을 수 있었으니, 그들이야말로 비열한 경험에 완전히 물들어있고 가문의 이름을 거만하게 의식하고 있는 사람들이었던 것이다. 또한 그들은 상대가 아무리 가난한 사람일지라도 언제든 구걸하거나 빌리려고 했고, 누구의 빵이든 먹으려고 했으며, 누구의 돈이든 쓰려고 했고, 누구의 컵으로나 마신 다음에 그것을 깨뜨리려고 했다. 그들이 곳곳에서 가문의 사회적 신분이라는 해골 같은 유령을 그들의 은인들을 쫓아낼 정도로 들먹였기 때문에, 그들의 지저분한 삶의 현실을 그렸으면 존은 일급의 풍자작가가 되었을 것이다.

팁은 석방된 것을 전도유망하게 활용해서 당구점수를 기록하는 계수원이 되었다. 그는 자신이 석방된 방법에 대해 별로 신경 쓰지 않았기 때문에, 아서 클레넘은 그 문제에 대해 플로니쉬 씨를 명심시키려고 애쓸 필요가 없었다. 누가 그에게 칭찬의 말을 늘어놓든 팁은 **스스로** 칭찬하는 말을 보태서 서슴없이 그 칭찬을 받아들였고, 그걸로 끝이었다. 그는 그처럼 편하게 출입문을 나서서 당구점수를 기록하는 계수원이 되었고, 번쩍이는 깃과 빛나는 단추가(새것이었다) 달린 뉴마킷의 꼭 맞는 초록색 외투를(중고였다) 입고 좁은 구주희 경기장에 이따금 들렀으며, 학생들과 맥주를 마셨다.

이 신사의 산만한 성격 중에서 한 가지 견고하게 꼼짝도 않는 것이 있었으니, 그것은 누이 에이미를 존경하고 높이 평가한다는 점이었다. 그런 감정이 그녀의 불안을 한순간이라도 덜어주거나 그녀를 위해 그 자신이 일정한 억제나 불편을 감수해야 할 상황을 맞이하는 경우는 없었지만, 그는 마셜시의 얼룩을 자신의 사랑에 묻힌 채로 누이를 사랑했던 것이다. 그녀가 아버지를 위해 삶을 희생했다는 사실을 뚜렷이 인식한다는 점에서나, 자기를 위해서는 아무것도 하지 않았다고 생각한다는 점에서나, 똑같이 고약한 마셜시의 냄새를 인지할 수 있었다.

이 활달한 젊은이 팁과 그의 누이 패니가 학생들에게 위압감을 주기 위해 언제부터 가문이라는 해골을 체계적으로 만들어내기 시작했는지, 이 이야기에서 정확하게 제시할 수는 없다. 어쩌면 그들이 학교의 구호물자에 의지하여 식사를 해결하기 시작할 무렵부터인지도 모른다. 그러나 그들이 영락하고 궁핍하면 궁핍할수록 그 해골이 무덤에서 더욱더 거드름을 피우며 나타났다는 것, 그리고 또한 특별히 비루한 일이 생길 것 같으면 그 해골이 가장 끔찍한 허세를 부리며 언제나 나타났다는 것은 분명하다.

작은 도릿은 아버지가 늦잠을 잔데다가, 아버지가 일어난 다음에 아침식사를 준비하고 그의 방을 정리하느라고 월요일 아침에 다른 때보다 늦게 되었다. 그러나 일하러 나가야 하는 약속이 없었기 때문에, 매기의 도움을 받아 방의 모든 것을 바르게 정리하고 아버지가 신문을 읽으러 (20야드 남짓 떨어져있는) 커피하우스로 아침 산책을 나갈 때까지 아버지와 함께 있었다. 그러고 나서 보닛을 쓰고 외출했는데, 사실은 훨씬 더 빨리 나가고 싶었다. 그녀가 간수실을 지나가자 보통 때처럼 잡담이 잠시 중단되었다. 그리고 경험이 좀 더 많은 학생이 팔꿈치로 쿡 찔러서 토요일 밤에 들어왔던 학생에게 다음과 같이 알려주었다. "잘 봐. 그녀야!"

작은 도릿은 언니를 만나고 싶었다. 그렇지만 크리플스 선생의 학교에 가보니, 언니와 삼촌이 자신들이 일하는 극장으로 이미 떠난

뒤였다. 가는 도중에 그럴지도 모른다는 생각이 들었고, 그 경우에
는 일하는 곳으로 찾아가야겠다고 작정했기 때문에, 강에서 같은
쪽으로 그다지 멀지 않은 곳에 있는 극장으로 다시 출발했다.

작은 도릿은 금광의 풍습에 대해 무지한 만큼이나 극장의 풍습에
대해서도 대체로 무지했다. 그녀는 자기 자신이 부끄러운 듯 통로에
숨어있는 문, 묘하게 밤을 꼬박 새운 기색이 있고 남의 이목을 꺼리
는 듯한 문으로 안내받자 가까이 다가가기가 망설여졌다. 그녀가
더욱 망설였던 까닭은, 감옥의 학생들과 아주 흡사한 여섯 명가량의
사내들이 면도를 짧게 하고 모자를 아주 이상하게 쓴 채 그 문간에
서 서성이고 있었기 때문이다. 감옥의 학생들과 그들이 조금도 달라
보이지 않았기 때문이었다. 작은 도릿이 그런 유사성에 자신감을
얻어서 도릿 양이 있는 곳을 묻자, 그들은 어두운 방 – 그 방은 다른
무엇보다도 커다랗고 음침한 등불이 꺼져버린 곳 같았다 – 으로 들
어가라고 길을 내주었으며, 그 방에서는 먼 데서 연주하는 음악 소
리와 춤을 추는 발소리를 들을 수 있었다. 푸른곰팡이로 뒤덮여서
바람을 쐴 필요가 많이 있어 보이는 어떤 사내가 귀퉁이에 있는 구
멍을 통해 그 어두운 장소를 바라보며 거미처럼 앉아있었다. 그가
여자든 남자든 먼저 나오는 사람 편에 도릿 양에게 전하는 전갈을
올려 보내겠노라고 했다. 먼저 나온 여자는 둘둘 만 악보를 토시
안과 밖에 반씩 갖고 있었다. 그리고 전체적으로 보아 옷이 아주
구겨진 상태여서 옷을 다림질해서 펴 준다면 친절한 행위가 될 것
같았다. 그러나 그녀가 아주 친절하게 "함께 가자, 내가 도릿 양을

금방 찾아줄게,”라고 했기 때문에 도릿 양의 동생은 그녀와 함께 갔다. 그리고 어둠 속에서 한 발짝씩 걸을 때마다 음악소리와 춤추는 발소리에 점점 가까워졌다.

드디어 그들이 먼지 날리는 미로 같은 곳에 들어서자 많은 사람이 그곳에서 공중제비를 넘고 있었다. 그리고 귀감이 되는 우주의 미움을 산 것같이 기둥들, 칸막이들, 벽돌담들, 밧줄들, 굴림대들이 형태를 알아볼 수 없을 정도로 무질서하게 엉켜있었고 가스등의 불빛과 한낮의 빛이 완전히 뒤섞여있었다. 혼자 남겨진 작은 도릿에게 수시로 누군가가 와서 부딪치는 바람에 무척 당황하고 있을 때 언니의 음성이 들렸다.

“아니, 맙소사, 에이미, 여긴 도대체 웬일이니!”

“언니를 보려고 왔어. 내일은 내가 하루 종일 외출할 거고, 오늘은 언니가 종일 일할지 모르겠다는 생각이 들어서, 나는-”

“하지만 에이미, **네가** 이렇게 늦은 시간에 오리라고는! 전혀 생각하지 못했어!” 그녀의 언니가 그다지 진심으로 환영하진 않는 어조로 말을 하며 그녀를 미로 같은 곳에서 좀 더 트인 곳으로 안내했다. 그곳에는 다양한 황금빛 의자와 탁자들이 쌓여있었고, 많은 젊은 아가씨들이 그들이 찾을 수 있는 아무것이나 깔고 앉아서 수다를 떨고 있었다. 젊은 아가씨들은 모두 옷이 구겨져 있었으며, 수다를 떨면서 사방을 두리번거리는 이상한 버릇이 있었다.

자매가 막 갔을 때 챙이 없는 모자를 쓰고 목소리가 단조로운 소년이 무대 왼쪽에 있는 기둥 옆으로 머리를 내밀고, “거기 아가씨들,

좀 조용히 해!"라고 하더니 사라졌다. 그 직후에, 검은 머리카락이 장발로 덥수룩하게 나 있는 원기 왕성한 사내가 무대 오른쪽에 있는 기둥 옆으로 머리를 내밀고, "거기 얘들아, 좀 조용히 해!"라고 하더니 역시 사라졌다.

"에이미, 직업 무용수들이 있는 곳에 네가 오리라고는 정말로 상상도 못 했어!" 그녀의 언니가 말했다. "아니, 도대체 여긴 어떻게 들어온 거니?"

"잘 모르겠어. 내가 찾아왔다고 언니에게 말해준 여성이 친절하게도 데리고 들어왔어."

"너처럼 조용한 어린아이를 말이지! 너는 어디서든 성공할 수 있겠구나. 세상 물정에 훨씬 더 밝은 **나도** 이렇게는 못했을 거야, 에이미."

에이미는 다른 가족과 달리 중요하고 현명한 경험을 한 적이 없는, 평범하고 가정적인 작은 아이에 불과하다는 생각을 집안의 원칙으로 내세우는 것이 그 가족의 관례였다. 가족의 그러한 허구는 그녀의 봉사에 맞서서 다른 식구들이 내세우는 주장이었다. 그녀의 봉사를 별로 높이 평가하지 않기 위해서였다.

"이거 참! 무슨 생각이 든 거니, 에이미? 물론 나에 대해 뭔가 생각하는 바가 있겠지?" 패니는 물었다. 그녀는 자신보다 두세 살 어린 여동생이 편견을 가진 할머니라도 되는 것처럼 말했다.

"대단한 일은 아니야. 하지만 언니가 언니에게 팔찌를 선물한 부인에 대해 말했기 때문에, 언니 -"

목소리가 단조로운 소년이 무대 왼쪽에 있는 기둥 옆으로 머리를 내밀고, "거기 아가씨들, 조심해!"라고 하더니 사라졌다. 검은 머리카락의 원기 왕성한 사내가 무대 오른쪽에 있는 기둥 옆으로 갑자기 머리를 내밀고, "거기 얘들아, 조심해!"라고 하더니 역시 사라졌다. 그러자 젊은 아가씨들이 모두 일어나서, 치마를 뒤로 흔들어 먼지를 털기 시작했다.

"그래서, 에이미?" 패니는 다른 아가씨들이 하는 대로 먼지를 털면서 물었다. "무슨 얘길 하려고?"

"내게 보여주었던 팔찌를 언니는 어떤 부인이 선물로 준 거라고 했는데 그 이야길 듣고서 맘이 별로 편하지 않았어. 정말로 좀 더 알고 싶어, 언니가 비밀을 좀 더 털어놓는다면 말이야."

"자, 아가씨들!" 챙이 없는 모자를 쓰고 있는 소년이 말했다. "자, 얘들아!" 머리카락이 검은 사내가 말했다. 그러자 아가씨들 모두가 즉시 가버렸고, 음악소리와 춤추는 발소리가 다시 들려왔다.

작은 도릿은 이야기가 이처럼 급작스럽게 중단되자 현기증을 느껴서 황금빛 의자에 주저앉았다. 그녀의 언니와 다른 아가씨들이 가버린 지 한참 되었다. 그들이 없는 동안 어떤 목소리가(머리카락이 검은 사내의 목소리 같았다) 음악 소리 사이로 끊임없이 들려왔다. "하나, 둘, 셋, 넷, 다섯, 여섯 – 시작! 하나, 둘, 셋, 넷, 다섯, 여섯 – 시작! 침착하게, 얘들아! 하나, 둘, 셋, 넷, 다섯, 여섯 – 시작!" 마침내 목소리가 멈추었고, 모두가 약간 숨을 헐떡이며 다시 돌아오더니 숄로 몸을 감싸고 거리로 나갈 준비를 했다. "에이미, 잠깐만.

우리는 나중에 나가자." 패니가 속삭였다. 곧 그들만 남았다. 그 사이에 소년이 자신이 서 있던 기둥 주위를 둘러보며, "아가씨들, 내일 모두 열한 시야!"라고 평소에 말하던 대로 말했고, 머리카락이 검은 사내가 자신이 서 있던 기둥 주위를 둘러보며, "얘들아, 내일 모두 열한 시야!"라고 평소에 말하던 대로 말했다는 것 외에 달리 중요한 일은 일어나지 않았다.

자매만 남자, 사람들이 뭔가를 둥글게 말거나 다른 방법으로 치웠고, 그들 앞에 커다랗고 텅 빈 구멍[4]이 나타났다. 패니가 그 구멍의 바닥을 내려다보며 말했다. "자, 삼촌이야!" 두 눈이 어둠에 익숙해지자, 작은 도릿은 삼촌이 다 해진 가방에 들어있는 악기를 겨드랑이에 낀 채로 구멍 바닥의 외진 구석에 혼자 앉아있는 모습을 어렴풋이 알아보았다.

노인이 좀 더 행운을 누렸다면 창문으로 조각만 한 하늘이 보이는 멀리 떨어져 있는 맨 위층 관람석을 차지했을지 모르지만, 그 관람석에서 추락해서 결국 거기 바닥에 닿을 때까지 점차 떨어진 것처럼 보였다. 한 주에 육일 밤씩 오랫동안 극장에 다녔지만 악보집 위로 눈길을 드는 법이 없어서 사람들은 그가 공연을 한 번도 보지 않았다고 확신했다. 극장에서는 그가 인기 있는 남자주인공과 여자주인공의 얼굴도 모른다는 얘기와, 저급한 희극배우가 내기를 걸고 그를 향해 얼굴을 아주 익살스럽게 오십 일이나 찡그린 적이

---

[4] 무대 아래쪽의 연주장을 의미.

있지만 그가 조금도 알아차리지 못했다는 얘기가 회자되었다. 무대 장치를 담당하는 사람들은 그가 자신도 모르는 사이에 죽어버린 거라고 농담을 했고, 극장의 일등석을 자주 찾는 사람들은 그가 일요일을 포함해서 밤낮으로 평생을 연주장에서 보내는 걸로 생각했다. 관객들이 소량의 코담배를 객석과 무대 사이의 난간 너머로 내밀어서 그를 시험해본 적이 몇 번 있었는데, 그런 배려를 받을 때마다 그는 창백한 유령 같은 신사가 순간적으로 깨어나듯이 반응을 했다. 그 밖에는 어떤 경우든 클라리넷 연주를 위해 악보를 베껴 쓰는 일 말고 진행되는 일에 관여하는 법이 없었다. 클라리넷 연주를 할 일이 없는 사적인 생활에는 전혀 관여하지 않았던 것이다. 어떤 사람들은 그가 가난하다고 했고, 또 어떤 사람들은 그가 부유한 수전노라고 했다. 그러나 그는 아무 말도 하지 않았고, 고개를 숙이고 드는 법도 없었으며, 활력이 없는 발을 바닥에서 들어 올려 질질 끄는 걸음걸이에 변화를 주는 법도 없었다. 조카딸이 자기를 부를 때가 되었다고 짐작하고 있었지만 그녀가 서너 차례 부를 때까지 알아듣지 못했다. 또한 한 명이 아니라 두 명의 조카딸이 나타났는데도 전혀 놀라지 않았고, 떨리는 음성으로 그저 "간다, 간다!"라고 말하면서 지하실 냄새를 내뿜는 지하 통로를 통해 기어 나왔다.

"그래서, 에이미," 다른 문들과 다르다는 사실을 몹시 창피해하는 듯한 그 문으로 셋이 함께 빠져나오면서 언니가 물었다. 삼촌은 에이미의 팔이 의지할만하다고 생각해서인지 본능적으로 그 팔을 잡고 있었다. "그래서, 에이미, 나에 대해 알고 싶다는 거니?"

패니는 예뻤고 자의식이 강했으며 약간 으스대는 기색이 있었다. 자신의 매력이라는 우월성과 세상경험이라는 우월성을 제쳐놓고 거의 대등한 관계로 생색내듯이 동생과 이야기하는 태도에는 이 가족의 특성이 많이 들어있었다.

"패니, 난 언니와 관계있는 일이라면 어떤 일이든 흥미도 있고 관심도 있어."

"그래, 그렇겠지. 너야말로 세상에서 제일 착한 에이미니까. 내가 조금이라도 널 짜증 나게 한 적이 있다면, 지금보다 높은 지위를 누려야 한다고 생각하면서 산다는 게 어떤 것인지 알아줬으면 좋겠어." 마셜시 아버지의 딸이 말했다. "다른 사람들이 별로 평범하지 않다고 해도 신경 쓰지 않아. 누구도 우리처럼 영락하지는 않았으니까. 그들은 모두 자기에게 알맞은 수준에 자리 잡은 거야. 흔한 일이잖아."

작은 도릿은 이야기하는 언니를 조심스럽게 바라보았지만 말하는 것을 말리지는 않았다. 패니가 손수건을 꺼내서 약간 화를 내며 눈물을 닦았다. "내가 너와 같은 곳에서 태어난 건 아니잖아, 에이미. 어쩌면 그게 차이일지 모르지. 삼촌과 헤어진 다음에 모든 것을 알려줄게. 삼촌이 식사할 음식점에서 삼촌과 헤어지자."

자매는 삼촌과 함께 걸어서 더러운 거리에 있는 더러운 진열창에 도착했는데, 그 창은 뜨거운 고기와 야채, 그리고 푸딩에서 나오는 증기 때문에 거의 불투명해져 있었다. 그러나 고기국물이 가득 들어 있는 금속제 통에 담겨서 샐비어와 양파 냄새가 섞인 눈물을 흘리고 있는 구운 돼지다리, 비슷한 용기 속에서 뜨겁게 끓고 있는 잘 부풀어 오른 요크셔푸딩과 기름기가 도는 구운 소고기, 속이 꽉 찬 송아지 허릿살을 잘게 자른 요리, 바쁘게 팔려나가는 바람에 땀을 흘리고 있는 햄, 영양분 때문에 서로 달라붙어 있는 구운 감자들이 담긴 얕은 냄비, 삶은 야채 한두 다발, 그리고 기타 실속 있고 맛있는 것들이 흘끗 보였다. 안으로 들어가니 목제칸막이가 몇 개 있었고, 그 뒤에서는 식사를 손에 들고 가기보다 뱃속에 넣고 가는 편이 더 편하겠다고 생각한 손님들이 구입한 음식을 혼자서 채워 넣고 있었다. 그런 광경을 보다가 패니는 손가방을 열어서 1실링을 꺼내더니 삼촌에게 주었다. 삼촌은 잠시 돈을 쳐다보지 않았다. 그러고 나서 그 목적을 짐작하고는, "저녁 먹으라고? 하아! 응, 그래, 그래야지!"라고 중얼거렸다. 그리고 천천히 그들을 떠나 안개 속으로 사라졌다.

"자, 에이미," 그녀의 언니가 말했다. "피곤한 게 아니라면 같이 가자. 캐번디쉬 스퀘어 할리 가까지."

그녀가 그 주소를 기품 있게 내뱉는 태도와 새 보닛을(실용적이라기에는 얇고 투명했다) 살짝 들어 올리는 태도가 동생을 놀라게 했다. 그러나 동생이 당장 할리 가로 가겠다고 했기 때문에 그들은 그쪽으로 발걸음을 향했다. 그 웅장한 목적지에 도착하자 패니가 굉장히 훌륭한 집을 택해서 문을 두드리더니 머들 부인과의 면회를 청했다. 문을 연 하인은 머리에 분을 바르고 있었을 뿐 아니라 똑같이 분을 바른 다른 두 명의 하인이 뒤에서 받치고 있었지만 머들 부인이 집에 있다는 사실을 인정하고, 패니에게 동생을 데리고 들어오라고 했다. 분을 바른 하인이 뒤에 서고 앞에서 안내하는 가운데, 자매는 계단을 올라가서 넓고 반원형인 응접실 - 그 집에 몇 개 있는 응접실 중의 하나였다 - 에서 기다렸다. 방 안에는 앵무새 한 마리가 비늘이 있는 두 다리를 허공으로 향하게 새장을 부리로 물고서 묘하게 거꾸로 매달린 자세를 다양하게 취하면서 황금빛 새장 바깥쪽에 매달려있었다. 그런 기벽은 전혀 다른 깃털을 달고 황금빛 철망을 기어 올라가는 다른 새들에게서도 관찰할 수 있었다.

그 방은 작은 도릿이 그때까지 상상했던 어떤 방보다도 훨씬 더 화려했다. 누가 보더라도 화려하고 호사스럽게 보였을 것이다. 놀라서 언니를 바라보았는데, 패니가 경고 조로 눈살을 찌푸리며 다른 방으로 통하는 커튼이 쳐 있는 입구를 가리키지 않았다면 질문을 했을 것이다. 곧이어 커튼이 흔들렸다. 그리고 어떤 귀부인이 반지를 잔뜩 낀 손으로 커튼을 들어 올리더니 방 안으로 들어왔고 커튼을 다시 떨어뜨렸다.

그 부인은 자연의 손길을 받은 것은 아니었지만 하녀의 손길을 받아서 미추룸했다. 커다랗고 냉정하고 매력적인 두 눈, 검고 냉정하고 매력적인 머리카락, 크고 냉정하고 매력적인 가슴을 지닌 그 부인은 세세한 부분까지 모두 다 최대한으로 활용하고 있었다. 감기에 걸렸기 때문인지, 아니면 자기 얼굴과 어울리기 때문인지는 모르겠으나, 화사한 하얀색 머리띠를 머리 위에서 턱 아래까지 묶고 있었다. 그리고 흔히 이야기하듯 남자의 손길이 절대로 '어루만진' 적이 없는 것처럼 보이는 냉정하고 매력적인 턱이 있다면, 레이스가 달려있는 굴레로 단단하게 꽉 재갈을 물리고 있는 그녀의 턱이 바로 그러했다.

"머들 부인," 패니가 입을 열었다. "제 동생입니다."

"도릿 양, 동생을 만나서 기쁘네. 동생이 있다는 말을 들었었는지는 기억나지 않아."

"그런 말은 한 적이 없습니다." 패니가 말했다.

"맞아!" 머들 부인이 왼손 새끼손가락을 구부렸는데, 마치 "무슨 말인지 알아들었어. 그런 말은 한 적이 없어!"라고 하는 것 같았다. 양손이 똑같지 않았기 때문에 그녀는 보통 왼손으로 모든 동작을 했다. 왼손이 훨씬 더 하얗고 통통했던 것이다. 그러고 나서 "앉지," 라고 덧붙인 다음에, 진홍빛 쿠션과 황금빛 쿠션이 보금자리처럼 놓여있는, 앵무새 근처의 긴 의자에 요염하게 앉았다.

"동생도 직업 무용수인가?" 머들 부인이 작은 도릿을 외알 안경 너머로 바라보며 물었다.

패니가 아니라고 했다. "그래," 머들 부인이 안경을 내려놓으며 말했다. "태도가 직업 무용수 같지는 않군. 아주 싹싹해, 그러나 직업 무용수 같지는 않아."

"부인, 제 동생이," 존경심과 대담성이 독특하게 섞인 태도로 패니가 말했다. "제가 부인을 어떻게 알게 되었는지, 자매 사이니까 말해달라고 했습니다. 그리고 제가 부인을 한 번 더 찾아뵙기로 약속했었기 때문에 실례를 무릅쓰고 동생을 데려왔습니다. 어쩌면 부인이 동생에게 직접 말해주고 싶으실 수도 있으니까요. 동생이 사실 대로 알기를 바라니까, 부인이 동생에게 직접 말해주시면 좋겠어요."

"동생 나이에는 - " 머들 부인이 넌지시 말했다.

"동생은 보기보다 나이가 있습니다." 패니가 말했다. "거의 저만한 나이인걸요."

"상류사회를," 머들 부인이 새끼손가락을 다시 한 번 구부리며 말했다. "젊은 사람에게 설명하기는 아주 어렵기 때문에 (사실 대부분 사람에게 설명하기가 아주 어렵기 때문에) 그런 말을 들으니 기쁘군. 상류사회가 그렇게 멋대로가 아니었으면 좋겠어. 상류사회가 그렇게 까다롭지 않았으면 좋겠다고 - 이놈, 조용히 해."

앵무새가 마치 자기 이름이 상류사회이고 그런 이름을 강요했던 것에 대해 권리를 주장하는 것처럼 아주 날카롭게 소리를 질렀다.

"하지만," 머들 부인이 말을 다시 시작했다. "상류사회를 있는 그대로 받아들여야겠지. 상류사회가 공허하고 진부하고 세속적이고 아주 형편없다는 걸 알아. 그러나 우리가 열대바다의 미개인이 아니라면 (나 자신이 미개인이라면 기쁘겠어 - 아주 유쾌한 삶과 완벽한 기후라고 들었거든) 상류사회와 상의를 해야 하는 거야. 그게 일반적인 운명이거든. 머들 씨는 굉장히 크게 장사를 하고 아주 큰 규모로 거래를 해서 재산과 영향력이 엄청나지만, 그조차도 - 이놈, 조용히 해!"

앵무새가 다시 한 번 날카롭게 울었다. 그 새가 문장을 의미심장하게 마무리했기 때문에 머들 부인이 문장을 끝마칠 필요는 없었다.

"네 언니가 자신에게 엄청 명예가 되는 사정을 이야기하는 걸로 우리의 개인적 친분을 마무리했으면 좋겠다고 하니까," 그녀가 작은 도릿에게 다시 말을 시작했다. "그 청을 따를 수밖에 없구나. 내게는 스물두세 살 된 아들이 한 명 있어. (아주 어렸을 때 첫 결혼을 했거든.)"

패니가 입술을 오므리고 다소 의기양양하게 동생을 바라보았다.

"스물두세 살 난 아들이 있어. 그 아이는 약간 바람기가 있는데 상류사회의 젊은 남성들에게는 흔한 일이지, 그리고 그 아이는 감수성이 예민해. 그런 불행은 어쩌면 물려받은 건지도 몰라. 내가 선천적으로 감수성이 예민하거든. 몹시 취약하지. 감정이 금방 자극받거든."

그녀는 그런 모든 이야기를, 그리고 다른 것까지 모두, 눈雪의 부인같이 차갑게 말했다. 이따금 그렇지 않았지만, 자매가 그 자리에 있다는 사실을 완전히 잊은 채 상류사회라는 모종의 추상체에게 말을 하는 것 같이 보였으며, 또한 그 상류사회를 위해 가끔씩 옷차림이나 긴 의자 위에 앉아있는 자신의 모습을 매만지는 것 같았다.

"정말로 그는 감수성이 예민해. 자연적인 상태에 있다면 불행한 일이 아닐지 모르지만 우리가 자연적인 상태에 있는 건 아니잖아. 특히 자연의 소생인 나로서는 정말로 대단히 안타까운 일이야. 내가 자연의 소생이라는 사실을 입증할 수 있으면 좋겠군, 하지만 사실이 그래. 상류사회는 우리를 억압하고 지배하려고 들거든 – 이놈, 조용히 해."

앵무새는 구부러진 부리로 새장의 가로장을 몇 개 찌그러뜨리고 검은 혀로 핥은 다음에 갑자기 격정적인 웃음을 터뜨렸다.

"아가씨같이 양식이 있고 폭넓은 경험과 세련된 생각을 가진 사람에게는 말할 필요도 없겠지." 머들 부인이 진홍빛과 황금빛의 보금자리에 앉은 채로 말했다 – 그리고 자신이 누구에게 말을 하고 있는지, 기억을 새롭게 하기 위해 그 자리에서 외알 안경을 꼈다 – "무대가 그런 성격의 젊은이에게 매혹적일 때가 있다는 것을 말이야. 무대라고 했을 때 나는 무대 위의 여성을 말하는 거야. 그래서 아들이 무용수에게 매혹되었다는 얘기를 들었을 때, 상류사회에서 그것이 보통 무슨 의미를 지니는 것인지 알았고, 상대방 여성이 상류사회의 젊은이들이 흔히 매혹되는 가극장의 무용수일 거라고 확신했어."

머들 부인은 그때 두 자매를 관찰하면서 하얀 두 손을 포갰다. 그러자 손가락에 끼고 있던 반지들이 서로 부딪쳐 딱딱한 소리를 냈다.

"네 언니가 말해주겠지만, 극장이 어떤 곳인지 알고 나서 몹시 놀랐고 괴로웠어. 그러나 네 언니가 내 아들의 접근을 거부해서(뜻밖이었다는 말을 덧붙여야겠지) 청혼하게끔 유도했다는 사실을 알고서는 한층 더 비통한 감정이었어 – 격렬한 비통이었지."

부인은 왼쪽 눈썹의 윤곽을 매만져서 그것을 바로잡았다.

"어머니 – 상류사회의 어머니 – 만이 느낄 수 있는 심란한 마음을 안고, 직접 극장에 가서 그 무용수에게 내 마음을 표현해야겠다고 작정했단다. 네 언니에게 내 이름을 말해주었지. 언니가 놀랍게도 여러 면에서 예상과는 다르다는 사실을 깨달았는데, 특히 - 뭐랄까 - 자신의 가문 같은 것을 내세워서 날 맞이했다는 면에서 확실히 그랬다고 할까?" 머들 부인이 미소를 지었다.

"부인, 말씀드렸다시피," 패니가 얼굴을 붉히며 말했다. "비록 제가 일하는 곳을 부인이 보셨지만 다른 사람들보다 월등 지위가 높기 때문에 제 가족이 당신 아들의 가족만큼 훌륭하다고 했던 겁니다. 그리고 제게는 오빠가 한 명 있는데, 그도 상황을 알게 되면 같은 생각일 것이고, 그런 관계가 영광스러운 것이라고는 생각하지 않을 겁니다."

"도릿 양," 머들 부인이 외알 안경 너머로 싸늘하게 그녀를 바라본 다음에 말했다. "자네의 요청에 따라 자네 동생에게 막 하려던 얘기가 바로 그거야. 그 얘기를 정확하게 생각나게 해주고, 그것도 내가 할 말을 앞질러서 해주니 대단히 고맙군. 곧바로 나는," 작은 도릿에게 말했다. "(내가 충동적인 사람이거든) 팔찌를 빼서, 어느 정도 일반적인 입장에서 문제에 접근할 수 있어서 기쁘게 생각한다는 표시로 팔찌를 언니 팔에 채우게 해달라고 말했어." (그 얘기는 전적으로 사실이었다. 그 부인이 이야기를 나누러 오는 길에 값싸고 화려한 팔찌를 하나 구매했으니, 누가 보더라도 뇌물로 줄 목적이었던 것이다.)

"머들 부인," 패니가 말했다. "저희가 불우할 수는 있지만 평범하지는 않다고 말씀드렸잖아요."

"바로 그렇게 말했지, 도릿 양." 머들 부인이 동의했다.

"그리고 머들 부인," 패니가 말했다. "아드님이 상류사회에서 차지하고 있는 높은 지위에 대해 말씀하셨지만, 제 가문에 대해 다소 오해하고 있을지 모른다는 이야기를 드렸잖아요. 또한 제 아버지가 드나드는 상류사회에서도(그곳이 어떤 곳인지는 제가 제일 잘 알아요) 아버지의 지위는 아주 높은 것이고 사람들이 모두 그것을 인정하고 있다고 말씀드렸잖아요."

"아주 정확하군." 머들 부인이 대꾸했다. "아주 칭찬할만한 기억력이야."

"고맙습니다, 부인. 동생에게 나머지를 마저 말씀해주시죠."

"더 할 이야기는 별로 없어." 머들 부인은 그녀가 냉정하게 지낼 수 있는 공간을 충분히 갖는 데 핵심적인 것으로 여기는 자신의 커다란 가슴을 다시 살펴보면서 말했다. "하지만 그것은 자네 언니를 위한 거였어. 자네 언니에게 사정을 솔직하게 설명했지. 즉, 우리가 드나드는 상류사회가 언니가 드나드는 상류사회를 – 매력적이라는 것은 틀림없지만 – 인정할 가능성이 없다는 점, 그리고 언니가 그토록 높이 평가하는 가족이 결과적으로 엄청나게 불리한 처지에 놓이게 되는데, 우리는 그 처지를 경멸 조로 내려다볼 수밖에 없고, (사교적으로 말해서) 그 처지에 혐오감을 느끼며 뒷걸음질 칠 수밖에 없다는 점을 설명했어. 간단히 말해서, 자네 언니의 칭찬할만한 그 자부심에 호소했어."

"미안합니다만 동생에게 알려주시죠, 머들 부인," 패니가 얇고 투명한 보닛을 살짝 들어 올리며 입을 삐죽 내밀었다. "제가 부인의 아들에게 아무 말도 나누고 싶지 않다고 이미 말했다는 사실을요."

"글쎄, 도릿 양," 머들 부인이 동의했다. "내가 그 말을 전에 했을지도 모르지. 그 사실이 기억나지 않았다면 그것은 내가 그때 했던 걱정, 즉 아들이 끝까지 고집을 부리면 자네가 뭔가 다른 얘기를 할지 모른다는 걱정이 기억났기 때문일 거야. 또한 네 언니에게 — 다시 직업적 무용수가 아닌 도릿 양에게 말하는 거네 — 그런 결혼을 하는 경우 아들은 아무것도 갖지 못하고 알거지가 될 거라고 했어. (이 말은 그저 이야기의 일부를 이루는 사실이기 때문에 하는 거야. 다시 말해서 우리 체계가 인위적으로 구성되어 있다는 사실을 신중하고 정당하게 고려했기 때문에 하는 것이지, 네 언니에게 영향을 미쳤을 거라고 생각하기 때문에 하는 게 아니야.) 최종적으로 네 언니가 약간의 고상한 말과 고상한 정신을 보여주고서야 우리는 그럴 위험성이 전혀 없겠다고 완벽히 이해했어. 그리고 네 언니는 친절하게도 내가 다니는 양장점에서 감사의 정표로 한두 점의 옷가지를 선물하는 것을 허락했고."

작은 도릿이 유감스럽고도 근심스러운 얼굴로 패니를 훔쳐봤다.

"그뿐만 아니라," 머들 부인이 말했다. "당장 이야기를 마무리하고 자기와 아주 친한 사이로 지내자고 했어. 이제," 머들 부인이 그녀의 보금자리에서 일어나 뭔가를 패니의 손에 쥐여주며 덧붙였다. "도릿 양은 내가 굼뜨지만 행복을 빌며 작별을 고하도록 해주겠지."

자매가 동시에 일어나서 새장 가까이에 서자, 앵무새는 발톱에 가득 잡았던 비스킷을 물어뜯고 내뱉었다. 그리고 발을 움직이지 않고 몸통만 거만하게 흔들어서 그들을 조롱하는 것 같은 동작을 취했다. 그리고 나서 갑자기 거꾸로 매달리더니 잔인한 부리와 검은 혀를 이용해서 황금빛 새장의 겉면을 따라 천천히 움직였다.

"잘 가게, 도릿 양, 행복을 비네." 머들 부인이 말했다. "만일 우리가 천년왕국이나 그와 비슷한 곳에 도달할 수만 있다면, 개인적으로는 현재 사귀지 못하는 친절하고 재능 있는 사람들을 많이 사귀고 싶어. 좀 더 원시적인 상태의 사회가 내게는 즐거울 것 같거든. 내가 배운 시 중에 '보라, 가난한 인도인을, 그의 무슨 마음이!'[5] 어쩌고저쩌고하는 구절이 있었어. 상류사회에 드나들던 사람이 수천 명이라도 인도에 가서 인도 사람이 될 수만 있다면 내 이름을 즉시 써넣겠어. 그러나 상류사회에 드나들기 때문에 인도인이 될 순 없을 거야, 불행하게도 말이지 – 안녕!"

분을 바른 하인을 앞뒤로 세우고, 언니는 도도하게, 동생은 겸손하게 계단을 내려왔다. 그리고 분을 바르지 않은 캐번디쉬 스퀘어 할리 가로 나왔다.

"그래서?" 잠시 아무 말도 없이 걷다가 패니가 물었다. "에이미, 할 말 없니?"

"아, 무슨 말을 해야 할지 모르겠어!" 작은 도릿이 괴로워하며 대

---

5 포우프(Alexander Pope, 1688~1744)의 『인간론』, 제1서 99~100행 참조.

답했다. "언니, 그 젊은 남자를 좋아하는 건 아니지?"

"좋아하느냐고? 그는 얼간이나 마찬가지야."

"정말 유감이야 – 불쾌하게 생각하진 마 – 하지만 언니가 할 말이 있으면 하라고 했기 때문에 말하는 건데, 그 부인이 언니에게 뭔가를 주게 놔두다니, 정말 너무 유감이야, 패니."

"이 바보 꼬맹이야!" 언니가 동생의 팔을 확 잡아당겨서 흔들면서 대꾸했다. "넌 기백도 없니? 하기야 원래 그렇지! 자존심도 없고, 적당한 자부심도 없잖아. 작은 치버리 같은 놈이," 최고의 경멸 조로 강조했다. "한심하게 널 쫓아오도록 내버려두는 것과 마찬가지로 네 가족이 짓밟혀도 그냥 내버려두고 뒤돌아보지도 않을 테니까."

"언니, 그런 말 하지 마. 가족을 위해 할 수 있는 일은 전부 다 하고 있잖아."

"가족을 위해 할 수 있는 일은 전부 다 하고 있다고!" 패니가 동생을 끌고 아주 빨리 걸어가면서 그 말을 되풀이했다. "네가 뭐든 약간의 경험이라도 했다면, 최고로 기만적이고 건방지다는 사실을 알 수 있는 그런 여자가 – 그런 여자가 네 가족을 짓밟도록 내버려두고, 짓밟아줘서 고맙다고 할 거니?"

"물론 아니지, 패니."

"그렇다면 그 여자가 그 값을 치르도록 하란 말이야, 이 덜떨어진 꼬맹이야. 달리 뭘 하도록 할 수 있겠니? 그 여자가 그 값을 치르도록 해야지, 이 바보 같은 아이야. 그리고 돈으로 네 가족의 면목이라도 세워주도록 하란 말이야!"

자매는 패니와 삼촌이 묵고 있는 하숙집에 돌아가는 동안 더 이상 아무 말도 하지 않았다. 집에 도착해서 보니 삼촌은 방 귀퉁이에 앉아서 클라리넷을 아주 구슬프게 연습하고 있었다. 패니는 두껍게 자른 고깃점과 흑맥주, 그리고 차가 혼합된 식사를 할 작정이어서, 화를 내며 식사를 직접 준비하는 체했다. 사실은 동생이 그 모든 것을 조용히 준비했는데 말이다. 패니가 먹고 마시기 위해 마침내 앉았을 때, 그녀는 식탁에 놓인 그릇과 수저들을 마구 흐트러뜨렸으며, 어젯밤에 그녀의 아버지가 그랬던 것과 똑같이 빵에게 화를 냈다.

"무용수라서 날 경멸하는 거라면," 그녀가 격렬하게 울음을 터뜨리며 말했다. "어째서 나를 무용수가 되게 한 거니? 그건 네가 시킨 거잖아. 너는 머들 부인 앞에서 내가 땅바닥까지 머리를 숙이게 하고, 그녀가 하고 싶은 말과 행동을 다 하고, 우리를 모두 경멸하고, 얼굴에 대고 그렇게 말하도록 내버려두고 싶은 거잖아. 내가 무용수라서 말이야!"

"오, 패니!"

"그리고 팁 오빠도 역시 불쌍하게 되었어. 그 여자가 아무런 제지도 받지 않고 원하는 만큼 실컷 그를 깔볼 테니까 – 짐작건대, 오빠가 법조계, 조선소 등 갖가지 일에 종사했다는 이유로 말이지. 그런데, 에이미, 그것도 네가 한 거잖아. 너도 오빠가 변호 받을 필요가 있다는 데에는 최소한 동의할 수 있잖아."

그동안 내내 삼촌은 구석에서 구슬프게 클라리넷을 불었다. 자매 중 누군가가 뭔가를 얘기했다는 느낌이 막연하게 들어서, 그들을 바라보기 위해 멈추느라고, 악기를 잠깐 입에서 1인치 남짓 뗄 때가 가끔 있었지만 말이다.

"그리고 에이미, 아버지도 마찬가지야. 아버지가 자유롭게 자신을 증명하고 스스로 대변할 수 없다고 해서, 너는 그런 인간들이 아무런 벌도 받지 않고 아버지를 모욕하도록 내버려두고 싶은 거잖아. 너야 일하러 다니니까 네 자신을 불쌍히 여기진 않더라도, 아버지가 오랫동안 겪은 바를 아니까 적어도 그를 불쌍하게 여길 순 있는 거잖아."

불쌍한 작은 도릿은 이처럼 비아냥거리는 것은 부당하다고 꽤 예민하게 느꼈다. 어젯밤의 기억이 그런 비아냥에 신랄한 맛을 더해준 탓이었다. 그녀는 아무런 대꾸도 하지 않고 의자를 식탁에서 난롯불 쪽으로 돌렸다. 삼촌은 한 번 더 멈추었다가 울적하게 우는 소리를 내더니 다시 클라리넷을 불었다.

패니는 울화가 지속되는 동안 찻잔과 빵에 대고 화를 내었다. 자신이 세상에서 제일 불쌍한 여자라고 주장하다가, 죽어버렸으면 좋겠다고도 했다. 그다음에는 울부짖는 소리가 후회하는 소리로 바뀌었고, 일어나서 동생을 껴안았다. 작은 도릿은 그녀가 무슨 말이든 하는 것을 제지하려고 했지만 패니는, 말하고 싶어, 말해야겠어! 라고 했다. 그러고는 좀 전에 섭섭하게 여긴 바를 격정적으로 얘기했을 때처럼 "미안해, 에이미," "용서해줘, 에이미,"라고 격정적으로 반복했다.

"하지만 정말, 정말로, 에이미," 그들이 자매답게 화해하고 나란히 앉았을 때 패니가 다시 입을 열었다. "네가 상류사회에 대해 좀 더 알았더라면 그 문제를 다른 각도에서 보았을 거야."

"어쩌면 그랬을 수도 있겠지, 패니." 작은 도릿이 상냥하게 말했다.

"실은, 에이미, 네가 집안일을 하며 체념한 채 그 안에 갇혀 있을 때," 언니가 점점 보호자의 태도를 취하며 말을 이어나갔다. "나는 바깥일을 하며 상류사회에 자주 드나들었기 때문에, 그래서 자부심과 용기를 갖게 된 걸지 몰라ㅡ혹시 의당 가져야 하는 이상으로 가지게 된 걸까?"

작은 도릿이 대답했다. "그래. 아, 그럴 수 있어!"

"그리고 네가 저녁이나 옷가지를 생각하는 동안, 나는, 뭐라고 할까, 가족에 대해 생각했을지 몰라. 그런데, 그럴 순 없는 걸까, 에이미?"

작은 도릿이 가슴보다는 얼굴에 좀 더 쾌활한 표정을 띠며 "그럴 수 있어,"라고 다시 고개를 끄덕였다.

"특히 네가 그토록 충실한 그 장소에는 그 장소만 지니고 있는 어떤 경향이, 그곳을 상류사회의 다른 측면과는 구별해주는 어떤 경향이 분명히 있다는 사실을 아니까 말이야." 패니가 말을 이었다. "에이미, 다시 한 번 키스해줄래. 그리고 우리 둘 다 옳을 수 있는 걸로, 너는 차분하고 가정적이며 집을 사랑하는 착한 아이인 걸로 하자.”

그런 이야기를 주고받는 내내 클라리넷은 아주 애처롭고 슬픈 소리를 냈지만, 패니가 악보를 닫고 삼촌의 입에서 클라리넷을 떼어낸 다음에 동생이 갈 시간이 되었다고 알리자 급작스레 중단되었다.

작은 도릿은 문간에서 그들과 헤어져 마셜시로 서둘러 돌아갔다. 마셜시가 다른 곳보다 일찍 어두워졌기 때문에, 그날 저녁에 마셜시에 들어가는 것은 깊은 참호 속에 들어가는 것과 마찬가지였다. 담장의 그림자가 모든 것 위에 드리워졌다. 그녀가 어둑한 방의 문을 열자 낡은 회색가운과 검정색 벨벳 캡을 걸치고 있는 사람의 모습이 그녀 쪽으로 몸을 돌렸고, 그림자가 특히 그 모습 위에 드리워졌다.

“왜 내게도 드리워지지 않았겠어!” 작은 도릿은 문을 여전히 잡은 채로 생각에 잠겼다. “패니의 말이 터무니없는 것은 아니야.”

21 머들 씨의 지병

호화로운 그 집, 즉 캐번디쉬 스퀘어 할리 가에 있는 머들 씨의 저택에도 길 맞은편에 있는 다른 호화로운 저택들의 앞면에 드리워진 것과 마찬가지로 평범하지 않은 담장의 그림자가 드리워졌다. 나무랄 데 없는 상류사회처럼 할리 가에 마주 보고 늘어선 집들은 서로에게 대단히 엄격했다. 사실, 저택에 사는 사람들이 그들 자신의 고귀함이라는 그늘 속에서 저택처럼 음울하게 맞은편을 빤히 쳐다보며 식탁 양쪽에 정렬해 있는 모습을 종종 볼 수 있다는 점에서, 저택들과 그 안에 사는 사람들은 대단히 닮아 있었다.

거리 옆에 자리를 잡고 살면서 식탁에 두 줄로 앉아있는 사람들이 그 거리와 얼마나 닮았는지는 누구나 알고 있다. 모두 동일한 방식으로 노크되고 동일한 방식으로 초인종이 울리고, 모두 동일하게 단조로운 계단을 통해 접근 가능하고 동일한 모양의 울타리로 방어를 하고, 모두 동일하게 비실용적인 화재비상구를 지니고 있고, 불편한 부착물이 받침돌에 동일하게 붙어있고, 모든 것이 예외 없이 높이 평가되는 이 무표정하고 획일적인 20채의 저택들 - 이 저택들과 함께 식사해보지 않은 사람이 어디 있는가? 아주 황량하고 황폐한 저택, 내닫이창이 이따금 달린 저택, 치장 벽토를 바른 저택, 앞면을 새로 꾸민 저택, 각이 진 방만 있는 모퉁이저택, 덧문을 항상 쳐 놓은 저택, 상중임을 알리는 문표紋標가 항상 걸려 있는 저택, 수금원이 이념의 분기지급을 요구했지만 집 안에서 아무도 찾지 못한 저택[6] - 이 저택들과 함께 식사해보지 않은 사람이 어디 있는가? 아무도 전세 들거나 흥정하려고 들지 않는 저택 - 이 저택을 모르는 사람이 어디 있는가? 실연한 신사가 평생 그곳에 살았지만 그 신사와는 전혀 어울리지 않는 화려한 저택 - 귀신이 나오는 그 저택을 모르는 사람이 어디 있는가?

캐번디쉬 스퀘어 할리 가는 머들 부부를 대단히 의식하고 있었

---

[6] 머들의 저택에서 지적인 삶의 흔적을 찾을 수가 없다는 의미.

다. 할리 가에는 그 거리가 알지 못하는 침입자들도 살았지만, 머들 부부만큼은 기꺼이 존중했다. 상류사회는 머들 부부를 알고 있었다. "그들을 받아들이자, 그들과 친해지자,"라고 말한 적이 있었던 것이다.

머들 씨는 엄청난 부자였고 경이적인 사업가였다. 두 귀가 없는 마이더스 같은 사람이어서, 손에 대는 모든 것을 금으로 바꿔놓았다. 그는 은행업에서 건설업까지 훌륭한 모든 일에 관여하고 있었다. 물론 의회에도 관여하고 있었고, 시티[7]에도 필연적으로 관여하고 있었다. 그는 이곳의 의장, 저곳의 이사, 또 다른 곳의 회장을 맡고 있었다. 가장 영향력이 큰 사람이 발기인에게 묻기를, "자, 자네 이름이 뭔가? 머들인가?" 그러고 나서, 아니라는 답변을 들으면 다음과 같이 말했다. "그렇다면 자네를 보지 않겠어."

위대하고 운이 좋은 이 사내는 충분히 냉정하게 지낼 수 있는 넓은 공간을 원하는 커다란 가슴에게 진홍빛과 황금빛 보금자리를 대략 15년 전에 제공해주었다. 그 가슴은, 기대서 휴식할 가슴은 아니었지만 보석을 걸어두기에는 썩 좋은 가슴이었다. 머들 씨는 보석을 걸어둘 뭔가를 원했고 그 목적을 위해 그것을 구매했던 것이다. 스토어와 모티머[8]라면 똑같은 요행수를 노리고 결혼했을 것이다.

그의 다른 모든 투기처럼 그것은 안전하고 성공적인 투기였으니,

---

[7] 런던의 금융 및 상업의 중심지.
[8] 런던의 보석상.

보석들이 최고로 화려하게 돋보였던 것이다. 보석을 걸고 상류사회를 드나드는 가슴은 모든 사람의 감탄을 이끌어냈다. 상류사회가 좋다고 인정했고 머들 씨는 만족했다. 그는 사심이 전혀 없는 사람이었다 - 상류사회를 위해 모든 일을 하고 이익을 내느라 온갖 염려를 하면서도, 자기 자신을 위해서는 가능한 한 최소한으로 취했던 것이다.

다시 말해, 그는 원하는 것을 모두 다 가진 걸로, 가지지 않았으면 재산이 끝없이 많으니까 원하는 것을 모두 다 가질 수 있는 걸로 추정되었다. 그러나 머들 씨의 소망은 상류사회를(그것이 무엇이든) 최대한으로 만족시키는 것이었고, 상류사회가 자신에게 부과하는 모든 지불 명령서를 칭찬의 표시로 받아들이는 것이었다. 그는 남 앞에 섰을 때 빛나는 사람도 아니었고, 자신을 위해 말을 많이 하는 사람도 아니었다. 머리가 크고 툭 튀어나와 있었고 조심성이 많고 내성적인 사람이었다. 두 볼에 어려 있는 특별한 종류의 흐릿한 붉은색은 신선하기보다 한물간 것이었으며, 외투의 소맷부리는 그의 비밀을 알고 있어서 두 손을 숨겨야 할 만한 이유가 있다는 듯이 다소 불안한 기색을 띠고 있었다. 그가 하는 얼마 안 되는 이야기를 들어보면 그는 충분히 유쾌한 사람이었다. 공적인 비밀과 사적인 비밀에 대해 솔직하고 단호했으며, 모든 사람이 상류사회에 대해 언제나 최상의 경의를 표해야 한다고 고집했다. 그러나 바로 그 상류사회와 교제할 때(만일 그의 만찬에, 그리고 머들 부인의 축하연이나 연주회에 참석하러 오는 게 상류사회라면), 그 자신은 별로 즐기는 것 같지 않았고, 벽에 붙어있거나 문 뒤에 숨어있는 모습이 주로 목격되었다. 또한 상류사회가 그의 집에 오는 대신 그가 상류 사회로 외출을 할 때면 약간 피로해 보였고, 대체적으로는 오히려 자러 가고 싶어 하는 것처럼 보였다. 그러나 그럼에도 그는 언제나 상류사회와 친분을 가지려 했고, 언제나 상류사회에 드나들었으며, 언제나 굉장히 너그럽게 상류사회에 돈을 내놓았다.

머들 부인의 첫 남편은 대령이었는데, 그 가슴이 남편의 후원을 받으며 북아메리카 대륙의 눈雪들과 경쟁을 벌인 적이 있었다. 그 가슴은 하얗다는 점에선 불리한 게 거의 없었고, 냉담하다는 점에서 도 불리한 게 전혀 없었다. 대령과의 사이에서 낳은 아들이 머들 부인의 유일한 자식이었다. 그는 멍청하면서도 거들먹거리는 사람 이었는데, 전반적으로는 젊은 남자라기보다 부풀어 오른 소년이라 는 인상을 주었다. 판단력이 있다는 기미를 별로 보여주지 못했기 때문에, 그가 뉴 브런스윅 세인트존스에서 태어날 때 그곳을 휩쓸었 던 엄청난 혹한 탓에 두뇌가 얼어붙었고, 그때 이후로 해동이 안 된 거라는 우스갯소리가 친구들 사이에 퍼졌다. 또 다른 우스갯소리 는 어렸을 때 유모의 실수로 높다란 창에서 거꾸로 떨어졌는데 그 때 머리에 금이 가는 소리를 믿을만한 증인들이 들었다는 거였다. 이런 식의 설명은 모두 나중에 만들어졌을 가능성이 높았다. 그 젊 은이는(이름이 의미심장하게도 스파클러였다) 편집광적으로 온갖 종류의 바람직하지 못한 아가씨들에게 청혼했고, 청혼할 때마다 모 든 아가씨에게 당신이야말로 "지독하게 멋진 여성이고 – 교양도 있고 - 고집불통으로 허튼소리를 늘어놓지 않는다,"고 했다.

이처럼 재능이 부족한 의붓아들이었기에 다른 사람이라면 방해물로 여겼을 것이다. 그러나 머들 씨는 자신을 위해서가 아니라 상류사회를 위해 의붓아들이 필요했다. 스파클러 군이 근위대 출신이었고 온갖 경마와 휴게실과 파티에 자주 드나들었으며 유명한 인물이었기 때문에 상류사회는 이 의붓아들에 만족했다. 머들 씨는 스파클러 군이 좀 더 비싼 품목이었더라도 그런 다행스러운 결과에 도달한 것을 만족스럽게 여겼을 것이다. 실제로 그는 상류사회를 위해 스파클러 군을 절대 헐값으로 구입하지 않았다.

작은 도릿이 아버지 옆에서 그의 새로운 셔츠를 꿰매고 있던 그날 밤, 할리 가의 저택에서는 만찬이 열렸다. 궁정에서 온 거물들, 시티에서 온 거물들, 하원에서 온 거물들과 상원에서 온 거물들, 거물판사들과 거물변호사들, 거물주교들, 재무성의 거물관리들, 근위기병대의 거물장교들, 해군의 거물장성들 - 요컨대, 우리를 움직이고 때로는 다리를 걸어 넘어뜨리기도 하는 모든 거물이 참석했다.

"머들 씨가 또다시 굉장한 성공을 거뒀다고 들었습니다." 거물주교가 근위기병대의 거물장교에게 말했다. "사람들 말로는 십만 파운드를 벌었다고 하더군요."

근위기병대 장교는 이십만 파운드라고 들었다, 라고 했다.

재무성 관리는 삼십만 파운드라고 들었다, 라고 했다.

외알 안경 한 쌍을 만지작거리던 거물변호사가 확신하지는 못하지만 사십만 파운드일지 모른다고 설득력 있게 말했다. 계산과 조합이 들어맞은 요행수 중의 하나이므로, 최종결과를 정확하게 추정하기는 어렵지요. 끊임없는 행운 및 특징적인 대담성과 연결되어있는 포괄적인 능력이 적중한 경우 중의 하나일 뿐 아니라, 한 시대에 그런 경우를 보여주는 예는 거의 드물거든요. 하지만 커다란 은행 사건에 관여했고 우리에게 좀 더 많은 얘기를 해줄지도 모르는 풀무 변호사[9]가 여기 있군요. 풀무 변호사 당신은 이 새로운 성공이 얼마짜리라고 평가하시오?

풀무 변호사는 가슴에게 인사하러 가는 길이었기 때문에, 다 합해서 오십만 파운드의 가치는 될 거라고 사실처럼 확언하는 소리를 들었다, 라고 지나가면서 말할 수 있을 뿐이었다.

해군의 장성은 머들 씨가 경이적인 인물이라고 했고, 재무성 관리는 그가 국가의 새로운 권력자이며 하원 전체를 매수할 수도 있을 거라고 했다. 주교는 그런 재산이 상류사회의 이익을 언제나 지키고자 하는 신사의 금고로 흘러 들어갔다고 생각하니 기쁘다고 했다.

머들 씨 자신은 다른 사람들이 하루의 자잘한 일에서 손을 털 때에도 거대한 사업에 여전히 붙잡혀있는 사람답게 이런 만찬에 보통 지각을 했는데, 그날도 역시 제일 늦게 도착했다. 재무성 관리는 머들이 사업 때문에 다소 혹사당하는 것 같다고 했다. 주교는 그런 재산이 그것을 온순하게 받아들이는 신사의 금고로 흘러 들어갔다

---

[9] 길고 장황하게 말하는 변호사라는 의미.

고 생각하니 기쁘다고 했다.

분 냄새가 났다! 분을 바르고 시중드는 하인이 워낙 많아서 분 냄새가 만찬에 향기를 더했던 것이다. 가루입자들이 요리에 들어갔고, 상류사회의 만찬에 일급하인이라는 양념이 뿌려졌다. 머들 씨가 거대한 드레스 속 어딘가에 은둔해 있는 백작 부인을 아래층으로 데려다 주었는데, 그 드레스와 비교하면 그녀는 웃자란 양배추의 한가운데에 들어있는 것 같았다. 아주 저급하게 비유하자면, 그 드레스는 화려하게 양단으로 장식한 '푸른 가지 속의 잭'[10]처럼 계단을 내려갔고, 어떤 자그마한 사람이 그 속에 들어있는지 아무도 몰랐다.

상류사회는 만찬으로 그들이 원할 수 있는 것이든 없는 것이든, 모든 것을 들었다. 온갖 볼거리와 온갖 먹을거리, 온갖 마실 거리가 있었다. 상류사회가 마음껏 들기를 바라야 했으니, 머들 씨 자신의 식사는 18펜스를 지불하면 되는 것이었기 때문이다. 머들 부인은 굉장했다. 집사장이 그다음으로 굉장한 그날의 명물이었다. 모인 사람 중에서 가장 품위 있는 인물이었고, 아무 일도 하지 않았지만, 다른 사람들은 누구도 지어 보일 수 없는 태도로 주위를 바라보았다. 그는 머들 씨가 상류사회에 최근에 선사한 선물이었다. 머들 씨는 그를 원하지 않았고, 그 위대한 인물이 자기를 바라보면 겸연쩍어했다. 하지만 상류사회는 막무가내로 그를 갖고자 했고 – 그리고

---

[10] 오월제 때 굴뚝청소부들이 동료 중 한 명을 푸른 잎이나 잔가지로 덮은 광주리 속에 넣고 거리를 돌아다녔는데, 그 광주리 속에 들어있는 사내아이를 지칭.

가졌다.

연회가 통상적인 단계에 이르자 백작 부인이 여전히 모습을 보이지 않은 채로 '푸른 가지'를 들고 나갔고, 가슴이 마지막으로 나가면서 미인들의 행렬이 끝이 났다. 재무성 관리가 주노[11] 같다고 했다. 주교는 주디스[12] 같다고 했다.

변호사가 군법회의에 대해 근위기병대 장교와 토론을 시작했다. 풀무 변호사와 판사가 끼어들었고 다른 거물들이 편을 이뤘다. 머들 씨는 조용히 앉아서 식탁보를 바라보았다. 가끔씩 어떤 거물이 논의의 흐름을 특별히 머들에게로 돌리기 위해 말을 거는 때도 있었지만, 머들 씨는 그다지 흥미를 보이지 않았다. 그리고 그 나름의 계산을 하다가 정신을 차리고 포도주를 돌리는 일 이상을 하는 법도 없었다.

거물들이 일어났을 때 그에게 개인적으로 할 이야기가 있는 거물들이 워낙 많았기 때문에 머들 씨는 찬장 옆에서 소규모 알현을 베풀었다. 그리고 그들이 문으로 나갈 때 그들의 이름에 표시를 했다.

재무성 관리는 세계적으로 유명한 영국의 자본가이자 거상 중의 한 명이(그런 독창적인 생각을 이 저택에서 이리저리 몇 차례 굴려보았기 때문에 쉽게 말할 수 있었다) 새로운 공적을 세운 데 대해 축하를 드리고 싶다고 했다. 그런 분들이 올린 공적을 확대해나가는

---

[11] 로마신화에서 풍요와 다산의 신으로 미인이었음.
[12] 외경(外經)에 기록되어있는 여장부로, 적장의 목을 베어 베슐리아 시를 구했음.

것이 국가의 업적과 자원을 확대해나가는 거지요. 그래서 본인은 그런 일에 애국심을 느낍니다, 라고 했고 ─ 머들 씨에게 그렇게 이해시켰다.

"고맙습니다, 각하." 머들 씨가 말했다. "고맙습니다. 나리의 축하를 자랑스럽게 받아들이겠습니다. 나리가 인정해주시니 기쁘군요."

"글쎄요, 머들 씨, 내가 전적으로 인정하는 것은 아니에요. 왜냐하면," 재무성 관리가 미소를 띤 채로 그의 팔을 잡아서 찬장 쪽으로 돌려세우더니 농담조로 말했다. "우리는 당신이 같이 어울리고 도와줄 만한 가치가 없는 사람들이니까요."

머들 씨가 그렇게 농담하시니 영광이라고 했다.

"아니지요, 아니에요." 재무성 관리가 말했다. "그렇게 말하는 것은 실용적인 지식과 엄청난 통찰력으로 유명한 사람이 현실을 바라보는 관점이라고 생각할 수 없어요. 만일 우리가 상황에 대한 통제력을 우연히 갖게 되어서, 아주 뛰어난 사람에게 ─ 우리와 함께 하면서 우리에게 그의 영향력과 지식과 인격이라는 무게를 실어달라고 운 좋게 청할 수 있다고 하더라도, 그 사람에게 그저 어떤 의무로서 청할 수 있을 뿐이거든요. 사실상, 그가 상류사회에 빚지고 있는 의무로서 말이에요."

머들 씨는 상류사회가 자신에게는 눈동자처럼 소중한 것이고 상류사회의 요구가 다른 모든 고려대상보다 중요하다고 했다. 재무성 관리가 나가고 변호사가 다가왔다.

변호사는 환심을 사고자 임시변통으로 약간 고개를 숙이고 설득력을 더하고자 외알 안경 한 쌍을 만지작거리면서, 온갖 악의 뿌리[13]를 온갖 선의 뿌리로 바꿔놓은 위대한 인물 중의 한 분이자, 상업 국가의 역사적인 기록에조차 오랫동안 빛날 영광을 더해준 분에게 자신이 우연히 알게 된 사실을 — 사심 없이, 그리고 변호사들이 사용하는 현학적인 말로 해서 법정조언자의 자격으로 언급하더라도 용서해주면 좋겠다고 했다. 나는 동쪽의 어떤 주에 위치한 — 머들 씨 당신은 우리 변호사들이 꼼꼼한 것을 좋아한다는 사실을 알 테니까, 사실은 동쪽에 있는 두 주의 접경지대에 위치한 — 아주 넓은 부동산의 소유권을 검토해달라는 청을 받은 적이 있습니다. 그런데 그 소유권은 완벽하게 안전하고, 그 부동산은 — 돈을 마음대로 쓸 수 있는 사람이 (임시변통으로 고개를 숙이고 설득력을 더하고자 외알 안경을 만지작거렸다) 매우 유리한 조건으로 사들일 수 있게 되어있더라고요. 그 사실을 오늘에야 비로소 알게 되었는데, 이런 생각이 들었습니다. "오늘 저녁에 존경하는 친구 머들 씨와 식사하는 영광을 누리게 되어 있지. 그러니 순전히 우리끼리의 비밀로 하고 이런 기회를 놓치지 말라고 말해주어야지." 그걸 사면 정치적으로 커다란 영향력을 합법적으로 얻을 수 있을 뿐 아니라 상당한 연수입을 올릴 수 있는 여섯 자리 정도의 성직 추천권도 확보할 수 있을 겁니다. 머들 씨가 그의 자본금을 동원하고, 민활하고 원기 왕성한 지력까지 충분히 발휘할 방법을 찾느라고 벌써부터 어쩔 줄

---

[13] 돈에 대한 사랑 또는 돈을 지칭함.

몰라 한다는 사실을 변호사는 그 즉시 빨리 눈치 챘다. 그러나 나는 이토록 높은 지위와 이토록 전 유럽적인 명성을 당연히 누리고 있는 분이 그런 영향력을 가지면, 그 영향력을 (자신이나 자신의 무리라고는 안 해도) 상류사회의 이익을 위해 행사할 빚을 (자기라고는 안 해도) 상류사회에 진 것이 아닌가 하는 의문이 들었다는 뜻을 비치고 싶군요.

머들 씨는 지속적인 고려대상에 전적으로 헌신하겠다는 뜻을 다시 표명했고, 변호사는 설득력을 더해주는 외알 안경을 만지작거리면서 커다란 계단을 올라갔다. 그다음에 주교가 우연인 듯이 찬장 쪽으로 슬며시 다가왔다.

주교는 이 세상의 재화는 지혜롭고 현명한 자의 마법적인 손길 하에서 축적될 때 가장 적절한 경로로 보내진 것이라는 말을 해야겠다는 생각이 우연히 들었다고 했다. 자신들도 재물의 적절한 가치를 알긴 하지만(주교는 그때 자신이 약간 가난한 것처럼 보이려고 애썼다), 지혜롭고 현명한 자는 현명하게 운영되고 적절하게 배분되는 재물이 동포 전체의 복지를 위해 차지하는 중요성을 잘 알고 있기 때문이라고 했다.

머들 씨는 주교의 칭찬이 자신을 의미하는 것일 리 없다고 확신한다는 뜻을 겸손하게 표하면서도, 주교가 좋게 생각해줘서 아주 기쁘다는 뜻을 일관성 없이 표현했다.

그때 주교가 – 머들 씨에게 "사제복의 앞자락에는 신경 쓰지 마시게, 그저 형식이니까!"라고 말하는 것처럼 잘 생긴 오른발을 쾌활하게 약간 앞으로 뻗으면서 – 그의 훌륭한 친구에게 이런 질문을 했다.

사업에서 큰 축복을 받았고 받침대 위에 올려놓은 본보기로 엄청난 영향력을 미치는 인물이 아프리카 선교사업 같은 쪽으로 돈을 좀 썼으면, 하고 상류사회가 바라는 것이 터무니없는 희망은 아니라는 생각이 당신 같이 훌륭한 친구에게 들지 않나요?

머들 씨가 그 생각에 성심껏 응하겠다는 뜻을 표하자, 주교가 또 다른 질문을 했다.

'특별한 재능을 지닌 고위성직자 연합회'에서 발행하는 회보에 관해 혹시 아시나요? **그쪽으로** 돈을 좀 쓰는 것이 위대한 구상을 멋지게 실행하는 것일 수 있다는 생각은 들지 않나요?

머들 씨가 앞서와 비슷한 답변을 하자, 주교가 질문했던 까닭을 설명했다.

상류사회는 당신 같이 훌륭한 친구가 그런 일을 하기를 기대하고 있어요. **내가** 그런 일을 기대해서가 아니라 상류사회가 그런 일을 기대한다니까요. 연합회에서 특별한 재능을 지닌 고위성직자를 필요로 하는 게 아니라, 연합회가 그런 성직자들을 확보할 때까지는 상류사회가 몹시 괴롭고 불안한 심경에 처하게 되는 것이지요. 자신의 훌륭한 친구가 어떤 경우든 상류사회의 이익을 최고로 존중할 거라는 점을 자기가 아주 잘 알고 있다는 사실을 자기 친구에게 확실히 하고 싶다고 했다. 그리고 당신의 번영이 지속되고 재물이 계속해서 증가하고 전반적인 사정이 지금같이 지속하기를 기원했을 때, 자기는 그런 이해관계를 고려한 것이면서 동시에 상류사회의 느낌을 표현한 것이라고 했다.

그러고는 주교가 위층으로 올라갔고, 다른 거물들도 주교의 뒤를 따라서 한 명씩 올라갔다. 그래서 아래층에는 머들 씨 외에 아무도 남지 않게 되었다. 그는 집사장의 영혼이 고귀한 분노로 타오를 때까지 식탁보를 응시하고 있다가 다른 사람들을 따라 천천히 올라갔다. 그리고 연회에 초대받은 사람들이 커다란 계단을 올라가는 물결 속에서 별로 중요하지 않은 사람이 되었다. 머들 부인은 편하게 자리 잡고, 보석 중에서도 제일 좋은 보석을 다른 사람들이 볼 수 있도록 걸고 있었으며, 상류사회는 찾아왔던 목적을 모조리 달성했다. 머들 씨는 구석에서 2펜스어치의 차를 필요 이상으로 많이 마셨다.

저녁에 찾아온 거물 중에는 유명한 의사도 있었다. 그는 모든 사람을 알고 있었고 모든 사람도 그를 알고 있었다. 문으로 들어오자마자 그는 구석에서 차를 마시고 있던 머들 씨와 우연히 마주쳤고 머들 씨의 팔을 가볍게 건드려서 아는 체를 했다.

머들 씨가 움찔했다. "오오! 당신이군요!"

"오늘은 조금 괜찮으신가요?"

"아뇨." 머들 씨가 말했다. "차도가 없어요."

"오늘 아침에 내게 오지 않은 건 유감입니다. 내일 내게 오거나 내가 방문하도록 해주세요."

"글쎄요!" 머들 씨가 대답했다. "내일 마차를 타고 지나갈 때 들르겠습니다."

그 짤막한 대화를 나누는 동안 변호사와 주교가 두 사람 곁에 있었다. 머들 씨가 수많은 사람들에게 휩쓸려서 멀어졌을 때, 그들은 의사에게 그 문제에 대해 자신들의 의견을 말했다. 변호사는 누구도 넘을 수 없는 정신적 피로의 특정한 지점이 있는데, 몇몇 박식한 동료들의 경우를 보고 깨달은 바는, 그 지점이 두뇌의 구조와 체질적 특성에 따라 달라지긴 하지만 인내할 수 있는 지점을 한 치라도 넘어서면 우울증과 소화불량증이 뒤따른다고 했다. 의술의 신성한 비밀에 참견하려는 뜻은 아니지만, (임시변통으로 고개를 숙이고 설득력을 더하고자 외알 안경을 만지작거렸다) 지금 머들 씨의 병세가 그런 거 같은데요? 라고 물었다. 주교는 자신이 젊었을 때 토요일마다 설교를 준비하는 습관, 모든 어린 사제가 악착같이 피해야 하는 그런 습관에 잠시 빠졌었는데, 짐작건대 지성을 과도하게 혹사해서 생겨난 우울증을 종종 앓았다고 했다. 갓 낳은 달걀의 노른자위를 상하지 않은 셰리주, 육두구의 씨, 그리고 설탕가루와 함께 잔에 넣어서, 그 당시 하숙하고 있던 집의 착한 여성이 세게 휘저어주었던 대로 마시고 나니 우울증에 신통하게 잘 듣더라고 했다. 위대한 의술의 심오한 대가가 숙고하고 있는 문제에 대해 하찮은 치료법을 주제넘게 제안하려는 건 아니에요, 조심스레 묻는 거지요. 그 정신적 피로가 복잡한 계산을 하다가 생긴 거니까, 부드러운 흥분제라도 아낌없이 처방하면 정신이 (인간적으로 말해서) 정상 상태로 돌아오지 않을까요? 라고 물었다.

"그래요," 의사가 말했다. "그래요, 두 분 다 맞아요. 그렇지만 머들 씨에게서 어떤 문제도 발견하지 못했다고 하는 편이 맞겠어요. 그는 코뿔소 같은 체질, 타조 같은 소화능력, 굴 같은 집중력이 있거든요. 신경에 대해 말하자면, 머들 씨는 냉정한 기질의 소유자이지 예민한 사람은 아니에요. 뭐랄까, 아킬레스처럼 약점이 없다고 할까요.[14] 그런 사람이 어떻게 아무 이유 없이 몸이 안 좋다고 여기겠느냐고, 이상하게 여길 수 있어요. 하지만 나는 그에게서 어떤 문제도 발견하지 못했습니다. 고질적이고 알기 어려운 어떤 지병이 있는지는 모르죠. 뭐라 말할 수 없어요. 현재로서는 그런 것을 발견하지 못했다는 말만 할 수 있을 뿐이니까요."

머들 씨의 지병의 그림자가 수많은 최상의 보석걸이들에 맞서서 보석들을 전시하고 있는 가슴에 드리워지지는 않았다. 머들 씨의 지병의 그림자가, 허튼소리를 하지 않지만 전혀 어울리지 않는 아무 아가씨나 찾아서 편집광적으로 이 방 저 방 돌아다니는 젊은 스파클러에게 드리워지지는 않았다. 머들 씨의 지병의 그림자가 이 만찬에 집단 전체가 참석한 바너클 가와 스틸츠토킹 가의 사람들에게 드리워지지는 않았다. 요컨대, 그 자리에 모인 사람들 누구에게도 드리워지지 않았다. 경의를 받으며 사람들 사이를 돌아다닐 때는 그 자신에게조차 희미하게만 드리워졌던 것이다.

머들 씨의 지병이라. 상류사회와 그는 모든 일에서 서로 많은 관련을 맺고 있어서 그에게 지병이 있다면 그것을 그만의 일이라고

---

[14] 아킬레스는 뒤꿈치에 약점이 있었으므로 의사의 발언은 역설적이다.

생각하기는 어려웠다. 그가 고질적이고 알기 어려운 그런 지병을 앓고 있는가? 그리고 그 사실을 알아낸 의사가 있었는가? 기다려보라. 그동안 마셜시 담장의 그림자가 실제로 어둡게 만드는 영향력을 발휘할 것이고, 태양이 움직이는 매 순간에 도릿 가에 드리워진 모습을 볼 수 있을 것이다.

22 수수께끼

마셜시의 아버지는 클레넘 씨가 마셜시를 자주 찾아와도 그를 마음에 들어 하지 않았다. 선물이라는 중요한 문제에 대해 둔감했기 때문에 아버지의 가슴에 존경심을 일깨우지 못했던 것이다. 오히려 그 예민한 부분을 불쾌하게 만드는 경향이 있었고, 신사다운 감정이라는 점에서 명백한 단점으로 간주되는 경향이 있었다. 자신이 그의 본성을 신뢰해서 그가 당연히 지니고 있으리라고 간주했던 섬세함이 그에게 거의 없다는 사실을 깨닫자, 마셜시의 아버지는 클레넘 씨에게 점점 더 실망하게 되었다. 아버지는 가족끼리만 있을 때 클레넘 씨가 숭고한 본능을 지닌 사람이 아니어서 걱정이라는 얘기까지 했다. 학교의 지도자이자 대표자로서의 공적인 역할에서는 클레넘 씨가 문안을 드리러 찾아오면 기꺼이 맞이하겠지만, 개인적으로는 어울리지 않겠다고 했다. 그에게는 뭔가가(그게 무엇인지는 모르겠지만) 부족한 것 같다고 했다. 그럼에도 아버지가 겉으로 예의를 차리는 데에서 실수하는 점은 없었으며, 오히려 그를 많이 배려

하는 식으로 예우했다. 이전처럼 청하지 않아도 선물을 바칠 정도로
훌륭하고 자발적인 마음씨를 가진 사람은 아니더라도, 신사의 마음
에 어떻게든 맞춰서 그쪽으로 반응하려는 마음이 그의 본성에 여전
히 남아있을 거라는 희망을 품었기 때문인지 모른다.

클레넘은 감옥에 처음 찾아왔던 날 밤에 우연히 갇히게 되었던
외부에서 온 신사, 마셜시의 아버지를 감옥에서 구해내겠다는 엄청
난 생각을 갖고 그의 사건을 조사하려고 외부에서 온 신사, 그리고
마셜시의 아이에게 관심이 있는 외부에서 온 신사라는 세 겹의 입
장으로 이내 유명한 방문자가 되었다. 그는 치버리 씨가 자물쇠 당
번일 때 그의 배려를 받고도 놀라지 않았는데, 그것은 치버리 씨의
배려와 다른 간수들의 배려를 잘 구분하지 못했기 때문이었다. 치버
리 씨가 그를 갑자기 놀라게 하고, 다른 간수들과 구별되어 그에게
뚜렷이 눈에 띄게 된 것은 어느 특별한 오후의 일이었다.

치버리 씨는 간수실에서 사람들을 내보낼 수 있는 자신의 권력을
다소 교묘하게 행사해서 어슬렁거리던 학생들을 그곳에서 어떻게
든 모두 몰아냈다. 그래서 감옥에서 나오던 클레넘은 그가 혼자 근
무 중인 것을 보게 되었다.

"(개인적으로) 실례합니다만," 치버리 씨가 은밀하게 물었다. "어
느 쪽으로 가실 건가요?"

"브리지로 갈까 하오." 그는 열쇠를 입에 대고 있는 치버리 씨에
게서 침묵의 알레고리라고 해도 좋을 모습을 발견하고는 약간 놀
랐다.

"(개인적으로) 다시 한 번 실례합니다만," 치버리 씨가 말했다. "호스멍거 레인으로 돌아서 가주실 수 있나요? 이 주소에 들를 시간을 어떻게든 내주실 수 있나요?"라며, 치버리 상회의 단골들에게 배포하려고 인쇄했던 작은 명함을 그에게 건넸는데, '담배장수, 진짜 하바나여송연과 벵골여송연 그리고 풍미가 좋은 쿠바여송연수입상, 고급 코담배장수, 등등,'이라고 적혀있었다.

"(개인적으로) 담배장사에 대한 일은 아닙니다." 치버리 씨가 말했다. "사실은 제 처에 대한 일입니다. 처가 선생님과 얘기를 하고 싶어 하는데, 용건은ㅡ그래요," 치버리 씨는 클레넘의 우려 섞인 눈빛을 보고 고개를 끄덕이더니 말했다. "**그녀**에 대한 겁니다."

"당신 부인을 반드시 곧바로 찾아가겠소."

"고맙습니다. 대단히 감사합니다. 선생님이 가는 길에서 채 10분 거리도 안 됩니다. 죄송하지만 치버리 **부인을** 찾으십시오!" 벌써 감옥 밖으로 나간 클레넘에게 치버리 씨가 바깥문에 달린 작은 미끄럼 창을 통해 그런 사항들을 조심스레 말했다. 그 창은 원할 때 방문자를 살펴보기 위해 안쪽에서 열어젖힐 수 있게 되어있었다.

아서 클레넘은 명함을 손에 쥐고 그 위에 쓰여 있는 주소로 향했고, 곧 그곳에 도착했다. 아주 작은 가게였고, 단정한 부인이 바느질을 하며 카운터 뒤에 앉아있었다. 담배가 들어있는 작은 항아리들, 여송연이 들어있는 작은 상자들, 구색을 갖춘 약간의 담뱃대들, 코담배가 들어있는 한두 개의 작은 항아리들, 그리고 코담배를 건네는 데 사용하는 구둣주걱을 닮은 작은 도구 한 개가 소매상의 장사도구들이었다.

아서가 자기의 이름을 말하고, 치버리 씨의 청을 받고서 방문하기로 약속했다는 사실을 말했다. 도릿 양과 관련된 어떤 일에 대해서일 거라고 생각한다고 했다. 치버리 부인이 즉시 일감을 내려놓고, 카운터 뒤의 자리에서 일어나더니, 한숨을 쉬며 고개를 가로저었다.

"선생님이 친절하게 슬쩍 보신다면 지금 그를 볼 수도 있습니다." 그녀가 말했다.

치버리 부인은 이와 같이 알쏭달쏭한 말을 하며 방문자를 가게 뒤의 거실로 안내했는데, 거기서는 작은 창을 통해 아주 작고 음울한 뒷마당을 내다볼 수 있었다. 뒷마당에서는 빨아놓은 시트와 식탁보 등의 세탁물이 한두 개의 줄에 매달려서 건조되려고 애쓰고 있었다. (바람이 부족했기 때문에 쓸데없는 일이었다.) 그리고 작고 슬픔에 잠긴 젊은이가 나부끼는 빨래들에 둘러싸인 채 의자에 앉아있었다. 돛을 걸을 힘도 없이, 축축한 갑판에 홀로 생존해있는 최후의 선원처럼 보였다.

"제 아들 존이에요." 치버리 부인이 말했다.

관심이 있다는 걸 보이려고 클레넘이 물었다. 저기서 뭘 하는 거죠?

"아들의 유일한 기분전환이에요." 치버리 부인이 다시 고개를 가로저으며 말했다. "아마포가 걸려있지 않을 때는 뒷마당에도 안 나가려고 해요. 하지만 이웃사람들의 시선을 차단하는 아마포가 걸려 있으면 몇 시간이고 저러고 있어요. 몇 시간이고 말입니다. 그것이 작은 숲처럼 느껴진다나요!" 치버리 부인은 다시 고개를 가로젓고 어머니답게 앞치마를 두 눈에 갖다 댄 다음에 장사하는 곳으로 방문자를 데리고 돌아왔다.

"앉으세요." 치버리 부인이 말했다. "존에게는 도릿 양이 문젭니다, 선생님. 그녀 때문에 비탄에 젖어있거든요. 저 애가 쓰러지면 부모로서 얼마나 마음이 아프겠어요."

동정심이 있고 화술이 좋아서 호스멍거 레인 근처에서 많은 존경을 받는 푸근한 인상의 치버리 부인이 그런 이야기를 무서울 정도로 침착하게 입 밖에 냈다. 그러고는 곧바로 다시 고개를 가로젓고 눈물을 훔치기 시작했다.

"선생님," 그녀가 이어서 말했다. "선생님은 도릿 양의 가족을 알고 있고 그 가족의 일에 관계하고 있으며 그 가족에게 영향력이 있으시잖아요. 만일 두 젊은이를 행복하게 만들 수 있는 방안이 있다면, 제 아들 존을 위해서 그리고 그들 둘 다를 위해서 그렇게 좀 해주세요."

"그녀를 안 지 얼마 되지 않고," 아서가 어쩔 줄 몰라 하며 대답했다. "그동안 작은-도릿 양을 부인이 말하는 것과는 전혀 다른 관점에서 바라보곤 했기 때문에 부인의 말을 듣고 무척 놀랐습니다. 그녀가 부인 아들을 알고 있나요?"

"함께 자랐습니다, 선생님." 치버리 부인이 말했다. "함께 놀았고요!"

"부인의 아들이 자기를 사랑한다는 사실을 알고 있나요?"

"아! 저런, 선생님." 치버리 부인이 약간 의기양양하게 몸을 떨면서 말했다. "일요일에 그를 만날 때마다 그가 자신을 사랑한다는 사실을 알았을 거예요. 다른 것이 표현하지 않았더라도 아들이 가지고 다니는 지팡이가 단독으로 그 사실을 나타낸 지 오래되었으니까요. 존 같은 젊은이가 가야 할 길을 가리키는 상아 자루를 아무 까닭 없이 좋아하지는 않을 거잖아요. 제가 그 사실을 어떻게 처음 알았겠어요? 마찬가지지요."

"도릿 양이 부인만큼 눈치가 빠르지는 않을 수도 있잖아요."

"그렇다 하더라도 그녀는 말로 들어서 알고 있어요." 치버리 부인이 말했다.

"확실합니까?"

"선생님," 치버리 부인이 말했다. "제가 이 가게에 있는 것만큼 확실하고 분명합니다. 제가 이 가게에 있을 때 아들이 나가는 것을 제 눈으로 봤고, 이 가게에 있을 때 아들이 들어오는 것을 제 눈으로 봤어요. 그래서 말을 했다는 사실을 눈치 챘고요!" 치버리 부인은 앞서 말했던 사정을 다시 반복해서 놀랍도록 강조하는 기세를 이끌어냈다.

"아드님이 어쩌다가 낙담에 빠져서 부인을 이토록 심하게 걱정시키게 된 건지 물어봐도 될까요?"

"그 일은," 치버리 부인이 말했다. "존이 이 가게에 돌아오는 것을 제 눈으로 보았던 바로 그날에 일어났어요. 그날 이후로 아들은 이

가게에 나온 적이 없거든요. 그날 이후로 예전의 그와는 달라졌어요, 7년 전에 저와 그 애의 아버지가 분기별로 집세를 내는 이 가게에 처음 왔을 때와는 달라졌단 말입니다!" 치버리 부인이 문장을 만드는 특이한 능력 때문에 이 말은 진술서 비슷한 효과를 가졌다.

"실례지만 그 문제에 대해 부인이 어떤 생각을 하고 계신지 물어봐도 될까요?"

"물론이죠." 치버리 부인이 말했다. "제가 이 가게에 실제 있는 것처럼 도의상으로나 말로나 사실 그대로 알려드리겠습니다. 존은 모든 사람의 칭찬과 축복을 받는 아이였습니다. 도릿 양이 어린아이로서 저 마당에서 놀 때 어린아이로서 같이 놀았고, 그때 이후로 그녀를 죽 알아왔지요. 아들이 바로 여기 거실에서 식사를 하고 일요일 오후에 외출했는데, 약속을 했든 하지 않았든 하여간 그녀를 만났습니다. 어느 쪽인지는 단정하지 않겠지만요. 그리고 그녀에게 청혼했습니다. 그녀의 오빠와 언니는 오만한 생각 탓에 우리 존을 반대하고 있고, 그녀의 아버지는 생각으로는 그에 대해 전적으로 찬성이지만 그녀를 누구와 함께 나눈다는 데에는 반대지요. 그런 사정으로 인해 그녀가 존에게 대답하기를, '아니, 존, 난 너와 결혼할 수 없어. 누구든 남편으로 삼을 수 없다고. 너의 아내가 될 생각이 전혀 없어. 나는 언제나 가족을 위해 내 삶을 바칠 생각이야. 잘가. 네게 알맞은 다른 여자를 찾아, 그리고 날 잊어!' 바로 그런 식으로 해서, 그녀는 영원히 노예로 지낼 가치가 없는 그들에게 영원히 노예로 매여서 지낼 운명에 처하게 된 거예요. 바로 그런 식으로 해서, 존이 아마포에 둘러싸인 채 감기에 걸리는 것 말고는, 그리고 제가 선생님께 보여드렸던 대로 저 마당에서 제 어미의 가슴을 찌를 정도로 완전히 몰락한 모습을 보여주는 것 말고는 다른 즐거움을 찾지 못하게 된 거란 말입니다!" 착한 부인이 그때 작은 창을 가리켰는데, 그곳을 통해 그녀의 아들이 비탄에 잠긴 채 아무 소리도 나지 않는 작은 숲에 앉아있는 모습을 볼 수 있었다. 그리고 나서 그녀가 또다시 고개를 가로젓고 눈물을 훔치더니, 두 젊은이 모두를 위해 우울한 이 일을 밝게 역전시키는 쪽으로 영향력을 행사해달라고 간청했다.

그녀가 아주 확신을 갖고 사정을 설명했을 뿐 아니라 작은 도릿과 그녀 가족의 상대적 상태에 관한 한 그 설명이 정확한 전제에 근거하고 있다는 점은 도저히 부인할 수 없었기 때문에 클레넘은 그렇지 않다고 자신할 수가 없었다. 작은 도릿에게 아주 특이한 관심 ― 그녀 주위의 천하고 조악한 것들로부터 생겨난 관심이지만 그녀를 그것들과 분리시키는 관심 ― 을 두게 되어서, 그녀가 뒷마당에 있는 존 치버리나 아니면 그와 비슷한 누구든 사랑했다고 상상하니, 실망스럽고 불쾌하고 거의 고통스럽다고 느낄 정도였다. 그러나 한편으로는 그녀가 자기를 사랑하지 않았어도 사랑했던 것만큼 자기에게 착하고 진실했다고 자기 자신을 설득했다. 그리고 그녀가 유일하게 알고 있는 사람들과 마음속으로 단절한다는 벌칙을 주면서 그녀를 가정의 요정 같은 존재로 만든다는 것은 자기 상상의 약점일 뿐이고 다정한 상상은 아니라고 자신을 설득했다. 그럼에도 그녀의 앳되고 천사 같은 모습, 수줍어하는 태도, 예민한 목소리와 눈빛이 지닌 매력, 그녀의 개인적인 특성 중 자신의 흥미를 불러일으켰던 수많은 바로 그 사항들, 그리고 그녀 자신과 주위 사람들 사이의 분명한 차이점, 이 모든 것이 새로 들게 된 생각과 조화를 이루지 않았고, 조화를 이루지 않겠다고 버텼다.

그와 같은 사항을 마음속으로 숙고한 다음에 – 사실은 치버리 부인이 아직 말을 하고 있을 때 숙고했던 것인데 – 도릿 양을 더욱 행복하게 하고 그녀의 소망을 이뤄주기 위해 자신이 할 수만 있다면, 그리고 소망하는 바가 무엇인지 알 수만 있다면, 언제나 최선을 다할 거라는 사실은 믿어도 좋다고 존경할 만한 치버리 부인에게 말했다. 동시에 그는 추측하는 것과 겉으로 보이는 모습을 그대로 믿지 말라고 주의를 주었고, 도릿 양이 슬퍼하지 않도록 침묵과 비밀을 엄격히 지키라고 요구했으며, 아들의 신뢰를 얻어서 실제 사정을 확실히 확인할 수 있도록 노력하라고 특히 당부했다. 치버리 부인은 마지막 조치는 불필요하다고 생각했지만 노력하겠노라고 대답했다. 그녀는 자신이 허황하게 기대했던 위로를 그 면담에서 전부 얻지는 못한 것처럼 고개를 가로저었다. 그럼에도 그가 친절하게도 수고를 아끼지 않은 데 대해 고맙다고 했다. 그러고 나서 그들은 좋은 친구로 헤어졌고 아서는 그곳을 떠났다.

거리의 인파가 마음속의 인파와 부딪쳐서 두 인파가 혼란을 일으켰기 때문에 아서는 런던브리지를 피해 좀 더 조용한 아이언브리지 쪽으로 방향을 돌렸다. 다리 위에 발걸음을 내디디자마자 작은 도릿이 자기 앞에서 걸어가는 모습이 눈에 띄었다. 가벼운 미풍이 불어오는 쾌적한 날이어서, 그녀도 바람을 쐬러 방금 거기에 온 것 같았다. 그녀 아버지의 방에서 그녀와 헤어진 지 한 시간도 채 지나지 않았던 것이다.

단둘이 있을 때 그녀의 표정과 태도를 관찰하고 싶다는 소망을 이룰 수 있는 좋은 기회였다. 그가 발걸음을 재촉했다. 그러나 그가 다다르기 전에 그녀가 돌아보았다.

"내가 놀라게 했니?" 아서가 물었다.

"누구 발걸음인지 알 것 같았어요." 그녀가 주저하다가 대답했다.

"누구 발걸음인지 알 것 같았다고, 작은 도릿? 내가 오리라고는 기대도 안 했을 텐데."

"누굴 기다렸던 건 아니에요. 하지만 발걸음 소리를 듣고, 그것이 – 선생님 발걸음 소리 같다고 생각했어요."

"어디 멀리 가는 길이니?"

"아뇨, 기분전환 하려고 그저 여길 산책하고 있었어요."

그들은 함께 걸었고, 그녀는 그를 신뢰하는 태도를 되찾았다. 그러고 나서 주위를 살펴본 다음에 그의 얼굴을 올려다보며 말했다.

"정말 이상해요. 선생님은 어쩌면 전혀 이해하지 못하실 거예요. 이곳을 산책한다는 것이 대체로 냉혹한 일인 것처럼 느껴질 때가 있거든요."

"냉혹하다고?"

"강물과, 드넓은 하늘과, 수많은 사물들, 그것들의 변화와 움직임을 보는 것. 그리고 돌아가서는, 그러니까, 아빠가 비좁은 장소에 내내 갇혀 있는 것을 본다는 게 말이에요."

"아, 그렇구나! 하지만 돌아갈 때, 그런 것들의 활기와 영향력을 같이 갖고 돌아가서 아버지의 기운을 북돋워 준다는 사실을 명심해야지."

"제가요? 그랬으면 좋겠어요! 선생님은 상상이 지나쳐서 절 너무 능력 있는 여자로 생각하시는 거 같아요. 선생님이 감옥에 갇혀도 제가 그런 위로를 전해드릴 수 있을까요?"

"그럼, 작은 도릿. 당연하지!"

클레넘은 그녀의 입술이 떨리고 대단히 흥분한 기미가 얼굴을 스쳐가는 모습을 보고서 아버지를 생각하고 있었다고 짐작했다. 그리고 침착성을 되찾을 수 있도록 잠시 말없이 기다렸다. 자신의 팔에 기대서 떨고 있는 작은 도릿이 치버리 부인의 의견과는 이전 어느 때보다도 일치하지 않았지만, 새로이 든 생각, 즉 절망적으로 – 한층 더 새로운 생각이었다 – 절망적으로 도달하기 어려운 먼 곳에 다른 누군가가 있을지 모른다는 생각과는 모순되는 게 아니었다.

그들이 발걸음을 돌렸을 때 클레넘이 말했다. 매기가 이리로 오고 있군! 작은 도릿이 깜짝 놀라서 올려다보았고, 그들은 자신들을 보고 딱 멈춰 선 매기와 마주쳤다. 매기는 생각에 잠긴 채 몰두해서 총총걸음을 하느라고 그들이 다가올 때까지 알아차리지 못했던 것이다. 그때 매기의 마음에 곧바로 걸리는 바가 있었기 때문에 그녀의 바구니조차도 뭔가 걸린다는 기색을 내보였다.

"매기, 아빠 곁에 머물기로 나와 약속했잖아."

"작은 엄마, 그렇게 하려고 했지만 그가 그렇게 하도록 놔두지 않았어. 내게 심부름을 시키면, 나는 해야 하잖아. 내게 '매기, 이 편지를 갖고 서둘러 갔다 오너라, 좋은 답장을 갖고 오면 6펜스 주마,'라고 하면, 그렇게 해야 하잖아. 이런, 작은 엄마, 열 살짜리 보잘것없는 아이가 어떻게 하겠어? 그리고 팁 씨가─내가 나올 때 마침 들어와서 '어디 가니, 매기?'라고 묻고, '이러이러한 곳에 가요,'라고 하자 '나도 해 봐야지,'라고 하면, 그래서 그가 조지 여인숙에 가서 편지를 써서는 내게 주면서 '이 편지도 같은 곳에 전해줘, 좋은 답장을 갖고 오면 1실링 줄게,'라고 하면, 그게 내 잘못은 아니잖아, 엄마!"

아서는 풀이 죽은 작은 도릿의 눈빛을 보고, 편지를 누구에게 보냈다고 예상하는 것인지 알아차렸다.

"나는 이러이러한 곳에 가는 길이야. 그래! 거기에 가는 길이야." 매기가 말했다. "이러이러한 곳에 가는 길이라니까. 편지와 관계있는 사람은, 작은 엄마, 엄마가 아니야─선생님이에요." 매기가 아서에게 말했다. "선생님은 이러이러한 곳으로 가는 게 낫겠어요. 제가 편지를 전달할 수 있게요."

"매기, 우리가 그처럼 번거롭게 할 필요는 없으니 여기서 줘." 클레넘이 작은 소리로 말했다.

"이거 참, 그러면 길 맞은편으로 가요." 매기는 아주 큰 소리로 속삭였다. "작은 엄마는 아무것도 몰라야 해요, 그리고 선생님이 일부러 이 근처를 어슬렁거리는 대신에 이러이러한 곳으로 가기만 했어도 아무것도 몰랐을 거예요. 제 잘못이 아니에요. 저는 들은 대로 해야 하거든요. 그들이 제게 말한 데 대해 부끄러워해야죠."

클레넘은 반대편으로 건너가서 서둘러 편지를 개봉했다. 작은 도릿의 아버지가 보낸 편지에는, 자신 있게 기대했던 시티에서의 송금을 받지 못하는 새로운 처지에 뜻밖에 처하게 되었는데, 23년 동안 감금되어있는 불행한 상황 때문에(이중으로 밑줄을 쳐놓았다) 올수가 없어서, 그렇지 않았으면 틀림없이 직접 왔을 텐데, 펜을 들었다고ー부디 동봉하는 차용증을 받고 3파운드 10실링을 빌려달라는 청을 하기 위해 펜을 들었다고 쓰여 있었다. 팁이 보낸 편지에는, 아주 만족스러운 일자리를, 완벽하게 성공할 가능성이 상당히 높은 일자리를 항구적으로 마침내 얻게 되었다는 소식을 클레넘 씨가 들으면 기뻐할 거라고 생각한다는 내용이 쓰여 있었다. 하지만 고용주가 오늘까지 밀린 봉급을 지급할 수 없는 일시적인 사정에다가(그런 상황에서 그 고용주가 자신이 반드시 용서받으리라고 확신하면서 너그럽게 용서해달라고 호소하더라고 썼다) 거짓친구의 사기와 현재의 높은 식료품비가 겹쳐서, 자신이 오늘 저녁 6시 15분 전까지 8파운드의 금액을 마련하지 못하면 파산할 지경으로 몰락했다는 내용이 쓰여 있었다. 클레넘 씨, 당신이 들으면 기뻐할 텐데, 자신의 성실성에 대해 강한 확신이 있는 몇몇 친구들이 기민하게 도와준 덕에, 1파운드 17실링 4펜스라는 적은 잔액만 빼고 그 금액을 마련했노라고 썼다. 그리고 그 잔액을 한 달 기한으로 빌려주면 평상시

같이 유익한 결과가 따를 거라고 했다.

두 통의 편지에 대해 클레넘은 연필과 수첩으로 즉석에서 답장을 작성했다. 작은 도릿의 아버지에게는 그가 요청한 것을 보냈고, 팁의 요구에는 들어주지 못해서 미안하다고 썼다. 그러고 나서 매기에게 답장을 가지고 돌아가라고 하면서, 추가로 맡은 임무가 실패했다고 해서 실망하지 않도록 그녀에게 1실링을 주었다.

아서가 작은 도릿과 합류해서 전처럼 걷기 시작했을 때 그녀가 갑자기 입을 열었다.

"돌아가는 게 좋을 것 같아요. 집에 가는 게 낫겠어요."

"괴로워 마." 클레넘이 말했다. "편지에 답장을 썼고 별일 아니야. 내용이 무엇인지는 너도 알잖니. 아무것도 아니야."

"하지만 전 아버지를 떠나 있기가 두려워요." 작은 도릿이 대답했다. "그들 중 누구든 떠나 있기가 두려워요. 제가 죽으면, 그들은 매기까지도 – 타락시키려는 의도도 아니면서 – 타락시킬 거예요."

"불쌍한 그 아이는 아주 순진하게 임무를 맡았던 거야. 그리고 그 일을 네게 비밀로 했던 것은 그저 네 불안을 덜어주어야겠다고 생각해서 그랬을 게 틀림없어."

"그래요, 그랬으면 좋겠어요, 그래야지요. 하지만 집에 돌아가는 게 낫겠어요! 바로 얼마 전에 언니는 제가 감옥에 익숙해져서 감옥의 말투와 품성을 갖고 있다고 했어요. 그 말이 맞아요. 이런 일들을 겪으니 그 말이 맞다는 확신이 들어요. 제가 있을 곳은 거기예요. 거기에 있는 게 낫겠어요. 거기에 있으면 아주 작은 일이라도 할

수 있는데 여기에 있는 건 냉혹한 짓이에요. 잘 가세요. 집에 있는
게 훨씬 낫겠어요!"

작은 도릿이 그런 말을, 마치 억눌린 가슴에서 저절로 터져 나오
는 것처럼 괴롭게 쏟아내었기 때문에 클레넘은 그녀의 얼굴을 보고
그녀의 말을 들으면서 눈물을 참기가 어려웠다.

"거기를 집이라고 부르지 마, 얘야!" 그가 간청했다. "거기를 집
이라고 부르는 소리를 듣는 게 늘 고통스러웠어."

"하지만 거기가 집이에요! 거기 말고 어디를 집이라고 부를 수
있겠어요? 도대체 어째서 일순간이라도 거길 잊어야 한다는 거죠?"

"작은 도릿아, 무슨 일을 하든 착하고 성실하게 봉사하는 네가
잊을 수야 없겠지."

"잊지 않았으면 좋겠어요. 아니, 잊고 싶지 않아요! 저는 거기에
있는 게 나아요. 훨씬 더 낫고 훨씬 더 본분을 지키는 일이고 훨씬
더 행복해요. 제발 저와 같이 가려고 하지 마세요, 혼자 가게 해주세
요. 잘 가세요. 하느님의 축복을 빌어요. 고맙고 감사합니다."

그녀의 청을 존중하는 게 낫겠다는 생각이 들어서 클레넘은 그녀
의 가냘픈 모습이 서둘러 멀어지는 동안 조금도 움직이지 않았다.
그 모습이 빠르게 흔들리며 시야에서 사라지자 그는 강물 쪽을 바
라보며 생각에 잠겼다.

그녀가 그 편지들에 대해 지금처럼 알게 되면 언제라도 괴로워할
일이었다. 그러나 그 정도로, 그리고 그렇게 억누를 수 없었을까?

아니잖아.

아버지가 엉성하게 위장한 채 구걸하는 모습을 보았을 때도, 자기 아버지에게 돈을 주지 말라고 내게 간청했을 때도, 그녀는 괴로워했지만 지금 같지는 않았어. 바로 직전에 뭔가가 그녀를 날카롭게 그리고 더욱 예민하게 만든 거야. 그렇다면, 절망적으로 도달할 수 없는 먼 곳에 누군가가 있는 건가? 아니면, 다리 아래로 거칠게 흘러가는 강물, 즉 나룻배의 이물에 변치 않는 곡조를 연주하는 강물이 한 시간에 일정한 거리를 평화롭게 흘러가게 두면, 여기저기에 골풀이나 백합이야 나겠지만 불확실하거나 동요할 것이 전혀 없는 강물을, 저 높은 곳을 흘러가는 바로 그 강물과 내 나름대로 관련지어 생각하다보니 그런 의심이 든 건가?

클레넘은 오랫동안 거기에 서서 그의 불쌍한 아이인 작은 도릿에 대해 생각했다. 집에 가면서도 그녀를 생각했고, 밤에도 그녀를 생각했으며, 다시 낮이 되었을 때에도 그녀를 생각했다. 그리고 그 불쌍한 아이인 작은 도릿도 그를 생각했다 - 너무 충실하게, 아아, 너무나 충실하게! - 마셜시 담장의 그늘 속에서 그를 생각했다.

***

23 작동 중인 기계장치

미글스 씨는 아서 클레넘이 그에게 의뢰한 대니얼 도이스와의 협의를 기민하고 활발하게 진행해서 곧 실무적인 절차에 들어갔고, 어느 날 아침 아홉 시에 아서를 방문하여 결과를 알려주었다.

"도이스가 당신의 훌륭한 생각을 듣더니 아주 기뻐하더군,"이라는 말로 용무를 시작했다. "그리고 무엇보다도 당신이 공장의 사정을 직접 점검하고 완벽하게 이해하기를 바라고 있어. 내게 모든 장부와 서류의 열쇠를 건네주었네 ─ 여기 이 주머니 안에서 짤랑짤랑 소리를 내고 있지 ─ 그리고 딱 한 가지 당부한 사항이 있네. '클레넘 씨가 내가 알고 있는 것은 모두 다 알아서 나와 완벽하게 대등한 입장에 설 수 있어야 합니다. 결국에 물거품이 되더라도 나의 신뢰는 소중히 여길 수 있게요. 그 점을 우선 확실히 하지 않으면 그와 관계 맺지 않겠습니다.' 자, 이제 당신은 대니얼 도이스의 조건을 완전히 알게 된 거야." 미글스 씨가 말했다.

"대단히 훌륭한 성격이군요."

"아, 그럼, 틀림없지. 그 점은 의심할 바 없어. 이상하지만 대단히 훌륭한 성격이지. 그래도 아주 이상한 성격이야. 그런데, 클레넘, 믿어지시오," 미글스 씨가 자기 친구의 기벽을 맘껏 즐기며 말했다. "내가 오전 내내 거기 명칭이 뭐였더라, 무슨 야드에 있었다는 사실을 ─"

"블리딩 하트요?"

"오전 내내 블리딩 하트 야드에 머문 다음에야 어쨌든 그가 그 문제를 검토하도록 설득할 수 있었다는 사실이 믿어지시오?"

"어떻게 된 일이죠?"

"어떻게 된 일이냐고, 이 친구야? 내가 그 일과 관련해서 당신 이름을 말하자마자 그가 그만두겠다고 했거든."

"나 때문에 그만두겠다고 했다고요?"

"클레넘, 당신 이름을 말하자마자 '그럴 수 없어요!'라고 하더군. 무슨 말이야? 내가 물었지. 아무 일도 아니에요, 미글스. 그러나 그럴 수 없어요. 어째서 그럴 수 없지? 클레넘, 당신은 믿기 어려울 거야." 미글스 씨가 여유 있게 웃으며 말했다. "하지만 당신과 자기가 트위크넘으로 함께 걸어오다가 정다운 대화를 나눈 적이 있는데, 그때 당신이 세인트폴 성당만큼이나 확실하고 최종적으로 자리를 잡았다고 생각해서 동업자를 받아들일 생각을 말했던 것이기 때문에 그럴 수 없는 거라고 하더군. 그가 말했어. '그런데 내가 클레넘 씨의 제안을 받아들이면 툭 터놓고 자유롭게 말했던 건데 사악하고 계획적인 동기를 품고 있었다고 생각할 수도 있잖아요. 그건 견딜 수 없어요.' 그가 말하더군. '정말로 자존심 때문에 견딜 수 없어요.'"

"차라리 내가 의심한다고 하는 게 –"

"물론 당신이야 동업하고 싶겠지." 미글스 씨가 가로막았다. "나도 그렇게 말했고. 그러나 그 장벽을 오르는 데 아침나절이 다 걸렸어. 나 말고 다른 어떤 사람이(나를 옛날부터 좋아했거든) 그가 그 장벽을 넘도록 할 수 있었을지 모르겠네. 그런데 말이야, 클레넘. 그 사무적인 장애물을 넘고 나니, 그다음에는 자네와 다시 협의하기 전에 내가 장부들을 검토하고 내 나름의 평가를 해야 한다는 조건을 내놓더군. 그래서 장부들을 검토하고 나름의 평가를 했지. '대체로 찬성입니까, 반대입니까?' 그가 묻더군. '찬성이네.' 내가 말했지. '그렇다면,' 그가 말하더군. '훌륭한 친구인 당신이 이제는 클레넘 씨가 그 나름의 평가를 할 수 있게 해도 좋습니다. 클레넘 씨가 아무 편견 없이 그리고 완벽하게 자유로운 상태에서 평가할 수 있도록, 나는 일주일 동안 시내를 벗어나 있겠습니다.' 그러더니 가버렸어." 미글스 씨가 말했다. "그 일의 웃기는 결말이 그렇네."

"내게 강한 인상을 남기고 말이군요." 클레넘이 말했다. "자기의 정직함과 자기의 – "

"기이함에 대한 인상이라는 거겠지." 미글스 씨가 끼어들었다. "나도 그렇게 생각해!"

그것이 클레넘이 말하려던 정확한 낱말은 아니었지만 그는 친구가 기분 좋게 말하는 것을 가로막지 않았다.

"이제는," 미글스 씨가 덧붙였다. "당신이 괜찮으면 곧바로 사정을 들여다볼 수 있네. 설명이 필요하면 내가 설명을 해주기로 약속했어, 그러나 엄격하고 공평하게 설명하고 그 이상은 하지 않기로 약속했네."

바로 그날 오전에 그들은 블리딩 하트 야드에서 도이스 씨의 장부와 서류를 철저히 들여다보기 시작했다. 노련한 안목으로 보니, 도이스 씨가 일을 처리하는 방식에서 조금 특이한 점들이 쉽게 눈에 띄었지만, 그것들은 거의 언제나 어려운 문제를 약간 기발하게 단순화하면서 목표에 도달하는 약간 명료한 길을 포함하는 것이었다. 서류들이 밀려 있다는 사실과 사업 규모를 확장하려면 도움이 필요하다는 사실은 충분히 분명했다. 그러나 오랫동안 그가 했던 일들의 모든 결과가 분명하게 설명되어있었고 쉽게 확인할 수 있었다. 임박한 조사를 대비해서 새로 만진 것은 아무것도 없었다. 모든 일이 진짜 작업복을 걸친 상태였고, 확실하고 솔직했으며 꾸민 데가 없는 상태였다. 그가 직접 손으로 적어놓은 계산의 결과나 기재사항들은 - 그런 것들이 많이 있었다 - 뭉뚝한 연필로 쓰여 있었고, 그다지 깔끔하거나 꼼꼼하지 않았지만 언제나 명료했고 요점으로 곧장 향하고 있었다. 훨씬 더 공을 들여서 사무를 과시적으로 하는 것은 - 예를 들어, 에돌림청의 기록이 작성된 방식 같은 것은 - 이해하기가 훨씬 더 어렵게 의도되었기 때문에 유용성이 훨씬 덜할지도 모른다고 아서는 생각했다.

사나흘을 꾸준하게 몰두해서 아서는 반드시 알아야 하는 모든 사실에 정통하게 되었다. 그동안 내내 미글스 씨는 가까운 곳에 있으면서, 저울과 국자에 속하는 밝고 작은 안전등으로 어떤 흐릿한 곳이든 언제나 비출 준비를 하고 있었다. 두 사람이 사업체의 절반 몫을 구입하는 가격으로 적당하다고 생각하는 금액에 대해 합의를 본 다음에, 대니얼 도이스가 평가한 금액을 적어놓은 서류를 미글스 씨가 개봉했는데, 그것은 한층 더 적은 액수였다. 그래서 대니얼이 돌아왔을 때는 그 일이 거의 마무리된 거나 마찬가지였다.

"클레넘 씨, 이제 고백하지만 동업자를 두루두루 찾았더라도 더 맘에 드는 사람을 찾지는 못했을 겁니다." 그가 진심으로 악수하면서 말했다.

"나도 마찬가지입니다." 클레넘이 말했다.

"내 생각에도 당신들 둘은 잘 어울려." 미글스 씨가 덧붙였다. "클레넘, 당신은 상식을 갖고 그를 견제하시오. 그리고 댄, 자네는 공장 일에 전념하게, 자네의 ‒ "

"비상식을 갖고요?" 대니얼이 조용히 미소 지으며 말을 꺼냈다.

"그렇게 말하고 싶다면 그렇게 말할 수도 있겠지‒그리고 당신들 각자는 서로에게 오른팔이 될 거야. 내가 현실적인 사람으로서 둘 다에게 오른팔이 되어주지."

그 구매 건은 한 달 내에 마무리되었다. 그 결과, 아서에게는 사적이고 개인적인 재산이 몇 백 파운드밖에 남지 않았지만 활동적이고 전도유망한 미래가 열렸다. 그 경사스런 날에 세 친구는 함께 식사를 했다. 공장의 노동자들과 부인 및 아이들도 일을 쉬고 식사를 했고, 블리딩 하트 야드까지도 식사를 하고 고기로 가득 채웠다. 다 합해서 불과 두 달이 지났을 때, 블리딩 하트 야드는 대접받았던 것을 잊을 정도로 식량 부족에 다시 익숙해졌고, 그 동업관계 덕에 새로워진 것은 문설주에 '도이스와 클레넘 회사'라고 페인트로 적어 넣은 글자뿐인 것 같았다. 심지어 클레넘에게도 자신이 회사 일에 마음을 쓴 지 몇 년은 지난 것처럼 여겨졌다.

클레넘이 사용하도록 정해진 작은 회계사무실은 길고 천장이 낮은 작업장 끄트머리에 있는 방으로 목재와 유리로 되어있었다. 작업장에는 작업대, 바이스, 공구, 가죽숫돌, 바퀴가 가득 차 있었고, 그것들은 증기기관과 맞물려서 마치 사업체를 가루가 되도록 갈고 공장을 산산조각내라는 자멸적 사명을 부여받은 것처럼 법석을 떨었다. 바닥과 천장에 나 있는 커다란 뚜껑문이 아래층 및 위층 작업장과 연결되어서 멀리서 보면 한 줄기 광선을 만들어냈는데, 그 광선은 클레넘에게 어린 시절의 낡은 그림책[1]에서 보았던, 아벨의 살해를 목격한 증인이었던 빛줄기들을 생각나게 했다. 작업장의 소음은 회계사무실에서 들리지 않게 충분히 제거되고 차단된 채로 바쁘게 윙윙거리는 소리와 섞였고, 중간 중간에 쨍그랑하고 쿵 하는 소리가 주기적으로 들렸다. 끈기 있게 일하는 노동자들은, 작업대마다에서 튀어 오르고 바닥판자의 갈라진 틈마다에서 솟아나는 쇠와 강철의 줄밥 때문에 가무잡잡한 모습이었다. 아래층의 바깥마당에서 작업장에 도달하려면 발판사다리를 이용해야 했는데, 마당에서 그 사다리는 공구들을 날카롭게 가는 커다란 회전숫돌을 보호하는 역할을 했다. 모든 것이 클레넘이 보기에는 기상천외하면서도 실용적인 모양을 하고 있었으니 반가운 변화였다. 그는 다수의 문서를 완벽하게 정리하는 일부터 시작했고, 그 일을 하다가 시선을 들어 올릴 때마다 그에게는 새로운 감정인 일에 대한 즐거움을 느끼며 그런 물건들을 훑어보았다.

하루는 그런 식으로 시선을 들어 올리다가 어떤 보닛이 발판사다리를 힘겹게 올라오는 모습을 보고 깜짝 놀랐다. 특이한 그 유령

---

[1] 카인의 아벨 살해와 같은 극적인 사건을 소재로 다루는 경우, 위에서부터 내려오는 한 줄기 광선이 주요인물의 머리를 비추도록 그리는 것이 빅토리아 시대 회화의 관습이었다.

공장을 찾아온 방문자들

뒤에는 또 다른 보닛이 따라 오고 있었다. 그는 첫 번째 보닛이 에프 씨의 숙모의 머리 위에 얹혀있고 두 번째 보닛이 플로라의 머리 위에 얹혀있다는 사실을 알아차렸다. 플로라는 자신의 유산이 가파른 사다리를 올라가도록 아주 힘겹게 몰아대는 것 같았다.

클레넘이 이 방문자들을 아주 반겼던 것은 아니지만 지체 없이 회계사무실의 문을 열고 방문자들을 작업장에서 구해냈다. 이미 어떤 장애물에 걸려서 넘어졌던 에프 씨의 숙모가, 들고 있던 돌덩이 같은 손가방으로 증기기관에 위협을 가했기 때문에 한층 더 긴요한 구난조치였다.

"어머나, 아서 – 클레넘 씨라고 하는 게 훨씬 적절하겠죠 – 지금 우리가 올라온 오르막과 비상계단도 없이 그리고 에프 씨의 숙모가 사다리를 헛디뎌 다치지 않게 조심하면서 다시 내려가야 하는 내리막 그리고 당신은 기계류나 주물공장에 대한 생각만 하고, 우리에게 소식도 안 주네요!"

그런 식으로 플로라가 숨을 헐떡였다. 그러는 사이에 에프 씨의 숙모가 자신의 귀한 발등을 우산으로 문지르더니 앙심을 품고 노려보았다.

"그날 이후로 우리를 보러 한 번도 오지 않았다는 것은 아주 몰인정한 거예요, 비록 **우리** 집에 당신의 마음을 끌어당기는 것이 있을 거라곤 기대하지 않는 게 당연하고 당신은 훨씬 더 유쾌한 약속이 있었을 테지만요, 그건 아주 확실하죠, 그녀가 미인인가요 눈은 짙은 남색인가요 아니면 검은색인가요 궁금해요, 그녀가 하나에서 열까지 나와 완전히 다르지는 않을 거라고 기대해서는 아니에요 내가 정말 잘 알고 있듯이 나는 실망을 줬으니까요 그리고 당신이 틀림없이 열렬히 사랑하는 것도 당연해요 그러나 내가 하는 얘기에 아서 신경 쓰지 마요 나 자신도 무슨 얘길 하는지 모르겠으니까 어머나!"

그때쯤에 클레넘은 회계사무실로 의자를 가져와 그들이 앉을 수 있게 했다. 플로라가 의자에 털썩 앉으면서 옛날처럼 그를 바라보았다.

"그리고 도이스와 클레넘 회사에 대해 생각해보면, 도이스가 도대체 누구죠." 플로라가 물었다. "틀림없이 유쾌한 사람일 거고 어쩌면 기혼이겠죠 또 어쩌면 딸이 있을지 모르고요, 그런데 정말 딸이 있나요? 그렇다면 동업관계가 이해가 되고 전부 다 알겠어요 질문할 권리가 내게 없다는 것을 나도 아니까 아무 말도 말아요 예전에 만들었던 금목걸이를, 떼어냈군요 아주 적절하네요."

플로라가 자기 손을 부드럽게 클레넘의 손에 포갠 후 또다시 젊은 시절의 시선으로 그를 바라보았다.

"사랑하는 아서 - 습관의 힘이에요, 어느 모로 보나 클레넘 씨가 좀 더 우아하고 현 상황에 좀 더 알맞은 거죠 - 이처럼 맘대로 밀고 들어온 것에 대해 용서를 구해야겠군요 하지만 영원히 사라져버린 옛날이라도 이 정도는 이용할 수 있다고 생각했어요 에프 씨의 숙모와 함께 찾아와서 축하하고 행운을 빌어줄 정도로 한창때는 아니지만요, 중국여성보다 훨씬 뛰어나다는 건 부정할 수 없겠죠 훨씬 가까이 있고 지위가 더 높을 테니까요!"

"당신을 만나니 정말 좋군요." 클레넘이 말했다. "그리고 사려 깊게 기억해줘서 대단히 고마워요, 플로라."

"이러나저러나 나 자신은 할 수 없는 말이네요." 플로라가 대꾸했다. "내가 죽어서 묻힐 뻔했던 적이 스무 차례는 넘으니까요 그리고 전에 사정이 어떠했든 당신이 나를 또는 그런 것을 진짜로 기억하고 있다는 것은 분명해요 그럼에도 마지막으로 한마디만 하고 싶어요, 마지막으로 설명하고 싶은 한 가지는 - "

"핀칭 부인," 아서가 놀라서 항의 조로 말했다.

"아 그 불쾌한 이름으로 부르지 마요, 플로라라고 해요!"

"플로라, 설명하느라고 다시 수고할만한 가치가 있겠소? 어떠한 설명도 필요 없어요. 난 이해하고 있어요 - 완벽하게 이해한다니까요.”

그때 에프 씨의 숙모가 다음과 같은 말을 거침없이 그리고 끔찍하게 해대는 바람에 이야기의 방향이 바뀌었다.

“도버로 가는 길에는 이정표들이 세워져 있어!”

인간에 대한 지독한 적개심으로 그녀가 이렇게 쏘아대는 바람에 클레넘은 자신을 어떻게 방어해야 할지 몰라서 아주 당황했다. 이 덕망 있는 부인이 자기를 극도로 혐오한다는 사실이 명확한 상황에서 자기를 찾아주는 영광을 몸소 베푸는 바람에 속으로 이미 당황하고 있었기 때문에 더욱더 그랬다. 부인이 모질고 냉소조의 말을 입 밖에 내면서 멀리 떨어진 곳을 응시하자, 그는 부인을 불안하게 바라볼 수밖에 없었다. 그러나 플로라는 그 말이 아주 적절하고 마음에 드는 양 그 말을 받아들였고, 에프 씨의 숙모가 활기가 넘친다며 큰 소리로 만족스럽게 말했다. 그런 칭찬에 고무되어서인지, 아니면 강렬한 분노에 자극받아서인지는 모르겠으나, 그 훌륭하신 부인이 덧붙였다. “할 수 있으면 덤비라고 해!” 그러고 나서 돌덩이 같은 손가방을(화석 같은 모습의 커다란 부착물이 붙어있었다) 융통성 없이 흔들어서 도전장이 던져진 불행한 사람이 클레넘이라는 사실을 나타냈다.

“마지막으로 한마디만,” 플로라가 다시 말을 시작했다. “마지막으로 한 가지만 설명하고 싶다고 하려던 참이에요, 에프 씨의 숙모와 나는 에프 씨가 사업을 했었기 때문에 업무시간에는 방해하지 않으려고 했어요 주류업이긴 했지만 그래도 당신이 뭐라 하건 사업은 똑같은 사업이고 사업상의 버릇은 실내화를 언제나 오후 6시 10분 전에 현관 매트에 올려놓고 신발을 아침 8시 10분 전에 날씨가 좋든 나쁘든 밝든 어둡든 어김없이 난로 울 안쪽에 두었던 에프 씨 자신이 증명하듯 내내 똑같은 거니까요 - 따라서 친절한 의도를 지녔으니까 친절하게 받아주었으면 하는 동기가 없었다면 방해하지 않았을 거예요 아서, 클레넘 씨라고 하는 게 훨씬 적절하겠네요, 오히려 도이스와 클레넘이 좀 더 사무적일 수 있겠어요."

"사과할 거 없어요." 아서가 호소했다. "당신이야 언제든 환영이니까."

"그렇게 말하다니 아주 예의 바르군요 아서 - 아서라는 말이 입 밖에 나온 다음에야 클레넘 씨라고 불러야 한다는 사실이 기억나네요, 영원히 사라져버린 시절의 습관이 워낙 그런 것이고 워낙 틀림없어서 잠의 사슬이 사람들을 묶기 전인 조용한 밤에는 어리석은 기억력이 옛 시절을 종종 생각나게 하나 봐요 - 아주 예의 바르지만 진실보다 예의에 신경 쓰는 건 유감이에요, 아빠에게 소식 한 줄이나 카드 한 장 보내지 않고 복잡한 사무 절차에 들어갔다는 것이 - 나에게 보내지 않았다고 말하는 게 아니에요 비록 그런 때가 있었긴 했지만요 하지만 그때는 지나갔고 엄격한 현실이 이거 참 신경 쓰지 마세요 - 그럴 것 같지 않다는 사실은 당신이 인정해야 하니까요."

이번엔 플로라의 쉼표조차도 달아난 것 같았다. 이전에 이야기할 때보다 훨씬 더 조리가 없고 수다스러웠다.

"비록 사실," 그녀가 서둘러 말을 이었다. "다른 것을 기대할 수는 없는 거지만 그리고 왜 다른 것을 기대해야 하죠 그리고 다른 것을 기대할 수 없으면 왜 그런 거죠 당신이나 다른 누구를 비난하는 게 아니에요, 당신의 엄마와 내 아빠가 우리를 죽도록 걱정시키고 금그릇을 잘랐을 때 – 나는 금줄을 말하는 거예요 하지만 내가 무슨 말을 하는 건지 당신은 아마 알 거예요 그리고 설령 알지 못해도 당신이야 크게 손해 보는 건 아니죠 그리고 그만큼 덜 신경 쓰는 거라고 덧붙여야겠네요 – 그들이 우리를 묶고 있던 금줄을 자르고 우리가 발작적으로 울도록 만들고 최소한 나 자신은 소파 위에서 울다가 질식할 지경이었거든요 모든 것이 변했고 에프 씨와 약혼할 때 나는 두 눈을 뜨고 약혼한 거예요 그러나 그는 아주 불안하고 의기소침해서 약국에 가서 오일류[2]는 아니더라도 강물을 가져오라고 정신 사납게 암시했어요 최선이라고 생각해서 내가 그렇게 했고요."

"플로라, 전에 이미 해결된 문제요. 모두 제대로 된 거지."

"당신이 아주 침착하게 받아들이는 걸 보면 당신이 그렇게 생각한다는 것은 더할 나위 없이 분명하군요," 플로라가 대꾸했다. "그곳이 중국인 것을 몰랐다면 극지방이라고 짐작했겠죠, 클레넘 씨 그러나 당신 말이 맞아요 그리고 당신을 비난할 수는 없어요 그러나 도이스와 클레넘 회사에 대해 말하자면 아빠의 부동산이 이 근

─────────────

[2] 황산을 의미하는 듯. 바로 다음의 '강물'과 마찬가지로 자살할 수 있는 수단임.

처에 있다고 그러더라고요 팽스에게서 그런 얘기를 들었는데 팽스가 없었다면 한마디도 듣지 못했을 게 분명해요."

"그렇지 않아요, 그렇지 않아, 그렇게 말하지 마요."

"내가 알고 당신도 그 사실을 알고 부정하지 못하는데 무슨 허튼 소릴 하지 말라는 거죠 아서 – 도이스와 클레넘 – 클레넘 씨보다는 좀 더 편하고 덜 괴로운 호칭이네요."

"하지만 내가 그 사실을 부정하겠소, 플로라. 조만간 당신을 친구로서 방문하려고 했었단 말이오."

"아아!" 플로라가 고개를 쳐들고 말했다. "아마 그랬겠죠!" 그러고 나서 그를 또다시 옛날처럼 바라보았다. "그러나 팽스가 말해주었을 때 에프 씨의 숙모와 함께 찾아가야겠다고 작정했어요 아빠가 – 그보다 이전이네요 – 우연히 그 여자 이름을 내게 말하면서 당신이 그녀에게 관심이 있다고 했을 때 내가 저런 그렇다면 뭐든 할 일이 있는데 그 일을 다른 사람에게 시키는 대신에 어째서 그녀를 집 안으로 데려오지 않는 거죠 라고 바로 그 순간에 말했기 때문이에요."

"당신이 그녀라고 할 때," 그때쯤에 아주 당황하게 된 클레넘이 말했다. "당신이 말하는 사람은 에프 씨의 – "

"이런, 아서 – 도이스와 클레넘 옛날을 기억하는 내게는 정말로 더 편하군요 – 에프 씨의 숙모가 바느질일을 하고 일급을 받고 다닌다는 얘길 들은 사람이 도대체 어디 있어요!"

"일급을 받고 일하러 다닌다고! 작은 도릿을 말하는 거요?"

"그래요 물론이죠." 플로라가 대답했다. "내가 이제까지 들었던 이상한 이름 중에서 최고로 이상한 이름이에요, 통행료 징수소가 있는 시골 어딘가의 마을처럼요, 아니면 인기 있는 조랑말이나 강아지나 새처럼요 그도 아니면 정원이나 화분에 심으면 얼룩덜룩한 모양의 싹이 나는 종묘상에서 가져온 어떤 씨앗처럼요."

"그렇다면, 플로라," 아서가 갑자기 이야기에 흥미를 보이며 물었다. "캐스비 씨가 친절하게도 작은 도릿을 당신에게 말했다는 거요? 그가 뭐라고 했지?"

"아 당신도 아빠가 어떤 분인지 알잖아요." 플로라가 대꾸했다. "또한 멋져 보이려고 그가 얼마나 약 오르게 앉아 있는지를요 계속 바라보면 어지럼증을 느낄 정도로 엄지손가락을 자꾸만 마주 돌리면서요, 우리가 당신 얘기를 하고 있을 때 아빠가 말했어요 ― 누가 아서(도이스와 클레넘)라는 주제를 꺼냈는지는 모르겠지만 내가 아니라는 것은 확실해요, 최소한 내가 아니기를 바라요 그 점에 대해 좀 더 이야기하는 것을 당신은 정말로 봐줘야 해요."

"물론이지," 아서가 말했다. "그렇고말고."

"당신은 아주 빠르군요," 플로라가 매력적으로 수줍어하면서 갑자기 말을 멈추더니 입을 삐죽 내밀었다. "그 점은 인정해야겠네요, 당신이 그녀에 대해 진지하게 이야기를 했다고 아빠가 말했어요 나는 이제까지 당신에게 했던 얘기를 했고요 그게 다예요."

"그게 다라고?" 아서가 약간 실망해서 말했다.

"팽스가 당신이 이 사업체에 투자했다는 얘기를 하면서 당신이 정말로 투자했다는 사실을 힘들게 우리에게 이해시켰을 때 내가 에프 씨의 숙모에게 그렇다면 우리가 직접 가서 필요할 때 그녀를 우리 집에 고용해도 관계된 모든 사람에게 괜찮은지 당신께 물어보자고 말했다는 것 빼고는 말이에요 그녀가 당신 엄마 집에 종종 간다는 사실과 당신 엄마가 아주 신경질적인 사람이라는 사실을 아니까요 아서 - 도이스와 클레넘 - 그렇지 않았다면 내가 에프 씨와 결혼하지도 않았을 거고 지금쯤이면 아마 하지만 터무니없는 말로 빠지고 있군요."

"플로라, 당신이 그런 생각을 하다니 정말 친절하군요."

불쌍한 플로라는 아주 젊었던 시절의 시선보다 그녀에게 훨씬 잘 어울리는 솔직하고 정직한 태도로 그가 그렇게 생각하니 기쁘다고 했다. 그녀가 그 말을 아주 진심으로 했기 때문에 클레넘은 자기 기억에 남아있는 그녀의 옛 성격을 즉시 사들여서 그 성격과 인어 같다는 인상을 영원히 내던져버릴 수 있었다면 많은 돈을 지불했을 것이다.

"내 생각에, 플로라," 그가 말했다. "당신이 작은 도릿에게 줄 수 있는 일자리와 그녀에게 베풀 수 있는 친절은 - "

"예 그럴게요." 플로라가 재빨리 말했다.

"장담하는데 그것이 - 그녀에게는 커다란 도움이 되고 힘이 될 거야. 내가 그녀에 관해 알고 있는 사실을 당신에게 말해줄 권리가 없다고 여기는 까닭은, 비밀을 조건으로, 그리고 반드시 침묵을 지키기로 하고 그 사실을 알게 되었기 때문이야. 그러나 내가 그 작은 사람에 대해 지니고 있는 관심과 존경심은 말로 표현할 수 없을 정도요. 그녀의 삶은 당신이 상상할 수 없을 정도로 시련과 헌신, 그리고 조용한 미덕으로 가득한 삶이오. 그녀에 대해 이야기할 때는 말할 것도 없고 그녀에 대해 생각할 때마다 감동을 받거든. 그 감동이 내가 당신에게 할 수 있는 말을 대신하는 걸로 하고, 그녀를 당신의 친절에 감사하며 맡기리다."

그가 불쌍한 플로라에게 또다시 자기 손을 솔직하게 내밀었지만, 불쌍한 플로라는 또다시 그 손을 솔직하게 잡을 수 없었다. 그 손이 솔직히 무가치하다고 생각했고, 그 손을 옛날의 음모와 수수께끼라고 받아들여야 했던 것이다. 그녀는 그가 낙심천만하는 만큼 기뻐했고 그의 손을 잡으면서 숄의 귀퉁이로 그 손을 가렸다. 그때 그녀가 회계사무실 전면에 있는 유리창 쪽을 쳐다보다가 두 사람이 다가오는 모습을 보고는 대단히 즐거워하며 소리쳤다. "아빠네! 쉿, 아서, 제발!" 그러고 나서 그녀는 무섭도록 놀라고 처녀 시절같이 흥분한 탓에 졸도할 듯한 시늉을 하면서 무너지듯이 자기 의자에 다시 앉았다.

그러는 사이에 가부장이 공허한 미소를 밝게 지으면서 팽스를 따라 회계사무실 쪽으로 다가왔다. 팽스가 그를 위해 문을 열어주고 안으로 예인한 후 구석에 있는 자신의 정박지로 물러났다.

"플로라가," 가부장이 자비로운 미소를 띠고 말했다. "찾아가 봐야겠다고 했네, 찾아가 봐야겠다고 했어. 그래서 밖에 나온 김에, 나도 가 봐야겠다고 생각했지, 가 봐야겠다고 생각했어."

그가 그렇게 진술하면서(그 자체로 심오한 것은 아니었다) 자신의 푸른 눈, 빛나는 머리, 긴 백발을 통해 그 진술에 인자하게 지혜를 불어넣는 방식은 아주 인상적이었다. 최고로 친절한 사람이 전하는 가장 고상한 생각에 속하는 걸로 기록해둘 만한 가치가 있는 것 같았다. 그리고 또한 내민 의자에 앉으면서 "클레넘 씨, 자네가 새로운 사업을 한다면서? 성공하기를 바라네, 성공하기를!"이라고 했을 때, 그는 자비로운 기적을 행하는 것 같았다.

"핀칭 부인은," 아서가 감사의 뜻을 표한 다음에 말했다. 그러는 동안 고 에프 씨의 미망인은 그가 그 훌륭한 이름을 들먹이는 데 대해서 몸짓으로 저항했다. "당신이 제 어머니에게 추천했던 젊은 침모를 불러다가 가끔씩 일을 시키고 싶다고 얘기하던 참이었습니다. 그것에 대해 저는 감사하다고 했고요."

가부장이 느릿느릿 팽스 쪽을 바라보자 그 보조원은 몰두해서 쳐다보고 있던 노트를 치우고 가부장을 예인했다.

"사장님이 그녀를 추천하진 않았잖아요," 팽스가 말했다. "어떻게 그럴 수 있었겠어요? 그녀에 대해 아무것도 몰랐는데요. 사장님은 추천하지 않았어요. 누군가 그 이름을 사장님에게 말했고, 사장님은 그걸 전달했을 뿐이죠. 그것이 **사장님이** 한 일이에요."

"글쎄요!" 클레넘이 말했다. "그녀는 스스로 옳다는 것을 보여주니까 누가 추천했든 내내 마찬가지예요."

"사장님은 그녀가 만족스러운 인물이라니까 기뻐하시는군요." 팽스가 말했다. "그러나 그녀가 만족스럽지 못한 인물이라고 해도 사장님 잘못은 아닐 거예요. 칭찬은 실제로 사장님이 받을 칭찬이 아닌 것이고, 비난도 아마 사장님이 받을 비난이 아닐 테니까요. 사장님이 어떤 보장도 한 건 아니잖아요. 그리고 그녀에 관해 아무것도 몰랐고요."

"그렇다면 당신은 그녀 가족 중 누구하고도 안면이 없는 건가요?" 아서가 되는 대로 과감하게 질문했다.

"그녀 가족 중 누구하고든 안면이 있느냐고요?" 팽스가 되물었다. "사장님이 그녀 가족 중 누구하고든 어떻게 안면이 있겠어요? 그들에 대한 이야기도 들은 적이 없는데요. 들은 적도 없는 사람들과 안면이 있을 순 없잖아요? 그렇게 생각하면 안 돼요!"

그동안 내내 가부장은 조용히 웃으며 때에 따라 자비롭게 고개를 끄덕이거나 가로젓거나 했다.

"신원보증인이 되는 것은," 팽스가 말했다. "신원보증인이 된다는 게 무엇을 의미하는 건지 사장님도 개괄적으로는 아시잖아요. 그건 전부 허튼소리에요, 바로 그래요! 여기 야드에 사는 사장님의 세입자들을 보세요. 사장님이 허용한다면 그들은 모두 서로서로 신원보증인이 되어줄 거예요. 그들이 그렇게 하도록 허용해봤자 무슨 소용이겠어요? 그리고 한 명 대신에 두 명이 한다고 해서 뭐가 만족스럽겠어요. 한 명이면 충분한데요. 집세를 낼 수 없는 사람이 집세를 낼 수 없는 다른 사람에게 자신이 집세를 낼 수 있다고 보증하도록 하는 것은, 의족이 두 개인 사람이 의족이 두 개인 다른 사람에게 자신이 정상적인 다리가 두 개 있다고 보증하도록 하는 것과 마찬가지예요. 그런다고 그중 한 명이라도 경주에 나갈 수 있는 것은 아니니까요. 게다가 사장님이 의족을 원하지 않을 때, 의족 네 개는 두 개보다 더 골치 아플 뿐이지요." 팽스 씨가 자기 몫의 증기를 뿜어내면서 말을 맺었다.

뒤따르던 일시적 침묵을 에프 씨의 숙모가 깨뜨렸다. 얼마 전 공적인 의견을 내놓은 다음부터 강직증 환자처럼 똑바로 앉아있던 그 부인은 미경험자를 깜짝 놀라게 만들 것 같은 격렬한 경련을 일으켰다. 그러고 나서 아주 심한 증오를 섞어서 말했다.

"속이 비어있는 놋쇠 손잡이로는 지혜로운 머리를 만들 수 없어. 조지 삼촌이 죽었을 때는 말할 것도 없고 살아있었을 때도 그렇게 할 수 없는 거야."

팽스 씨가 평상시처럼 차분하게 "정말인가요, 마님? 저런! 그런 말씀을 들으니 놀랍군요,"라고 재빨리 말했다. 그러나 그의 침착한 대응에도 불구하고 에프 씨 숙모의 말은 모여 있던 얼마 안 되는 사람들을 침울하게 만들었다. 첫째는 아무 죄 없는 클레넘의 머리가 평가 절하된 특정한 이성의 신전이라는 사실을 숨길 수 없었기 때문이고, 둘째는 이 경우에 누구의 조지 삼촌을 말하는 건지, 또는 그 호칭으로 어떤 유령 같은 존재를 들먹이는 건지, 도대체 알 수 없었기 때문이다.

그래서 플로라는 자신의 유산을 확실하게 자랑하고 의기양양하게 내세우고 싶은 마음이 여전히 있었지만, 에프 씨의 숙모가 "오늘은 매우 활기차시다,"라고, 그리고 자신들이 떠나는 편이 나을 것 같다고 했다. 그러나 에프 씨의 숙모는 그 제안에 대해 뜻밖에도 화를 내며 자기는 가고 싶지 않다고 말할 정도로 활기가 넘쳐 있었다. 그리고 몇몇 모욕적인 표현을 섞어서 만일 "그가" – 클레넘을 뜻한다는 게 너무나 명백했다 – 자기가 나가길 바란다면 "나를 창문 밖으로 던지라고 해,"라고 덧붙이면서, "그가" 그런 의식을 거행하는 것을 보고 싶다는 소망을 끈질기게 표현했다.

이런 진퇴양난에 처하자, 가부장의 바다에서 일어나는 어떠한 비상사태든 감당할 수 있는 재능을 가진 것으로 보이는 팽스 씨가 모자를 슬쩍 걸치고 회계사무실 문으로 슬쩍 나갔다가, 잠시 후에 마치 몇 주 동안 시골에 갔다온 것처럼 인위적인 신선함을 띠고 다시 슬쩍 들어왔다. "아니, 이런, 마님!" 팽스 씨가 대단히 깜짝 놀란 양 머리카락을 쓰다듬으며 말했다. "마님이시군요? **안녕하세요**, 마님? 오늘은 매력적으로 보이시네요! 마님을 봬서 기뻐요. 제가 부축해 드리겠습니다. 마님이 동행해주시면 산책을 조금 같이 할 수 있을 겁니다." 그런 식으로 팽스 씨는 에프 씨의 숙모를 수행해서 회계사무실의 은밀한 계단을 아주 정중하게 그리고 성공적으로 내려갔다. 그다음에는 가부장적인 캐스비 씨가 그 일을 자신이 한 체하면서 일어나더니 차분하게 따라갔다. 딸은 자기 차례가 되어 따라가면서 옛날 애인에게 그들이 인생의 잔을 남김없이 비운 거라고 정신 산란하게 속삭였고(그녀는 대단히 흡족해했다), 더 나아가서 고 에프 씨는 잔 바닥에 누워있는 거라고 알쏭달쏭하게 암시했다.

다시 혼자 남은 클레넘은 자신의 어머니와 작은 도릿에 대해 이

전부터 품고 있던 의혹에 시달리게 되었고, 전부터 품고 있던 생각과 의심들을 숙고했다. 그 모든 것이 그가 기계적으로 수행하고 있는 직무와 섞인 채 머릿속을 떠나지 않고 있을 때, 서류에 어떤 그림자가 비쳐서 그 원인을 찾아 올려다보았다. 팽스 씨가 원인을 제공한 장본인이었다. 팽스 씨는 뻣뻣한 머리 가닥이 용수철처럼 튀어올라서 모자를 벗겨지게 하는 것처럼 모자를 두 귀에까지 눌러쓴 채로, 새까만 염주 같은 두 눈으로 날카롭게 탐문하고 있었다. 그리고 손톱을 물어뜯을 수 있게 오른 손가락을 입 안에 넣고 왼 손가락은 또 다른 행동을 위해 주머니에 넣어둔 채로, 유리창을 통해 장부와 서류 위로 자신의 그림자를 드리우고 있었다.

팽스 씨가 고개를 약간 돌리면서, 다시 들어가도 되겠습니까? 라고 물었다. 클레넘이 고개를 끄덕여서 들어와도 좋다고 했다. 팽스 씨가 안으로 들어와, 책상 옆에 서서 두 팔로 단단히 기대고는 숨을 몰아쉬고 코를 킁킁거리면서 대화를 시작했다.

"에프 씨의 숙모는 진정되었겠죠?" 클레넘이 물었다.

"그렇습니다." 팽스가 대답했다.

"유감스럽게도 내가 그 부인의 가슴에 강한 적개심을 불러일으켰군요." 클레넘이 말했다. "그 이유를 압니까?"

"**그 부인은** 이유를 알까요?" 팽스가 되물었다.

"모르리라고 생각하는데요."

"**내** 생각도 그렇습니다." 팽스가 말했다.

그는 노트를 꺼내서 펼쳤다가 덮은 다음, 옆 책상 위에 놓아두었던 모자 안에 집어넣었다. 그리고 나서 모자 바닥에 놓여 있는 노트를 들여다보았는데 내내 깊이 생각에 잠겨있는 모습이었다.

"클레넘 씨," 그가 다시 말을 시작했다. "나는 정보가 필요합니다."

"이 회사에 관한 정보 말인가요?" 클레넘이 물었다.

"아닙니다." 팽스가 말했다.

"팽스 씨, 그렇다면 무엇에 대한 정보를 말하는 거죠? 내게서 정보를 원한다면 말입니다."

"그래요. 맞아요, 당신에게서 원하는 겁니다." 팽스가 말했다. "정보를 제공해 줄 수 있다면요. 에이(A), 비(B), 시(C), 디(D). 디에이(DA), 디이(DE), 디아이(DI), 디오(DO). 사전에 실린 순서입니다. 도릿. 바로 그 이름이에요."

팽스 씨가 그만의 독특한 소리를 다시 내뿜더니 오른손의 손톱을 물어뜯기 시작했다. 아서가 살피듯이 그를 바라보았고, 그도 살피듯이 아서를 바라보았다.

"무슨 말인지 모르겠군요, 팽스 씨."

"바로 그 이름에 대해 알고 싶은 겁니다."

"뭘 알고 싶은데요?"

"내게 알려줄 수 있고 알려주고자 하는 것은 무엇이든요." 팽스 씨라는 기계장치가 약간 힘들게 애쓴 다음에야 그는 자신이 바라는 사항을 이렇게 포괄적으로 요약할 수 있었다.

"팽스 씨, 특이한 방문이군요. 그런 목적으로 내게 오다니 좀 이상한 것 같은데요."

"전체적으로 아주 이상할 수도 있겠지요." 팽스가 대꾸했다. "정상적인 과정에서 벗어난 것일 수는 있지만 일은 맞습니다. 간단히 말해서 일인 것이고 나는 일을 하는 겁니다. 이 세상에서 일에 매달리는 거 말고 내가 뭘 하겠습니까? 일을 할 뿐이죠."

클레넘은 이 냉담하고 이해하기 어려운 인물이 온전히 진심인지 전부터 의심하고 있었기 때문에 그의 얼굴을 다시 주의 깊게 바라보았다. 그 얼굴은 변함없이 초라하고 더러웠으며 변함없이 열성적이고 날카로웠다. 그리고 그 얼굴에서는 그의 목소리에 섞여있던 조롱기를 잠재적으로 표현하는 것 같은 어떠한 기색도 찾을 수 없었다.

"자," 팽스가 말했다. "이 일 자체를 놓고 보자면 이것은 주인님의 일이 아닙니다."

"캐스비 씨를 당신의 주인님이라고 하는 건가요?"

그가 고개를 끄덕였다. "내 주인님이지요. 한 번 가정해봅시다. 그러니까 주인님 집에서 내가 이름을 들었다고 합시다 - 클레넘 씨가 도와주고 싶은 젊은 사람의 이름을 말입니다. 그 이름이 야드에 사는 플로니쉬에 의해 내 주인님에게 처음 언급되었다고 합시다. 내가 플로니쉬에게 갔다고 합시다. 플로니쉬에게 사업상의 일로 정보를 요구했다고 합시다. 플로니쉬가 6주나 집세를 연체하고 있지만 거절했다고 합시다. 플로니쉬 부인도 거절했다고 합시다. 둘 다 클레넘 씨를 들먹였다고 합시다. 가정해본 겁니다."

"그래서요?"

"그래서," 팽스가 대꾸했다. "내가 그에게 왔다고 합시다. 자, 여기 왔습니다."

머리 가닥이 온통 위로 뻗친 채로 숨을 아주 힘들고 가쁘게 들이쉬던 팽스는 더러운 선체를 완전히 보여주려는 것처럼 분주하게 한 걸음 뒤로 물러나더니(예인선의 비유를 사용하자면, 선미 쪽으로 반 바퀴 돌아서더니) 다시 앞으로 서서히 움직였다. 그리고 나서 노트가 놓여있는 모자와 클레넘의 얼굴을 번갈아 가며 빠르게 훑어보았다.

"팽스 씨, 당신의 이상한 이유를 곡해하지 않으려면 명확하게 해야 할 게 있어요. 두 가지를 묻겠습니다. 첫째 –"

"좋습니다!" 팽스가 손톱이 거칠게 뜯긴 더러운 집게손가락을 들어 올리며 말했다. "알겠습니다! '동기가 뭡니까?'라는 거겠죠."

"바로 그렇습니다."

"동기는," 팽스가 말했다. "선량한 것이고 주인님과는 아무 관련도 없습니다. 지금은 말할 수 없어요, 지금 말하면 터무니없이 들릴 테니까요, 그러나 선량한 의도입니다. 도릿이라는 이름을 가진 젊은 사람을 도우려는 겁니다." 그가 집게손가락을 경고 삼아 여전히 위로 올린 채 말했다. "동기가 선량하다는 것은 받아들이는 편이 낫습니다."

"두 번째이자 마지막으로 묻고 싶은 것은, 알고 싶은 게 뭡니까?"

팽스 씨는 그 질문을 듣기 전에 노트를 들어 올려서 안쪽 가슴주머니에 넣고 단추를 조심스레 채웠다. 그러는 내내 클레넘을 정면으로 응시했고, 숨을 돌렸다가 몰아쉬었다가 하면서 대답했다. "종류를 가리지 않고 추가적인 정보를 원합니다."

클레넘은 캐스비 호號라는 거추장스러운 그 배에 대단히 쓸모가 있는 작은 그 증기예인선이, 자신이 그 예인선의 계략에 저항하기 전에 뛰어들어서 원하는 모든 것을 강탈해갈 기회를 찾는 것처럼 숨을 몰아쉬면서 자신을 바라보았기 때문에 웃음을 억제할 수가 없었다. 비록 팽스 씨의 열망에도 이상하다는 추측을 잔뜩 불러일으키는 뭔가가 역시 있었지만 말이다. 잠시 생각한 다음에 클레넘은 자기 권한으로 팽스 씨에게 줄 수 있는 주요한 정보를 전부 주기로 결심했다. 지금 하려는 조사가 실패한다 해도 팽스 씨는 정보를 얻을 수 있는 다른 수단을 틀림없이 찾아내리라는 점을 잘 알았기 때문이다.

그래서 클레넘은 팽스 씨에게 그의 주인은 그가 털어놓은 이야기와 아무 관련이 없으며 선량한 의도를 지니고 있다고 스스로 진술했던 내용을 지키라고 먼저 요구했다. (석탄처럼 까맣고 작은 그 신사는 두 가지의 진술을 아주 열정적으로 되풀이했다.) 그러고 나서 도릿 가의 혈통이나 전에 살던 곳에 대해 자기는 전할 만한 정보가 없다는 점과, 그 가족에 대해 알고 있는 것은, 그 가족이 지금은 다섯 명으로, 즉 두 형제로 줄어들었는데, 한 명은 독신이고 다른 한 명은 자식이 셋 달린 홀아비라고 솔직하게 말해주었다. 모든 가족의 나이를 자신이 짐작할 수 있는 한 최대한으로 근접하게 팽스 씨에게 알려주었고, 마지막으로 마셜시 아버지의 처지와 그가 그런 특징을 지니게 된 시간과 사건의 경과를 설명했다. 팽스 씨는 좀 더 흥미를 느끼게 되자, 점점 더 불길하게 코를 쿵쿵거리고 독특한 소리를 내면서 모든 이야기를 아주 주의 깊게 경청했다. 이야기 중 가장 고통스러운 부분에서 최고로 유쾌한 기분을 끌어내는 것 같았고, 특히 윌리엄 도릿의 장기간 투옥에 대한 이야기를 듣고는 완전히 매혹된 것 같았다.

"결론적으로 팽스 씨," 아서가 말했다. "이 말만 하면 되겠습니다. 내가 도릿 가에 대해, 특히 어머니 집에서 가능한 한 이야기를 하지 않았던 데에는 개인적인 고려 이외에 다른 이유가 있는 겁니다." (팽스 씨가 고개를 끄덕였다.) "그리고 가능한 한 많이 알려고 하는 것도 마찬가지고요. 당신처럼 일을 열심히 하는 사람은 - 뭐라고요?"

팽스 씨가 유별난 기세로 갑자기 독특한 소리를 내려고 했기 때문에 잠시 이야기가 멈췄다.

"아무것도 아닙니다." 팽스 씨가 말했다.

"당신처럼 일을 열심히 하는 사람은 공정한 거래에 대해 완벽하게 이해하고 있으리라 생각합니다. 내가 당신께 알려주었던 것처럼 당신이 도릿 가에 대해 알게 되는 게 있으면 내게 알려주어야 한다는 공정한 거래를 하고 싶군요. 조건을 사전에 제시하지 않았다는 것 때문에 내 사업상의 습관에 대해 그다지 좋지 못한 인상을 받았을지도 모르겠네요," 클레넘이 말을 이었다. "그러나 그것을 신의의 문제로 봐줬으면 합니다. 많은 일이 엄격한 원칙에 근거해서 집행되는 것을 보아왔기 때문에, 사실, 팽스 씨, 원칙에는 넌더리가 나거든요."

팽스 씨가 소리 내어 웃었다. "그렇게 약속을 하죠." 그가 말했다. "내가 약속에 충실하다는 사실을 알게 될 겁니다."

그다음에 그는 클레넘을 바라보며 그리고 열 개의 손톱을 두루 물어뜯으며 잠시 서 있었다. 기억 속의 빈틈을 메울 수 있는 수단이 멀리 가기 전에, 자신이 들었던 내용을 마음속에 정리하면서 신중하게 검토하고 있는 것이 분명했다. "좋습니다." 그가 마침내 말했다. "야드의 집세를 걷는 날이기 때문에 이제 헤어져야겠습니다. 그런데 말입니다. 지팡이를 짚고 다니는 절름발이 외국인 말인데요."

"아, 예. 당신이 신원보증인을 받을 때가 있다고 했죠?" 클레넘이 물었다.

"그가 값을 치를 수 있을 때," 팽스가 대꾸했다. "받을 수 있는 것은 전부 다 받으세요, 그리고 도저히 포기할 수 없는 것은 모조리 숨겨두고요. 그게 거래입니다. 지팡이를 짚고 다니는 절름발이 외국인이 야드에서 꼭대기 방을 원하더군요. 그가 방값을 낼 수 있을까요?"

"내가 책임지지요," 클레넘이 말했다. "그리고 앞으로도요."

"그걸로 충분합니다. 내가 블리딩 하트 야드에 대해 가져야 하는 것은," 팽스가 노트에 그 사실을 기록하며 말했다. "보증입니다. 보증이 필요해요. 집세를 내, 아니면 재산을 보여주던가! 그것이 야드에서의 좌우명이거든요. 지팡이를 짚고 다니는 절름발이 외국인은 당신이 자기를 보냈다고 주장하더군요. 그러나 (주장하기로 치면) 무굴제국의 황제가 자기를 보냈다고 주장할 수도 있죠. 그는 병원에 입원해 있었죠?"

"그렇습니다. 사고를 당했거든요. 이제 막 퇴원했어요."

"병원에 입원한 사람이 가난에 빠지게 되는 경우를 보았는데요?" 팽스 씨가 말했다. 그리고 나서 그 이상한 소리를 다시 내었다.

"나도 그런 경우를 보았습니다." 클레넘이 차갑게 말했다.

팽스 씨는 그때쯤에 출발할 준비를 완전히 갖추었기 때문에 곧 항해에 나섰다. 다른 어떤 신호나 의식 없이 코를 쿵쿵거리며 발판 사다리를 내려가서 블리딩 하트 야드로 서서히 움직였고 회계사무실에서 완전히 사라졌다.

그날 내내 블리딩 하트 야드는 팽스가 험상궂은 얼굴을 하고 돌아다녔기 때문에 깜짝 놀랐다. 집세를 연체하는 타락에 대해 주민들에게 장광설을 늘어놓고, 보증을 세우라고 다그치고, 떠나라는 통지와 강제집행을 입에 올리고, 체납자를 뒤쫓고, 공포의 물결을 자기 앞쪽으로 보내고, 지나간 자리에 그것을 남겨놓았다. 치명적인 힘에 이끌린 일단의 사람들은 그가 들어간 집의 바깥에 숨어서 그가 집 안사람들에게 하는 이야기의 일부라도 듣고자 했다. 그래서 그가 계단을 내려오고 있다는 얘기가 돌아도 재빨리 흩어질 수 없었고, 그가 때 이르게 그들 사이에 섞여서 밀린 집세를 요구하고, 그들을 그 자리에서 꼼짝 못하게 하는 경우가 종종 있었다. 그날 내내 팽스 씨가 자네들은 어떻게 할 건가? 그리고 자네들은 어쩌자는 거야? 라고 말하는 소리가 야드 전체에서 들렸다. 그는 변명을 들으려하지 않았고, 불평을 들으려하지도 않았다. 수선비에 대한 얘기도 들으려 하지 않았고, 무조건 집세를 내놓겠다는 얘기 외에 다른 얘기는 들 으려고 하지 않았다. 땀을 흘리고 숨을 몰아쉬고 기이한 방향으로 잘잘거리면서 순간순간 점점 더 흥분하고 고약해진 그가 야드의 조 류를 아주 불안하고 혼탁한 상태로 몰아쳤다. 그가 수평선 위로 연 기를 뿜으며 사라지는 모습을 계단 꼭대기에서 목격한 지 꼬박 두 시간이 지난 다음에도 조류는 잔잔해지지 않았다.

그날 밤 사람들에게 인기 있는 야드의 몇몇 회합장소에서 블리딩 하트 야드의 사람들이 소규모로 얼마씩 모였는데, 그들은 팽스 씨가 사귀기 어려운 사람이라고, 그리고 캐스비 씨 같은 신사가 집세 걷 는 일을 그런 사람에게 맡기고 그의 참모습을 모른다는 것은 사실 매우 유감스러운 일이라고 모두 동의를 했다. (블리딩 하트 야드의 사람들 말에 따르자면) 그런 머리와 그런 눈을 가진 신사가 집세를 직접 걷는다면, 부인, 이처럼 귀찮게 졸라대고 지치게 만드는 일은 없을 테니까요, 그리고 사정이 전혀 다를 테니까요.

시간과 분까지 똑같은 그날 저녁에, 가부장은− 그는 약탈이 시작 되기 전인 오전에 야드를 조용하게 돌아다녔는데, 반짝이는 머리의 융기한 부분과 윤이 나는 머리타래 덕에 그러한 신뢰감을 얻을 수 있겠다는 생각을 분명히 갖고 돌아다닌 것이었다− 시간과 분까지 똑같은 그날 저녁에, 천 문의 대포를 장착한 그 일급협잡꾼은 지칠

대로 지친 예인선이 정박해있는 작은 부두에서 둔하게 허우적거렸고, 엄지손가락을 마주 돌리면서 다음과 같이 말했다.

"하루 일치고는 아주 안 좋군, 팽스, 아주 안 좋아. 내 생각에는 자네가 돈을 훨씬 많이 받아왔어야만 할 것 같아, 훨씬 많이 말이야. 그리고 이런 말을 강하게 하는 것도 스스로에게 공정하게 대하기 위해 말하는 거라는 사실을 강조해야겠네."

24 운수를 점치다

플로니쉬 씨는 바로 그날 저녁에 작은 도릿을 찾아왔다. 보지 않으려드는 사람만큼 완전히 눈 먼 장님은 없는 법이라는 격언의 실례가 그녀의 아버지라는 생각이 들 정도로, 아주 눈에 띄게 헛기침을 연속으로 해서 침모 일에 대해 그녀와 개인적으로 이야기하고 싶다는 소망을 드러내고 나서야, 플로니쉬 씨는 문밖 공용 계단에서 그녀와 이야기할 기회를 잡았다.

"도릿 양, 오늘 우리 동네에 어떤 부인이 왔다 갔어." 플로니쉬가 투덜거렸다. "그 부인과 함께 온 또 다른 부인은, 내가 전에 심술쟁이 노파를 만난 적이 있다면 바로 그런 노파일 거야. 그 노파가 쏘아붙이는 방식이라니, 거 참!"

플로니쉬는 상냥한 사람이었지만 에프 씨의 숙모를 처음에는 도저히 잊어버릴 수 없었던 것이다. "왜냐하면," 그가 변명했다. "정말 엄청나게 심술궂은 부인이었거든!"

큰 노력을 기울인 다음에야 비로소 그는 그 주제에서 벗어나 다른 말을 꺼냈다.

"하지만 그 노파는 지금 여기에도 없고 거기에도 없어. 함께 온 부인은 캐스비 씨의 딸이었어. 캐스비 씨가 부자가 아니라면 아무도 부자일 순 없을 거야. 그리고 그것은 팽스의 잘못이 아니야. 팽스는 맡은 일을 잘하니까, 확실히 하지, 정말 그래!"

플로니쉬 씨의 말은 으레 그러하듯이 약간 모호했다. 그러면서도 세심하게 강조를 했다.

"그 부인이 우리 동네에 온 것은," 그가 말을 계속했다. "도릿 양이 그 명함에 적힌 주소로 오면 ─ 그 집은 현재 캐스비 씨의 집이고, 팽스가 믿을 수 없을 정도로 확실하게 자기 일을 하는 사무실은 그 집 뒤쪽에 있어 ─ 기꺼이 일자리를 주고 싶다는 말을 남기기 위해서였어. 그 부인은 자신이 클레넘 씨의 오래된 친한 친구라고 각별하게 얘기했고, 자신이 **그의** 친구에게 쓸모 있는 친구라는 사실을 보여주고 싶다고 했어. 그 부인이 그렇게 말했어. 도릿 양이 내일 아침에 올 수 있을지 알고 싶다고 했기 때문에, 내가 널 만나서 물어보고, 오늘 밤에 찾아가서 내일 갈 거라고 하거나 약속이 있으면 언제 갈 수 있을지 알려드리겠다고 했어."

"내일 갈 수 있어요, 고마워요." 작은 도릿이 말했다. "이렇게까지 해주다니 정말 친절하세요, 언제나 친절하시지만요."

플로니쉬 씨가 자신의 장점을 겸손하게 부인하면서 그녀가 다시 들어갈 수 있게 방문을 열고는 아주 노골적으로 바깥에 아예 나가지 않았던 체하며 그녀를 따라 들어갔기 때문에, 그녀의 아버지는 별로 의심하지 않고 그 모습을 바라보았을지도 모른다. 그러나 사실은 무의식적으로 친절했기 때문에 주의를 기울이지 않았던 것이다. 플로니쉬는 전에 학생으로서 지녔던 의무를 보잘것없는 외부의 친구라는 현재의 특권과 뒤섞고, 그 특권을 미장이라는 낮은 지위로 다시 제한하면서 이야기를 조금 더 나눈 후에 작별을 고했다. 떠나기 전에 감옥을 한 바퀴 돌아보았고, 개인적으로 다시 돌아올 운명일지 모른다고 생각할만한 이유가 있는 옛날 거주자로서 착잡한 기분을 느끼며 구주희 놀이하는 것을 지켜보았다.

작은 도릿은 매기에게 중요한 집안일을 맡기고 아침 일찍 가부장의 집으로 갔다. 비록 1페니가 들긴 했지만 아이언브리지를 지나서 갔는데, 다른 곳보다 그 곳을 지나갈 때 천천히 걸었다. 가까스로 닿을 수 있을 정도로 아주 높이 달린 가부장 집의 쇠고리에 그녀가 손을 댄 것은 8시 5분 전이었다.

문을 열어준 어린 하녀에게 핀칭 부인의 명함을 내밀자, 그 하녀는 "플로라 양" - 플로라는 부모 슬하로 돌아오자마자 이 집에 살 때의 호칭을 다시 사용했다 - 이 아직 침실에서 나오지 않았지만 그녀의 거실로 올라가는 편이 좋겠다고 했다. 작은 도릿은 의무인 양 플로라 양의 거실로 올라갔다. 그곳에는 2인용 아침식탁이 별도 요리를 담은 1인분의 접시와 함께 넉넉하게 차려져 있었다. 하녀가 잠시 사라졌다가 돌아오더니, 작은 도릿에게 난롯가의 의자에 앉아서 보닛을 벗고 편안하게 있기를 권했다. 그러나 작은 도릿은 수줍음이 많았을 뿐 아니라 이런 경우에 편안하게 지내는 데 익숙하지 않았기 때문에 어떻게 해야 할지 몰라서 당황했다. 그래서 반 시간 후에 플로라가 서둘러 들어올 때까지 보닛을 쓴 채로 문 옆에 그대로 앉아있었다.

플로라는 기다리게 해서 미안하다고 했다. 아이고 나는 난롯가에서 신문을 읽고 있으리라 생각했는데 왜 그렇게 추운 곳에 앉아 있니, 하녀가 부주의해서 말을 전하지 않은 거니, 그동안 내내 정말로 보닛을 쓰고 있었던 거야, 제발 그 보닛을 벗어! 세상에서 가장 부드럽게 보닛을 벗긴 플로라는 드러난 얼굴에 충격을 받아서 "이런, 정말로 착하고 작은 아이구나!"라고 말하더니 아주 상냥한 여성처럼 두 손으로 그녀의 얼굴을 감쌌다.

그것은 잠깐 동안에 한 말이고 행동이었다. 작은 도릿이 정말로 친절하구나, 라는 생각을 미처 하기도 전에, 플로라는 용무에 몰두하여 아침식탁으로 돌진했고 수다를 떠는 데 완전히 빠져들었다.

"네가 들어올 때 기꺼이 너를 마중하고 아서 클레넘이 조금이라도 관심을 가진 사람은 누구든 내 관심 대상이 되는 법이라는 말과 진심으로 환영한다는 말을 전하는 것이 내 계획이었고 소망이었는데 그 많은 아침 중에 하필이면 오늘 아침에 늦어서 정말 미안해 그리고 정말로 기뻐, 하녀들이 깨우지 않았으면 사실 여전히 코를 골고 있었을 거야 그리고 네가 차가운 닭고기나 뜨겁게 삶은 햄을 싫어한다면 아마 유대인 말고는 다들 싫어할 테지 그들이 양심의 가책을 느낀다면 우리 모두 존중해야 해 그들이 우리에게 분명히 그 액수만큼의 가치가 없는 가짜고기를 진짜고기라고 팔 때 그들도 마찬가지로 소화하기 어려운 고기를 먹었으면 좋겠다고 해야겠지만 말이야 정말 짜증이 나.” 플로라가 말했다.

작은 도릿이 고맙다고 하면서 수줍게 말했다. 버터 바른 빵과 차가 자신이 보통—

“오오 허튼소리 그런 얘기는 들을 수 없어.” 플로라는 아주 무모하게 찻주전자에 달려들어서 그 안을 들여다보기 위해 허리를 굽혔다가 뜨거운 물이 튀는 바람에 눈을 깜박거리며 말했다. “너는 친구 겸 동료의 자격으로 여기에 온 거야 그러니까 네가 나에게 그런 권리를 준다면 말이지 그리고 다른 자격으로 왔다면 내 자신이 창피할 거야, 그뿐만 아니라 아서 클레넘이 그렇게 말했어—피곤하구나.”

“아니에요, 부인.”

“얼굴이 창백해진 것은 아침식사도 안 하고 너무 먼 거리를 걸어왔기 때문이겠지 멀리 떨어진 곳에 살 테니까 말이야 마차를 탔어야 하는데.” 플로라가 말했다. “저런 뭐든 너에게 도움이 될 만한 게 있니?”

“정말로 괜찮아요, 부인. 거듭거듭 감사드리지만 전 아주 괜찮습니다.”

“그렇다면 부탁인데 즉시 차를 마셔.” 플로라가 말했다. “그리고 이 닭 날개와 이 햄 조각도, 나는 신경 쓰지 말고 기다리지도 마침대에서 아침을 먹는 에프 씨의 숙모에게 식사를 늘 갖다 드리니까 매력적인 노부인이고 아주 현명한 분이야, 문 뒤에 있는 에프 씨의 초상화가 실물과 아주 흡사하긴 하지만 이마가 너무 튀어나왔어 그리고 대리석이 깔려있는 기념탑과 난간과 산더미같이 쌓여 있는 것은 그가 그 근처에 있는 모습은 본 적이 없어 그리고 주류업에 종사하지는 않았던 것 같아[3], 훌륭한 사람이지만 그쪽은 전혀 아니거든."

작은 도릿은 초상화에 관한 말들을 거의 이해하지 못했지만, 그 그림을 흘긋 쳐다보았다.

"에프 씨는 나를 아주 열렬히 사랑해서 내가 보이지 않는 곳에 있는 것을 견디지 못했어." 플로라가 말했다. "내가 새 빗자루[4]였을 때 그가 갑자기 죽지 않았다면 얼마나 오래갔을지는 물론 장담할 수 없지만 말이야, 훌륭한 남자였지만 시적인 사람은 아니었고 남성적인 산문이었지만 로맨스도 아니었어."

작은 도릿은 초상화를 다시 훑어보았다. 지적인 관점에서 보았을 때, 셰익스피어에게도 너무 큰 두상을 화가가 그 초상화에 그려 넣은 것 같았다.[5]

---

[3] 플로라가 바로 앞의 23장에서 죽은 남편이 주류업에 종사했다는 식으로 말했던 것을 참조하면 횡설수설하는 그녀의 특징을 보여주는 대목임.

[4] 플로라가 신부(bride)라고 하려다가 신랑(groom)과 혼동해서 빗자루(broom)라고 발음한 듯.

[5] 19세기 골상학에서는 비판력, 추리력 등의 지적 능력을 담당하는 기관이 두개골 전면에 있다고 생각했는데, 셰익스피어의 이마는 튀어나온 걸로 유명했다.

"그러나 로맨스는," 플로라는 에프 씨의 숙모가 먹을 토스트를 바쁘게 준비하면서 말을 계속했다. "에프 씨가 청혼했을 때 내가 솔직하게 말했던 대로 그가 전세마차에서 한 번 보트에서 한 번 교회의 신자석信者席에서 한 번 턴브리지 웰스에서 당나귀를 타고 있을 때 한 번 나머지는 무릎을 꿇고 모두 일곱 번이나 내게 청혼했다는 말을 들으면 넌 놀랄 거야, 로맨스는 아서 클레넘과의 젊었던 시절과 함께 날아갔어, 양가의 부모가 우리를 갈라놓아서 우리는 대리석이 되었고 냉혹한 현실이 권좌를 차지했지, 에프 씨는 그 사실을 잘 알고 있다고 심지어는 그런 상태를 좋아한다고 굉장히 멋지게 말했어 그래서 결혼약속을 했고 결혼해도 좋다는 재가가 내려졌지 인생은 그런 거란다 애야 그러나 우리는 꺾이지 않고 굽히는 거야, 내가 요리를 갖고 들어가 있는 동안 아침을 맘껏 들기 바란다."

그녀는 자신이 산발적으로 했던 말의 의미를 작은 도릿이 숙고하도록 놔두고 사라졌다가 곧 다시 돌아왔다. 그리고 드디어 아침식사를 시작했고 식사하는 내내 이야기를 늘어놓았다.

"실은 애야," 플로라가 브랜디 냄새가 나는 갈색 액체를 한두 스푼 가득 재서 자기 차에 넣으며 말했다. "건강이 나쁘기 때문에 냄새가 마음에 들진 않지만 의사의 지시를 꼼꼼히 따라야 하거든 아서와 헤어졌을 때 옆방에서 너무 많이 흐느끼다가 받은 젊은 시절의 충격에서 회복되지 못한 탓일 거야, 그를 안 지 오래 되었니?"

작은 도릿은 자신에게 질문한 거라는 사실을 깨닫자마자 ─ 그러기 위해서는 시간이 필요했으니 새로운 여성후원자가 너무 빨리 질주하는 바람에 한참 뒤처졌던 것이다 - 아서가 귀국한 다음에 알게 되었다고 답했다.

"네가 중국에 갔었거나 편지를 주고받았던 게 아니라면 전부터 알았을 리는 물론 없지 그런데 둘 다 가능성이 없는 얘기야." 플로라가 대꾸했다. "여행자들은 피부가 보통 적갈색에 가까운 색을 띠는데 너는 전혀 그렇지 않으니까 그리고 서신을 교환했다면 무엇에 관해 주고받았겠어? 당연한 얘기지 차에 대한 편지가 아니라면 말이야, 그러니 그의 어머니 댁에서 처음 알게 되었다는 게 정말이겠구나, 아주 현명하고 단호하지만 무서울 정도로 가혹한 여성이지 - 철가면을 쓴 사내[6]를 낳았어야 하는데."

"클레넘 부인은 제게 친절하세요." 작은 도릿이 말했다.

"정말이니? 그런 말을 들으니 정말로 기쁘구나 아서의 어머니에 대해 내가 생각하는 것보다 더 좋게 생각한다는 얘기를 듣는 건 당연히 유쾌하니까, 내가 분명히 그랬겠지만 눈물을 흘렸을 때 그리고 그녀가 손수레[7]를 타고 있는 운명의 여신처럼 나를 노려보고 있었을 때 - 정말로 충격적인 비유지 - 환자였던 것이 그녀의 잘못은 아니니까 - 그녀가 나에 대해 어떻게 생각했는지 알지도 못하고 상상할 수도 없지만 말이야."

---

[6] 약 30년 동안 바스티유 감옥에 수감되었다가 신원이 밝혀지지 않은 채 1703년에 사망한 프랑스의 국사범을 지칭.
[7] 클레넘 부인의 휠체어를 지칭.

"부인, 제 일감은 어디에 있죠?" 작은 도릿이 머뭇머뭇 주위를 두리번거리다가 물었다. "일감을 얻을 수 있을까요?"

"부지런한 작은 요정이구나," 플로라가 의사가 처방한 약을 차에 섞어서 한 잔 더 마신 후 대답했다. "서두를 건 없어 그리고 우리는 우리 둘 다 아는 친구 – 내게는 너무 차가운 낱말이야 최소한 그런 의미가 아니니까, 서로의 친구라고 하는 게 훨씬 낫겠어 – 에 대해 속내를 터놓는 걸로 시작하는 편이 나을 거야 단순히 형식적인 절차를 거치는 동안 네가 아니라 날 말하는 거야 자신을 문 여우를 속에 숨기고 있던 스파르타의 소년처럼 되느니 말이지, 내가 그 여우를 키웠던 것을 용서했으면 좋겠구나 내가 만났던 온갖 귀찮은 아이 중에서 제일 귀찮은 아이였으니까."

얼굴이 아주 창백한 작은 도릿이 다시 앉아서 경청했다. "그동안에 제가 바느질을 하는 편이 낫지 않을까요?" 그녀가 물었다. "바느질을 하면서도 경청할 수 있거든요. 가능하다면 그러고 싶어요."

그녀가 진지한 표정으로 일감이 없어서 불안하다는 사실을 절절히 표현했기 때문에 플로라는 "글쎄 애야 하고 싶으면 뭐든 해,"라고 답한 다음에 하얀 손수건이 담긴 바구니를 꺼내놓았다. 작은 도릿은 그것을 받아서 기쁘게 옆에 놓더니, 주머니에 넣고 다니는 자그만 반짇고리를 꺼내서 바늘에 실을 꿴 다음에 가장자리를 감치기 시작했다.

"손놀림이 정말 빠르구나." 플로라가 말했다. "그런데 정말 괜찮은 거니?"

"아, 예, 물론이죠!"

플로라는 난로 울에 두 발을 올려놓고 로맨스를 처음부터 끝까지 전부 다 털어놓을 자세를 취했다. 고개를 쳐들고, 최고의 과시 조로 한숨을 내쉬고, 눈썹을 자꾸 움직이고, 침착하게 일감에 집중하고 있는 얼굴을 자주는 아니지만 가끔씩 훑어보면서, 자랑스럽게 이야기를 시작했다.

"얘야 너도 알아야만 해," 플로라가 말했다. "하지만 내가 이미 개괄적으로 말했을 뿐 아니라 이름이 뭐였더라 불에 타고 있는 그의 이름을 내 이마에 새기고 다녔다고 생각하기 때문에 고 에프 씨를 만나기 전에 아서 클레넘 – 감정을 표현하지 말아야 하는 공개적인 자리에서는 클레넘 씨라고 하지만 여기서는 아서라고 할게 – 과 약혼했었다는 사실은 벌써 알고 있으리라고 믿어 우리는 서로에게 가장 소중한 사람이었어 그것은 인생의 아침이자 행복이고 열광이었어 요컨대 그런 종류에 속하는 최상의 모든 것이었어, 갈가리 찢겼을 때 우리는 돌로 변했고 그런 처지에서 아서가 중국에 갔고 나는 고 에프 씨의 신부 조각상이 된 거란다."

플로라는 착 가라앉은 소리로 이런 말을 하면서 몹시 즐거워했다.

"마음이 온통 대리석같이 차가웠고 에프 씨의 숙모가 유리마차를 타고 따라왔던 그날 아침의 감정을 표현하려고 하지는 않겠어." 그녀가 말했다. "그 마차는 수치스럽게 손질되어있었다고 하는 게 이치에 맞아 그렇지 않으면 집을 나서서 거리를 두 개 지나기도 전에 고장 나지는 않았을 테니까 그리고 에프 씨의 숙모가 골풀로 바닥을 댄 의자에 놓여있는 가이 폭스 인형처럼 돌아오지도 않았을 테니까, 공허한 아침식사를 아래층 식당에서 했었다는 이야기 아빠가 소금에 절인 연어를 너무 많이 먹어서 몇 주 동안 아팠다는 이야기 에프 씨와 내가 칼레로 대륙여행을 떠났는데 부두에서 사람들이 우리 때문에 싸우다가 우리를 헤어지게 했지만 아직 그럴 순간이 닥치지 않아서 영원히 헤어진 것은 아니었다는 이야기를 하는 걸로 충분해.”

신부를 닮은 조각상은 숨을 거의 쉬지도 않고 최고의 자기도취에 빠져서 이야기를 이어 나갔는데, 가끔은 살아있는 인간에게 따르기 마련인 횡설수설하는 태도로 이어 나갔다.

“그 꿈같은 시절에 대해 더 이상 말하지 않을 거야, 에프 씨는 기분이 좋았고 제법 식욕이 있었으며 음식을 맘에 들어 했어 포도주가 약하지만 입에 맞는다고 했고 모든 것이 좋다고 했어, 우리는 런던 부두 리틀 고슬링 가 30번지 바로 근처로 돌아와서 정착했어, 그러나 얼마 지나지 않아 하녀가 여분 침대의 깃털을 팔아치웠다는 사실을 완벽히 알게 됐어 통풍은 에프 씨와 함께 치솟아서 다른 천체로 날아올라 갔고.”

에프 씨의 미망인은 그의 초상화를 흘긋거리면서 고개를 가로젓더니 두 눈을 훔쳤다.

“나는 에프 씨를 존경할만한 사람으로 그리고 아주 너그러웠던 남편으로 기억하고 있어, 아스파라거스라고 말만 하면 눈앞에 대령했으니까 또는 약간 은은한 맛이 나는 음료를 암시만 하면 마술같이 1파인트들이 병에 담아 대령했거든 그것이 황홀경은 아니었지만 위로는 됐어, 친정으로 돌아와서 몇 년 동안 행복하지는 않아도 방에 틀어박혀서 살고 있었는데 하루는 아빠가 머뭇거리며 조용히 들어와서 아서 클레넘이 아래층에서 나를 기다린다고 했어, 아래층으로 가서 그를 만났지 그의 모습이 어땠냐고 묻지 마 여전히 미혼이었고 여전히 변하지 않았다는 것은 빼고 말이야!"

플로라가 그 순간 자신에 대한 이야기를 은밀한 비밀로 감쌌기 때문에 그녀 옆에서 민첩하게 움직이던 손가락 말고 다른 사람의 손가락이었다면 멈췄을지 모른다. 작은 도릿의 손가락은 쉬지 않고 계속 움직였으니, 머리는 분주했지만 바늘땀을 지켜보며 손가락에 집중했던 것이다.

"내가 그를 여전히 사랑하는지 또는 그가 날 여전히 사랑하는지 아니면 결말이 어떻게 또는 언제 날 건지는 묻지 마." 플로라가 말했다. "우리는 지켜보는 눈들에 둘러싸여서 헤어진 채 애타게 그리워할 운명인지도 모르고 다시는 결합하지 못할지도 몰라 말 한마디 호흡 하나 눈길 하나에라도 우리를 드러내면 안 되고 모든 것이 무덤처럼 비밀이어야 해 그러니 내가 아서에게 비교적 냉담하게 대하거나 아서가 내게 비교적 냉담하게 대하는 것 같다고 해도 숙명적인 이유가 있으니까 이상하게 여기지 마 숙명적인 이유를 이해한다면 그걸로 충분하니까 쉿!"

이 모든 이야기를 플로라는 실제 그렇게 믿는 것처럼 앞뒤 가리지 않고 열렬하게 말했다. 그녀가 완벽한 인어의 상태로 변했을 때 자신이 한 말을 모두 다 실제로 믿었다는 것은 별로 의심할 바 없었다.

"쉿!" 플로라가 다시 말했다. "이제 네게 모든 얘기를 다 했고, 우리 사이에는 신뢰가 자리 잡은 거야 쉿, 아서를 위해 언제나 얘야 네게 친구가 되어줄게 그리고 아서에게 맹세코 날 언제나 믿어도 좋아."

민첩하게 움직이던 손가락이 일감을 내려놓았다. 그러고 나서 작은 사람은 몸을 일으켜 그녀의 손에 입을 맞췄다. "너 몹시 춥구나." 플로라가 태도를 바꿔 마음씨 고운 본래의 그녀로 돌아가서, 그리고 그 변화 덕에 크게 득을 보면서 말했다. "오늘은 일하지 마라 분명히 몸이 안 좋아 분명히 약하고."

"부인의 친절에, 그리고 오랫동안 알았고 사랑했던 사람에게 저를 부탁한 클레넘 씨의 친절에 좀 감동받았을 뿐이에요."

"글쎄 정말로 얘야," 시간을 두고 그 문제를 생각할 때마다 분명히 언제나 솔직하게 말하는 경향이 있는 플로라가 말했다. "이제 그 일을 그만하는 게 낫겠다, 어쨌든 내가 하려던 말은 아니거든, 그러나 아무래도 상관없어 좀 누워라!"

"하려고 하는 일을 할 수 있을 정도로는 늘 튼튼해요, 그리고 곧 아주 괜찮아질 거예요." 작은 도릿이 힘없이 미소 지으며 대답했다. "부인에게 감사하는 마음에 벅찼던 거예요, 그뿐이에요. 창 가까이에 잠시만 있으면 완전히 회복될 거예요."

플로라는 창문을 열고 작은 도릿을 창문 옆에 놓여있는 의자에 앉힌 다음에 사려 깊게 원래 있던 자리로 돌아갔다. 바람이 부는 날이어서 미풍이 작은 도릿의 얼굴을 살랑였고 얼굴이 곧 밝아졌다. 얼마 지나지 않아 작은 도릿은 일감이 담긴 바구니를 다시 잡았고 민첩한 손가락을 늘 그랬듯이 빠르게 움직였다.

조용히 일을 계속하면서 플로라에게, 혹시 클레넘 씨가 제가 사는 곳을 말씀하셨나요? 라고 물었다. 플로라가 아니라고 하자, 작은 도릿은 그분이 그토록 자상하게 행동했던 까닭을 이해하지만, 부인에게 비밀을 털어놓는 데 찬성하리라고 확신하기 때문에, 허락한다면 지금 비밀을 말하고 싶다고 했다. 격려 조의 대답을 듣자, 그녀는 자기의 삶에 대한 이야기를, 자기에 대해서는 얼마 안 되는 말로 그리고 아버지에 대해서는 열렬한 찬사로 요약했다. 플로라는 그모든 이야기를 타고난 친절함으로 받아들여서 완전히 이해했는데, 거기에는 모순되는 점이 하나도 없었다.

저녁식사 시간이 되자, 플로라는 새로 보살피게 된 사람의 팔짱을 끼고 아래층으로 데리고 가서 가부장에게 그리고 식사를 기다리며 벌써부터 식당에 와 있던 팽스 씨에게 소개했다. (에프 씨의 숙모는 당분간 방에 계선繫船되어 있을 예정이었다.) 신사들은 작은 도릿을 그들의 성격에 따라 환영했다. 가부장은 만나서 정말 기쁘다는 말로 그녀에게 더할 나위 없이 귀중한 도움을 주는 것 같았고, 팽스 씨는 그가 제일 잘 내는 소리를 인사 삼아 냈다.

어떤 상황이었든 작은 도릿은 처음 참석한 그 자리에서 대단히 수줍어했을 테지만, 플로라가 그녀에게 포도주를 마시고 식탁에 놓인 제일 좋은 것을 먹으라고 고집을 부리는 바람에 더욱 수줍어했다. 그러나 그녀가 특히 당혹스러웠던 것은 팽스 씨 때문이었다. 처음에 그녀는 그 신사의 태도를 보고 초상화를 그리는 사람일지 모른다고 생각했다. 그녀를 뚫어져라 보면서 옆에 놓인 작은 노트를 자꾸 흘긋거렸기 때문이었다. 그러나 스케치를 하지 않고 사업에 대한 얘기만 늘어놓는 것을 목격한 그녀는, 그가 아버지의 어떤 채권자를 대리하는 것일지 모른다는 의심과, 그 채권자가 받아야 할 잔액이 그 노트에 기록되어있을지 모른다는 의심을 품기 시작했다. 그런 관점에서 보니 팽스 씨가 숨을 몰아쉬는 것은 모욕과 조바심을 나타내는 것이었고, 점점 큰 소리로 코를 킁킁거리는 것은 부채를 갚으라는 요구가 되었다.

그러나 그때 팽스 씨 자신의 기묘하고 앞뒤가 맞지 않는 행동이 그녀의 그릇된 생각을 또다시 깨우쳐주었다. 그녀가 식탁을 물러나서 혼자 일을 시작한 지 반 시간 지나서였다. 플로라는 옆방에 "누우러 가겠다."고 했고 그녀가 물러나자마자 어떤 음료 냄새가 집 안에 퍼졌다. 가부장은 식당에서 노란 손수건을 덮고 인자한 입을 벌린 채 깊이 잠들었다. 그 조용한 시간에 팽스 씨가 점잖게 고개를 끄덕이며 그녀 앞에 살며시 나타났다.

"도릿 양, 조금 따분하지?" 팽스 씨가 작은 소리로 물었다.

"아뇨, 괜찮습니다." 작은 도릿이 말했다.

"바쁜가 보군." 팽스 씨가 방 안으로 조금씩 들어오면서 말했다. "도릿 양, 그런데 이것들이 뭐야?"

"손수건인데요."

"그렇군!" 그가 말했다. "손수건이라는 생각을 못 해서 말이야." 손수건은 조금도 쳐다보지 않고 작은 도릿만 바라보았다. "어쩌면 내가 누군지 궁금하겠군. 말해줄까? 나는 점쟁이야."

이제 작은 도릿은 그가 미친 사람이라고 생각하기 시작했다.

"내 몸과 마음은 전부 주인님 거야." 그가 말했다. "아래층에서 식사하던 분이 바로 내 주인님이지. 그러나 가끔 나는 다른 일도 조금씩 해. 남몰래, 아주 은밀하게 말이야, 도릿 양."

작은 도릿이 의심스러운 눈초리로 그리고 겁을 먹고서 그를 바라보았다. "손바닥을 보여줬으면 좋겠어." 팽스가 말했다. "한 번 보고 싶거든. 귀찮게 굴지 않게 해줘."

그곳에서 아무도 그를 원하지 않을 정도로 그가 아주 귀찮게 굴었다. 그녀가 일감을 잠시 무릎에 내려놓고 골무를 낀 왼손을 내밀었다.

"오랫동안 일을 했구나, 그렇지?" 팽스가 뭉툭한 집게손가락으로 그 손을 만져보면서 조용히 말했다. "하지만 사람이 일 말고 뭘 하라고 만들어졌겠어? 다른 걸 하라고 만들어진 건 아니잖아. 이것 봐!" 손금을 들여다보며 말했다. "창살이 있는 이게 뭐야? 학교잖아! 그리고 회색가운과 검정색 벨벳 캡을 걸친 이 사람이 누구야? 아버지네! 클라리넷을 들고 있는 이 사람이 누구지? 삼촌이군! 무용화를 신고 있는 이 사람이 누구야? 언니네! 게으르게 뒤에 처져있는 이 사람은 누구지? 오빠군! 그리고 그들 모두를 걱정하고 있는 이 사람이 누구지? 이런, 도릿 양, 너잖아!"

그녀가 경탄스럽다는 듯이 그의 얼굴을 올려보다가 시선을 마주쳤다. 그녀는 그의 눈매가 날카롭긴 하지만 저녁식사 때 상상했던 것보다 쾌활하고 상냥하게 생긴 사람이라고 생각했다. 그가 곧바로 그녀의 손을 다시 바라보았기 때문에 그녀가 자신의 인상을 확인하거나 수정할 기회는 사라져버렸다.

"이런, 제기랄," 팽스가 손가락으로 어설프게 그녀의 손금을 더듬다가 중얼거렸다. "여기 귀퉁이에 있는 게 내가 아니면 누구겠어! 내가 여기서 뭘 찾는 거지? 내 뒤에 숨어있는 건 뭐지?"

그는 자기 손가락을 서서히 그녀의 손목으로 가져가서 손목을 빙돈 다음에 자기 뒤에 숨어있는 것을 알아내기 위해 손등을 보는 체했다.

"해로운 건가요?" 작은 도릿이 미소를 지으며 물었다.

"전혀 그렇지 않아!" 팽스가 말했다. "내 뒤에 숨어있는 것이 얼마짜리 가치가 있을 거 같니?"

"그 질문은 제가 해야 하는 거예요. 점쟁이는 제가 아니니까요."

"맞는 말이야." 팽스가 말했다. "얼마짜리 가치가 있을까? 살면서 차차 알게 될 거야, 도릿 양."

작은 도릿의 손을 서서히 놓더니 손가락 전부로 자기 머리 가닥을 당기는 바람에 머리가 아주 터무니없는 모양으로 일어섰다. 그러고 나서 그는 같은 말을 천천히 되풀이했다. "내가 한 말을 명심해, 도릿 양. 살면서 차차 알게 될 거야."

자기가 깜짝 놀란 까닭이 그가 자기에 대해 워낙 많은 걸 알고 있기 때문이라고 해도 작은 도릿은 깜짝 놀랐다고 표현할 수밖에 없었다.

"아! 바로 그거야!" 팽스가 손가락으로 그녀를 가리키면서 말했다. "도릿 양, 그러지 마, 절대 그러지 말라고!"

그녀가 전보다 조금 더 놀라고 조금 더 겁을 먹고는 마지막에 한 말을 설명해달라는 투로 그를 쳐다보았다.

"그러지 마." 팽스가 일부러 지은 것은 아니지만 이상하게 보일 정도로 깜짝 놀란 표정과 태도를 흉내 내면서 아주 진지하게 말했다. "그러지 말라고. 언제 어디서든 날 쳐다보지 마, 보잘것없는 사람이니까. 내게 신경 쓰지 마, 내 얘기를 하지도 말고, 관심도 보이지 마. 동의하는 거지, 도릿 양?"

"뭐라 해야 할지 모르겠어요." 작은 도릿이 몹시 놀라서 대꾸했다. "어째서죠?"

"왜냐하면 점쟁이니까. 집시 팽스란 말이야. 도릿 양, 그 작은 손에 나와 있는 것 중에서 내 뒤에 숨어있는 것을 얘기할 만큼 네 운수에 대한 얘기를 다 한 게 아니거든. 살면서 차차 알게 될 거란 얘기는 이미 했고. 동의한 거지, 도릿 양?"

"동의하는 것은 제가 ─ 앞으로 ─"

"여기를 떠나면 내가 먼저 나서지 않는 한 아는 체하지 않고, 왔다갔다해도 신경 쓰지 않기로 말이야. 아주 쉬운 일이지. 나 때문에 손해 보는 것은 없을 뿐 아니라 내가 잘생긴 것도 아니고 좋은 친구도 아니니까. 나는 주인님을 위해 구석구석 뒤지는 사람에 불과하거든. 너는 '아! 집시 팽스가 운수를 점치고 있구나 – 언젠가는 내 운수를 마저 말해주겠지 – 살면서 차차 알게 될 거고,'라고 생각하기만 하면 되는 거야. 동의하지, 도릿 양?"

"예 – 에." 팽스 때문에 크게 당황하게 된 작은 도릿이 말을 더듬었다. "당신이 해를 입히지 않는다면 그렇게 할게요."

"좋아!" 팽스 씨가 옆방 쪽 벽을 잠깐 보더니 몸을 앞으로 숙였다. "정직한 사람이고 훌륭한 점이 많은 여성이지만 부주의하고 산만한 수다쟁이지, 도릿 양." 그 말을 하고 나서, 면담이 대단히 만족스러웠다는 듯이 두 손을 비비고 숨을 거칠게 내쉬며 문 쪽으로 갔다. 그리고 점잖게 고개를 다시 끄덕이며 방에서 나갔다.

작은 도릿은 새로 알게 된 사람의 이와 같은 기이한 행동 때문에, 그리고 자신이 이처럼 특이한 약정에 연루되었다는 사실 때문에 몹시 당혹스러웠다. 그리고 이후에도 그 당혹감은 지속되었다. 팽스 씨는 캐스비 씨의 집에서 기회가 닿는 대로 의미심장하게 그녀를 힐끗 보고 코를 킁킁거렸을 뿐 아니라 – 전에도 그런 적이 있었으므로 대단한 것은 아니었다 – 그녀의 일상생활에 스며들기 시작했던 것이다. 길을 갈 때 그가 늘 보였다. 캐스비 씨의 집에 가도 늘 있었고, 클레넘 부인의 집에 가도 그녀를 봐야겠다는 듯이 어떤 핑계를 대서라도 거기에 와 있었다. 한 주가 채 지나지 않은 어느 날 밤에는 놀랍게도 그를 간수실에서 보았다. 당직 중인 간수와 이야기를 나누고 있었는데 어느 모로 보나 간수와 허물없는 친구처럼 보였다. 그

다음으로 놀란 사실은 그가 감옥 안에서 바깥에 있을 때와 마찬가지로 마음 편하게 지낸다는 점이었다. 그가 다른 방문객들과 함께 아버지가 일요일에 베푼 알현식에 나타났다는 이야기를 들었고, 학교의 친구와 팔짱을 끼고 마당을 거니는 모습을 보았으며, 소문을 듣자하니 어느 날 저녁 술집의 아늑한 방에서 열린 사교모임에서 모임에 참석한 회원들에게 연설하고 노래를 부르고 그들에게 5갤런의 맥주를 - 소문은 필사적으로 1부셸[8]의 새우를 추가했다 - 대접해서 이름을 드러냈다는 것이었다. 플로니쉬 씨가 약속을 지켜서 방문할 때마다 목격하게 된 이런 일들은 그에게 작은 도릿이 그러한 일들을 보고 가진 느낌에 버금가는 영향을 주었다. 그 일들이 그의 입을 막고 꼼짝 못 하게 결박한 것 같았다. 플로니쉬 씨는 그저 빤히 쳐다보기만 했고, 이 사람이 팽스라는 사실을 블리딩 하트 야드에서는 믿지 못할 거라는 취지의 말을 어쩌다 약하게 중얼거릴 뿐이었다. 하지만 그는 작은 도릿에게조차도 말 한마디 더하지 못했고 손짓 하나 보태지 못했다. 팽스 씨는 알려지지 않은 모종의 방법으로 팁과 사귀고, 어느 일요일에 그의 팔을 끼고 학교를 산책해서 자신의 수수께끼를 완성했다. 그동안 내내 그는 근처에 아무도 없을 때 우연히 그녀 곁을 지나갔던 한두 번을 제외하고는 작은 도릿에게 눈길 하나 돌리지 않았다. 근처에 아무도 없을 때는 친근하게 바라보고 격려 조로 숨을 몰아쉬며, "집시 팽스가 - 운수를 점치고 있

---

[8] 1부셸은 8갤런으로 터무니없이 많은 양임.

어,"라고 하면서 지나갔다.

작은 도릿은 이 모든 것이 궁금했지만, 아주 어렸을 때부터 더무거운 많은 짐을 가슴속에 간직하고 있었기에 궁금증을 가슴속에 간직한 채 평소와 같이 일하려고 애를 썼다. 참을성 있는 그 가슴에 어떤 변화가 벌써 스며들었고, 여전히 스며들고 있었다. 매일매일 그 전날보다 좀 더 내향적인 인물이 되었던 것이다. 누구의 눈에도 띄지 않은 채 감옥을 드나드는 것, 그리고 감옥 이외의 다른 곳에서도 못 보고 지나치거나 망각의 대상이 되는 것, 이것이 자신을 위해 그녀가 바라는 주요사항이었다.

그녀는 자기 의무를 회피하지 않으면서 할 수 있는 한 자주 자신의 방에, 자신의 민감한 청춘과 성격에 묘하게 어울리는 방에 은거하는 것을 좋아했다. 가끔 오후에 할 일이 없을 때가, 방문객들이 잠시 들러 아버지와 카드놀이를 하는 바람에 그녀가 없어도 되었고 떨어져있는 게 더 나을 때가 있었다. 그런 때가 되면 그녀는 마당을 급히 지나서 자신의 방으로 통하는 수십 개의 계단을 올라갔고, 창문 옆 늘 앉던 자리에 앉았다. 작은 도릿이 생각에 잠겨서 거기에 앉아있는 동안, 담장 위의 긴 못들은 여러 가지 모양을 만들었고, 단단한 철문은 자신을 엮어서 우아한 형체를 수없이 만들었으며, 황금빛의 흔적이 녹슨 곳에 수없이 드리워졌다. 눈물을 흘리며 보노라면 지그재그 모양이 무정한 무늬를 이루며 새로 솟아날 때도 있었다. 그러나 아름답게 꾸몄든 여전히 굳어있든, 그녀는 자신의 고독을 들여다보고, 모든 것이 지울 수 없는 낙인을 새기고 있는 모습을, 그 위로 그리고 그 아래로 그리고 그것을 관통해서 언제나 보고 싶어 했다.

다락방, 그것도 대놓고 말하면 마셜시의 다락방이 작은 도릿의 방이었다. 곱게 유지하고 있지만 그 자체는 추한 방이었고, 청결과 공기 외에는 그것을 두드러지게 하는 것이 거의 없었다. 그녀가 그때까지 구입했던 장식물이란 장식물은 모두 다 그녀 아버지의 방으로 가버렸기 때문이었다. 그럼에도 그 보잘것없는 방에 대한 그녀의 애정은 점점 커졌고, 방 안에 혼자 앉아있는 것이 그녀가 제일 좋아하는 휴식이 되었다.

팽스가 수수께끼 같은 행동을 계속하던 어느 날 오후 그녀는 창가에 앉아 있었는데, 익숙한 매기의 발소리가 계단을 올라오는 소리를 듣고는 자기를 다른 곳으로 데려갈지 모른다는 걱정이 들어서 대단히 불안해졌다. 매기의 발소리가 점점 높이 그리고 점점 가까이 다가오자 그녀는 온몸을 떨고 머뭇거렸다. 매기가 마침내 나타났을 때는 겨우 입을 여는 것이 그녀가 할 수 있는 최대였다.

"저, 작은 엄마," 매기가 숨이 차서 헐떡거리며 말했다. "내려가서 그를 만나. 그가 찾아 왔어."

"누구 말이니, 매기?"

"그야 물론 클레넘 씨지. 그분이 엄마의 아버지 방에서 내게 이렇게 말했어. 매기, 그저 내가 왔다는 얘길 좀 전해주겠니."

"매기, 몸이 별로 안 좋아. 가지 않는 편이 낫겠어. 누우려던 참이었거든. 봐! 머리를 식히려고 이제 눕잖아. 누워있는 것을 보고 나왔는데, 그렇지 않았으면 왔을 거라는 얘기를 고맙다는 인사도 같이 전해줘.”

“글쎄, 그러나 그건 별로 예의 바른 게 아니야, 작은 엄마.” 매기가 빤히 쳐다보며 말했다. “외면하는 것도 마찬가지고!”

매기는 개인적인 모욕에 매우 민감했으며 그것을 창작해내는 데에도 매우 재능이 있었다. “게다가 두 손으로 얼굴을 모두 가리다니!” 그녀가 말을 이었다. “엄마가 불쌍한 아이의 모습을 차마 볼 수 없으면 그 아이에게 즉시 그렇게 말하는 게 나아. 아이의 감정을 상하게 하고 열 살짜리 불쌍한 아이의 가슴에 상처를 주면서 이처럼 내쫓지 말고 말이야!”

“매기, 머리를 식히려는 거라니까.”

“글쎄, 작은 엄마, 엄마가 머리를 식히기 위해 흐느끼는 거라면 나도 흐느낄 거야. 혼자서 흐느끼려고 하지 마, 그건 욕심 사나운 거야.” 매기가 충고했다. 그러고 나서 즉시 엉엉 울기 시작했다.

돌아가서 해명하라고 매기를 설득하는 데 조금 어려움을 겪었다. 그러나 집중해서 심부름을 제대로 하고 작은 엄마를 한 시간만 더 내버려두면 이야기를 - 옛날부터 매기가 좋아하던 거였다 - 들려주겠다고 약속하자, 매기 쪽에서 보자면 자신이 착한 마음씨를 계단 아래에 두고 온 게 아닌지 하는 불안과 합해져서, 효과가 나타났다. 매기는 전달할 말을 잊지 않으려고 가는 내내 그 말을 중얼거리며 사라졌다가 정해진 시간에 돌아왔다.

“그분이 아주 슬퍼했어, 정말이야.” 매기가 알렸다. “그리고 의사를 보내고 싶다고 했어. 내일 다시 오겠다고 했는데, 엄마의 머리에 대한 얘기를 들었기 때문에 오늘 밤에 푹 자지는 못할 거 같아, 작은 엄마. 맙소사! 흐느끼고 있잖아!"

"매기, 약간 흐느낀 것 같아."

"약간이라고! 저런!"

"하지만 이제는 다 끝났어 - 영원히 끝난 거야, 매기. 그리고 머리가 훨씬 낫고 차분해졌어, 아주 편안한걸. 내가 내려가지 않은 건 아주 잘한 거야."

빤히 쳐다보고 있던 커다란 아이가 그녀를 상냥하게 껴안았다. 그러고 나서 그녀의 머리를 쓰다듬고 이마와 눈을 차가운 물로 씻어주고 나서(매기가 서툰 손길이지만 능숙하게 하는 일이었다) 다시 껴안았고, 한결 환해진 표정을 보고는 기뻐하면서 창가에 있는 의자에 앉게 했다. 그러고는 얼굴이 붉어질 정도로 필요하지도 않은 힘을 써서, 자신이 이야기를 들을 때 앉는 자리로 사용할 상자를 그 의자 가까이 끌고 왔다. 그리고 그 위에 앉아서 두 무릎을 끌어안고 두 눈을 크게 뜬 채 이야기에 대한 물릴 줄 모르는 욕망을 표현하며 말했다.

"자, 작은 엄마, 재밌는 이야기 좀 해줘!"

"무슨 이야기를 해줄까, 매기?"

"아, 공주 이야기를 해줘." 매기가 말했다. "진짜 공주여야 해. 믿기 어려울 정도로 말이야!"

작은 도릿은 잠시 생각에 잠겼다. 그러고 나서 일몰 때문에 붉어진 얼굴에 약간 슬픈 미소를 띠더니 이야기를 시작했다.

"매기, 옛날에 훌륭한 왕이 있었는데, 원하는 것은 모두, 바라는 것보다 더 많이 갖고 있었어. 금과 은, 다이아몬드와 루비, 온갖 종류의 재물이 있었어. 궁궐도 있었고, 그리고 또－"

"병원도 있었어." 매기가 여전히 두 무릎을 끌어안은 채 끼어들었다. "병원은 편안한 곳이니까 병원도 있는 걸로 해줘. 병아리 요리를 잔뜩 해주는 병원 말이야."

"그래, 병원도 많이 있었고, 모든 것을 많이 갖고 있었어."

"예를 들면, 구운 감자가 많았단 말이지?" 매기가 물었다.

"모든 것이 많았어."

"이런!" 매기가 두 무릎을 끌어안으며 만족해했다. "더할 나위 없군!"

"왕은 딸이 하나 있었는데 세상에서 제일 현명하고 아름다운 공주였어. 어렸을 때는 선생님이 가르치기도 전에 수업 내용에 전부 정통했고, 다 큰 다음에는 세계의 불가사의였지. 그런데 공주가 사는 궁궐 근처에 불쌍하고 귀엽고 작은 여자가 혼자서 외톨이로 지내는 오두막집이 있었어."

"나이 든 여자였겠네." 매기가 감동한 듯이 입맛을 다시며 말했다.

"아니야, 나이 든 여자가 아니라 아주 젊은 여자였어."

"그 여자가 무서움을 타지 않았을지 궁금한걸." 매기가 말했다. "계속해줘."

"공주는 거의 매일 그 오두막집을 지나갔는데, 공주가 아름다운

공주 이야기

마차를 타고 지나갈 때마다 불쌍하고 작은 여자는 물레질을 하고 있었어. 공주가 작은 여자를 바라보면 작은 여자도 공주를 바라보았지. 하루는 공주가 오두막집에서 조금 떨어진 곳에 마차를 세우고 걸어가서 방 안을 들여다봤어. 작은 여자는 보통 때와 마찬가지로 물레질을 하고 있었는데, 그녀가 공주를 바라보자 공주도 그녀를 바라보았어."

"상대가 시선을 피할 때까지 서로 노려보려고 하는 것 같아." 매기가 말했다. "계속해줘, 작은 엄마."

"공주는 대단히 경이로운 사람이어서 비밀을 알아보는 능력이 있었기 때문에 작은 여자에게 물었어, 왜 그걸 갖고 있니? 그 말을 들은 여자는 공주가 자신이 물레질을 하며 혼자서 외톨이로 지내는 이유를 알고 있다는 걸 곧바로 깨달았어. 그래서 공주의 발치에 무릎을 꿇고 비밀을 누설하지 말아 달라고 간청했지. 그러자 공주가 말했어, 비밀을 누설하지 않을게. 보여나 줘. 그러자 그녀는 오두막집 창의 겉창을 닫고 문을 잠근 다음에, 자신을 의심하는 사람이 있을지 모른다는 두려움 때문에 온몸을 떨면서 아주 비밀스러운 장소를 열고는 공주에게 유령을 하나 보여줬어."

"이런!" 매기가 말했다.

"그것은 오래전에 죽은 누군가의 유령이었어, 절대 손이 닿지 않는 먼 곳으로 가서, 결코, 결코 돌아올 수 없는 누군가의 유령 말이야. 보기에 빛이 나는 유령이었지. 작은 여자가 그 유령을 대단한, 대단한 보물로 여기고 진심으로 자랑스러워하면서 공주에게 보여줬어. 공주가 그 유령에 대해 잠시 생각하더니 작은 여자에게 물었어. 그래서 매일 이것을 지키는 거니? 그러자 그녀가 눈을 내리깔고 속삭였어. 예. 그러자 공주가 말했어. 이유를 알려줘. 그 말을 듣고 여자가 답을 했어. 그렇게 훌륭하고 친절한 사람이 그렇게 죽은 적은 없었거든요, 그리고 그것이 처음에 지키기 시작했던 이유고요. 또한 이어서 말했어. 누군가의 유령이 그를 기다리고 있던 사람들에게 갔지만, 아무도 그 유령을 그리워하지 않았고 아무도 그 유령 때문에 더 나빠지지 않았어요 - ”

“그 누군가가 그렇다면 남자야?” 매기가 끼어들었다.

작은 도릿이 주저하면서 그렇다고, 자기는 그렇게 생각한다고 말했다. 그러고 나서 다시 계속했다.

“ - 그를 기다리고 있던 사람들에게 갔지만, 이 추억은 누구에게서도 훔치거나 숨겨놓은 게 아니에요. 공주가, 아! 그러나 오두막집에 살던 사람이 죽으면 이 유령이 발견될 텐데, 라고 했어. 작은 여자는 그렇지 않다고 했어. 그런 순간이 닥치면 이 유령은 제 무덤으로 조용히 들어가서 절대 발견되지 않을 거예요.”

“이런, 틀림없어!” 매기가 말했다. “계속해줘.”

“매기, 네가 생각하는 대로 공주는 그 이야기를 듣고 대단히 놀랐어.”

(“공주가 놀라는 것도 당연하지.” 매기가 말했다.)

“그래서 공주는 작은 여자를 지켜보고 결과가 어떻게 되는지 확인하기로 했어. 매일같이 공주는 아름다운 마차를 몰아 오두막집에

갔고, 작은 여자가 물레질을 하며 늘 혼자 외톨이로 있는 것을 지켜 보았어. 공주는 작은 여자를 바라보았고 작은 여자도 공주를 바라보 았지. 어느 날 가보니 마침내 물레가 정지해있었고, 작은 여자도 보 이지 않았어. 공주는 물레가 왜 멈췄는지, 그리고 작은 여자가 어디 에 갔는지 공주는 수소문했고, 작은 여자가 죽는 바람에 물레질을 할 사람이 없어져서 물레가 멈춘 것이라는 사실을 알게 됐어."

("사람들이 여자를 병원으로 데려갔어야 하는데," 매기가 말했다. "그러면 여자가 이겨냈을 텐데.")

"공주는 작은 여자의 죽음에 대해 아주 조금 눈물을 흘린 다음에, 눈물을 닦고, 전에 마차를 세웠던 곳에서 내렸어. 그리고 오두막집 에 가서 문 안을 들여다봤어. 이제 공주를 바라보는 사람은 없었고, 공주가 바라볼 사람도 없었지. 그래서 공주는 작은 여자가 소중히 간직해두었던 유령을 찾기 위해 즉시 안으로 들어갔어. 하지만 유령 의 흔적은 어디서도 찾을 수 없었어. 그때 공주는 작은 여자가 진실 을 말한 거라는 사실을 깨달았어. 유령은 누구에게도 아무런 불편을 끼치지 않고 조용히 그녀의 무덤으로 들어갔고, 그녀와 유령이 함께 영면하고 있다는 사실을 깨달은 거야."

"그게 다야, 매기."

작은 도릿이 이야기를 마쳤을 때 붉은 저녁놀이 얼굴에 선명하게 비췄기 때문에 작은 도릿은 손을 들어 그 빛을 가렸다.

"그녀가 현명해졌을까?" 매기가 물었다.

"작은 여자 말이니?"

"응, 그래!"

"글쎄," 작은 도릿이 말했다. "하지만 그녀가 아무리 현명하더라도 내내 마찬가지였을 거야."

"정말 그랬으면 좋겠어!" 매기가 말했다. "그래, 하긴 그럴 거야." 그러고 나서 말똥말똥 쳐다보며 생각에 잠겼다.

매기가 두 눈을 크게 뜬 채 오랫동안 앉아있었기 때문에 작은 도릿은 앉는 자리로 사용하던 상자에서 그녀를 일어나게 하려고 일어나서 창밖을 내다보았다. 마당을 내려다보다가 팽스가 들어와서 지나가며 곁눈질하는 것을 바라보았다.

"작은 엄마, 저 사람이 누구야?" 매기가 물었다. 창가에 있는 그녀에게 벌써 다가와서 어깨에 기대 있었다. "저 사람이 들락날락하는 것을 자주 봤거든."

"점쟁이라고 불리는 것을 들었어." 작은 도릿이 말했다. "하지만 그가 사람들의 과거나 현재의 운수까지 알려줄 수 있을지는 모르겠어."

"공주에게 여자의 운수를 알려줄 순 없었을까?" 매기가 물었다.

작은 도릿은 생각에 잠긴 채 감옥 지붕의 어두운 골을 내려다보다가 고개를 가로저었다.

"그리고 작은 여자에게 그녀의 운수를 알려줄 순 없었을까?" 매기가 물었다.

"없었을 거야." 저녁놀이 얼굴을 선명하게 비추는 가운데 작은 도릿이 대답했다. "창에서 그만 물러나자."

25 공모자들과 그 밖에 다른 사람들

팽스 씨는 펜튼빌에 있는, 아주 작은 규모이지만 전문직에 종사하는 신사의 여염집 3층에서 하숙하고 있었다. 그 집에는 스프링에 달린 채 균형을 잡고 있다가 딸각하는 소리를 내며 올가미처럼 활짝 열리는 내부 문이 현관 문 안쪽에 달려있었고, 부채꼴의 채광창에는 '럭, 총대리인, 회계원, 채무를 받아줌'이라고 쓰여 있었다.

간소한 소박성이란 면에서 위엄이 있는 이러한 장식글자가 메마른 큰길과 접해 있는 앞뜰의 좁은 길을 꾸미고 있었고, 그 뜰에서는 먼지투성이인 몇몇 나뭇잎들이 음산하게 머리를 숙인 채 질식할 것 같은 삶을 이어가고 있었다. 2층에 거주하는 습자 선생은, 그의 아이들이 책상을 흔드는 동안 여섯 번의 수업을 받기 전의 학생들이 썼던 글자 견본과 아이들을 제지하고 있을 때 여섯 번의 수업을 받은 학생들이 썼던 글자 견본 중에서 골라 뽑은 것들이 들어있는 유리상자로 뜰의 난간에 생기를 주었다. 팽스 씨가 빌린 방은 널찍한 침실 하나만 있는 방이었다. 그는 정확하게 규정된 일정 규모의 금액을 치르고 정식으로 구두 통지를 하는 경우에, 럭 씨와 럭 양(그의 딸이었다)이 일요일에 뒷방에서 먹는 아침이나 정찬이나 차나 저녁, 혹은 그러한 식사나 끼니의 각각이나 전부를 아무것이나 자유롭게 골라서 함께 하기로, 집주인인 럭 씨와 계약을 맺고 동의를 했다.

럭 양은 근처에 사는 중년의 제빵업자 때문에 마음이 심각하게 상하고 감정이 엉망이 된 후에 이웃들의 입방아에 오르내리고 약간의 재산을 얻게 되었는데, 그 전에 파혼에 따른 피해배상을 받기 위해 럭 씨의 주선으로 그 제빵업자를 법정에 제소할 필요가 있었다. 그때 제빵업자는 럭 양의 변호사에 의해 형용어구 하나 당 18펜스 정도로 계산해서 총 20기니에 달하는 고발을 당하고 위축되었을 뿐 아니라 패소해서 실제 그에 상응하는 손해를 입었다. 그럼에도 그는 펜튼빌의 젊은이들에게 이따금 괴롭힘을 당했고, 법률에 둘러싸여서 배상금을 공채에 투자했던 럭 양은 동정을 받았다.

팽스 씨는, 오래 전에 홍조가 모두 빠져나간 것처럼 둥근 얼굴이 창백할 뿐만 아니라 벽난로의 닳아 해진 빗자루처럼 머리가 남루하고 누런색인 럭 씨와 어울려서, 그리고 셔츠 단추처럼 작은 주근깨가 얼굴에 온통 나 있고 누런색 머리채가 보기 좋게 풍성하다기보다는 관목처럼 우거져 있는 럭 양과 어울려서, 몇 년 동안 보통 일요일마다 식사를 했다. 그리고 일주일에 두 번 정도 빵과 네덜란드 치즈, 그리고 흑맥주로 이루어진 가벼운 저녁식사를 했다. 팽스 씨는 럭 양이 두려워하지 않고 결혼할 수 있는 극소수 남자 중의 하나였지만 그가 자기를 안심시키는 주장은 두 겹으로 되어있었으니, 첫째, "두 번 할 순 없다."라는 것이었고, 둘째, "자기는 그럴 가치가 없다."라는 것이었다. 팽스 씨는 이와 같은 이중의 갑옷으로 방비하고 럭 양을 향해 편하게 코를 킁킁거렸다.

이제까지 팽스 씨는 펜튼빌의 숙소에서 잠자는 거 말고 다른 일은 거의 또는 전혀 하지 않았었다. 그러나 점쟁이가 된 이후에는 한밤중에도 전면응접실에 있는 럭 씨의 작은 사무실에서 그와 밀담을 나누는 경우가 자주 있었고, 심지어는 그 부적절한 시간이 지난 다음에도 침실에서 수지양초를 태우며 늦게까지 일을 했다. 주인님을 위해 구석구석 뒤지는 사람으로서의 임무를 결코 소홀히 한 것은 아니었지만, 그리고 점쟁이로서의 일이란 것이 가시가 잔뜩 있다는 면에서 장미화단을 닮은 것에 불과했지만 그는 모종의 새로운 일을 위해 꾸준히 탐문하고 다녔다. 그가 밤에 가부장 호를 묶어놓은 밧줄을 풀었던 것은 그저 신원불명의 다른 선박을 예인하기 위해서였고 몹시 흔들리며 다른 바다를 새로 항해하기 위해서였다.

나이 지긋한 치버리 씨와의 개인적인 친분에서 출발하여 마음씨고운 그의 부인과 비탄에 잠겨있는 그의 아들에게 소개받는 걸로 나아가기는 쉬웠을 것이다. 그러나 쉬웠든 쉽지 않았든 팽스 씨는 곧 그렇게 나아갔다. 학교에 모습을 처음 드러낸 지 한두 주 만에 그는 담배 가게 한복판에 편안하게 자리를 잡았고, 간수의 아들 존과 친밀한 관계를 맺으려고 특별히 노력했다. 그런 노력을 통해 그는 수척해진 목동을 작은 숲에서 불러내어 그 목동이 비밀스러운 임무를 수행하게 할 정도로 성공을 거두었다. 그 임무를 수행하게 되자 존은 일정치 않은 간격을 두고 이삼일을 계속하여 사라지기 시작했다. 사려 깊은 치버리 부인은 그러한 변화를 굉장히 이상하게 여겨서, 두 가지 강력한 이유가 없었다면 문설주에 세워놓은 고지대 사람의 그림에 해로운 거라며 반대했을 것이다. 한 가지 이유는, 존이 분발하여 장사에 강한 관심을 갖게 되었는데, 그 관심이 그 임무를 시작한 덕에 촉발된 걸로 생각할 수 있기 때문이었다 — 그녀는 그것이 풀이 죽은 아들에게 좋으리라고 생각했다. 또 다른 이유는, 팽스 씨가 그녀 아들의 시간을 사용하는 데 대해 일당으로 7실링 8펜스라는 상당한 액수를 지급하기로 은밀히 약속했기 때문이었다. 그 제안을 그가 먼저 내놓고 간결한 용어로 표현했으니, "존이 그 임무를 떠맡지 못할 정도로 허약하다 해도, 부인, 그것이 망설일 이유는 되지 못해요, 그렇지 않나요? 그러니, 완전히 우리끼리의 비밀로 하고, 부인, 사업은 사업이니까, 여기 있습니다!"

치버리 씨가 이런 일에 대해 어떻게 생각하는지, 또는 이것에 대해 얼마만큼이나 많이, 아니면 얼마만큼이나 조금 알고 있는지 그를 보고는 추측할 수 없었다. 그에 대해서는 말수가 적은 사람이라는 평이 벌써부터 나 있었다. 그리고 모든 것을 가두어두는 직업상의 습관을 진작부터 가지고 있었다는 말을 여기서 할 수도 있을 것이다. 그는 마셜시의 채무자들을 가두어두는 것처럼 자기 자신을 조심스럽게 가두어두었다. 식사를 씹지 않고 급히 삼키는 습관조차도 동일한 직업적 습관의 일부였을지 모른다. 그러나 다른 모든 의도에 대해서는, 마셜시의 문을 지키듯이 비밀을 지켰다는 데에 의문의 여지가 없었다. 그는 이유 없이 문을 여는 법이 없었다. 뭐든 내보낼 필요가 있으면 문을 살짝 열었는데, 그 목적에 충분한 정도로만 열었다가 다시 잠그는 것이었다. 마셜시의 출입문에서 수고하는 것을 아끼려고, 나가고자 하는 방문자가 있어도 다른 방문자가 마당을 걸어오는 것을 보면 열쇠를 한 번 돌려서 둘이 나갈 수 있도록 잠시 기다리게 했던 것과 마찬가지로, 어떤 의견이 있어도 똑같은 의견을 또다시 입술에 올려야 할 사정을 감지하면 그 의견을 보류했다가 두 가지 경우에 대한 의견을 한꺼번에 내놓을 때가 종종 있었다. 그의 내밀한 인식에 대한 어떤 열쇠든 그의 표정에서 찾을 수 있다면, 마셜시의 열쇠는 그 열쇠를 돌리는 개개인의 인물과 내력에 대한 색인으로 읽을 수 있었던 것이다.

팽스 씨가 어떤 사람을 펜튼빌의 만찬에 초대할 마음이 들었다는 것은 그의 일정표에서 유례가 없는 일이었다. 그렇지만 그는 간수의 아들 존을 만찬에 초대했고, 그를 럭 양의 위험한 매력을(비용이 많이 들기 때문에) 느낄 수 있는 사정거리 안에 끌어오기까지 했다. 만찬은 일요일에 하기로 정해졌고, 럭 양이 그때를 맞이하여 굴로 양의 다리 속을 직접 채운 다음에, 그 양다리를 제빵업자에게 – **그** 제빵업자가 아니라 그 업자와 경쟁 관계에 있는 업자에게 – 보냈다. 오렌지, 사과, 그리고 견과류도 준비했다. 그리고 손님의 마음을 기쁘게 하려고 팽스 씨가 럼주를 토요일 밤에 집으로 가져왔다.

준비해둔 음식물이 손님을 환영하는 중요 부분은 아니었다. 환영회의 특별 프로그램은 그의 과거에 대한 집안사람들의 신뢰와 동정이었다. 존이 한 시 반에 상아 자루가 달린 지팡이와 황금 잔가지 모양의 무늬가 장식되어있는 조끼를 입지 않고 왔을 때, 태양은 불길한 구름에 가려서 그 빛을 빼앗긴 상태였다. 팽스 씨는 머리가 누런색인 럭 씨에게, 자신이 자주 말했던, 도릿 양을 사랑했던 젊은이라고 그를 소개했다.

"자네와 알게 되어서 아주 만족스럽고 기쁘네." 럭 씨가 특별히 그의 도전의식을 북돋는 역할을 맡고 입을 열었다. "자네의 감정이 자네에게 명예가 되는 거야. 자네는 젊어. 살다가 그런 감정을 잊지 않았으면 좋겠네! 내가 살다가 내 감정을 잊는다면," 럭 씨가 말을 했는데, 그는 말이 많고 놀랄 정도로 훌륭한 말솜씨를 가진 사람 같았다. "내가 살다가 내 감정을 잊는다면, 나를 죽일 사람에게 50파운드를 주라는 유언장을 남기겠어."

럭 양이 한숨을 쉬었다.

"내 딸이야." 럭 씨가 말했다. "아나스타시아, 너는 이 젊은이의 감정 상태가 낯설지 않겠구나. 내 딸도 여러 가지 시련을 겪었네." 럭 씨가 시련이라는 낱말을 단수로 사용했다면 좀 더 적절했을지 모른다. "그래서 딸아이가 자네를 동정할 수 있는 거지."

존은 그런 감동적인 환영사를 듣고 매우 감격해서 그렇겠다는 취지로 말했다.

"자네에게 부러운 점은," 럭 씨가 말했다. "모자를 내게 주게 — 우리 집에는 못이 조금 부족해 — 모자를 귀퉁이에 놓겠네, 귀퉁이에 있는 모자를 밟을 사람은 없을 걸세 — 자네에게 부러운 점은 감정의 호사를 누린다는 걸세. 내 직업은 가끔 그런 호사를 누리지 못하게 하거든."

존은 감사하다고 말하면서 자신은 올바른 일, 그리고 작은 도릿을 얼마나 사랑하는지를 보여줄 수 있는 일을 하고자 할 따름이라고 대답했다. 자기에게 사심이 없기를 바라고 또 그러고 싶다고 했다. 작은 도릿에게 도움이 될 수 있는 일은, 자신의 힘이 닿는 한 자기를 완전히 숨기고 뭐든 하기를 바라고 또 하고 싶다고 했다. 자신이 할 수 있는 일은 보잘것없겠지만 그거라도 하고 싶다고 했다.

"이보게," 럭 씨가 그의 손을 잡으며 말했다. "자네를 만나 정말 좋군. 자네야말로 법조계에 있는 사람들의 정신에 인간성을 되새겨 주기 위해 증인석에 세우고 싶은 젊은이야. 자네가 식욕이 왕성해서 배불리 먹었으면 좋겠는데?"

"감사합니다, 선생님." 존이 답했다. "요즈음에는 많이 먹지 않습니다."

럭 씨가 그를 약간 옆으로 불러내서 말했다. "내 딸의 경우를 말해주지. 그 아이는 자신이 받은 모욕과 여성으로서의 차별을 입증하기 위해 '럭 대 보킨스 건'의 원고가 됐었네. 당시 딸아이가 먹는 고형식固形食이 한 주에 10온스가 채 안 된다는 사실이 가치 있는 일이라고 생각했다면 그 사실을 증거로 제출했을 거네, 치버리 군."

"저는 그보다는 조금 더 먹는 거 같습니다." 상대방은 약간의 수치심을 느끼며 그 사실을 고백한다는 듯이 주저하면서 대답했다.

"하지만 자네에게 인간의 형상을 한 악마가 있는 것은 아니잖나." 럭 씨가 논쟁 조의 미소를 짓고 손짓을 하며 말했다. "유의하게, 치버리 군! 자네에게 인간의 형상을 한 악마는 없잖아!"

"물론입니다, 그렇고말고요." 존이 순진하게 덧붙였다. "그런 게 존재한다면 대단히 유감인 거죠."

"그 생각은," 럭 씨가 말했다. "자네의 널리 알려진 신념을 듣고서 내가 예상했었던 대로군. 내 딸이 그런 얘길 들었다면 정말 충격을 받았을 걸세. 그런데 양고기를 보니 그 아이가 그 얘길 듣지 못한 것 같아서 기뻐. 팽스 씨, 이런 경우에는 내 쪽을 좀 보시오. 애야, 치버리 군을 보거라. 우리가 들게 될 이 음식에 대해 우리가 (그리고 도릿 양이) 진실로 감사하게 하소서!"

럭 씨가 손님들을 잔치로 이끌면서 예사롭지 않은 익살기를 드러내지 않았다면 도릿 양이 일행에 합류하리라고 기대하는 것처럼 보였을지 모른다. 팽스 씨는 재치 있는 농담을 일상적으로 받아들였고 음식물을 일상적으로 섭취했다. 럭 양 또한 밀린 것을 보충하기 위해서인지 아주 기꺼이 양고기를 먹는 데 전념했다. 그래서 양고기가 빠른 속도로 줄어들어서 뼈만 남았다. 버터 바른 빵 푸딩이 완전히 사라졌고, 상당한 양의 치즈와 무도 마찬가지로 없어졌다. 그러고 나서 디저트가 나왔다.

그때, 물을 탄 럼주가 나오기 전에 팽스 씨의 노트 또한 나타났다. 뒤따르는 사업상의 절차는 짤막했지만 기묘했으며 공모를 꾸미는 것과 비슷했다. 팽스 씨는 다 채워져 가는 노트를 꼼꼼하게 살펴보고 약간의 내용을 발췌해서 식탁 위에 놓인 별도의 쪽지에 적었다. 그러는 동안에 럭 씨는 각별한 관심을 갖고 그를 바라보았으며, 존은 생각에 잠겼다가 눈이 흐려져서 자제심을 잃고 눈물을 흘렸다. 공모자 두목의 역을 맡은 팽스 씨가 발췌를 마친 후에 그것들을 다시 살펴보고 정정했다. 그러고 나서 노트를 치우고는 발췌한 내용이 적힌 쪽지를 카드놀이를 하듯 손에 쥐었다.

"자, 베드퍼드 주에 묘지가 하나 있어요." 팽스가 말했다. "그걸 맡을 사람?"

"내가 맡겠소," 럭 씨가 말했다. "하겠다는 사람이 없다면 말이 오."

팽스 씨가 럭 씨에게 쪽지를 주고는 손에 쥐고 있는 것들을 다시 바라보았다.

"자, 요크에 조사할 건이 하나 있어요." 팽스가 말했다. "그걸 맡을 사람?"

"나는 요크에 맞지 않아." 럭 씨가 말했다.

"그렇다면 혹시," 팽스가 말을 이었다. "존 치버리, 자네가 도와주겠나?"

존이 그러겠다고 하자 존에게 쪽지를 주고 손에 쥐고 있는 것들을 다시 바라보았다.

"런던에 성당이 있는데, 그건 내가 맡는 편이 좋겠네요. 그리고 가정용 성경이 있는데, 그것도 내가 맡는 편이 좋겠어요. 그러면 내가 두 개를 맡은 거예요. 두 개를 맡았다고요." 팽스가 쪽지를 보고 씩씩거리며 같은 말을 되풀이했다. "존, 자네가 만나볼 더럼의 사무원 주소네. 그리고 럭 씨, 당신이 만나볼 던스터블의 늙은 뱃사람 주소예요. 내가 두 개를 맡았죠? 그래요, 두 개를 맡았어요. 묘비가 있네요, 내가 세 개를 맡지요. 그리고 사산한 아이가 있군요, 내가 네 개를 맡을게요. 현재로서는 모두 다 나눈 셈이군요."

팽스 씨는 쪽지를 이렇게 처분한 다음에 – 모든 일이 아주 조용하게 그리고 신중한 분위기 속에서 진행되었다 – 숨을 몰아쉬고 상의의 가슴주머니에 손을 넣어서 삼베자루를 끄집어냈다. 그리고 그 자루에서 여비로 쓸 돈을 알뜰하게 세어서 작게 두 부분으로 나누었다. "현금은 빨리 소진되기 마련이죠," 그가 남성 친구 각자에게 한 부분씩 내밀면서 걱정스레 말했다. "아주 빨리요."

"팽스 씨, 제가 그저 확실히 말할 수 있는 것은," 존이 말했다. "소요 경비를 못 댈 정도로 사정이 안 좋고 또한 그만한 거리를 걸어갈 시간적 여유도 없어서 진짜 유감이라는 거예요. 아무런 보수나 보답 없이 지치도록 걸을 수 있다면 정말 만족스러울 텐데요."

럭 양은 그의 사심 없는 태도가 아주 우스꽝스러워서 급히 밖으로 나와 계단에 앉은 채로 실컷 웃을 수밖에 없었다. 그러는 동안 팽스 씨는 존을 약간은 동정 어린 눈으로 바라보면서, 삼베자루를, 마치 목을 비틀듯이 천천히 그리고 생각에 잠긴 채 나사 모양으로 말았다. 그가 자루를 상의주머니에 넣을 때 방으로 돌아온 럭 양이 일행을 위해 – 자신을 빼먹지는 않았다 – 럼주와 물을 섞어서 모든 사람에게 한 잔씩 건네주었다. 모두에게 잔이 주어지자, 럭 씨가 일어나서 팔을 뻗어 잔을 식탁 가운데로 말없이 내밀었다. 그 동작을 통해, 다른 세 명도 자신들의 잔을 보태라고, 공모의 건배를 다 함께 쨍하고 울리자고 청했다. 이 의식은 어느 정도 효과가 있었다. 럭 양이 의식을 완성하려고 잔을 입술에 갖다 대다가 존을 우연히 바라보지 않았다면 시종일관 완벽하게 효과가 있었을 것이다. 그녀는 존을 보다가 그의 사심 없는 태도가 지닌 한심한 우스꽝스러움에 또다시 압도되어서 물을 탄 맛 좋은 럼주 몇 방울을 주위에 튀겼고 당황해서 방을 빠져나갔다.

펜튼빌에서 팽스가 개최한 전례 없는 만찬이 그와 같았고, 팽스가 살아가는 바쁘고 이상한 생활이 그와 같았다. 깨어있는 순간 중에서 그가 걱정을 벗어던지고 쉬는 듯 보이고, 아무 목적 없이 아무 곳이나 가거나 아무 말이나 해서 기분전환을 하는 듯 보이는 순간은, 블리딩 하트 야드에서 지팡이를 짚고 다니는 절름발이 외국인에게 막 생겨나기 시작하는 관심을 보일 때뿐이었다.

이름이 존 밥티스트 카발레토인 그 외국인은 - 야드에서는 그를 밥티스트 씨라고 불렀다 - 아주 새된 목소리로 말을 했으며 느긋하고 낙관적이고 덩치가 작은 사람이어서 그가 팽스 씨를 끌어당기는 힘은 아마도 대조의 힘이었을 것이다. 그는 혼자 지내고 허약했을 뿐만 아니라 주변 사람들과 소통할 수 있는 유일한 언어에서 꼭 필요한 낱말들을 잘 모르면서도 운명이라는 물결에 활기차게 동승했으니, 그 지역에서는 새로운 모습이었다. 하얀 이빨을 보이고 사람들의 호의를 겸손하게 청하면서 처음에 야드를 절뚝거리며 왔다갔다했을 때도, 먹을 것이 거의 없고 마실 것은 더 적으며 입을 거라고는 당장 입고 있는 옷이나 세상에서 가장 작은 보따리 하나에 묶어서 가져온 것 외에는 전혀 없었지만, 그래도 그는 최고로 융성한 환경에 있는 것처럼 아주 밝은 얼굴을 하고 있었다.

절름발이이든 정상인이든 외국인이 블리딩 하트 야드의 사람들과 어울려 지내기는 힘겨운 일이었는데, 첫째, 외국인은 모두 다 칼을 갖고 다닌다는 생각을 막연하게 하고 있었기 때문이고, 둘째, 외국인은 모두 다 자기 나라로 돌아가는 것이 헌법적으로나 국가적으로나 건전하고 자명한 이치라고 생각했기 때문이다. 그 원칙이 일반적으로 받아들여진다면 세계 각국에서 얼마나 많은 자국민이 주체할 수 없을 정도로 돌아오게 될 것인지 알아볼 생각은 하지 않고, 그 원칙이야말로 특별하고 각별하게 영국적이라고 여겼다. 셋째, 어떤 외국인이 영국인이 아니라는 사실을 신이 그에게 내린 벌과 같은 것이라고 여기고, 온갖 재앙이 그 외국인의 나라에 닥치는 것은 그 나라가 영국이 하지 않는 일을 하고 영국이 하는 일은 하지 않기 때문이라고 생각했다. 물론 그들은 그런 믿음을 갖도록 바너클 가와 스틸츠토킹 가에 의해 오랫동안 주도면밀하게 훈육 받았으니, 바너클들과 스틸츠토킹들은 그들 두 거대한 가문에 복종하지 않는 나라는 신의 보호를 받을 수 없다고 공식적으로 그리고 비공식적으로 항상 선포했던 것이다. 그리고 사람들이 그와 같은 말을 믿자 그들이야말로 세상에서 최고로 편견에 사로잡힌 사람들이라고 은밀하게 폄하했다.

따라서 이것이 블리딩 하트 야드 사람들의 정치적 입장이라고 할 수 있을지는 모르겠다. 그러나 그들은 외국인을 야드에 받아들이는 데 반대할 만한 또 다른 이유가 있었다. 그들은 외국인은 항상 가난하다고 생각했는데, 그들 자신의 살림형편도 더할 나위 없이 나쁜 상태였지만 그것이 외국인에 반대하는 기세를 줄이지는 못했다. 외국인은 무력과 총검으로 통치되는 족속이라고 생각했는데, 자신들이 짜증이라도 보이면 틀림없이 두개골이 그 즉시 부서졌겠지만 그래도 둔기에 맞아 부서지는 것이므로 대수롭지 않다는 것이었다. 외국인은 항상 비도덕적이라고 생각했는데, 자신들은 본국에서 가끔 순회재판을 열고 이혼 소송 같은 것을 이따금 제기하기도 하지만 그건 비도덕적인 것과는 아무 관계도 없다는 것이었다. 외국인은 국기가 나부끼고, '브리타니아여, 통치하라,'라는 국가가 연주되는 가운데 데시머스 타이트 바너클 경의 인도 하에 투표소까지 무리지어 간 적이 없으므로, 독립심이 없는 족속이라고 생각했다. 그들은 지루하지 않도록 비슷한 종류의 다른 믿음들도 잔뜩 가지고 있었다.

지팡이를 짚고 다니는 그 절름발이 외국인은 이와 같은 장애물에 가능한 한 잘 맞서야 했다. 아서 클레넘 씨가 그를 플로니쉬 부부에게 소개했기 때문에(그래서 그는 그들 부부와 같은 집의 꼭대기 층에서 살게 되었다) 완전히 혼자 맞서는 것은 아니었지만 그래도 여전히 심각한 곤란을 겪었다. 그러나 블리딩 하트 야드의 사람들은 마음씨가 친절했다. 꼬마 친구가 다리를 절면서도 사근사근한 얼굴로 명랑하게 다니는 모습, 아무런 해도 끼치지 않고 칼도 빼 들지 않는 모습, 터무니없이 부도덕한 짓을 하지 않는 모습, 곡식 가루와 우유를 주로 먹는 모습, 그리고 저녁이면 플로니쉬 부인의 아이들과 노는 모습을 본 사람들은, 비록 그가 영국인이 될 수는 없겠지만 그에게 징벌로 고통을 준다면 그건 심한 일이라고 생각하기 시작했다. 그들은 그의 수준에 자신들을 맞추기 시작했고, 그를 "밥티스트 씨"라고 불렀지만 어린아이처럼 대했다. 그리고 그의 활기찬 몸짓과 어설픈 영어를 보면 과도하게 웃음을 터트렸다 – 그가 개의치 않고 그 자신도 웃음을 터트렸기 때문에 더욱더 웃음을 터트리는 식이었다. 사람들은 그의 귀가 완전히 먹은 것처럼 아주 큰 소리로 그에게 말을 했다. 그리고 그에게 순수한 영어를 가르쳐줄 작정으로 야만인들이 쿡 선장에게 사용했던 거나 프라이데이가 로빈슨 크루소에게 사용했던 것과 같은 문장을 구사했다. 플로니쉬 부인이 그 기술에 특별히 솜씨가 있었다. 그 부인은 "내가 바래요, 당신 다리가 빨리 낫기를,"[9]이라고 말하는 것으로 아주 유명해서 야드 사람들은 그 말이 이탈리아어를 말하는 것과 실제 별로 다르지 않다고 여겼다. 심지어는 플로니쉬 부인 자신도 자기가 이탈리아어에 타고난 소질이 있다고 생각하기 시작했다. 그가 좀 더 유명해지자 그에게 풍부한 어휘를 가르칠 목적으로 가재도구들이 징발되었다. 그가 야드에 나타날 때마다 아낙네들은 "밥티스트 씨 – 찻주전자!" "밥티스트 씨 – 쓰레받기!" "밥티스트 씨 – 밀가루뿌리개!" "밥티스트 씨 – 커피포트!"라고 외치며 문으로 뛰어 나왔다. 그와 동시에 각각의 가재도구들을 집어 보였고, 그에게 앵글로색슨어가 지독하게 어렵다는 인상을 강하게 심어주었다.

언어 숙달이 그 단계에 이르렀을 무렵에, 그리고 그가 야드에 거주한 지 3주 정도 될 무렵에 팽스 씨는 그 작은 사내를 좋아하게 되었다. 플로니쉬 부인을 통역사로 대동하고 그가 사는 다락방으로

---

[9] 원문은 "Me ope you leg well soon."

올라간 팽스 씨는, 바닥에 놓인 침대와 식탁과 의자 외에는 가구가 전혀 없는 방에서 밥티스트 씨가 가능한 한 최고로 명랑한 태도를 하고 몇몇 간단한 도구를 사용하여 뭔가를 새기고 있는 모습을 보게 되었다.

"어이, 이봐," 팽스 씨가 말했다. "밀린 돈을 다 갚아!"

밥티스트 씨는 돈을 종잇조각에 싸서 준비해놓고 있었다. 그리고 웃으면서 돈을 건네주었다. 그러면서 오른손 손가락을 실링 동전의 개수만큼 활짝 폈고, 우수리 6펜스에 대해서는 공중에 대고 십자를 한 번 그었다.

"오오!" 팽스 씨가 그의 동작을 보고 경탄하면서 말했다. "바로 그거야, 그렇지? 영리하군. 좋았어. 하지만 돈을 받을 거라고는 기대하지도 못했는걸."

그때 플로니쉬 부인이 대단히 생색을 내며 끼어들어서 밥티스트 씨에게 설명했다. "그가 좋아한다. 그가 돈을 받아서 기뻐한다."[10]

작은 사내가 미소를 지으며 고개를 끄덕였다. 특별히 그의 밝은 얼굴이 팽스 씨의 마음에 드는 듯 했다. "다리가 저런데 어떻게 지내지?" 팽스가 플로니쉬 부인에게 물었다.

"아, 많이 나아졌어요." 플로니쉬 부인이 말했다. "다음 주에는 지팡이를 짚지 않아도 될 것 같아요." (놓치기에는 기회가 너무나 좋았기에, 플로니쉬 부인은 다소 우쭐거리며 밥티스트 씨에게 "그

---

[10] 원문은 "E please. E glad get money."

가 바란대요, 당신 다리가 빨리 낫기를,"[11]이라고 설명을 해서 자신의 탁월한 재주를 과시했다.)

"게다가 유쾌한 친구군." 팽스 씨는 그가 기계장치가 되어있는 장난감인 것처럼 감탄하며 말했다. "어떻게 살고 있지?"

"글쎄요," 플로니쉬 부인이 대꾸했다. "선생님이 지금 보는 것처럼 꽃을 조각하는 능력이 뛰어나더라고요." (이야기를 하는 동안 그들을 바라보고 있던 밥티스트 씨가 자신의 작품을 들어올렸다. 플로니쉬 부인이 팽스 씨를 대신하여 그녀가 이탈리아어를 구사하는 방식으로 통역을 했다. "그가 좋아한다. 곱절로 좋아한다!"[12])

"그걸로 살아갈 수 있소?" 팽스 씨가 물었다.

"이 사람은 아주 적은 돈으로도 살 수 있어요, 그래서 머지않아 썩 유복한 생활을 할 수 있을 거라고 생각하는걸요. 클레넘 씨가 도와주고 옆에 있는 공장에서 이런저런 사소한 일거리를 갖다 주거든요 ─ 간단히 말해서, 일이 필요하다는 생각이 들면 그를 위해 이런저런 일을 만들어다 줘요."

"일에 몰두하지 않을 때는 뭘 하고 지내지?" 팽스 씨가 물었다.

"글쎄요, 아직은 특별히 하는 일이 없어요. 제 짐작엔 많이 걸어 다닐 수 없기 때문인 거 같아요. 그래도 야드를 돌아다니고, 제대로 이해하거나 이해받지 못하면서도 사람들에게 말을 건네고, 아이들

---

[11] 원문은 "E ope you leg well soon."
[12] 원문은 "E please. Doubly good!"

과 놀고, 양달에서 볕을 쬐고 - 어디든 안락의자인 것처럼 아무 데나 앉더라고요 - 노래를 부르고, 웃고 그래요!"

"웃는다고!" 팽스 씨가 되풀이했다. "이빨 하나하나까지도 모두 다 늘 웃고 있는 것 같군."

"하지만 야드 반대편에 있는 계단 꼭대기에 올라가서," 플로니쉬 부인이 말했다. "언제나 아주 묘하게 밖을 살펴봐요! 그래서 우리 중 어떤 사람은 자기 나라 쪽을 살펴본다고 하고, 또 다른 사람은 보고 싶지 않은 누군가를 찾고 있다고 하고, 또 다른 누군가는 어떻게 생각해야 할지 아예 모르겠다고 하지요."

밥티스트 씨는 그녀가 하는 이야기의 대강을 이해하는 것 같았다. 아니면 영리하여서 그녀가 살짝 훔쳐보는 사소한 동작을 포착하고 그것을 응용한 것인지 모른다. 아무튼 그는 두 눈을 감고, 자신이 하는 일에는 모두 다 충분한 이유가 있다는 사람의 태도로 고개를 치켜든 후, 자기 나라 말로 중얼거렸다. 그건 중요하지 않아요. 알트로!

"알트로가 뭔가?" 팽스가 물었다.

"에헴! 그건 일종의 일반적인 표현법입니다." 플로니쉬 부인이 말했다.

"그런가?" 그가 말했다. "그렇다면, 이봐, 자네에게도 알트로. 잘 있게. 알트로!"

밥티스트 씨가 그 낱말을 쾌활하게 여러 차례 반복하자, 팽스 씨는 특유의 좀 더 따분한 방식으로 그 낱말을 한 차례 되돌려주었다.

그 이후로 집시 팽스는 밤에 지칠 대로 지친 채 집에 갈 때면 습관처럼 블리딩 하트 야드로 돌아서 갔다. 그리고 계단을 조용히 올라가서 밥티스트 씨의 방문을 살피다가 그가 방 안에 있는 걸 보면, "어이, 이봐! 알트로!"라고 말하는 습관을 갖게 되었다. 그 인사에 대해 밥티스트 씨는 수없이 밝게 고개를 끄덕이고 미소를 지으면서 "알트로, 선생님, 알트로, 알트로, 알트로!"라고 대답했다. 그처럼 고도로 응축된 대화를 나눈 후에 팽스 씨는 가벼운 마음으로 원기를 회복해서 가던 길을 가곤 했다.

***

26 보잘것없는 이의 심경

아서 클레넘이 펫을 사랑하는 마음을 자제해야겠다고 현명하고 확고하게 결심하지 못했다면 그는 자기 마음과의 어려운 싸움을 포함하여 심히 당혹스런 상태에서 지냈을 것이다. 헨리 가원 씨를 완전한 혐오감으로 대하지는 않더라도 그를 싫어하는 경향과 그런 마음은 비열한 것이라는 속삭임 사이의 다툼이 마음속에서 언제나 계속되어, 적지 않은 갈등을 일으켰을 것이다. 고결한 본성은 격한 반감에 굴복하지 않고, 오히려 더욱 냉정해져서 좀처럼 그것을 받아들이려고 하지 않는 법이다. 하지만 그 본성이 적의가 밀려오는 것을 느끼고 그것이 감정적인 부분에 기인한다는 사실을 느끼게 될 때 그 본성은 고민하게 되는 것이다.

따라서 앞서 말한 대로 아주 신중하게 내렸던 결심이 없었다면, 클레넘은 헨리 가원 씨 때문에 우울해 하고, 유쾌한 사람이나 주제보다도 그를 훨씬 자주 생각했을지 모른다. 그러나 실제로는 가원씨가 대니얼 도이스의 마음으로 옮겨간 것 같았다. 둘이 친근하게 대화를 나눌 때 가원에 대해 이야기하는 것은 여하튼 간에 클레넘이 아니라 보통 도이스 씨의 몫이었다. 두 동업자는 요즘 런던 성벽 근처의 영국은행에서 멀지 않은 곳에 위치한 시티의 수수한 구식풍 거리에 있는 널찍한 집 일부를 같이 쓰고 있었기 때문에 자주 대화를 나누었다.

클레넘이 같이 가는 것을 사양했기 때문에 도이스 씨 혼자 트위크넘에 가서 하루를 보내고 왔다. 도이스 씨가 방금 돌아와서 클레넘의 거실 문으로 고개를 들이밀고 잘 자라고 했다.

"들어와요, 어서요!" 클레넘이 말했다.

"책을 읽고 있기에," 도이스가 들어오면서 대답했다. "방해하지 않으려고 했소만."

그 주목할 만한 결심을 하지 않았다면, 클레넘은 책을 눈앞에 펴놓고는 있었지만 자신이 뭘 읽고 있는지도 몰랐을 것이다. 요컨대, 지난 한 시간 동안 정말로 읽고 있지 않았을지도 모른다. 클레넘이 꽤 빠르게 책을 덮었다.

"모두 잘 있던가요?" 그가 물었다.

"네." 도이스가 말했다. "별일 없어요. 모두 잘 지내더라고요."

대니얼은 옛날의 장인처럼 손수건을 모자에 넣고 다니는 습관이 있었다. 그가 손수건을 꺼내 이마를 닦으면서 천천히 되풀이했다. "모두 잘 지내더라고요. 미니 양이 특히 잘 지내는 걸로 보이더군요."

"그 집에 다른 손님이라도?"

"아뇨, 손님은 없었어요."

"어떻게 지냈나요? 넷이서 말입니다." 클레넘이 쾌활하게 물었다.

"다섯이었어요." 그의 동업자가 대답했다. "이름이 뭐였더라, 그 남자도 거기에 있었거든요."

"그 남자가 누구죠?" 클레넘이 물었다.

"헨리 가원 씨요."

"아, 그랬겠군요!" 클레넘이 유달리 활기차게 소리쳤다. "맞아요! - 그를 깜빡했군요."

"기억하는지 모르겠지만 전에 말했던 대로," 대니얼 도이스가 말했다. "일요일이면 언제나 거기 오니까요."

"아, 그렇지요." 클레넘이 대답했다. "이제 기억나요."

대니얼 도이스가 여전히 이마를 닦으면서 느릿느릿 되풀이했다. "그래요. 그가 거기에 있었어요, 거기에 있었다고요. 아, 그럼요, 거기 있었어요. 그리고 그의 개도요. **그 개** 역시 거기 있었어요."

"미글스 양이 아주 좋아하더군요 - 그 - 개 말이에요." 클레넘이 말했다.

"정말 그래요." 그의 동업자가 동의했다. "내가 그 남자를 좋아하는 것 이상으로 그 개를 좋아하더라고요."

"남자 누굴 말하는 거죠?"

"가원 씨요, 아주 분명해요." 대니얼 도이스가 말했다.

대화가 약간 끊겼고 클레넘이 그 틈을 이용하여 시계의 태엽을 감았다.

"당신이 어쩌면 약간 성급하게 판단한 건지도 모르죠." 그가 말했다. "우리의 판단이란 것은 – 일반적인 경우를 가정하는 거예요 – "

"물론이죠." 도이스가 말했다.

"우리가 거의 의식하지 못하는 사이에 부당한 생각의 영향을 받기 쉬워요. 그래서 판단을 신중하게 할 필요가 있는 거죠. 예컨대 미스터 – "

"가원 씨는," 도이스가 조용히 말을 했는데, 그 이름을 입에 올리는 것은 거의 항상 그에게 맡겨진 일이었다.

"젊고 잘생겼으며 느긋하고 눈치가 빠를 뿐 아니라 재능이 있고 아주 다양한 삶을 경험한 사람이에요. 그에 대해 편견을 가질만한 이유를 사심 없이 제시하기가 어려울 거예요."

"클레넘, 내 생각에는 그렇지 않아요." 동업자가 대꾸했다. "그가 내 오랜 친구의 집에 요사이 걱정을 안겨 주고 있고, 장차 슬픔을 안겨 줄까 봐 염려하고 있거든요. 그가 친구 딸의 얼굴에 가까이 다가가고 그 얼굴을 자주 바라볼수록 늙은 친구의 얼굴에 주름살이 더 깊이 패는 것을 봤으니까요. 요컨대, 절대 행복하게 해주지 못할

예쁘고 상냥한 사람의 주위를 올가미를 들고 어슬렁거리는 모습을 봤단 말이에요.”

“그가 그녀를 앞으로 불행하게 만들지 어떨지 지금은 모르잖아요.” 클레넘은 거의 비탄에 잠긴 어조로 말했다.

“지구가 앞으로 100년을 더 지속할지 어떨지 지금은 모르죠.” 동업자가 대꾸했다. “그러나 그럴 가능성이 대단히 높다고 생각하잖아요.”

“이런, 글쎄요!” 클레넘이 말했다. “희망을 품어야죠. 그리고 관대하지는 않더라도(이 경우에는 그럴 기회도 없었지만요) 최소한 편견은 가지지 않으려고 노력해야죠. 그 신사가 야심을 품고 아름다운 대상에게 구애하는 데 성공했다고 해서 그를 헐뜯진 말아야 하잖아요. 그리고 사랑할 만하다고 여기는 사람을 사랑할 수 있는 그녀의 천부적 권리를 의심하지도 말아야 하고요.”

“어쩌면,” 도이스가 말했다. “어쩌면 그녀가 너무 어리고 응석둥이이고 남을 너무 쉽게 믿고 미숙한 탓에 제대로 구별을 못 하는 것일지도 몰라요.”

“그것은,” 클레넘이 말했다. “바로잡을 수 있는 우리의 능력을 훨씬 넘어서는 일이겠군요.”

대니얼 도이스가 진지하게 고개를 가로저으며 대답했다. “나도 그래서 걱정이에요.”

“따라서, 간단히 말해,” 클레넘이 말했다. “가원 씨에 대해 조금이라도 나쁘게 말하는 것은 우리에게 어울리는 행동이 아니라고 결론

내려야죠. 그에 대해 편견을 갖고 판단하는 것은 좋지 않은 일이에
요. 나는 그를 무시하지 말아야겠다고 결심했어요."

"나는 별로 그럴 자신이 없어요, 내게는 여전히 마땅찮은 사람일
뿐이거든요." 상대방이 대꾸했다. "하지만 내 자신을 못 믿더라도,
클레넘, 당신은 믿어요. 당신이 얼마나 정직한 사람인지, 그리고 얼
마나 존경할 만한 사람인지 잘 아니까요. 잘 자요, 내 친구 동업
자!" 그들이 나눈 대화의 밑바닥에 뭔가 중요한 것이 놓여있었던
것처럼 그가 그런 말을 하면서 손을 흔들었다. 그러고 나서 그들은
헤어졌다.

당시 그들은 미글스 씨 가족을 여러 차례 방문했었다. 그리고 헨
리 가원 씨가 없을 때 그의 이름을 잠깐 언급하는 것조차, 그를 나루
터에서 우연히 만났던 날 아침에 미글스 씨의 밝은 얼굴을 어둡게
만들었던 구름을 불러오는 것과 마찬가지라는 사실을 알아차렸다.
클레넘이 억누른 열정을 한 번이라도 가슴속에 받아들인 적이 있다
면 이 시기는 진짜 시련의 시간이었을 것이다. 그러나 실제로는 의
심할 바 없이 아무것도 – 아무것도 아니었다.

그와 동시에 그 금지된 손님에게 그가 마음으로 환대를 베풀었다
면 이 시기의 정신 상태와 싸우며 조용히 헤쳐 나갔다는 것이 약간
칭찬할만한 일이었을지 모른다. 그의 경험에 끊임없이 붙어 다니는
새로운 모습의 죄에, 즉 저급하고 비열한 수단으로 이기적인 목적을
추구하는 죄에 빠지지 않고, 그 대신에 명예와 관용이라는 다소 숭
고한 원칙을 지켜나가려고 부단히 노력한 데에는 훌륭한 점이 약간

있었을지 모른다. 이기적으로 자신의 감정만을 소중히 여기다가, 부녀 사이를 갈라놓고 그녀의 아버지가 비탄에 잠기게 해서, 그로 인해 그녀에게 사소한 고통이라도 안겨줄까 봐 미글스 씨의 집을 멀리하지조차 않으려고 하는 결심에는 훌륭한 점이 약간 있었을지 모른다. 가원 씨가 더 젊다는 점과 그의 모습과 태도가 더 매력적이라는 점을 늘 겸손하게 인정하는 진실성에는 훌륭한 점이 약간 있었을지 모른다. 내면의 고통이(그의 삶과 내력만큼이나 독특한 고통이었다) 아주 심한 와중에도 그 모든 일과 그 밖의 많은 일을 완벽할 정도로 자연스럽게 그리고 계속해서 씩씩하고 침착하게 해내는 데에는 인격이라는 다소 은근한 힘이 뒷받침되었을지 모른다. 그러나 이미 결심한 다음이었는데도, 이같이 훌륭한 점들을 자연스럽게 받아들일 수는 없었으니, 그것이 보잘것없는 이의 심경이었다―보잘것없는 이의 심경 말이다.

가원 씨는 그것이 보잘것없는 이의 심경이든, 뛰어난 이의 심경이든 관심을 두지 않았다. 클레넘이 주제넘게 그 엄청난 문제를 검토했을 가능성은 너무나 희박하고 엉뚱한 것이어서 상상할 수도 없다는 듯이 그는 어느 때든 완벽하게 평온한 태도를 유지했다. 언제나 클레넘을 상냥하고 편안하게 대했는데, 그 자체가 (클레넘이 그처럼 현명하게 결정하지 않았다고 가정할 때) 클레넘의 심경에서는 아주 거북한 것이었을지 모른다.

"어제 우리와 함께 지냈으면 정말 좋았을 텐데요." 헨리 가원 씨가 그 다음 날 아침에 클레넘을 찾아와서 말했다. "강 상류에서 유쾌한 하루를 보냈거든요.”

자신도 그렇게 들었노라고 아서가 말했다.

“당신 동업자에게서요?” 헨리 가원이 물었다. “그는 정말로 소중한 친구예요!”

“나는 그를 정말 존경합니다.”

“정말로 최고로 훌륭한 사람이지요!” 가원이 말했다. “아주 참신하고 기운이 넘칠 뿐 아니라 아주 경이적인 것을 믿고 있으니까요!”

그것은 클레넘의 귀에 언제나 거슬리게 들리는 사소하지만 거친 수많은 지적 중의 하나였다. 그러나 도이스 씨를 대단히 존경한다고 그저 되풀이해서 이야기하고 그 지적을 묵살했다.

“그는 매력적이에요! 도중에 아무것도 내려놓거나 집어 들지 않고 그 나이가 될 때까지 목적 없이 돌아다니는 모습이 보기에 유쾌해요. 사람을 따뜻하게 해주잖아요. 그렇게 깨끗하고 순박하고 훌륭한 영혼이 있다니! 단언하건대, 클레넘 씨, 그처럼 순결한 사람과 비교해 보면 누구나 지독하게 세속적이고 사악하다는 느낌이 드는 법이죠. 당신이 아니라 나 자신에 대해 말한 것이라는 얘기를 덧붙여야겠군요. 당신도 역시 진실한 사람이니까요.”

“칭찬해주니 고맙군요.” 클레넘이 거북해하며 말했다. “당신도 역시 그렇겠죠?”

“그저 그래요.” 상대방이 대답했다. “솔직하게 말하자면 어느 정도는 그런 편이죠. 내가 뛰어난 사기꾼은 아니니까요. 내 그림을 한 점 사보세요, 비밀로 하고 장담하지만 그 그림에는 그만한 값어치가 없어요. 다른 사람 – 나보다 월등 뛰어나다고 공언하는 훌륭한 사람 누구든 – 의 그림을 한 점 사보세요, 많은 돈을 지불할수록 그가 당신을 속일 가능성이 많아지는 거예요. 모두 그렇게 하니까요."

"모든 화가들이요?"

"화가들, 작가들, 애국자들, 시장에서 좌판을 벌이고 있는 모든 사람들이요. 내가 아는 거의 아무에게나 10파운드를 줘보세요, 그는 10파운드만큼 당신을 기만할 거예요. 1,000파운드를 지불하면 – 1,000파운드만큼 기만할 거고, 10,000파운드를 지불하면 – 10,000파운드만큼 기만할 거라니까요. 성공이 클수록 사기도 커지는 법이죠. 하지만 얼마나 멋진 세상인가요!" 그는 열광적으로 감격하여 큰 소리로 외쳤다. "얼마나 재밌고 훌륭하고 매력적인 세상이냐고요!"

"나는 오히려," 클레넘이 말했다. "당신이 말한 원칙에 따라 행동하는 사람들은 주로 – "

"바너클들이라고 생각했단 말인가요?" 가윈이 웃으면서 말을 가로막았다.

"생색을 내며 에돌림청을 차지하고 있는 정치인들이라고 생각했어요."

"아아! 바너클 가의 사람들을 나쁘게 생각하지 마세요." 가윈이 다시 웃으면서 말했다. "그들은 멋진 친구들이에요! 그 가문의 타고난 백치인 불쌍하고 하찮은 클레런스조차도 최고로 유쾌하고 최고로 사랑스러운 멍청이거든요! 그리고 그 역시도 정말 영리한 셈이라고 하면 당신은 놀라겠군요!"

"그럴 거예요. 엄청나게요." 클레넘이 냉담하게 말했다.

"어쨌든," 가원은 그만의 평가를 통해 드넓은 세상의 모든 것을 똑같이 별 볼 일 없는 것으로 격하시키고 나서 큰 소리로 말했다. "에돌림청이 결국에는 모든 사람과 모든 사물을 파멸시킬지 모른다는 것을 부정할 수는 없지만 그래도 그것이 우리 시대는 아닐 거예요 – 에돌림청이야말로 신사들을 위한 학교거든요."

"학생들을 그곳에 보내려고 학비를 내는 사람들에게는 아주 위험하고 불만족스럽고 비용이 많이 드는 학교가 아닌지 모르겠네요." 클레넘이 고개를 가로저으며 말했다.

"아! 당신은 무서운 사람이에요." 가원이 쾌활하게 대꾸했다. "당신이 선천적인 바보 중에서 최고로 존경할만한 인물인 클레런스라는 어린 얼간이에게(그를 정말 좋아하거든요) 어떻게 겁을 주어서 정신을 잃을 뻔하게 만들었는지 알겠어요. 하지만 그 녀석이나 다른 사람들에 대한 얘기는 그만하죠. 클레넘 씨, 당신을 어머니께 소개드리고 싶어요. 그럴 기회를 좀 주세요."

보잘것없는 이의 심경으로 미루어 볼 때, 클레넘이 그보다 더 당황할 일은 없었다. 그 자신이 전혀 원하지 않았을 뿐더러, 어떻게 거절해야 할지를 몰랐기 때문이다.

"어머니는 햄튼 코트의 붉은 벽돌로 된 음울한 지하 감옥에서 아주 옛날식으로 살고 있어요." 가원이 말했다. "제안을 받아주신다면, 당신을 저녁식사에 초대해도 좋은 날짜를 말씀해주세요. 당신은 지루할지 몰라도 어머니는 기뻐할 거예요. 사정이 실제 그렇거든요."

그런 말을 들었는데 클레넘이 무슨 말을 할 수 있겠는가? 그의 성격은 내향적이고 경험이 적고 미숙했으므로, 즉 좋게 말해 순진한 것을 많이 포함하고 있었으므로, 가원 씨의 뜻에 기꺼이 맡기겠노라고 순진하고 겸손하게 답할 수밖에 없었다. 그래서 그렇게 말을 했고 날짜가 정해졌다. 그로서는 그날이 두려운 날이었고, 막상 다가오자 전혀 반갑지 않은 날이었다. 그렇지만 함께 햄튼 코트로 갔다.

그 유서 깊은 건물에 거주하는 존경할만한 사람들은 거기서 일종의 문명화된 집시처럼 야영하는 것 같았다. 그들은 그 집에 임시로 거주하는 것처럼 보였고, 더 나은 집을 얻으면 곧바로 떠나려는 것 같았다. 불만족스러워하는 기색 또한 있었으니, 훨씬 더 나은 집을 아직 얻지 못했다는 사실을 몹시 기분 나쁜 일로 받아들이는 것 같았다. 현관문이 열리자마자 품위 있는 덧문이나 임시변통으로 만든 덧문을 어느 정도는 볼 수 있었다. 밤에 급사들이 머리맡에 나이프와 포크를 둔 채 잠을 자는 컴컴한 구석을 막고 아치 모양의 복도를 식당으로 바꾸는 데 필요한 높이의 절반도 되지 못하는 가리개들, 아무것도 숨기고 있지 않다는 사실을 믿어달라고 부탁하는 커튼들, 자기를 보지 말라고 간청하는 창유리들, 비밀리에 죄를 범한 침대와는 아무 관련도 없는 체하면서 다양한 형태를 취하고 있는 사물들, 지하 석탄 저장소로 통하는 게 분명한데 벽에 붙어서 위장하고 있는 뚜껑문들, 분명히 작은 부엌으로 통하기 때문에 큰길로 통하지 않는 체하는 문들 또한 볼 수 있었다. 이러한 것들에서 마음의 걱정과 인위적인 비밀이 생겨났다. 자신들을 맞이하는 사람들의 눈을 차분하게 바라본 방문자들은 3피트 떨어진 곳에서 요리하고 있는 냄새를 맡지 못하는 체했고, 우연히 열려진 채로 있는 벽장과 마주친 사람들은 술병들을 보지 못하는 체했으며, 급사와 젊은 여자가 반대편에서 말다툼을 벌이고 있는 모습을, 얇은 범포로 만든 칸막이에 머리를 댄 채로 바라본 방문자들은 태고의 정적 속에 앉아있는 체했다. 품위 있는 집시들이 끊임없이 서로를 이용하고 받아들이는 상류사회의 소규모 융통어음에는 끝이 없었던 것이다.

이들 보헤미안 중의 일부는 두 가지의 정신적 시련 때문에 노상 불쾌하고 짜증이 나서 성을 잘 내게 되었다. 첫째는 대중이 그들에게 충분히 지불하지 않는다는 생각 때문에 생겨난 것이었고, 둘째는 대중이 그 건물에 들어오도록 허용되었다고 생각해서 생겨난 것이었다. 후자의 커다란 잘못 때문에 몇몇 사람들은 지독히 고통스러워했다 ― 일요일에 특히 그러했는데, 일요일마다 대지가 입을 벌리고 대중을 삼켜버리기를 한동안 기대했었다. 그러나 그런 바람직한 사건은 우주의 계획에서 비난할 만한 부주의가 약간 있었던 탓에 아직 일어나지 않았다.

가원 부인의 출입구는 몇 년째 그 집을 섬기고 있는 하인이 지켰는데, 그 하인은 자신이 얼마 전부터 기대하고 있었지만 아직 임명되지 못한 왕립 우체국에서의 일자리에 대해 대중에게 그 나름으로 할 말이 있었다. 대중이 자신을 들여보낼 수 없다는 사실을 잘 알면서도 대중이 자기를 못 들어가게 막고 있다는 생각을 완강하게 했고, 그와 같은 상처의 영향을 받아서 (그리고 어쩌면 임금을 약간

인색하고 불규칙하게 받았기 때문에) 자신의 역할에 소홀하게 되었고 마음이 뚱하게 되었다. 그리고 클레넘이 자기를 억압하고 있는 타락한 무리 중의 한 명이라고 생각해서 그를 불친절하게 맞이했다.

그러나 가원 부인은 클레넘을 정중하게 맞이했다. 그는 그녀가 이전에 미인이었을 뿐 아니라 코에 가루분을 바르지 않고 지내도 될 정도로 아직도 충분히 곱고 두 눈 아래에 믿기 어려운 홍조를 띠고 있는, 품위 있는 노부인이라는 사실을 알게 되었다. 그녀는 그에게 약간 거만하게 행동했다. 눈썹이 검은색이고 콧대가 높은 다른 노부인도 마찬가지로 거만했는데, 그 부인은 무엇인가를 진짜로 갖고 있는 게 확실했다. 그렇지 않았다면 살아있을 수도 없었을 테니까. 그러나 그 무엇이 그녀의 머리나 이나 겉모습이나 안색이 아니라는 것은 분명했다. 또한 기품 있고 부루퉁해 보이는, 백발이 성성한 노신사가 거만하게 그를 맞이했는데, 둘 다 저녁식사를 하러 방문했던 것이다. 그러나 그들 모두가 세계 곳곳의 영국 대사관에서 근무한 적이 있었고, 대사관직원으로서 에돌림청과 어울리는 특성을 가장 잘 증명하는 방법은 동포를 끝없이 경멸하는 것이었기 때문에(그렇지 않았으면 다른 나라의 직원 같았을 것이다), 클레넘은 그들이 대체적으로는 자기를 부드럽게 봐주는 셈이라고 느꼈다.

기품 있는 노신사는 여왕폐하의 해외 대리인으로 에돌림청의 지지를 오랫동안 받았던 랭커스터 스틸츠토킹 경이었다. 이 훌륭한 냉각장치는 젊었을 때 여러 유럽 왕실을 얼렸었는데, 완벽하게 얼렸기 때문에, 사반세기가 지났는데도 영광스럽게 그를 기억하는 외국인의 위장에는 이 영국인의 이름 자체가 아직도 차갑게 느껴졌다.

그는 지금 은퇴한 상태였고, 그래서 (딱딱하게 굳은 눈 더미같이 묵직한 하얀 크러뱃을 한 채로) 친절하게도 저녁식탁에 그늘을 만들어주었다. 그늘을 만드는 일의 유목민적 속성이나 그 일을 식기들과 기묘하게 경주를 벌이며 하는 데에는 은근히 보헤미안의 특성이 가득 차 있었다. 그러나 이 훌륭한 냉각장치는 은이나 자기로 만든 식기들보다 훨씬 뛰어나서 자기 일을 참으로 훌륭하게 해냈다. 저녁 식탁에 그늘을 만들었고 포도주를 차게 만들었으며 고기국물을 차게 식혔고 야채를 시들게 했다.

방 안에는 이들 외에 다른 사람이 딱 한 명 더 있었는데, 왕립 우체국에 진출하지 못한 사악한 하인을 섬기고 있는 아주 작은 급사였다. 이 젊은이조차도 상의 단추를 풀어서 마음을 털어놓을 수 있었다면, 진작부터 정부에서의 일자리를 열망하고 있는, 바너클 일족의 먼 친척이자 신봉자라는 사실이 드러날 것이었다.

자신의 아들이 타고난 권리를 내세워서 바너클 가의 일원으로 인정받고 대중의 코에 고리를 꿰기는커녕, 천한 예술의 추종자로서 돼지 같은 대중의 비위를 맞출 수밖에 없다는 사정 때문에 우울증을 살짝 앓고 있는 가원 부인이, 흉악한 시절이라는 화제로 식사 중의 대화를 이끌었다. 클레넘이 이 커다란 세상이 얼마나 작은 축을 중심으로 회전하는지를 처음 알게 된 것이 그때였다.

"존 바너클이," 시대의 타락을 충분히 확인한 다음에 가원 부인이 말했다. "존 바너클이 천한 것들의 환심을 사겠다는 몹시 유감스러운 생각을 버리기만 했어도 모든 것이 잘 되었을 거고 나라도 보존되었을 거예요."

콧대가 높은 노부인이 동의했다. 그러나 일반적으로 말해서 오거스터스 스틸츠토킹이 돌격하라는 지시와 함께 기병대를 출동시켰더라면 나라가 보존되었을 거라고 덧붙였다.

그 훌륭한 냉각장치도 동의했다. 그러나 윌리엄 바너클과 튜더 스틸츠토킹이 서로 상대방의 정책을 받아들이고 영원히 기억할만한 연립정부를 구성했을 때 대담하게 신문에 재갈을 물렸다면, 그리고 어떤 편집자든 국내나 국외에서 근무하도록 임명된 당국자의 행동을 버릇없이 논하는 경우 그것을 처벌 가능한 일로 삼았다면, 나라가 보존되었을 거라고 덧붙였다.

나라가(바너클들과 스틸츠토킹들의 다른 표현이었다) 보존될 필요가 있다는 데에는 모두 동의를 했지만 어떻게 보존될 필요가 있는지는 그다지 명확하지 않았다. 천한 것들을 제외하고는 아무도 없었으므로, 문제는 전부 다 존 바너클, 오거스터스 스틸츠토킹, 윌리엄 바너클과 튜더 스틸츠토킹, 톰, 딕 또는 해리 바너클 또는 스틸츠토킹에 대한 것이라는 사실만 명확했을 따름이었다. 이런 식의 대화에 익숙하지 않은 클레넘에게 매우 불쾌한 인상을 준 대화의 특징이 그런 것이었는데, 커다란 국가가 그처럼 좁은 범위로 축소되는 것을 잠자코 듣고만 있어도 괜찮은 건지 의심이 들 정도였다. 그러나 국가의 신체적 생명에 대한 것이든 영혼의 생명에 대한 것이든, 의회의 토론에서 보통 중요한 문제는 전부 다 존 바너클, 오거스터스 스틸츠토킹, 윌리엄 바너클과 튜더 스틸츠토킹, 톰, 딕 또는 해리 바너클 또는 스틸츠토킹에 대한 것이거나 그들 사이의 문제이지 다른 사람에 대한 것이 아니라는 사실을 기억하고, 또한 천한 것들은 그런 일에 익숙해져 있다는 사실이 생각나서, 천한 것들을 대신해서 말하지는 않았다.

헨리 가원 씨는 말이 많은 세 사람을 서로 싸움 붙이고 어부지리를 얻는 데에서, 그리고 그들이 하는 이야기를 듣고 클레넘이 깜짝 놀라는 모습을 보는 데에서 사악한 즐거움을 누리는 것 같았다. 그는 자신을 채용하지 않은 계층에 대해서 만큼이나 자신을 내던진 계층에 대해서도 극도의 경멸을 지니고 있었기 때문에, 어떤 말이 오고 가든 조금도 불안해하지 않았다. 그의 건전한 심경은 훌륭한 일행 사이에 섞여서 곤혹감과 고립감을 느끼는 클레넘의 처지를 보고 만족을 느끼기도 하는 것 같았다. 그리고 클레넘은 보잘것없는 이가 끊임없이 논쟁을 벌이는 그런 상황에 처해 있었더라도 그런 상황에 과연 처한 것인지 의심했을지 모르고, 식사하는 중에도 그 의심을 비열한 것으로 여기고 그 의심과 다퉜을지 모른다.

언제든 시대보다 100년 이하로 뒤처진 적이 없는 훌륭한 냉각장치가 몇 시간 사이에 다섯 세기나 뒤처져서, 그 시대에나 어울릴 정치적 신탁을 엄숙하게 전달했다. 마지막으로 그는 자신이 마실 차 한 잔을 얼게 하고서 아주 차갑게 퇴장했다.

호화로운 생활을 하던 시절에 자기 옆에 빈 안락의자를 놓아두고, 자기에게 헌신하는 하인들을 한 명씩 그 의자로 불러서 특별한 총

애의 표시로 잠깐씩 이야기를 들려주곤 하던 가원 부인이, 그때 부채를 한 번 돌려서 클레넘에게 가까이 오라고 청했다. 요청에 따라 클레넘은, 랭커스터 스틸츠토킹 경이 방금 비워놓은, 다리가 세 개짜리인 의자에 앉았다.

"클레넘 씨," 가원 부인이 말했다. "비록 이처럼 불쾌하고 불편한 장소에서이긴 하지만 – 막사에 불과한 곳이니까요 – 당신을 알게 되어서 기쁘다는 사실은 별도로 하고, 당신과 꼭 이야기를 나누고 싶은 문제가 하나 있습니다. 내가 알기론, 내 아들이 처음에 당신을 알게 된 것이 그 문제와 관련해서일 겁니다."

클레넘이 고개를 약간 숙였는데, 아직 완전히 이해하지 못한 얘기에 대한 반응으로서는 대체로 적절한 것이었다.

"첫째로," 가원 부인이 물었다. "그런데 그 여자가 정말로 예쁜가요?"

클레넘은 보잘것없는 이의 곤경을 느꼈기 때문에 대답하기가 아주 어렵다고 여겼을지 모른다. 사실은 미소를 짓는 것도 아주 어려웠기 때문에 가까스로 물었다. "누굴 말씀하는 거죠?"

"아! 있잖아요!" 그녀가 대답했다. "헨리의 그 애인. 그 유감스런 연모. 저런! 내가 – 미클스 – 미글스[1] 양이라는 이름을 먼저 말한다는 게 체면문제라고 해도."

"미글스 양은," 클레넘이 말했다. "정말 미인입니다."

---

[1] 'Meagles'인데 가원 부인은 일부러 'Mickles' 또는 'Miggles'라고 한다.

"사내들이 그 점에 대해 틀린 판단을 하는 경우가 종종 있어서," 가원 부인이 고개를 가로저으며 대꾸했다. "솔직하게 말하면 지금도 그 점에 대해선 확신을 못 하겠어요. 비록 그건 헨리가 아주 진지하고 단호하게 확증해야 할 문제지만요. 그가 로마에서 그 사람들을 집어 들었겠죠?"

그 표현은 보잘것없는 이의 감정을 치명적으로 상하게 했을지 모른다. 클레넘이 대꾸했다. "죄송합니다만 부인의 표현을 내가 제대로 이해했는지 모르겠습니다."

"그 사람들을 집어 들었다." 가원 부인이 부채를(난롯불에서 얼굴을 보호하기 위해 가리개로 쓰는 커다란 녹색 부채였다) 접어서 그 꼭지로 작은 탁자를 두드리며 말했다. "그들을 만났다. 그들을 발견했다. 그들과 마주쳤다."

"그 사람들이라뇨?"

"그래요. 미글스 식구들 말이에요."

"내 친구 미글스 씨가 헨리 가원 씨를 딸에게 어디서 처음 소개했는지는 정말 모릅니다." 클레넘이 말했다.

"나는 그가 로마에서 그녀를 집어 들었다고 확신해요. 하지만 어디였는지는 신경 쓰지 마요 - 어디인가겠죠. 그런데(전적으로 우리끼리 하는 이야기지만) 그녀가 정말로 교양이 **없나요?**"

"실은, 부인," 클레넘이 대꾸했다. "제 자신이 정말로 교양이 없기 때문에 판단을 내리기에 적격일 것 같진 않군요."

"아주 깔끔하네요!" 가원 부인이 차분하게 가리개를 펴면서 말했다. "아주 교묘해요! 그 말을 듣고 당신이 속으로는 그녀의 언행이 그녀의 용모에 필적한다고 생각하는 걸로 추측해도 될까요?"

클레넘은 잠시 뻣뻣하게 있다가 고개를 숙였다.

"그렇다고 하니 위안이 되는군요. 당신이 옳았으면 좋겠어요. 헨리 말대로 그들과 같이 여행했었나요?"

"친구인 미글스 씨, 그의 부인 그리고 그의 딸과 몇 달 동안 함께했습니다." (보잘것없는 이의 마음이 그 기억 때문에 아팠을지 모른다.)

"당신이 그들에 대해 많은 경험을 했을 것이 분명하니 위안이 되는군요. 있잖아요, 클레넘 씨, 오랫동안 계속되었던 관계인데 나아지는 바를 모르겠더라고요. 그래서 당신처럼 그 관계에 대해 잘 아는 사람과 이야기할 기회를 얻은 게 나로서는 크게 안심이 되는 일이죠. 아주 요긴한 일이에요, 다행스러운 일이고요."

"죄송합니다만," 클레넘이 대꾸했다. "내가 헨리 가원 씨와 속마음을 털어놓는 사이는 아닙니다. 부인이 생각하는 만큼 그렇게 잘 아는 것도 아니고요. 부인이 오해하니까 내 입장이 아주 어려워지는군요. 그 문제에 대해 헨리 가원 씨와 한마디도 주고받은 적이 없거든요."

가원 부인이 방 안의 맞은편을 힐끗 보았다. 그녀의 아들은 소파에 앉아서 기병대의 돌격에 대해 찬성했던 노부인과 에카르테[2]를

---

[2] 두 명이 하는 카드놀이.

하고 있었다.

"아들과 속마음을 털어놓는 사이가 아니라고요? 그렇겠죠." 가원 부인이 말했다. "서로 한마디도 주고받은 적이 없다고요? 그렇겠죠. 그 정도는 짐작할 수 있어요. 그러나 클레넘 씨, 암묵적으로 털어놓는 속내가 있는 법이잖아요. 그리고 두 사람이 그 사람들 속에서 친하게 지냈기 때문에, 그런 식의 신뢰가 이 경우에 틀림없이 있었을 거고요. 헨리가 그런 소일거리에 몰두해서 내가 극심한 고통을 겪고 있다는 얘기는 어쩌면 들었을 거예요 – 글쎄요!" 어깨를 으쓱했다. "아주 훌륭한 소일거리일지 모르죠, 그리고 화가 중에는 화가로서 아주 탁월한 사람도 있겠죠. 그럼에도 우리 가족 중에서 아직 아마추어 화가 이상으로 활동한 사람은 없어요. 용서할 수 있는 약점이죠, 약간 느낀다는 거야 – "

가원 부인이 말을 중단하고 한숨을 내쉴 때, 클레넘은 너그럽게 생각하기로 아무리 굳게 결심하고 있었어도 그 가족이 실제 아마추어 화가 이상으로 활동할 위험성이 거의 없다는 생각을 안 할 수가 없었다.

"헨리는," 그 어머니가 말을 이었다. "고집이 세고 결심이 굳은 아이에요. 그리고 클레넘 씨, 그들이 그의 마음을 잡으려고 당연히 온갖 노력을 다할 테니, 그 관계가 끝나리라는 희망도 별로 가질 수 없겠지요. 그 여자아이의 재산이 너무 적을까 봐 걱정이네요. 헨리라면 훨씬 나은 결혼을 할 수도 있거든요. 그 관계를 보상할 것이 아무것도 없잖아요. 그럼에도 헨리는 마음먹은 대로 행동할 테니,

나로서는 조만간에 나아지는 바를 발견하지 못하면 체념하고 그 사람들을 최대한으로 잘 이용하는 외에 다른 길이 없겠죠. 이야기를 해줘서 대단히 감사합니다."

부인이 어깨를 으쓱하자 클레넘은 다시 뻣뻣하게 고개를 숙였다. 그러고는 거북해서 얼굴을 붉힌 채, 그리고 주저하면서 이제까지보다 한층 작은 소리로 말했다.

"가원 부인, 임무처럼 느껴지는 것을 어떻게 수행해야할지 모르겠지만 그것을 수행하고자 애쓰고 있다는 사실은 부디 고려해주십사 부탁해야겠습니다. 부인 쪽에서의 오해를, 실례이지만 말씀드리기 따라서는 아주 커다란 오해를, 바로잡을 필요가 있을 듯해서요. 부인은 미글스 씨와 그의 가족이 온갖 노력을 다한 걸로 생각하는 것 같군요, 부인의 말이 –"

"온갖 노력이라." 가원 부인이 난롯불이 얼굴에 닿지 않도록 녹색 부채를 편 채로 차분하고 끈기 있게 그를 바라보며 따라 했다.

"헨리 가원 씨의 마음을 확실히 얻기 위해서라고 했죠?"

부인이 조용하게 동의했다.

"그런데 그 얘긴 사실과 전혀 달라요. 내가 아는 것만 해도 미글스 씨는 그 관계에 대해 불만족스럽게 생각했을 뿐 아니라 그 관계를 끝내려고 무리하지 않는 선에서 온갖 방해를 다했으니까요." 아서가 말했다.

가원 부인은 커다란 녹색 부채를 접어서 그걸로 그의 팔을 두드린 다음에 미소 짓고 있는 자신의 입을 두드렸다. "그야 물론," 그녀가 말했다. "내가 말하려는 바가 바로 그거예요."

아서는 그녀가 무슨 얘길 하는 건지, 설명을 좀 들으려고 그녀의 얼굴을 바라보았다.

"클레넘 씨, 정말 진담이에요? 모르겠어요?"

아서는 모르겠어서, 모르겠다고 했다.

"글쎄요, 내가 내 아들을 모르겠어요? 그리고 그것이 정확히 말해서 아들을 붙잡으려는 방법이라는 사실을 모르겠어요?" 가원 부인이 경멸 조로 말했다. "그리고 미글스 가족이 그 사실을 모르겠어요? 최소한 나만큼은 알 거예요. 아, 빈틈없는 사람들이에요, 클레넘 씨. 현실적인 사람들인 게 분명하고요! 미글스가 은행에 다녔던 걸로 알고 있어요. 그가 은행의 경영에 관여했다면 그 은행은 이익을 아주 많이 냈을 것이 분명해요. 썩 잘하니까요, 정말로요."

"부인, 부탁하고 간청합니다 –" 아서가 끼어들었다.

"아, 클레넘 씨, 남의 말을 어떻게 그렇게 잘 믿어요!"

그녀가 거만하게 말하는 얘기를 듣고, 부채로 입을 경멸하듯이 두드리는 모습을 보자니, 너무 고통스러웠기 때문에, 클레넘이 아주 진지하게 얘기했다. "정말입니다, 부인. 그건 부당한 생각이에요, 전적으로 근거 없는 의심이고요."

"의심이라고요?" 가원 부인이 따라 했다. "의심이 아니에요, 클레넘 씨, 확실한 거예요. 정말로 아주 빈틈없이 행해져서 **당신**을 완벽히 속였던 모양이군요." 그녀가 소리 내어 웃었다. 그러고 나서 부채로 입을 다시 두드리며 고개를 쳐들었는데, 마치 "바보 같은 소리

마시지. 이처럼 명예로운 혼인을 위해서라면 그런 사람들은 못할 짓이 없다는 사실을 잘 알고 있거든,"이라고 덧붙이는 것 같았다.

때를 맞춰서 헨리 가원 씨가 카드를 내던지고 방을 건너와서 말했다. "어머니, 이제 클레넘 씨를 놔주세요, 가야 할 길이 멀고 시간이 늦었거든요." 다른 선택의 여지가 없었기 때문에 클레넘 씨가 곧바로 일어났다. 가원 부인은 마지막까지도 똑같은 표정을 지었고 경멸 조로 입을 똑같이 두드렸다.

"당신은 어머니의 이야기를 놀라울 정도로 오랫동안 들어주는군요." 문이 닫히자 가원이 말했다. "어머니가 당신을 지루하게 하지 않았기를 간절히 바랍니다만?"

"천만에요." 클레넘이 말했다.

돌아갈 때를 대비해서 지붕이 없는 작은 사륜마차를 대기시켜 놓았기 때문에 곧장 마차를 타고 집으로 향했다. 가원은 마차를 몰면서 담배에 불을 붙였고 클레넘은 담배를 거절했다. 클레넘이 무엇을 생각하는지 멍하니 넋을 놓고 있었기 때문에 가원이 다시 말했다. "어머니가 당신을 지루하게 했을까 봐 아주 걱정입니다만?" 그 말을 듣자 그는 정신을 차리고 "천만에요,"라고 답한 다음에 곧바로 다시 멍하니 넋을 놓았다.

보잘것없는 이를 불안하게 만드는 그런 심경으로 옆에 있는 사내를 주로 생각하고 있었을지 모른다. 그 사내가 뒤꿈치로 돌멩이를 뽑아내는 모습을 처음 보았던 날의 아침이 생각나서, "이 사내가 똑같이 무심하고 잔인하게 나를 길 바깥으로 밀쳐내는 거 아니야?"

라고 자문했을지 모른다. 이 사내는 자기 어머니가 뭐라고 할지 알았기 때문에, 그리고 그렇게 하면 나에게 속내를 털어놓지 않고도 경쟁자보다 유리한 자리를 잡고 나에게 멀어지라고 당당하게 경고할 수 있다는 사실을 알았기 때문에, 자기 어머니에게 나를 소개한 거 아니야? 라고 생각했을지 모른다. 그와 같은 목적은 없었다 해도, 내가 억누르고 있는 감정을 가지고 장난을 치고 괴롭히기 위해 나를 데려온 거 아니야? 라고 생각했을지 모른다. 자신의 솔직한 본성에서 우러난 타이름을 그 자신에게 전달해 주는 수치심, 즉 그런 의심을 잠시나마 품는다는 것은 스스로 결심했던 숭고하고 시기하지 않겠다는 방침을 이탈하는 것이라고 지적하는 수치심이 갑자기 치밀어 오르면서 그와 같은 생각의 흐름이 가끔씩 억제되었을지 모른다. 그럴 때마다 그는 속으로 매우 격렬하게 싸웠을지 모르고, 가원을 올려다보다가 눈이라도 마주치면 그에게 피해라도 입힌 듯이 움찔했을지 모른다.

　그때, 어두운 길과 선명하게 보이지 않는 사물들을 바라보다가, "인생의 좀 더 어두운 길에서 이 사람과 나는 어디로 가는 걸까? 멀리 떨어져 있는 어두컴컴한 곳에서 이 사람과 나 그리고 그녀는 어떻게 될까?"라는 생각이 점차 다시 들었을지 모른다. 그녀 생각을 하다가, 가원 씨를 싫어하는 것은 그녀에게 충실하지도 못한 거라는 책망 조의 염려, 그리고 그에 대한 편견에 쉽게 사로잡혔다는 점에서 그녀의 사랑을 받을 자격이 처음보다도 줄어들었다는 책망 조의 염려 때문에 다시 괴로워했을지 모른다.

"당신은 아무래도 침울한 거 같군요." 가원이 말했다. "어머니가 당신을 굉장히 지루하게 만든 게 분명한 것 같아요."

"아니에요, 전혀 그렇지 않아요." 클레넘이 말했다. "아무 일도 아니에요 – 아무 일도 아니라고요!"

27 스물다섯

그때 아서 클레넘은 도릿 가에 대한 정보를 수집하고자 하는 팽스 씨의 욕구가, 오랫동안 추방당했다가 귀국하자마자 자신이 어머니를 의심했던 내용과 관련이 있을지도 모른다는 의혹이 자꾸만 들어서 크게 불안해했다. 도릿 가에 대해 팽스 씨가 이미 알아낸 것이 무엇인가, 그는 실제 무엇을 좀 더 알아내고자 하는 것인가, 그리고 도대체 왜 그것들을 알아내느라고 머리를 복잡하게 괴롭히는가, 라는 의문으로 그는 종종 혼란스러워했다. 팽스 씨가 쓸데없는 호기심에 이끌려서 이것저것 알아보느라고 시간과 수고를 허비할 사람이 아니었기에, 그에게 분명한 목적이 있다는 사실을 클레넘은 의심하지 않았다. 그래서 팽스 씨의 노력으로 그 목적이 달성되든 아니든, 어머니가 작은 도릿을 도와주도록 은밀하게 유도했던 이유들이 다소 때에 맞지 않게 폭로될 수도 있는 거 아닐까, 하는 생각을 진지하게 하게 되었다.

아버지 시절에 저질렀던 잘못을 밝히고 보상할 수 있다면 보상하고 싶다는 소망이나 결심이 조금이라도 흔들려서는 아니었다. 아버지가 돌아가신 후 뇌리를 떠나지 않고 있는 그림자, 즉 부정한 행위가 있었으리라고 상상하는 그림자가 워낙 흐릿하고 실체가 없는 것이어서 그의 생각과는 동떨어진 현실의 결과일 수도 있었다. 그러나 자신의 걱정이 완전히 사실에 근거한 것으로 밝혀진다면, 그는 가진 것 전부를 언제라도 내려놓고 세상을 새로 시작할 각오가 되어있었다. 유년기의 거칠고 어두운 가르침이 가슴에 스며든 적이 없었던 것처럼, 그의 윤리규범 제1조는 땅에 디디고 있는 발을 잘 보면서 실질적으로 겸손하게 시작해야 한다는 것이었고, 말씀의 날개를 타고는 결코 하늘에 오를 수 없다는 것이었다. 지상에서의 의무, 지상에서의 배상, 지상에서의 행동, 이것들이 하늘로 올라가는 첫 번째의 가파른 계단으로 먼저 있었던 것이다. 문은 좁고 길은 협착했으니[3], 공허한 신앙고백과 공허한 암송, 다른 사람의 눈에 들어있는 티끌을 보고[4] 그 사람을 아낌없이 심판대에 넘겨주는 일 – 모두 다 비용이 전혀 들지 않는 싸구려였다 – 이러한 일들이 널린 넓고 큰 길에 비해 훨씬 더 좁고 협착했다.

아니었다. 그가 불안한 것은 이기적인 두려움이나 망설임 때문이 아니었다. 그것은 팽스가 둘 사이의 묵계를 지키지 않고, 뭔가를 알아낸 다음에 자기에게 알리지 않은 채 알아낸 바에 근거해서 모종의 행동을 취할지도 모른다는 의혹 때문이었다. 다른 한편으로, 팽

---

[3] 마태복음 7장 14절 참조.
[4] 마태복음 7장 3절 참조.

스와 나누었던 대화, 그리고 그 이상한 인물이 어쨌든 추적해낼 것 같다고 가정해야할 이유가 별로 없다는 점을 생각하면, 자신이 그 대화를 너무 중시하는 게 아닌가, 하는 생각이 들 때도 있었다. 모든 선박들이 역풍랑을 맞아 힘겹게 항해하듯이 그는 이승의 바다를 힘겹게 항해했지만 심하게 흔들리기만 하고 항구에 도착하지는 못했다.

늘 연관 지어서 생각하다가 이때만 작은 도릿을 빼놓는다고 해서 사태가 호전되지는 않았다. 그녀가 자기 방만 들락날락했기 때문에 그는 그녀를 그리워하고 그녀의 빈자리를 느끼기 시작했다. 잘 지내는지 묻기 위해 편지를 써서 보내자, 썩 잘 지내니까 자기 때문에 불안해하지 말라는 답장을 매우 감사하다는 말과 함께 진지하게 써서 보냈다. 하지만 그는 그들이 만났던 중 가장 오랜 기간 동안 그녀를 보지 못했다.

어느 날 저녁 클레넘은 작은 도릿의 아버지와 이야기를 나누고 집에 돌아왔다. 그녀의 아버지는 그녀가 어딘가를 방문하러 외출했다고 했다 — 그녀가 그의 저녁거리를 사려고 열심히 일할 때 그가 늘 하는 말이었다. 집으로 돌아온 클레넘은 미글스 씨가 흥분한 상태로 방 안을 이리저리 왔다갔다하고 있는 것을 보았다. 그가 문을 열자마자 미글스 씨가 발걸음을 멈추고 얼굴을 돌리더니 말했다.

"클레넘! — 태티코럼이!"

"무슨 일입니까?"

"사라졌어!"

"아니, 세상에!" 클레넘이 깜짝 놀라서 소리쳤다. "무슨 말씀입니까?"

"스물다섯을 세지 않았어. 그렇게 세도록 할 수 없었네. 여덟에서 멈추더니 가버렸어."

"집을 나갔다고요?"

"다신 돌아오지 않을 거야." 미글스 씨가 고개를 가로저으며 말했다. "당신은 그 아이의 성마르고 도도한 성격을 몰라. 이제는 여러 마리의 말이 끄는 마차로도 그 아일 끌어올 수 없을 거야. 옛날 바스티유 감옥의 빗장과 쇠창살로도 가두어둘 수 없을 거란 말이지."

"어떻게 된 거죠? 제발 앉아서 말씀하세요."

"당신이 충분히 이해하기 전에 그 불쌍하고 충동적인 아이의 유감스러운 성질부터 닮게 될 것이 분명하기 때문에 어떻게 된 일인지 말하기가 그리 쉽지는 않아. 하지만 어떻게 된 거냐 하면, 펫과 애 엄마와 나는 최근에 서로 많은 얘기를 나눴네. 클레넘, 솔직히 그 대화가 내가 바라는 만큼 밝은 것은 아니었어. 우리가 다시 떠나는 문제에 대한 거였거든. 다시 여행을 떠나자고 제안했을 때 내게는 사실 한 가지 목적이 있었네."

보잘것없는 이의 심장이 빨리 뛰었다.

"그 목적도," 미글스 씨가 잠시 말을 멈추었다가 다시 했다. "클레넘, 당신에게 숨기지 않겠네. 우리 집 아이에게는 내가 유감으로 여기는 좋아하는 녀석이 있어. 당신도 누군지 짐작하겠지. 헨리 가원이야."

"괜찮으니 계속 하세요."

"이거 참!" 미글스 씨가 장탄식을 늘어놓으며 말했다. "당신에게 이런 얘기를 할 필요가 없었으면 좋은데. 그렇지만 어떻게 된 거냐 하면, 클레넘, 애 엄마와 나는 현 상황에서 벗어나기 위해 할 수 있는 일은 전부 다 해봤어. 부드럽게 충고도 해봤고 생각할 시간도 가져보게 했고 멍하니 있게도 해봤지만 아직까지는 아무 소용이 없어. 우리가 최근에 나눈 대화는 두 사람을 완벽히 떨어져 있게 해서 헤어지게 하려고 최소한 일 년 동안 떠나 있는 문제에 대한 거였네. 그 얘기를 듣자마자 펫이 슬퍼했기 때문에 애 엄마와 나도 슬펐지."

클레넘은 그랬으리라고 짐작된다고 했다.

"이거 참!" 미글스 씨가 변명조로 말을 이었다. "사람들이 ─ 클레넘, 그러니까 단순한 제3자를 말하는 거야 ─ 우리 가족에 대해 좀 견디기 어려울 정도로 문제를 과장하고, 사소한 일을 가지고 법석을 떤다고 생각한다는 사실을 현실적인 사람으로서 나는 인정하는 바이고, 애 엄마도 현실적인 여성으로서 인정하리라고 확신하네. 그럼에도 펫의 행불행은 우리에게는 생사가 달린 중요한 문제야. 그러니 그 문제를 중요하게 여기는 것을 너그러이 봐주었으면 좋겠네. 아무튼 그 정도는 태티코럼이 참을 수 있는 문제지. 자, 그렇지 않나?"

"맞습니다, 그렇습니다." 클레넘은 상대방의 이처럼 매우 온건한 기대에 대해 아주 단호한 어투로 동의했다.

"아니었어." 미글스 씨가 슬프게 고개를 가로저으며 말했다. "그 아이는 그것을 참을 수 없었던 모양이야. 그 아이가 몹시 성을 내고 흥분했기 때문에, 또한 마음속이 심하게 해어지고 찢어졌다고 했기 때문에 지나가면서 여러 차례 부드럽게 말했지. '태티코럼, 스물다섯을 세거라, 스물다섯을!' 그 아이가 밤낮으로 스물다섯을 세기를 진심으로 바랐는데, 그랬다면 그런 일은 일어나지도 않았을 거야."

미글스 씨는 쾌활하고 명랑할 때보다 착한 마음씨가 한층 더 잘 나타나는 낙담한 표정을 짓고서 이마에서 턱 쪽으로 얼굴을 쓰다듬은 후에 고개를 다시 가로저었다.

"내가 애 엄마에게 말했지. (애 엄마 혼자서도 그런 생각을 했을 테니 그럴 필요가 딱히 있어서는 아니야). 여보, 우린 현실적인 사람들이오, 그리고 그 아이의 내력을 알고 있고. 불쌍한 그 아이가 이 세상에 태어나기도 전에 그 아이 모친의 가슴속에 몰아치던 것이 불행한 그 아이에게 조금 투영된 것을 우리가 보고 있는 거요. 그 아이의 급한 성미에 대해 모른 체하고 넘어갑시다. 여보, 지금은 그걸 언급하지 말자고요. 다음에 그 아이가 지니고 있는 착한 마음이 이길 때를 기다려 봅시다. 그래서 우리는 아무 말도 하지 않았어. 그러나 우리가 뭘 하든 그 일은 일어나게 되어있었던 것 같아. 그 아이가 어느 날 밤에 난폭하게 나갔거든."

"어떻게요, 그리고 왜요?"

"왜냐고 물었는데," 미글스 씨는 가족의 입장을 내세우기보다 그 아이의 입장을 부드럽게 하는 데 훨씬 더 몰두하고 있었기 때문에 그 질문을 받고 약간 당황해하며 말했다. "내가 애 엄마에게 했던 말과 아주 유사하니까 방금 옮겼던 말을 참조하면 될 거야. 어떻게 된 건지 대답한다면, 그 아이가 있는 데서 펫에게 잘 자라고 했고(아주 다정하게 말했다는 것은 인정해야겠지), 그 아이는 펫의 시중을 들며 위층으로 올라갔어 - 그 아이가 펫의 하녀라는 사실을 명심하시게. 기분이 안 좋았기 때문에 펫이 그 아이에게 도움을 요청할 때 평상시보다 사려 깊게 말하지 않았을 수도 있겠지. 하지만 그렇게 말할 권리가 내게 있는지는 모르겠네. 펫은 언제나 사려 깊고 친절했으니까 말이야."

"세상에서 제일 친절한 아가씨지요."

"고맙소, 클레넘." 미글스 씨가 그의 손을 잡고 말했다. "당신도 둘이 함께 있는 모습을 자주 봤을 거요. 이거 참! 얼마 지나지 않아서 그 애처로운 태티코럼이 크게 화를 내는 소리를 들었네. 무슨 일인지 묻기도 전에 펫이 온몸을 떨며 돌아와서 그 아이가 무섭다고 했고 태티코럼이 뒤따라서 격분한 채 들어왔네. '당신들 모두 증오해요.' 그 아이는 우리에게 발을 구르며 말했어. '이 집 전체에 대한 증오심으로 폭발할 지경이에요.'"

"그래서 당신이 - ?"

"나 말이오?" 미글스 씨가 가원 부인이라도 믿을 수밖에 없는 솔직하고 정직한 태도로 대답했다. "태티코럼, 스물다섯을 세거라, 라고 했네."

미글스 씨가 깊이 후회하는 태도로 얼굴을 다시 쓰다듬고 고개를 가로저었다.

"클레넘, 그 아이는 그렇게 하는 데 워낙 익숙했기 때문에, 당신이 본 적이 없을 정도로 격앙된 상태였던 그때조차도 갑자기 멈추더니 내 얼굴을 빤히 쳐다보았고, (내가 파악하기에는) 여덟까지 세었네. 그러나 그 이상 감정을 자제하고 셀 수는 없었나 보오. 여덟에서 울며 주저앉더니, 불쌍한 것, 나머지 열일곱을 사방으로 흩뿌렸네. 그러고 나서 갑자기 소릴 질렀어. 우리를 증오한다고, 우리 때문에 비참하다고 했고, 참을 수 없을 뿐 아니라 참지 않겠다고 했고, 떠나기로 결심했다고 했네. 제가 젊은 아씨보다 어린데, **아씨만** 어리고 관심을 주고 애지중지하고 사랑할 유일한 아이로 언제나 떠받들어지는 것을 보고만 있을 줄 아셨어요? 아니에요. 그렇게 하지 않을 거예요, 그렇게 하지 않을 거라고요, 그렇게 하지 않을 거라니까요! 어릴 때 젊은 아씨처럼 귀여움과 돌봄을 받았다면, 태티코럼이 어떻게 되었을까요? 펫만큼 착했을 거라고요? 아아! 어쩌면 오십 배는 더 착했을지 모르죠. 우리가 서로 아주 다정하게 대하면서 그녀에게 의기양양하게 굴었다고 했어. 그게 우리가 한 짓이라는 거야. 우리가 그녀에게 의기양양하게 굴었고 모욕을 주었다는 거지. 집에 있는 사람들이 모두 다 똑같은 짓을 했다는 거야. 자신들의 아버지와 어머니, 형제와 자매에 대해 이야기를 했고, 가족이야기를 자기 면전에서 *끄집어내기를* 좋아했다고 말이야. 불과 어제만 해도 티킷 부인이 어린 손주와 같이 있다가, 그 아이가 자기(태티코럼)를 우리가 붙여준 가증스러운 이름으로 부르려고 하자 즐거워했고, 그 이름을 부르자 웃음을 터뜨렸다는 거야. 아니, 웃지 않았던 사람이 어디 있죠? 그리고 제 이름을 개나 고양이의 이름을 붙이듯이 붙일 권리를 가진 사람은 도대체 누구죠? 그러나 상관없어요. 우리에게 더 이상의 은혜를 입지 않겠다고 했어. 자기의 이름을 우리에게 다시 팽개치고 가겠다고 했어. 바로 그때 우리를 떠나겠다고 했고, 아무도 자기를 제지해서는 안 된다고, 자기에 대한 소식을 다시는 못 들을 거라고 했어."

미글스 씨는 그 모든 이야기를 옮기는 동안 그때의 기억이 아주 생생하게 살아나서 그때 그녀가 상기되었고 흥분했던 만큼이나 그 자신도 상기되고 흥분했다.

"아, 글쎄!" 그가 얼굴을 훔치고 말했다. "그때는 격렬하게 헐떡거리는 그 아이를(그 아이 모친의 내력이 어떠했는지는 아무도 몰라) 설득하려고 해도 소용없었어. 그래서 내가 이렇게 늦은 밤에 떠날 수는 없다고 조용하게 이야기하고, 손을 내밀어서 그 아이를 방으로 데려다 주고는 현관에 자물쇠를 채웠지. 그러나 오늘 아침에 나가 버렸네."

"그래서 그 애에 대해서는 더 이상 아는 게 없는 건가요?"

"더 이상은 없어." 미글스 씨가 대답했다. "온종일 찾아다녔어. 그 아인 아주 일찍 그리고 아주 조용히 떠난 게 분명해. 근처에서는 흔적 하나 못 찾았으니까."

"잠깐요! 원하는 게," 클레넘이 잠시 생각에 잠겼다가 물었다. "그 애를 찾는 거죠? 그렇게 짐작합니다만?"

"물론 그렇네. 그 애에게 기회를 한 번 더 주고 싶거든. 애 엄마와 펫도 그러고 싶어 하고. 자! 당신도," 미글스 씨가 자신은 화낼 이유가 전혀 없는 것처럼 설득 조로 말했다. "불쌍하고 성마른 그 아이에게 기회를 한 번 더 주고 싶은 거잖소, 클레넘."

"당신들이 모두 그렇게 너그러운데 내가 원하지 않는다면 그건 정말로 이상하고 냉혹한 거죠." 클레넘이 말했다. "웨이드 양에 대해서는 생각해보셨나요?"

"그랬소. 근처를 다 뒤진 다음에야 그녀 생각이 났는데, 집에 왔을 때 애 엄마와 펫이 태티코럼은 그녀에게 간 것이 분명하다는 얘기를 하지 않았더라면 그때도 생각나지 않았을지 몰라요. 그 얘기를 듣자, 당신이 우리 집에 처음 왔던 날, 저녁식탁에서 그녀가 했던 말이 물론 기억났고요."

"웨이드 양을 어디서 찾을 수 있을지 짚이는 바가 있나요?"

"솔직히 말하면," 미글스 씨가 대꾸했다. "여기서 당신을 기다리고 있었던 까닭은 그 문제에 대해 생각이 혼란스러울 정도로 뒤범벅이기 때문이오. 가끔 불가사의하게 가족들의 머리에 들어와서 떠나지 않는 이상한 생각이 한 가지 있는데, 누군가에게서 확실하게 들은 사람은 아무도 없지만 모두 누군가에게서 막연하게 들은 거 같고 다시 퍼뜨리게 된 생각이오. 그녀는 이 부근에 살고 있거나 살았던 것 같소." 미글스 씨가 파크 레인 근처 그로브너 지역에 있는 칙칙한 뒷골목 중 하나의 이름이 적혀있는 종잇조각을 건네주었다.

"번지수가 없는데요." 아서가 종이를 훑어보고 말했다.

"번지수가 없다고, 클레넘?" 그의 친구가 대꾸했다. "다른 것도 없을걸! 거리 이름조차도 공중에 떠다니던 건지 몰라요. 앞서 말한 것처럼 가족 중 누구도 그것을 어디에서 입수했는지 자신할 수 없으니까. 그러나 조사할 가치는 있을 거요. 그리고 나는 혼자 조사하기보다 다른 사람과 같이 하고 싶고, 당신도 그 냉정한 여성과 함께 여행했기 때문에, 어쩌면 – " 클레넘은 모자를 다시 집어 들고 준비되었다는 말을 해서 그 대신에 문장을 마저 마무리해주었다.

여름철이었고, 어스레하고 무더우며 먼지가 많이 일어나는 저녁이었다. 그들은 옥스퍼드 로 끝까지 마차를 타고 가서 내렸고, 우울하고 위풍당당한 큰 거리와 똑같이 위풍당당하려고 하지만 좀 더 우울한 쪽이라 할 만한 작은 거리 속으로 들어갔는데, 파크 레인 근처는 작은 거리들이 미로같이 엉켜있었다. 세련되지 못한 낡은 주랑현관과 부속물을 지닌 채 어수선하게 죽 늘어선 모퉁이 집들은, 약간 잘못된 시간에 약간 잘못된 사람의 영향을 받고 생겨난 혐오스러운 집들이었는데, 그럼에도 다음 세대 모두의 맹목적인 존경을 요구했을 뿐 아니라 무너질 때까지 존경을 요구해야겠다고 작정하고서 황혼녘에 얼굴을 찡그리고 있었다. 그로브너 스퀘어에 있는 각하의 커다란 모형 위에 자리 잡은 소형 현관문부터 뮤즈 가의 똥더미를 내려다보는 규방의 납작한 창에 이르기까지, 뼈대 전체에 쫌쇠가 박혀있는 식객과도 같은 작은 집들이 저녁을 쓸쓸하게 만들었다. 의심할 여지없이 상류사회에 속하지만, 용량이 음침한 냄새 외에는 어떤 것도 편안하게 수용하지 못하는, 곧 무너질 것 같은 집들은 커다란 저택들이 동종교배를 한 마지막 결과같이 보였다. 그리고 보조로 달린 작은 내닫이창과 발코니들이 가느다란 쇠기둥으로 지탱되는 집들은 연주창에 걸려서 목발을 짚고 있는 것처럼 보였다. 문장학紋章學 전부가 동원되어있는 문표紋標가 거리 여기저기서 어렴풋하게 모습을 보였는데, 마치 허영심에 대해 강론하는 대주교 같았다. 몇 개 안 되는 가게는 여론을 하찮은 것으로 여겼기 때문에 외양을 꾸미지 않았다. 페스트리[5] 요리사는 외상 장부에 기재되어있는 사람이 누구인지 알고 있었기 때문에 귀부인의 박하사탕이 들어있는 유리통 몇 개와 오래된 건포도 젤리 견본 여섯 통을 창가에 세워놓고 차분하게 지낼 수 있었다. 청과상이 대중의 생각에 양보할 수 있는 것은 오렌지 몇 개가 전부였다. 이끼로 만든 바구니에는 전에 물떼새의 알이 들어있었지만 이제는 새 장수가 일반 대중에게 해야 할 말이 전부 담겨 있었다. 그 거리에 사는 사람은 모두 다 저녁을 먹으러 외출한 것 같았으나(그 절기의 그 시각에는 언제나 그랬다), 저녁을 주는 사람은 어디에도 없는 것 같았다. 멸종된 기괴한 새처럼 밝은 색의 알록달록한 깃털을 달고 뒤통수가 하얀 하인들이 현관 계단에서 빈둥거렸고, 집사들은 은둔자같이 처신하며 혼자 지냈는데 그들 각각은 다른 집사들을 모조리 불신하는 것 같았다. 낮 동안 파크에서 마차들이 굴러가던 소리가 그치고 가로등에 불이 들어왔다. 마음이 꼬인 만큼 다리를 꼬고 있는 사악하고 어린 마부들이 몸에 꼭 끼는 옷을 입은 채 볏짚을 씹고 사기 치는 비법을 나누면서 둘씩 짝을 지어 서성였다. 늘 멋진 마차를 타고

---

5 밀가루에 기름을 넣고 우유나 물로 반죽해서 만든 빵과자.

다녀서 마차를 타지 않고 외출하면 겸양을 보이는 것 같이 여겨지는 점박이 개들이 마차를 타고 나왔고 소식을 전하는 조수들을 따라 왔다갔다했다. 사람들이 굳이 팔아주지 않아도 되는 선술집이 곳곳에 은거하고 있었는데, 제복을 입지 않은 사람들은 거기서 별로 필요하지 않았다.

마지막 사항은 두 사람이 조사하다가 발견한 것이었다. 그들이 찾아간 거리 어디에서도 웨이드 양 같은 인물에 대해서는 아는 사람이 없었다. 그곳은 식객과 같은 거리 중의 하나였고, 전통적인 장례행렬처럼 길고 평범하고 좁고 음울하고 음침했다. 풀이 죽은 젊은이가 가파르고 작은 목제계단 꼭대기에서 턱을 찧고 있는 몇몇 작은 관문에서 웨이드 양에 대해 수소문해보았지만 어떤 정보도 얻을 수 없었다. 떠들썩하게 소리치는 두 명의 신문팔이가 이전에는 일어난 적이 없었고 앞으로도 일어나지 않을 이상한 사건이 일어났다며 쉰 목소리가 밀실까지 닿도록 소리치는 가운데, 길 한쪽을 따라 거리를 올라갔다가 반대쪽으로 내려왔지만 아무런 소득도 없었다. 마침내 그들은 처음 출발했던 모퉁이에 다시 섰다. 날이 완전히 어두워졌지만 어떤 소식도 듣지 못했다.

그들은 그 거리에 있는 어떤 우중충한 집을 여러 차례 지나쳤었는데, 외관상으로는 빈집이었고 세를 놓을 예정이라고 공지하는 전단이 창마다 붙어있었다. 그 전단은 장례행렬에 변화를 주는 장식이나 마찬가지였다. 그들이 그 집을 그냥 지나쳤던 것은 클레넘이 마음속에 그 집을 따로 제쳐놓았기 때문일 수도 있고, 아니면 미글스 씨와 그 자신이 "그녀가 저런 집에는 틀림없이 살지 않을 거야,"라고 지나가면서 두 번씩이나 의견일치를 보았기 때문일 수도 있었다. 클레넘이 마지막으로 떠나기 전에 돌아가서 그 집을 두드려보자고 그때 제안했다. 미글스 씨가 동의했고 그들은 돌아갔다.

한 차례 노크를 하고 한 차례 종을 울렸지만 반응이 없었다. "빈 집이군." 미글스 씨가 귀를 기울이고 듣다가 말했다. 클레넘이 "한 번 더 두드려보죠,"라고 하며 다시 두드렸다. 클레넘이 두드린 다음에 아래층에서 움직이는 소리가 들렸는데, 누군가가 문 쪽으로 발을 끌고 오는 소리였다.

좁고 사방이 막혀있는 입구가 워낙 어두워서 누가 문을 열었는지 분명히 알 순 없었지만 노파인 것 같았다. "성가시게 해서 죄송합니다." 클레넘이 말했다. "웨이드 양이 어디서 사는지 알려줄 수 있겠습니까?" 어둠 속의 목소리가, "여기서 살아요,"라고 뜻밖의 대꾸를 했다.

"집에 있나요?"

대답이 없어서 미글스 씨가 다시 물었다. "그녀가 집에 있습니까?"

다시 지체한 다음에 그 목소리가 갑자기 "그럴 거예요,"라고 했다. "들어오는 편이 낫겠네요, 제가 알아보지요."

그들은 갑갑하고 어두운 집에 곧바로 갇히게 되었다. 그 인물이 옷 스치는 소리를 내며 멀어지더니 조금 높은 곳에서 말했다. "올라오세요. 걸려 넘어지지 않아요." 희미한 빛을 향해 더듬거리며 올라갔는데, 창문으로 들어오는 가로등 불빛이었다. 그리고 그 인물은 바람 한 점 통하지 않는 방에 그들을 가두어두었다.

"이상하군, 클레넘." 미글스 씨가 조용히 말했다.

"아주 이상하네요." 클레넘이 같은 어조로 동조했다. "그러나 성공했어요, 그게 중요한 점이죠. 빛이 비치네요!"

그 빛은 등잔 빛이었고 등잔을 들고 있는 사람은 노파였다. 아주 더럽고 주름투성이였고 무뚝뚝했다. "그녀가 집에 있습니다." 노파가 말했다. (전과 동일한 목소리였다.) "곧 올 겁니다." 노파가 등잔을 탁자에 내려놓고 두 손을 앞치마에 문질렀지만, 영원히 문질러도 깨끗해지지는 않을 것 같았다. 그러고 나서 흐릿한 두 눈으로 방문자들을 바라보다가 뒷걸음질을 해서 나갔다.

그들이 만나러 온 여성은, 그녀가 현재 그 집에 산다면, 동양의 여행자 쉼터에 숙소를 잡듯이 숙소를 잡은 것 같았다. 방 한가운데에 놓여있는 정사각형의 작은 카펫 한 개, 그 방에 원래 있던 것이 아닌 게 분명한 가구 몇 점, 그리고 무질서하게 흩어져있는 가방들과 여행용 물품들이 주위에 있는 전부였다. 전에 그 방을 자주 사용하던 사람이 숨 막힐 듯이 답답하고 작은 그 방에 체경 하나와 금박을 입힌 탁자 하나를 들여놓은 적이 있었다. 그렇지만 금박은 지난해에 피었던 꽃처럼 색깔이 바랬고, 체경은 이전에 비췄던 적이 있는 모든 농무와 악천후를 요술을 부려서 보존하고 있는 것처럼 잔뜩 흐렸다. 방문자들이 일이 분 정도 주위를 둘러보고 있을 때 문이 열렸고 웨이드 양이 들어왔다.

그녀는 헤어질 때와 정확히 똑같았다. 내내 똑같이 아름다웠고 내내 똑같이 경멸 조였으며 내내 똑같이 감정을 억누르고 있었다. 그들을 보고도 놀라는 기색이 없었고 다른 감정을 보이지도 않았다. 그들에게 앉으라고 권했으나 자신은 앉지 않았다. 그리고 그들이 찾아온 용건을 지체 없이 앞질러서 꺼냈다.

"당신들이," 그녀가 말했다. "이렇게 찾아온 이유를 알 것 같아요. 곧바로 그 문제를 얘기하죠."

"그렇다면 아가씨, 우리가 찾아온 이유는," 미글스 씨가 말했다. "태티코럼 때문이오."

"그러리라 생각했습니다."

"웨이드 양," 미글스 씨가 말했다. "그 아이에 관한 소식을 들은 게 있는지 말해주겠소?"

"물론 그러죠. 나와 같이 여기에 있거든요."

"그렇다면, 아가씨," 미글스 씨가 말했다. "그 애가 되돌아오면 기쁘겠다는 얘기를 하고 싶소. 내 처와 딸이 기뻐할 거라는 얘기도 함께 말이오. 그 아인 오랫동안 우리와 함께 지냈소. 그 애가 우리에게 요구했던 바를 잊지 않을 터이니, 어떻게 고려하면 좋을지 방법을 알고 싶소."

"어떻게 고려하면 좋을지 방법을 알고 싶다니요?" 그녀가 차분하고 신중한 목소리로 대꾸했다. "뭘 고려한다는 거죠?"

"내 친구가 말하고자 한 것은, 웨이드 양," 미글스 씨가 당황하여 어쩔 줄 모르는 것을 보고 클레넘이 끼어들었다. "불쌍한 그 아이에게 가끔 들던 느낌, 즉 자기가 불리한 입장에 처해 있다는 격정적인 느낌을 말하는 거 같아요. 그 느낌이 더 좋은 기억을 간혹 압도한다고 하더라고요."

그 여성이 그를 바라보면서 미소 지었다. "그래서요?"라는 게 그녀가 대답한 전부였다.

그녀가 그의 말을 들었다는 사실을 그렇게 나타낸 후에 더할 나위 없이 침착하고 조용하게 탁자 옆에 서 있었기 때문에, 미글스 씨는 일종의 매혹을 느끼며 그녀를 바라보았다. 클레넘이 다른 조처를 취하리라고 기대할 수도 없었던 것이다. 얼마간 아주 어색한 시간이 흐른 후에 아서가 입을 열었다.

"미글스 씨가 그녀를 볼 수 있다면 좋을 것 같습니다만, 웨이드 양?"

"그거야 쉽죠." 그녀가 말했다. "이리 와, 애야." 그렇게 말하면서 문을 열었고 여자아이의 손을 잡아 안으로 데리고 왔다. 그들이 함께 서 있는 모습을 보자니 아주 묘했다. 여자아이는 비어있는 손으로 우유부단하게 그러면서도 성마르게 옷의 가슴 부분에 주름을 잡았고, 웨이드 양은 침착한 표정으로 그 아이를 주의 깊게 바라보면서, 그 아이의 억제할 수 없는 격정적인 본성을 자신의 침착한 표정을 통해(면사포가 그것이 가리고 있는 형체를 오히려 생각나게 하는 것처럼) 찾아온 이들에게 비범하고 효과적으로 부각시켰다.

"애야," 그녀가 전과 똑같이 차분하게 말했다. "여기 너의 은인, 너의 주인이 오셨어. 네 주인은 네가 은혜를 깨닫고 돌아가겠다고 하면 기꺼이 데리고 가겠다는구나. 주인의 예쁜 딸을 돋보이게 하는 아이, 그 딸의 괴팍한 상냥함에 매여 있는 노예, 그 가족의 착함을 보여주는 그 집의 장난감이 다시 될 수 있는 거야. 지목하고 눈에 띄는 것이 올바른 양 장난삼아 너를 지목하고 눈에 띄게 해주는 우스꽝스러운 이름을 다시 가질 수 있어. (네 태생, 그러니까 네 태생을 잊어서는 안 되니까.) 해리엇, 너는 이 신사의 딸에게로 돌아가서, 그녀의 우월성과 품위 있는 겸손을 생생하게 일깨워주는 아이로 다시 자리 잡을 수 있는 거야. 내가 이야기하는 동안에 네가 아마 상기하게 되었을 것이고, 내게 피난 오는 바람에 잃게 되었던 그 모든 이점과 그 밖에 많은 것들을 되찾을 수 있단다ㅡ이분들께 네가 얼마나 하찮은지, 그리고 얼마나 진심으로 참회하고 있는지를 얘기하면, 그리고 돌아가서 용서를 빌면, 그 모든 것을 되찾을 수 있어. 어떻게 생각하니, 해리엇? 갈 거니?"

그 말의 영향을 받아서 점차 분노가 치밀어 오르고 안색이 붉어진 여자아이가 빛나고 검은 눈을 들어서 잠시 올려다보았다. 그리고 주름을 잡고 있던 부분에 대고 있던 손을 꼭 쥐고서 대답했다. "차라리 죽고 말겠어요!"

여자아이 옆에서 여전히 손을 잡고 서 있던 웨이드 양이 가만히 주위를 둘러보고 빙긋 웃으며 말했다. "여러분! 이제 어떡하시겠습니까?"

불쌍한 미글스 씨는 자신의 진의와 행동을 심하게 왜곡시키는 이야기를 듣고서 이루 말할 수 없이 경악했기 때문에 그때까지 한마디도 할 수 없었다. 그러나 그때쯤에는 말할 수 있는 힘을 되찾았다.

"태티코럼아," 그가 말했다. "애야, 널 여전히 그 이름으로 부르는 까닭은 그 이름을 지어주었을 때 친절한 의도 말고 다른 의도는 없었다는 사실을 기억하기 때문이고, 또한 너도 그 사실을 알 거라고—"

"몰라요!" 그 아이가 다시 올려다보면서 그리고 똑같이 분주한 손길로 자기 옷을 거의 쥐어뜯으면서 말했다.

"그래, 어쩌면 지금은 모르겠지." 미글스 씨가 말했다. "저 여성이 널 뚫어져라 보고 있는데 몰라야겠지, 태티코럼." 그녀가 그들을 잠시 힐끗 바라보았다. "저 여성이 네게 엄청난 힘을 행사하는 걸로 보이니, 지금은 모르겠지. 그러나 다음에는 다를 수 있어. 태티코럼, 나와 여기 있는 내 친구가 똑같이 보았지만, 자신이 분노와 증오까지 느끼며 했던 이야기를 본인은 정말로 믿는 것인지, 저 여성에게 묻진 않겠다. 비록 저 여성이, 그녀를 한 번이라도 본 사람은 잊을 수 없을 정도로 단호하게 감정을 억누르고 말했지만 말이야. 내 집과 모든 가족을 기억하고 있는 네게도, 그 이야기를 믿는 건지 묻지 않을게. 그저 네게 할 말은 내게든, 가족에게든 고백할 것도 없고, 용서를 청할 것도 없다는 거야. 그리고 세상에서 네가 했으면 하고 바라는 전부는 스물다섯을 세라는 거야, 태티코럼."

태티코럼은 잠시 그를 바라보다가 얼굴을 찡그리면서 말했다. "안 셀 거예요. 웨이드 양, 날 좀 데려가 줘요."

그녀 마음속에 사납게 휘몰아쳤던 다툼이 누그러지지 않았는데,

격정적으로 거부할 것이냐, 완고하게 거부할 것이냐 사이에서 다툴 뿐이었다. 짙은 안색, 급한 기질, 빠른 호흡 등 모든 것이 그녀가 왔던 길을 되돌아갈까 봐 반대하고 있었다. "안 셀 거예요. 안 셀 거예요. 안 셀 거예요!" 그녀가 작고 탁한 목소리로 되풀이했다. "차라리 갈가리 찢기겠어요. 차라리 나 자신을 찢어버리겠다고요!"

잡았던 손을 놓고 있던 웨이드 양이 보호하려는 듯이 여자아이의 목덜미에 자신의 손을 잠시 댔다. 그러고 나서 전과 같은 미소를 짓고 주위를 둘러보며 말을 했는데, 말투가 전과 똑같았다. "여러분! 이제 어떡하시겠습니까?"

"아, 태티코럼, 태티코럼!" 미글스 씨가 진심 어린 손짓을 더해서 그녀에게 간청하고 소리쳤다. "저 여성의 목소리를 들어 봐, 저 여성의 얼굴을 보고 저 여성의 가슴속에 무엇이 들어있을지 생각해 봐, 그리고 네 앞에 놓인 미래를 생각해 봐. 애야, 네가 뭐라 생각하건 저 여성이 네게 미치는 영향력은- 우리가 보기에는 놀랍구나, 그리고 소름 끼친다고 말해도 지나치지 않아- 너의 격정보다 더 격렬한 격정과 너의 기질보다 더 난폭한 기질에 기초하고 있는 거란다. 둘이 함께 있으면 뭐가 되겠니? 결과가 어떻게 되겠어?"

"신사분들, 여기에 저 혼자 있어요." 웨이드 양이 목소리나 태도를 바꾸지 않고 말했다. "원한다면 어떤 얘기든 하세요."

"잘못 지도받아서 현재 곤경에 빠져있는 이 아이에게 예의를 지키시오, 아가씨." 미글스 씨가 말했다. "당신이 이 아이에게 가한 위해가 확실히 보이지만 그것을 완전히 없앨 수 있을 거라고 기대하는 건 아니오. 이 아이가 불행하게도 당신과 마주쳤을 때, 당신은 우리 모두에게 불가사의한 존재였고 우리 중 누구하고도 공통된 점이 없었다는 사실을, 이 아이가 듣는 데서 당신에게 상기시키는 것에 대해 - 꼭 말해야겠소 - 용서하기 바라오. 당신이 어떤 사람인지는 모르지만, 당신 안에 얼마나 어두운 정신이 깃들어있는지를 당신은 숨기지 않았을 뿐만 아니라 숨길 수도 없었을 거요. 이유가 뭐든 간에 당신이 누이동생 같은 여자를 지금 이 아이처럼 비참하게 만드는 데서 즐거움을 느끼는 비뚤어진 사람이라면(그런 사람이 존재한다는 얘기를 들었을 정도로는 나도 세상경험이 있소), 이 아이에게 당신을 조심하라고 이르고, 당신도 자기 자신을 조심하라고 이르겠소."

"신사분들!" 웨이드 양이 차분하게 말했다. "할 말을 다 마쳤으면 - 클레넘 씨, 당신이 아마 친구를 설득해서 - "

"한 번 더 노력해보지 않고는 끝낼 수 없지." 미글스 씨가 결연하게 말했다. "태티코럼, 불쌍한 아이야, 스물다섯을 세렴."

"이분이 친절한 마음으로 네게 보내는 기대와 확신을 거부하지 마." 클레넘이 작지만 단호한 목소리로 말했다. "한 번도 잊은 적이 없는 친구들에게로 돌아와. 한 번 더 생각해 봐!"

"그러지 않겠어요! 웨이드 양," 감정이 북받쳐 오른 여자아이가 목에 손을 댄 채로 말했다. "날 데려가 줘요!"

"태티코럼아," 미글스 씨가 말했다. "그래도 한 번 더 말할게! 세

스물다섯

상에서 네게 부탁하는 단 한 가지란다, 애야! 스물다섯을 세!"

태티코럼은 빛나는 검은 머리를 격렬하게 헝클어뜨리고, 두 귀를 양손으로 꼭 막은 채, 벽 쪽으로 단호하게 얼굴을 돌렸다. 웨이드 양은 마르세유에서 몸부림치는 태티코럼을 보던 것처럼 이상할 정도로 상냥한 미소를 띠고는, 손을 자기 가슴에 대고 감정을 억누른채, 마지막 호소를 듣는 그녀를 바라보았다. 그리고 그녀를 영원히 손에 넣은 것처럼 그녀의 허리에 자기 팔을 둘렀다.

그러고 나서 방문자들을 내보내기 위해 얼굴을 돌렸을 때 그녀의 얼굴에는 승리의 표정이 어려 있었다.

"이런 영광을 다시는 누리지 않겠지만," 그녀가 말했다. "그리고 내가 어떤 사람인지 모르겠다고 하셨고 이 문제에서 내가 발휘하는 영향력의 토대에 대해 말씀하셨지만, 그것이 상식에 기초하고 있다는 점을 아셨으면 합니다. 당신의 망가진 장난감의 혈통이 내 혈통이기도 하니까요. 이 애가 이름이 없듯이 나도 이름이 없으니까요. 이 애가 겪은 잘못이 내가 겪은 잘못이기도 하니까요. 더는 드릴 말씀이 없습니다."

미글스 씨에게 한 말이었는데, 미글스 씨는 슬픔에 싸여서 밖으로 나갔다. 뒤따라가던 클레넘에게 웨이드 양이 말했다. 겉으로는 똑같이 침착한 태도로 그리고 똑같이 차분한 목소리로 말했지만, 잔인한 얼굴에서만 볼 수 있는 미소를 띠고 있었다. 즉, 콧구멍은 들어 올리고 입술은 건드리지 않는, 또한 점차 사라지는 것이 아니라 말을 다 끝내자마자 사라져버리는 아주 엷은 미소를 띠고 말했다.

"당신 친구 가원 씨의 부인은 이 아이의 혈통이나 나의 혈통과는 반대되는 혈통을 지녔으니까, 그리고 굉장한 행운이 그녀를 기다리고 있으니까 그녀가 행복하기를 바랍니다."

28 보잘것없는 이의 사라짐

사라진 아이를 찾아오기 위해 그때까지 기울였던 노력으로 만족하지 못한 미글스 씨는 선의만이 가득한 충고의 편지를 그 아이뿐 아니라 웨이드 양에게도 보냈다. 그 편지들에 대해, 그리고 이전의 젊은 아씨가 친필로 써서 고집 센 아이에게 보낸 또 다른 편지 – 그 아이의 마음이 누그러질 수 있는 거였다면 그 편지들이 그 아이의 마음을 누그러뜨렸을 것이다. 그러나 세 통 모두 출입문에서 수취거부를 당하고 몇 주 후에 되돌아왔다 – 에 대해서도 답장이 없었기 때문에, 미글스 씨는 부인을 보내 직접 만나보도록 했다. 그 훌륭한 부인이 면담은커녕 집 안에 들어가는 것도 단호하게 거부당하자, 미글스 씨는 아서에게 할 수 있는 대로 한 번 더 시도해달라고 청했다. 아서가 응낙했지만, 빈집이 노파의 관리에 맡겨졌다는 사실과 웨이드 양이 사라졌고 잡동사니 가구 역시 사라졌다는 사실을 알아낸 것이 고작이었다. 또한 노파는 반 크라운짜리 동전을 주는 대로 받으면서 고맙다는 말을 상냥하게 했지만, 집에 붙박이로 있는 세간들에 대한 메모 – 부동산 중개업을 하는 젊은이가 현관에 남겨 놓은 것이었다 – 를 잘 살펴보라고 끊임없이 권하는 것 외에 그 동전과 맞바꿀 정보가 전혀 없었다.

　미글스 씨는 이러한 실패 속에서도 배은망덕한 아이를 단념하고 어찌할 도리가 없다고 제쳐놓고 싶지는 않아서, 즉 그녀의 착한 성질이 그녀의 성격 중 어두운 부분을 누르고 되살아날 경우를 생각해서, 최근에 아무 생각 없이 집을 나간 젊은이가 트위크넘 집으로 언제든 돌아온다면, 모든 것이 이전과 동일할 것이고 꾸지람을 걱정하지 않아도 된다는 취지의 공고문을 조간신문에 신중하고 은밀하게 엿새간 계속 게재했다. 그 공고문을 실은 후에 미글스 씨는 뜻밖에도 수백 명의 젊은이가 매일 아무 생각 없이 집을 나가 가출한다는 사실을 처음으로 알고 실망하게 되었다. 많은 애먼 젊은이들이 트위크넘으로 몰려왔다가 자신들이 열광적으로 대접받는 대상이 아니라는 걸 깨닫고는, 왕복 마차 삯에 더하여 별도의 배상금 조로 돈을 내놓으라고 보통 요구했던 것이다. 공고문을 보고 찾아오는 불청객은 그들만이 아니었다. 아무리 작더라도 편지를 걸어둘 수 있는 고리를 언제나 열심히 찾고 있는 듯 보이는 수많은 사람들이, 공고문을 보고서 10실링부터 50파운드에 이르는 다양한 액수의 돈을 자신감을 갖고 청하게 되었다는 내용으로 기부금을 부탁하는 편지를 보내왔는데, 자신들이 그 젊은이에 대해 아는 게 있어서가 아니라 그러한 기부금을 내놓으면 공고문을 실은 사람이 마음의 짐을 크게 덜 수 있을 거라고 생각하기 때문이라고 했다. 마찬가지로 몇몇 회사 발기인들이 같은 기회를 이용하여 미글스 씨와 서신 교환을 했다. 예를 들면, 자신들이 어떤 친구 덕에 그 공고문에 관심을 갖게 되었는데, 그 젊은이에 대한 소식을 조금이라도 듣게 되면 틀림없이 곧바로 알려드릴 것을 확언한다는 사실과, 또한 그 사이에라도 전적으로 새로운 펌프 설명서를 완성하는 데 필요한 자금을 빌려준다면 인류에게 최고로 행복한 결과가 일어날 거라는 사실을 알리고자 한다는 편지였다.

미글스 씨 가족은 실망스러운 일들이 이처럼 겹쳐서 일어나자 태티코럼을 찾을 수 없을 거라고 여기고 마지못해 차츰 단념하게 되었다. 바로 그때 새롭고 활기차게 업무를 펼치던 도이스와 클레넘 회사가 월요일까지 시골별장에 머물려고 어느 토요일에 개인 자격으로 내려왔다. 선임 동업자는 마차를 탔고, 후임 동업자는 지팡이를 짚고 걸어왔다.

후임 동업자가 노정의 끄트머리에 다다라서 강변의 풀밭을 지나갈 때 여름 저녁놀이 조용히 그를 비췄다. 평화롭다는 느낌, 걱정이라는 짐을 내려놓았다는 느낌이 들었는데, 시골의 고요가 도시 거주자의 마음속에 불러일으키는 느낌이었다. 시야에 들어오는 모든 것이 사랑스럽고 평온했다. 나무의 무성한 잎, 들꽃이 다양하게 피어있는 무성한 풀밭, 강에 있는 작은 녹색 섬들, 골풀이 깔려있는 바닥, 강물 위에 떠 있는 수련, 멀리 보트에서 나는 소리가 잔물결과 저녁공기에 실려 감미롭게 다가오는 소리, 이 모든 것이 평온을 나타냈다. 가끔 물고기가 뛰어오르는 소리나 노를 젓는 소리, 아직 둥지에 들지 않은 새가 지저귀는 소리나 멀리서 개 짓는 소리, 또는 암소가 음매하는 소리 - 이 모든 소리에 휴식의 숨결이 널리 퍼져서 향긋한 대기를 달콤하게 해주는 온갖 냄새와 함께 그를 에워싸는 것 같았다. 하늘에 떠 있는 빨강과 황금색의 긴 선들과 저무는 태양의 찬란한 흔적은 아주 신성하고 고요했다. 멀리 있는 나무의 자줏빛 꼭대기와 서서히 어둠이 깃들어오는 가까운 녹색 언덕 위에 똑같이 고요가 내려앉았다. 진짜 풍경과 강물에 비친 그림자를 구분할 길이 없었으니, 둘 다 아주 고요하고도 선명했다. 장엄한 생사의 신비로 가득한 풍경이었지만, 워낙 부드럽고 자비롭고 아름다웠기 때문에 바라보는 사람의 마음을 달래 주었고 기대를 품을 수 있게 안심시켜 주었다.

클레넘이 주위를 둘러보다가, 그림자가 바라볼 때마다 물속으로 깊이깊이 스며드는 것처럼 자기가 바라보는 모든 것이 자신의 영혼에 스며들 수 있도록 발걸음을 멈춘 게 한두 번이 아니었다. 천천히 다시 걷기 시작했을 때, 자신이 그날 저녁과 그리고 그날에 든 온갖 느낌들과 벌써 연관 짓고 있었을지도 모르는 사람의 모습이 길 앞쪽에 보였다.

미니가 혼자 거기에 서 있었다. 손에는 장미 몇 송이를 들고 있었는데, 그를 기다리다가 그를 보자마자 가만히 멈춰 선 것 같았다. 그가 있는 쪽으로 얼굴을 향하고 있는 것이 반대쪽에서 오는 길인 듯했고, 클레넘이 전에 본 적이 없을 정도로 흥분해 있었다. 가까이 다가가는 동안 미니가 자기와 이야기를 하려는 뚜렷한 목적을 가지고 여기서 기다리고 있는 거라는 생각이 갑자기 들었다.

미니가 그에게 손을 내밀며 말했다. "제가 여기에 혼자 있는 것을 이상하게 여기시겠죠? 그러나 저녁이 워낙 아름다워서 처음에 의도했던 이상으로 산책하게 됐어요. 당신을 만날 수도 있겠다는 생각이 들었고, 그래서 좀 더 자신감이 생긴 거예요. 항상 이쪽으로 오시잖아요?"

클레넘은 이쪽이 제일 좋아하는 길이라는 얘기를 하다가, 자기 팔을 잡은 그녀의 손이 움찔한다는 느낌을 받았고 장미 다발이 흔들리는 것을 보았다.

"클레넘 씨, 장미 한 송이 드릴까요? 정원을 나오다가 땄어요. 당신을 만날 가능성이 아주 많다고 생각했으니까 사실은 당신 드리려고 딴 거나 마찬가지예요. 도이스 씨가 한 시간도 전에 도착해서 당신이 걸어오고 있다고 했거든요."

클레넘이 장미 한두 송이를 받아들고 고맙다고 했을 때는 그 자신의 손이 흔들렸다. 그때 그들은 가로수 길에 있었는데, 누가 먼저 움직여서 그 길로 들어섰는지는 중요하지 않다. 어떻게 된 건지, 그도 몰랐으니까.

"여기는 아주 수수한 곳이지만," 클레넘이 말했다. "이 시간에는 아주 쾌적한 곳이오. 이 짙은 그늘을 따라가다 반대쪽 끝에 아치형의 빛이 쏟아지는 곳으로 나가면 제일 좋은 길을 통해 나루터와 집에 접근할 수 있으니까."

소박한 정원용 모자에 가벼운 여름옷을 걸치고, 풍성한 갈색머리를 자연스레 묶은 채, 잠시 멋진 눈을 들어서 그에 대한 존경과 신뢰가 일종의 소심한 슬픔과 두드러지게 뒤섞인 눈빛으로 자기를 바라보는 그녀가 워낙 아름다웠기 때문에, 클레넘은 자주 생각했었던 단호한 결심이 자신의 평온을 위해 잘되었다고 – 또는 잘못되었다고 생각했다. 어느 쪽인지 단언할 수 없었다.

순간적으로 감돌던 침묵을 깨고 그녀가 물었다. 아빠가 외국으로 또 여행 가려고 했던 걸 아세요? 그는 그런 얘기를 들은 적이 있다고 말했다. 그녀가 순간적으로 감돌던 침묵을 또다시 깨고 약간 망설이더니 덧붙였다. 아빠가 그 생각을 버리셨어요.

클레넘은 그 말을 듣고 곧바로 생각했다. '결혼하려고 하는구나.'

"클레넘 씨," 그러나 그녀가 조금 더 소심하게 주저하면서 작은 소리로 말했기 때문에 그 말을 듣느라고 그는 고개를 숙여야 했다. "제 이야기를 좀 들어주시겠다면 속내를 털어놓고 싶어요. 오래전부터 당신에게 속내를 털어놓고 싶었는데, 왜냐하면 - 당신이 정말 우리 친구라고 생각했거든요."

"그 생각에 대해 언제든 자부심 말고 뭘 느끼겠니! 얘기해 봐. 날 믿어."

"당신을 믿지 못해서 걱정했던 적은 없어요." 그녀가 눈을 들어 거리낌 없이 그의 얼굴을 바라보며 대답했다. "방법만 알았다면 예전에 이미 털어놓았을 거예요. 하지만 지금도 어떻게 말해야 할지 모르겠네요."

"가원 씨가," 아서 클레넘이 말했다. "아주 행복할 만한 이유가 있군. 그의 부인과 그에게 신의 축복이 있기를!"

미니가 그에게 고맙다고 하려다가 눈물을 흘렸다. 클레넘은 그녀를 안심시키고, 장미를 든 채 떨리는 손이 자기 팔에 닿자 그 손을 잡았다. 그리고 그녀가 갖고 있던 나머지 장미를 집어서 자기 입에 댔다. 그 순간, 보잘것없는 이의 가슴에서 그토록 아프고도 괴롭게 깜박이며 사라져가던 희망을 비로소 최종적으로 포기한 것처럼 여겨졌다. 그리고 그 순간부터 그는 유사한 희망이나 기대에 대해, 인생의 그런 부분과는 관계를 끊은, 자신이 느끼기에도 훨씬 더 나이든 사람이 되었다.

그가 장미를 가슴에 안고, 잠시 동안 그녀와 함께 무성한 나무들

아래로 천천히 그리고 말없이 걸었다. 그다음에 쾌활하고 친절한 목소리로 물었다. 네 친구이고 네 아버지의 친구이며 너보다 훨씬 나이 많은 내게 하고 싶은 다른 이야기가 있니? 내게 의지하고 싶은 것이나 부탁하고 싶은 게 있어? 널 도울 수 있다는 만족감을 지속해서 가질 수 있도록 네 행복을 위해 내가 조금이라도 도움이 될 수 있는 게 있니?

막 대답하려는 순간, 숨겨져 있던 약간의 슬픔 또는 동정 ― 어느 쪽이었을까? ― 의 영향을 받아 그녀가 다시 눈물을 터트리면서 말했다. "오, 클레넘 씨! 친절하고 관대한 클레넘 씨, 절 비난하지 않겠다고 제발 말씀해주세요."

"내가 널 비난한다고?" 클레넘이 말했다. "애야! 내가 널 비난한다고? 천만에!"

그녀는 그의 팔에 대고 있던 두 손을 깍지 꼈다. 그리고 진심으로 감사한다는 취지의 말을 급하게 하고(가슴이 진심의 원천이라면 그녀는 진심으로 감사했다), 그의 얼굴을 은밀하게 올려다본 다음에 점차 마음을 가라앉혔다. 그동안 그들은 점점 어두워지는 나무 아래로 천천히 그리고 거의 아무 말도 없이 걸었고, 그가 이따금 격려해주는 말을 했다.

"자, 미니 가원," 클레넘이 한참 있다가 미소를 지으면서 물었다. "내게 부탁할 게 없니?"

"아! 부탁할 게 아주 많아요."

"그거 잘 됐다! 그러리라 생각했어. 기대가 어긋나지 않는구나."

"저는 집에서 사랑을 많이 받고 있을 뿐 아니라 집을 정말 사랑해요. 클레넘 씨, 당신은 제가 자유의지로 스스로 택해서 집을 떠나는 것을 보고 어쩌면 그렇지 않다고 생각할지도 모르겠네요." 그녀가 몹시 흥분해서 말했다. "하지만 저는 집을 아주 극진히 사랑해요!"

"그건 확실하지." 클레넘이 말했다. "내가 그걸 의심한다고 생각하다니!"

"아니에요, 아니에요. 그러나 집을 아주 많이 사랑하고 집에서 아주 많은 사랑을 받으면서도 집을 버릴 수 있다는 것이 제게조차 이상하게 여겨지거든요. 그렇게 한다는 것이 집에 대해 아주 소홀한 거 같고 배은망덕한 거 같아서요."

"얘야," 클레넘이 말했다. "그건 자연스러운 과정이고 시간의 변화 속에서 일어나는 거야. 모두 그렇게 집을 떠나잖니."

"그래요, 저도 알아요. 그러나 모두가 제가 떠난 후의 저희 집처럼 그러한 공백을 남겨두고 떠나는 것은 아니잖아요. 저보다 더 착하고 사랑스럽고 교양을 갖춘 아이가 없다는 게 아니고, 제가 대단하다는 것도 아니에요. 부모님들이 절 아주 소중히 여기신다는 거죠!"

펫의 다정한 가슴에 지나칠 정도로 감정이 넘쳤다. 그리고 벌어질 일을 상상하다가 흐느껴 울었다.

"아빠가 처음에 변화를 얼마나 크게 느낄지 알아요, 그리고 이제 제가 오랫동안 아빠에게 지녔던 것과 같은 의미를 이제는 더 이상 지닐 수 없게 되었다는 것도 알고요. 그때, 클레넘 씨, 다른 때가 아니고 바로 그때, 아빠를 기억하고, 잠시 시간을 낼 수 있으면 가끔이라도 어울려달라고 부탁하고 간청할게요. 그리고 제가 아빠와 작별했을 때 제 평생의 어느 때보다도 그를 더욱 사랑했다는 사실을 잘 알고 있다고 말씀해주세요. 아무도 없다고 ─ 바로 오늘 저와 이야기할 때 그렇게 말씀했거든요 ─ 당신만큼 아빠가 좋아하거나 신뢰하는 사람이 없다고요."

부녀간에 주고받았던 말에 대한 단서가 우물과 같은 클레넘의 가슴에 무거운 돌처럼 떨어졌고, 눈까지 물이 차올랐다. 꼭 그렇게 하겠노라고 성실하게 약속한다는 말을 쾌활하게 했다. 그러나 본인이 작정했던 것만큼 쾌활하게 하지는 못했다.

"제가 엄마에 대해 이야기하지 않아도," 클레넘이 생각하고 기대했던 이상으로, 순수한 슬픔 때문에 좀 더 흥분하고 좀 더 예뻐진 펫이 입을 열었다 ─ 그래서 그는 앞에 줄지어 있는 가로수들이 사그라지는 빛 속에서 천천히 줄어들 때 그 숫자를 세어보았다 ─ "그것은 엄마는 이렇게 행동하는 저를 더 잘 이해해서 제가 사라진 것을 다르게 느끼고 앞날을 다르게 생각할 것이기 때문이에요. 그러나 엄마가 얼마나 소중하고 애정이 깊은 사람인지 아시니까, 엄마도 역시 기억할 거죠?"

날 믿어, 클레넘이 중얼거렸다. 미니가 원하는 모든 것을 해줄 테니 날 믿어.

"그리고 클레넘 씨," 미니가 말했다. "아빠와 그리고 제가 이름을 말할 필요는 없는 또 한 사람이 아직은, 앞으로 그럴 것처럼 충분히 서로를 인정하고 이해하지 못하기 때문이에요. 또한 저를 대단히 사랑하는 두 사람이 서로를 좀 더 잘 알고 서로에게 행복이 되고 서로 자랑스럽게 여기고 사랑하도록 만드는 것이, 새로운 삶을 시작하는 제 의무이자 자랑이고 기쁨이기 때문이에요. 아, 당신은 친절하고 참된 분이세요! 제가 처음으로 집에서 떠나게 되면(먼 곳으로 갈 예정이거든요), 아빠와 그를 좀 더 화해시키기 위해 애써주시고, 당신의 커다란 영향력을 발휘하여 아빠가 편견 없이 그리고 실제 모습 그대로 그를 생각할 수 있게 해주세요. 고결한 마음을 가진 분이니까, 저를 위해 그렇게 해주실 거죠?"

불쌍한 펫이여! 자기기만에 빠져서 잘못된 판단을 하는 아이여! 남자들이 서로서로 자연스럽게 맺는 관계에서 그러한 변화가 도대체 일어난 적이 있었느냐! 뿌리 깊은 차이를 그렇게 화해시킨 적이 있었느냐! 다른 딸들이 그러한 시도를 무수히 해보았노라, 미니야. 그러나 성공한 적이 없었고 실패만 거두었노라.

클레넘은 속으로 그런 생각을 했다. 그러나 그런 말을 입 밖에 내지는 않았다. 너무 늦었던 것이다. 부탁하는 대로 모두 다 하겠노라고 맹세했고, 그녀는 그가 그대로 하리라는 사실을 썩 잘 알았다.

이제 그들은 마지막 가로수에 도달했다. 그녀가 발걸음을 멈추더니 팔을 뺐다. 눈을 들어 그를 바라보면서, 그리고 그의 소매에 올려놓았던 손을 떨면서 그가 가슴에 안고 있던 장미꽃 한 송이를 만지며 더욱 호소하듯이 말했다.

"클레넘 씨, 제가 행복하다고 해서 - 비록 우는 모습을 보여드렸지만 행복하니까요 - 우리 사이에 먹구름을 그냥 남겨둘 순 없어요.

절 용서할 게 있다면(제가 일부러 그러지는 않았지만, 의도하지 않았어도 또는 어쩔 수가 없어서 불편을 끼친 게 있었다면) 오늘 밤 고결한 마음으로 용서해주세요!"

그는 허리를 굽혀서, 피하지 않고 자기 얼굴을 바라보는 정직한 얼굴을 바라보았다. 그리고 그 얼굴에 입을 맞추고 용서할 게 없노라고 대답했다. 그가 허리를 굽히고 순결한 얼굴을 다시 한 번 바라보자, 그녀가 "안녕!"이라고 속삭였고 그도 그 말을 따라 했다. 그것은 그의 오래된 희망 전부 – 보잘것없는 이의 오래되고 가만히 있지 못하는 의심 전부 – 와 작별을 고하는 것이었다. 다음 순간, 그들은 가로수 길에 들어갈 때처럼 팔짱을 끼고 가로수 길에서 나왔다. 가로수들이 과거에 대한 그들 자신의 전망처럼 어둠 속에서 그들 뒤로 자취를 감추는 것 같았다.

미글스 부부와 도이스가 정원 문 가까이에서 이야기를 나누는 소리가 곧바로 들려왔다. 그들이 펫을 찾는 소리를 듣자 클레넘이 소리쳤다. "여기요, 나와 함께 있어요." 그들이 다가갈 동안 조금 의아하게 여기는 소리와 웃는 소리가 들려왔다. 그렇지만 모두 함께 모이자 그 소리는 그쳤고 펫은 조용히 물러났다.

미글스 씨와 도이스, 그리고 클레넘은 떠오르는 달빛을 받으면서 아무 말 없이 강기슭을 몇 분 동안 거닐었다. 그러다 도이스가 뒤에서 우물쭈물 망설이더니 집 안으로 들어갔다. 미글스 씨와 클레넘은 아무 말도 없이 몇 분을 더 거닐었고, 미글스 씨가 마침내 침묵을 깼다.

"아서," 둘 사이의 대화에서 미글스 씨가 처음으로 허물없는 호칭으로 그를 불렀다. "어느 무더운 날 아침 우리가 마르세유 항구를 바라보면서 산책 했을 때, 애 엄마와 내 생각에는, 어릴 때 죽은 펫의 누이가 펫과 같이 크는 것 같았고 펫과 같이 변하는 것 같았다고 말했던 것이 기억나시오?"

"아주 잘 기억하죠."

"우리 부부는 쌍둥이 자매를 절대 분리하여 생각할 수 없었고, 펫이 어떻게 변하든 다른 누이도 따라서 같이 변했다고 말했던 것이 기억나시오?"

"예, 아주 잘요."

"아서," 미글스 씨가 훨씬 더 조용조용하게 말했다. "오늘 밤에는 그 상상을 한층 더 확장해야겠소. 오늘 밤에는, 이보시게, 마치 당신이 내 죽은 아이를 아주 다정하게 사랑했는데 그 아이가 현재의 펫과 같았을 때 그 아이를 잃은 것 같아."

"고마워요." 클레넘이 중얼거렸다. "고마워요!" 그러고 나서 자기손을 꼭 쥐었다.

"들어가겠나?" 미글스 씨가 이내 물었다.

"조금 있다가요."

미글스 씨가 멀어졌고 그만 혼자 남았다. 평화로운 달빛을 받으며 반 시간 정도 강기슭을 걷다가 가슴께에서 장미를 한 손 가득 부드럽게 꺼냈다. 어쩌면 그것들을 심장에 댔을지 모르고, 어쩌면 입에 댔을지 모른다. 그러나 확실한 것은 허리를 굽혀 흘러가는 강물에 부드럽게 그것들을 띄워 보냈다는 것이다. 달빛을 받아서 어슴

떠내려가다

푸레하고 비현실적으로 여겨지는 강물 위로 그것들이 떠내려갔다.

클레넘이 들어왔을 때 집 안의 등불은 밝았고, 그의 얼굴을 포함하여 등불이 비추는 얼굴들은 곧 차분하고 쾌활해졌다. 그들은 온갖 주제에 대해 이야기를 나눈 후에(시간을 보내기 위해 활용할 이야기보따리를 클레넘의 동업자가 그만큼 잔뜩 준비한 적이 없었다) 잠자리에 들었고 잠을 잤다. 그러는 동안 달빛을 받아서 어슴푸레하고 비현실적으로 여겨지는 꽃들은 강물 위로 떠내려갔다. 한때 가슴속에 간직했고 심장 가까이에 있던 더 중요한 것들도 이처럼 우리를 떠나 영원의 바다로 흘러가는 것이다.

29 플린트윈치 부인이 계속 꿈을 꾸다

시내에 있는 그 집은 이 모든 일들이 진행되는 내내 우울하고 음울한 모습을 유지했으며, 집 안에 살고 있는 환자도 똑같이 변하지 않는 일과를 반복했다. 아침, 점심, 저녁, 아침, 점심, 저녁, 각각이 단조롭게 되풀이되었고, 느릿느릿 움직이는 태엽장치처럼 똑같은 순서로 움직이는 기계장치가 언제나 똑같이 마지못해 반복되었다.

휠체어도 인간의 처소가 된 다른 모든 자리와 마찬가지로 그것과 연관된 기억이나 몽상을 지니고 있을 거라고 생각할 수 있다. 휠체어에 앉아있는 사람이 허물어진 거리와 개조된 집들을 예전 그것들을 잘 알고 있을 때의 모습대로 상상한 그림, 마지막으로 본 다음에는 시간의 흐름을 거의 또는 전혀 감안하지 않고 이전대로만 기억하는 사람들의 모습, 우울한 나날의 판에 박힌 지루한 일상에서 이러한 그림이나 모습은 많을 것이다. 분주한 생활의 시계를 자기가 그 생활에서 개인적으로 격리된 시각에 멈춰놓는 것, 자기가 꼼짝 못 하고 멈추게 되었을 때 다른 이들도 모두 꼼짝 못 하게 되었다고 생각하는 것, 획일적이고 오그라든 자신의 생활이라는 위축된 기준 말고 더 큰 기준에 의해서는 자신이 보지 못하는 곳에서 일어나는 변화들을 잴 수 없다고 여기는 것, 이것이 많은 환자의 약점이고 거의 모든 은둔자의 정신적인 병약함이다.

그 엄격한 여성이 어두운 방에 사시사철 앉아서 어떤 장면과 배우들을 주로 재음미했는지는 그녀 말고 아무도 몰랐다. 그녀의 저항이 조금만 약했더라면, 심술궂은 플린트윈치 씨가 기이한 기계적 힘으로 매일같이 그녀를 압박해서 실토하도록 만들었을지 모르지만, 그에게는 너무 벅찬 여성이었다. 애프리 부인은, 주인님과 불구가 된 여주인을 멍하니 경이롭게 바라보는 것, 어두워진 후에 머리끝까지 앞치마를 두른 채 집 안을 돌아다니는 것, 이상한 소리를 듣기 위해 늘 귀를 기울이고 가끔 그 소리를 듣는 것, 그리고 유령같고 꿈꾸는 듯하며 비몽사몽인 상태에서 결코 벗어나지 못하는 것, 이것만으로도 바빴다.

애프리 부인은 남편이 작은 사무실에 자주 머무르면서 지난 몇 년간 찾아왔던 사람들보다 더 많은 사람들을 만났기 때문에 꽤 많은 일을 하고 있다고 이해했다. 그 집에는 사람들이 오랫동안 드나들지 않기 때문에 쉽게 그렇게 이해할 수 있었던 것이다. 남편은 편지를 받고 찾아오는 고객들을 맞이했으며 장부를 기재했고 서신을 교환했다. 더욱이 그는 다른 회계사무실, 부두와 선창, 세관, 개러웨이스 커피하우스와 예루살렘 커피하우스, 그리고 거래소에 다니느라 자주 들락날락했다. 또한 클레넘 부인이 같이 있고 싶다고 특별히 말하지 않은 저녁에는, 석간에 실린 선적뉴스와 종가終價를 보기 위해, 그리고 근처 술집에 자주 드나드는 무역선의 선장과 변변찮은 사교라도 나누기 위해, 가끔 그 술집에 다니기 시작했다. 매일 특정한 시간에 그와 클레넘 부인이 사무적인 일에 대해 회의를 했다. 그래서 언제나 더듬더듬 다니고 귀담아듣고 지켜보는 애프리는 그들 두 영리한 사람이 많은 돈을 벌고 있다고 생각했다.

플린트윈치 부인의 멍한 정신상태가 그녀의 모든 표정과 행동에서 드러나기 시작하자, 그들 두 영리한 사람은 그녀를 지능이 모자란 여자로, 그리고 바보가 되어가는 여자로 아주 낮게 평가했다. 그녀의 외모가 돈벌이에 도움이 되는 생김새가 아니어서인지, 아니면 그녀를 부인으로 맞이한 것이 고객들에게 자신의 판단력을 의심하도록 만들 수 있다고 생각해서인지 모르겠지만, 플린트윈치 씨는 부부간이라는 사실에 대해 침묵을 지키라고, 그리고 집안의 세 사람을 벗어난 곳에서는 자신을 제러마이어라고 절대 부르지 말라고 엄명을 내렸다. 그 경고를 자주 잊어버린 탓에 그녀는 점점 더 깜짝 놀라는 습관을 갖게 되었다. 플린트윈치 씨가 계단에서 그녀 뒤로 갑자기 나타나 그녀를 잡고 흔들면서 주의성이 없다고 복수하곤 했기 때문에, 다음에 언제 그런 식으로 급습을 당할지 언제나 두렵고 불안했던 것이다.

작은 도릿이 클레넘 부인의 방에서 긴 하루의 일과를 마친 후 집에 가기 전에 잡살뱅이들을 깔끔하게 그러모으고 있었다. 애프리가 방금 안으로 안내한 팽스 씨가 클레넘 부인에게 건강상태에 대해 질문하면서 "우연히 이쪽에 오게 되었기 때문에" 주인님을 대신하여 부인이 어떻게 지내는지 물어보려고 들어왔노라고 덧붙였다. 클레넘 부인은 이맛살을 잔뜩 찌푸리고 그를 바라보았다.

"캐스비 씨는 내가 변하지 않는다는 걸 알고 있어." 부인이 말했다. "내가 여기서 기다리는 변화는 커다란 변화이거든."

"정말입니까, 부인?" 팽스 씨가 무릎을 꿇은 채 카펫에 떨어진 실밥과 풀린 조각을 줍고 있는 작은 침모 쪽을 보면서 대꾸했다. "좋아 보이시네요, 부인."

"나는 견뎌야 할 것을 견디고 있어." 그녀가 대꾸했다. "자네도 해야 할 것을 하게."

"고맙습니다, 부인." 팽스 씨가 말했다. "그렇게 하려고 노력하고 있습니다."

"이쪽에 자주 오는군, 그렇지 않나?" 클레넘 부인이 물었다.

"아, 예, 부인." 팽스가 말했다. "최근 들어 좀 그런 셈이죠. 이러저러한 일이 있어서 요즘에는 이쪽으로 자주 왔습니다."

"캐스비 씨와 그의 딸에게 나 때문에 수고스럽게 대리인을 보내지 말라고 해야겠군. 날 만나고 싶으면 여기에서 만날 수 있다는 사실을 알고 있을 테니까, 성가시게 대리인을 보낼 필요가 없어. 자네도 오느라고 수고할 필요가 없는 거고."

"조금도 수고스럽지 않습니다, 부인." 팽스 씨가 말했다. "부인은 정말로 특별히 좋아 보이십니다."

"고맙네. 잘 가게."

내쫓는 말을 한 다음에 곧바로 문을 가리키는 손가락이 워낙 무뚝뚝하고 직접적이어서 팽스 씨는 더 이상 머무를 수가 없었다. 아주 활기 넘치는 표정으로 머리카락을 흔들어 세우고 작은 인물을 다시 흘긋 보았다. 그러고 나서 "안녕히 계세요, 부인. 내려오지 마시오, 애프리 부인. 문으로 가는 길을 알고 있으니까,"라고 한 후 김을 내며 밖으로 나갔다. 클레넘 부인은 손으로 턱을 받친 채 음울하고 의심하는 눈빛으로 그의 뒤를 주의 깊게 좇았다. 그리고 애프리는 마법에라도 걸린 양 부인을 바라보고 서 있었다.

팽스가 나간 문을 바라보던 클레넘 부인이, 카펫에 떨어진 것을 줍다가 일어나고 있던 작은 도릿에게 천천히 그리고 생각에 잠긴 채 눈길을 돌렸다. 병든 여성이 손에 받친 턱을 좀 더 깊게 숙이고 두 눈은 내리뜬 채 주의 깊게 작은 도릿을 바라봐서 마침내 그녀의 주의를 끌었다. 작은 도릿은 그런 시선을 못 이겨서 얼굴을 붉히고 시선을 내리깔았다. 클레넘 부인은 여전히 그녀를 응시하며 앉아 있었다.

"작은 도릿," 클레넘 부인이 마침내 침묵을 깨고 물었다. "저 남자에 대해 알고 있는 게 있니?"

"근처에서 그를 본 적이 있고, 제게 말을 걸었다는 사실 외에는 아는 게 없습니다, 부인."

"그가 무슨 말을 했는데?"

"무슨 말을 하는지 이해하지 못하겠더라고요, 아주 이상한 사람이에요. 그러나 거칠거나 불쾌하게 말하지는 않았어요."

"널 보러 여기까지 오는 이유가 뭐니?"

"모르겠어요, 부인." 작은 도릿이 더할 나위 없이 솔직하게 말했다.

"널 보러 여기에 온다는 사실은 알고 있니?"

"그런 것 같아요." 작은 도릿이 말했다. "그러나 어째서 절 보려고 여기든 다른 곳이든 오는 것인지, 그 까닭에 대해서는, 부인, 모르겠어요."

클레넘 부인이 시선을 돌려 바닥을 바라보았다. 그리고 시야에서 사라진 인물에 방금 집중했던 것처럼, 속으로 생각하고 있는 문제에 집중해서 단호하고 굳은 표정으로 몰두한 채 앉아있었다. 몇 분이 지난 후에 생각에서 깨어났고 쌀쌀맞은 냉정함을 되찾았다.

작은 도릿은 그동안 집에 가려고 기다렸지만 움직이면 부인을 방해할까 봐 불안했다. 아까 일어난 이후 줄곧 서 있었던 곳을 이제야 벗어나서 휠체어 주위를 조심스럽게 조용히 지나가려고 했다. 휠체어 옆에 멈춰 서서 "안녕히 주무세요, 부인,"이라고 인사했다.

클레넘 부인이 손을 내밀어서 그녀의 팔을 잡았다. 작은 도릿은 손길이 닿자 당황하고 멈칫했다. 공주 이야기가 순간적으로 기억났던 것인지 모른다.

"말해줄래, 작은 도릿," 클레넘 부인이 물었다. "너는 친구가 많니?"

"거의 없어요, 부인. 부인 말고는, 그저 플로라 양하고 – 한 명이 더 있는 정도인걸요."

"저 사람을 말하는 거니?" 클레넘 부인이 곧게 편 손가락으로 다시 문 쪽을 가리키면서 물었다.

"아니에요, 부인!"

"혹시 저 사람이 아는 친구니?"

"아뇨, 부인." 작은 도릿이 진지하게 고개를 가로저었다. "천만에요! 진혀 디를 뿐 아니라, 같은 부류에 속하는 사람도 아닌걸요."

"글쎄!" 클레넘 부인이 미소를 짓는다고 해도 무방할 태도로 말했다. "그거야 내가 신경 쓸 일이 아니지. 내가 물었던 것은 너에게 관심이 있기 때문이고, 또한 너를 도와줄 사람이 없었을 때 너를 도와준 친구가 나였다고 생각하기 때문이란다. 그렇지 않니?"

"예, 부인. 정말 그래요. 부인과 부인이 제게 준 일감이 아니었다면 저희에게 모든 게 부족했을 때에 여러 차례 여기에 왔으니까요."

"저희라," 클레넘 부인이 시계 쪽을, 한때 죽은 남편의 소유였던 시계 쪽을 보면서 그 말을 따라 했다. 그 시계는 언제나 그녀의 탁자 위에 놓여있었다. "식구가 많니?"

"지금은 아버지와 저뿐이에요. 제 얘기는 제가 버는 걸로 보통 부양하는 사람이 아버지와 저뿐이라는 거죠."

"네 가족은 이러저러한 궁핍을 자주 겪었니? 너와 네 아버지, 그리고 또 누가 있니?" 클레넘 부인이 생각에 잠긴 채 시계를 자꾸 뒤집어 보면서 신중하게 질문했다.

"살기가 다소 힘들 때도 있었어요." 작은 도릿이 부드러운 목소리로, 그리고 수줍어하면서 불평 없이 말했다. "그렇지만 - 그것이 - 다른 사람들보다 유독 더 힘들었던 것은 아니에요."

"그 말 잘했다!" 클레넘 부인이 재빨리 대꾸했다. "그게 사실이지! 너는 착하고 사려 깊은 아이구나. 게다가 감사하는 아이이고, 그렇지 않다면 내가 널 많이 잘못 생각한 거지."

"그게 당연한 것이니까요. 그런다고 해서 상을 받을 만하진 않아요." 작은 도릿이 말했다. "정말이에요."

클레넘 부인은, 꿈을 꾸고 있는 애프리가 마님이 그렇게 할 수 있으리라고는 꿈에서도 상상 못 했을 정도로 다정하게 작은 침모의 얼굴을 끌어당기더니 이마에 입을 맞췄다.

"자, 그만 가라, 작은 도릿." 그녀가 말했다. "그렇지 않으면 늦겠구나, 불쌍한 아이야!"

애프리 부인이 처음 꿈을 꾸기 시작한 이래 그간에 꿨던 모든 꿈 중에서 이보다 더 놀라운 꿈은 없었다. 다음에는 또 다른 영리한 사람이 작은 도릿에게 입을 맞추고, 그러고 나서 그들 두 영리한 사람이 서로 껴안고 모든 인류를 위해 동정의 눈물을 하염없이 흘리는 모습을 보리라고 생각하니, 머리가 아팠다. 빠른 발걸음을 따라 계단을 내려가는 동안, 그런 생각 때문에 망연자실해져서 출입문을 닫아야 안전할 것 같았다.

그녀가 작은 도릿을 내보내기 위해 출입문을 열었을 때, 팽스 씨는 합리적으로 예상할 수 있는 대로 덜 이상한 곳에서 덜 이상한 일을 하러 가지 않고 바깥마당을 빠르게 왔다갔다하고 있었다. 그는 작은 도릿을 보자마자 빠르게 지나치면서 손가락을 코에 대고, "집시 팽스가 운수를 점치고 있어,"라고 한 후(애프리 부인이 뚜렷하게 들었다) 멀어져갔다. "맙소사, 이제는 집시에, 점쟁이까지!" 애프리 부인이 소리쳤다. "다음엔 뭐야!"

비 내리고 천둥 치는 저녁에, 앞서의 수수께끼 같은 상황 때문에 혼비백산한 그녀는 출입문을 연 채 서 있었고, 구름이 빨리 지나갔다. 바람이 갑자기 강하게 불어와 어떤 이웃집의 열려있는 덧문을 쾅하고 닫았고, 굴뚝의 녹슨 갓과 풍향계를 빙빙 돌렸으며, 죽은 시민들을 무덤에서 불러낼 작정인 것처럼 부근에 있는 좁은 교회 묘지를 맹렬하게 자꾸 스쳐 갔다. 천둥이 하늘 이곳저곳에서 낮게 한꺼번에 울리면서 그 같은 신성모독을 시도했던 것에 대해 복수하겠다고 위협하듯이, "그들을 쉬게 둬! 쉬게 둬!"라고 으르렁거렸다.

초자연적인 어둠이 때 이르게 깃들어있는 흉가에 대한 두려움에 필적할 정도로 천둥과 번개에 대해 두려움을 느끼게 된 애프리 부인이 집으로 들어갈지 말지 망설이고 있을 때, 한바탕 사나운 바람이 불어서 그녀를 바깥에 둔 채 출입문이 닫혔기 때문에 그 문제는 저절로 해결되었다. "어떡하지, 이제 어떡해!" 애프리 부인은 하고많은 꿈 중에서 지금 꾸고 있는 불안한 꿈 때문에 양손을 꼭 쥐고 흔들었다. "마님이 집 안에 혼자 있고, 묘지에 묻혀 있는 죽은 자들과 마찬가지로 내려와서 문을 열 수도 없는데 말이야!"

진퇴양난에 처한 그녀는 빗방울을 막기 위해 앞치마를 머릿수건 삼아 쓰고는 담으로 둘러싸인 인적 없는 포장길을 소리소리 지르며 위아래로 여러 차례 뛰어다녔다. 그때 그녀가 마치 눈으로 문을 열려는 것처럼, 어째서 허리를 굽히고 출입문의 열쇠구멍으로 안을 들여다보았는지, 그 이유를 말하기는 어렵다. 그럼에도 그것은 똑같은 상황에 처할 때 대부분의 사람이 취할 행동이며, 그녀가 취한 행동이기도 했다.

애프리는 그런 자세로 있다가 어깨에 뭔가를 느끼고 약간 비명을 지르며 벌떡 일어섰다. 손길이었는데 남자의 손길이었다.

그 남자는 보병이 쓰는 주위에 털이 달린 작업모를 쓰고 망토를 아무렇게나 두른 여행자 차림이었다. 그리고 외국인 같았다. 머리털과 콧수염이 짙었고 ─ 콧수염은 붉은색의 기운이 섞여 있는 덥수룩한 양 끝을 제외하면 아주 까맸다 ─ 매부리코는 오뚝했다. 그녀가 깜짝 놀라고 소리를 지르자 소리 내어 웃었는데, 웃을 때는 콧수염이 코 아래로 올라갔고 코가 콧수염 위로 내려왔다.

"무슨 일이오?" 그가 평이한 영어로 물었다. "뭐 때문에 기겁하는 거요?"

"당신요." 애프리가 헐떡거렸다.

"나라고요, 부인?"

"그리고 음침한 저녁과 ─ 그리고 또 모든 거요." 애프리가 말했다. "그리고 이거요! 바람이 불어서 문이 닫혔기 때문에 들어갈 수가 없거든요."

"하아!" 신사가 그 얘기를 아주 차분하게 듣다가 말했다. "저런! 이 근처에 클레넘이라는 사람이 어디 사는지 아시오?"

"세상에, 당연히 알죠, 당연히요!" 질문을 받고 화가 난 애프리가 양손을 다시 꼭 쥐고 소리쳤다.

"이 근처 어디 사나요?"

"이 근처 어디라뇨!" 애프리가 자극을 받아서 열쇠구멍을 한 번 더 들여다보며 소리쳤다. "여기 이 집 말고 어디겠어요? 마님이 방 안에 혼자 있어요. 다리를 쓰지 못하기 때문에 자신이나 날 돕기 위해 움직일 수도 없어요. 다른 영리한 사람은 외출했고요. 맙소사!" 애프리는 이와 같은 생각들이 중첩되자 미친 듯이 날뛰면서 소리쳤다. "지금 당장 미치지는 말게 하소서!"

그 신사는 자신이 관계되어 있는 사안이기 때문에 상황을 좀 더 꼼꼼히 보느라고 뒤로 물러나 집을 훑어보았다. 눈길이 현관문 근처 작은 방에 달린 좌우로 여닫는 좁은 창에 곧바로 멈추었다.

"부인, 다리를 쓰지 못하는 여성은 어디에 있소?" 그는 애프리 부인이 눈길을 줄 수밖에 없는 묘한 미소를 띠고 물었다.

"저 위요!" 그녀가 말했다. "저기 창문이 두 개 있는 곳요."

"하아! 내가 적당한 몸집이긴 하지만 사다리가 없으면 저 방에 올라갈 수 없겠군. 자, 부인, 솔직하게 말해서 - 솔직성이 내 성격의 일부니까 - 부인을 위해 문을 열어드릴까?"

"예, 고맙습니다, 소중한 분을 위해, 바로 좀 해주세요." 애프리가 큰 소리로 말했다. "바로 이 순간에도 마님이 날 부르고 있을지 몰라요, 혹은 자기에게 불을 붙여서 분신할지도 모르고요, 그게 아니더라도 마님에게 어떤 일이 닥칠지 알 수 없어요, 그 생각을 하면 미쳐버릴 것 같아요!"

"잠깐, 이봐요!" 그가 매끈하고 하얀 손을 들어서 조바심 내는 그녀를 제지했다. "오늘 업무시간은 끝났나요?"

"예, 그래요, 끝났어요." 애프리가 소리쳤다. "오래전에 끝났어요."

"그렇다면 내가 공정한 제안을 하나 하겠소. 공정성이 내 성격의 일부거든요. 부인이 보다시피 나는 정기우편선에서 막 내렸어요." 망토가 완전히 젖은 것과 신발이 물에 흠뻑 젖어있는 것을 보여주었다. 애프리는 그가 거친 항해에서 돌아온 것처럼 머리가 헝클어지고 안색이 누르스름한 것을, 그리고 너무 추워서 이빨이 딱딱 부딪치는 것을 전부터 주목하고 있었다. "부인, 정기우편선에서 막 내렸는데 날씨 때문에 늦어진 거요. 빌어먹을 날씨 같으니! 그래서, 부인, 그렇지 않았다면 업무시간 내에 여기서 꼭 처리했을 어떤 사무를(돈에 대한 사무니까 꼭 처리했을 거요) 아직 처리하지 못하고 있소. 자, 내가 문을 열어주면, 그 답례로 그 사무를 처리할 권한이 있는 근처의 누군가를 데려와 주시오. 이런 거래가 못마땅하다면 나는―" 그러고 나서 변함없는 미소를 지으며 의미심장하게 뒤로 물러나는 시늉을 했다.

애프리 부인은 충심으로 기꺼이 그 제안을 받아들이겠다고 했다. 신사가 망토를 갖고 있으라고 부탁하더니 곧바로 좁은 창문으로 짧게 뛰어서 창턱으로 뛰어올랐다. 그리고 벽돌에 붙어서 위로 올라갔고 잠시 후 창틀을 잡아서 들어 올렸다. 그가 방 안으로 발을 넣고 애프리 부인을 훑어봤는데, 그 눈빛이 아주 심하게 사악해서 그녀는 갑작스레 서늘함을 느끼며 생각했다. 저 사람이 곧장 위층으로 올라가서 환자를 살해하고자 한다면 어떻게 해야 그의 행동을 막을 수 있을까?

다행히도 그런 목적은 없었는지 잠시 후 그가 출입문에 다시 나타났다. "자, 부인," 그가 망토를 되돌려 받아 급히 걸치면서 말했다. "만일 부인이 친절하게도― 도대체 이게 뭐야!"

아주 이상한 소리였다. 대기에 전달하는 독특한 충격을 보면 가까운 곳에서 나는 소리가 분명했지만 먼 곳에서 나는 것처럼 가라 앉은 소리였다. 떨림이 한 번 있었고, 우르르하는 소리가 한 번 나더 니, 가볍고 메마른 물체가 조금 떨어졌다.

"도대체 이게 뭐지?"

"모르겠어요, 하지만 비슷한 소리를 전에도 여러 차례 들었어요." 애프리가 그의 팔을 잡은 채로 말했다.

그녀는 그의 입술이 떨리면서 창백해지는 것을 보고, 자신도 어렴풋이 깜짝 놀라고 경악했으면서도, 그가 아주 용감한 사람 같지 는 않다고 생각했다. 그는 조금 더 듣더니 그 소리를 무시했다.

"체! 아무것도 아니잖아! 자, 부인, 당신이 어떤 영리한 사람 얘기 를 했던 거 같은데, 아무쪼록 나를 그 천재와 만나게 해주겠소?" 그는 그렇게 하지 않으면 그녀를 밖에 두고 문을 다시 닫으려는 것 처럼 손으로 문을 잡고 있었다.

"그러면 문이랑 나에 대해서는 아무 말도 마세요." 애프리가 속삭 였다.

"한마디도 안 하겠소."

"그리고 내가 모퉁이를 돌아서 뛰어가는 동안 여기서 움직이지 말고, 마님이 불러도 대답하지 마세요."

"부인, 조각상처럼 꼼짝 않고 있겠소."

애프리는 자신이 등을 돌리자마자 그가 은밀히 2층으로 올라갈 지 모른다는 두려움이 강하게 들었다. 그래서 서둘러 시야에서 사라 졌다가 입구로 다시 돌아와 그를 엿보았다. 그는 어둠을 좋아하지 않고 집안의 비밀을 조사할 마음도 없는 것처럼 집 안쪽보다는 바깥쪽에 치우쳐서 입구에 여전히 서 있었다. 그녀가 옆 골목으로 급히 가서 플린트윈치 씨에게 보내는 전갈을 술집으로 보내자, 플린트윈치 씨가 곧장 나왔다. 함께 돌아오던 두 사람은－부인이 앞에 서고 플린트윈치 씨가 뒤에서 빠르게 따라왔는데, 집에 들어가기 전에 그녀를 잡고 흔들 수 있겠다는 희망으로 고무되어있었다－그 신사가 어둠 속 똑같은 곳에 서 있는 것을 보았고, 클레넘 부인이 그녀의 방에서 크게 부르는 소리를 들었다. "거기 누구야? 무슨 일이야? 왜 대답이 없어? 거기 아래, **누구냐니까?**"

***

30 어떤 신사의 약속

플린트윈치 부부가 어스름 속에서 낡은 집의 출입문까지 숨을 헐떡거리며 오자－제러마이어는 애프리가 오고 일 초도 지나지 않아서 왔다－낯선 사람이 깜짝 놀라서 뒤로 물러났다. "개떡같이!" 그가 소리쳤다. "아니, 당신이 어떻게 여기 왔어?"

그 말을 들은 플린트윈치 씨가 낯선 사람의 놀라움을 고스란히 되돌려주었다. 낯선 사람을 이루 말할 수 없이 놀란 빛으로 응시했고, 자신이 알지 못하는 누군가가 뒤에 서 있는지 힐끗 뒤를 돌아보았으며, 낯선 사람이 무슨 말을 하는 건지 몰라서 당황한 채 아무 말도 못 하고 그를 다시 바라보았다. 설명을 들으려고 아내를 쳐다보았지만 아무 설명도 듣지 못하자, 아내에게 달려들어서 쓰고 있던 캡이 머리에서 떨어질 정도로 세게 흔들었다. 그러면서 목소리를 죽이고 농담조로 잔인하게 말했다. "애프리, 여보, 약을 먹어야겠어! 무슨 술책을 부리는 거지! 이봐, 또 꿈꾸는 거야. 무슨 일이야? 누구야? 뭐 하자는 거야? 말해, 아니면 숨통을 조르겠어! 둘 중 하나를 택해."

애프리 부인에게 그 순간에 선택권이 있었다면 숨통이 조이는 것을 택한 것이 틀림없었다. 그 요구에 대해 한마디도 대답하지 않았을 뿐 아니라 자신을 그의 처벌에 맡기고 체념한 채로 캡이 벗겨진 머리가 격렬하게 앞뒤로 흔들리도록 그냥 두었기 때문이다. 하지만 낯선 사람이 정중한 태도로 그녀의 캡을 집어 들고 끼어들었다.

"실례합니다." 그가 제러마이어의 어깨에 손을 얹고 말을 하자 제러마이어는 흔들기를 멈추고 자기의 제물을 놔주었다. "고맙고 미안합니다. 이처럼 장난치는 것을 보니 부부군요. 하하! 부부라는 관계가 재미있게 유지되는 모습은 언제나 보기 좋아요. 들어봐요! 2층 어둠 속에 있는 누군가가 여기서 무슨 일이 벌어지고 있는지 몹시 알고 싶어 하잖아요?"

클레넘 부인이 소리치고 있다는 사실을 그렇게 언급하자 플린트윈치 씨는 집 안으로 들어가서 계단 위로 소리쳐야겠다는 생각이 들었다. "괜찮습니다, 여기 있어요, 애프리가 등불을 들고 갈 겁니

플린트윈치 씨가 부드럽게 화를 내다

다." 그러고 나서 허둥지둥 캡을 쓰고 있는 여성에게 말했다. "저리 가, 2층으로 올라가라고!" 그다음에는 낯선 사람을 향해 말했다. "자, 원하는 게 뭐요?"

"번거롭겠지만," 낯선 사람이 말했다. "양초가 하나 있어야 할 것 같은데요."

"맞는 말이군." 제러마이어가 동의했다. "그렇게 하려던 참이오. 양초를 가져오는 동안 지금 거기 그대로 있으시오."

낯선 사람은 현관에 서 있었지만 플린트윈치 씨가 어두운 집 안쪽으로 몸을 돌리자 몸을 약간 돌려서 작은 방으로 들어가는 그의 뒤를 눈으로 좇았다. 플린트윈치 씨는 그 방에서 인燐이 붙어있는 성냥갑을 더듬더듬 찾았다. 성냥갑을 찾았으나 축축하거나 못쓸 지경인 것 같았다. 성냥을 계속 그어도 어리둥절해하는 그의 얼굴 주위에 분명치 않은 섬광을 던지고 두 손에 작은 반점같이 어슴푸레하게 비치는 불빛을 뿌리기에는 충분했으나 양초에 불을 붙이기에는 충분치 않았기 때문이다. 낯선 사람은 간헐적으로 상대방의 얼굴에 불빛이 비추는 틈을 이용하여 경탄하듯이 그를 뚫어져라 바라보았다. 마침내 불을 붙였을 때, 제러마이어는 상대방이 얼굴 가득 어정쩡한 웃음을 지으며 방금 전까지 얼굴을 찌푸리고 지켜보던 기색을 깨끗이 지운 것을 보고는, 그가 자신을 바라보고 있었다는 사실을 눈치 챘다.

"자," 제러마이어는 출입문을 닫은 다음에 미소를 짓고 있는 낯선 사람을 거꾸로 아주 날카롭게 살펴보면서 말했다. "내 회계사무실로 들어갑시다. – 괜찮아요!" 그는 애프리가 안심시키며 같이 있는데도 여전히 불만족스러웠기 때문에, 2층 부인의 말에 대답하느라고 심통 사납게 말을 끊었다. "괜찮다고 했잖소? 저 부인을 잊지마시오, 제정신이 아니니까!"

"겁이 많고요." 낯선 사람이 말했다.

"겁이 많다고?" 양초를 들고 앞에서 가던 플린트윈치 씨가 고개를 돌리고 반박했다. "백 명 중 아흔 명의 남자보다도 용감할 거요, 정말이오."

"환자인데도요?"

"클레넘 부인은 오랫동안 환자였소. 그 이름을 가지고 지금 이 상사에 남아있는 유일한 사람이고 내 동업자요."

플린트윈치 씨는 밤에는 보통 찾아오는 사람이 없기 때문에 언제나 문을 닫고 지낸다는 취지로 변명조의 말을 늘어놓으면서 현관을 가로질러 자기 사무실로 안내했다. 그 방은 꽤 사무적인 모양새를 하고 있었다. 방 안에 들어가자 책상에 양초를 내려놓고 얼굴을 최고로 찡그리며 낯선 사람에게 말했다. "말해보시오."

"나는 블랑두아입니다."

"블랑두아라. 그런 이름은 모르겠는걸." 제러마이어가 말했다.

"파리에서 연락을 받았을 수도 있을 것 같은데요 – " 다른 사람이 다시 말을 이었다.

"우리는 블랑두아라는 이름을 가진 누구에 대해서도 파리에서 연락받은 게 없소." 제러마이어가 말했다.

"없다고요?"

"그렇소."

제러마이어는 그가 제일 좋아하는 자세로 서 있었다. 미소를 짓던 블랑두아 씨가 망토를 열고 상의주머니에 손을 가져가다가 손을 멈추고 말했다. 반짝이는 두 눈에는 웃음기가 어려 있었는데, 플린트윈치 씨는 그의 두 눈이 너무 가까이 붙어있다고 생각했다.

"당신은 내 친구와 아주 닮았어요! 어스름 속에서 잠시 정말 똑같다고 착각했던 것만큼 완전히 같지는 않지만요 - 그 점에 대해서는 당연히 사과드려야겠죠. 사과드립니다. 잘못을 재빨리 인정하는 것이 솔직한 내 성격의 일부거든요 - 하지만 그럼에도 굉장히 닮았어요."

"정말이오?" 제러마이어가 삐딱하게 말했다. "그러나 나는 블랑두아라는 이름을 가진 누구에 대해서건 어디서도 통지서 받은 게 없소."

"그렇군요." 낯선 사람이 말했다.

"**그렇소**." 제러마이어가 말했다.

블랑두아 씨는 클레넘 사(社)의 거래처 쪽에서 이처럼 소홀했던 걸로 드러났어도 전혀 당황하지 않았다. 상의주머니에서 지갑을 꺼내 편지를 하나 골라내더니 플린트윈치 씨에게 건네주었다. "이 필체를 틀림없이 잘 알 겁니다. 어쩌면 이 편지를 보면 알 테니까 통지가 필요하지 않았을 수도 있죠. 이런 문제에 대해서는 당신이 나보다 훨씬 유능한 전문가이잖아요. 사업가가 아니라 세상 사람들이

(멋대로) 신사라고 부르는 사람이 된 것이 내 불운이죠."

플린트윈치는 편지를 건네받고 파리의 날짜가 적혀 있는 편지를 읽었다. "이 도시에 있는 우리 상사의 아주 귀한 거래처를 대신하여 블랑두아 씨를 소개하며," 등등. "그가 요청하는 편의시설과 당신의 권한 내에서 배려를," 등등. "또한 덧붙여 강조할 사항은 블랑두아 씨의 일람불 어음에 대해, 예컨대 50파운드(£50) 정도를 지불해준다면," 등등.

"알았소." 플린트윈치 씨가 말했다. "앉으시오. 우리 상사가 할 수 있는 것이라면 - 우리 사업은 궁벽하고 구식이지만 안정적이오 - 뭐든지 최대한 기꺼이 돕겠소. 편지에 적힌 날짜를 보니, 도우라는 연락을 아직 받을 수 없었던 까닭을 알겠군요. 당신은 그 통지를 전하는 지체된 우편과 함께 바다를 건너온 걸지도 몰라요."

"내가 지체된 우편과 함께 건너왔다는 사실을," 블랑두아 씨가 오뚝한 매부리코를 하얀 손으로 쓸어내리면서 대꾸했다. "머리와 위장을 희생시키고야 알게 된 거군요. 혐오스럽고 견딜 수 없는 날씨가 머리와 위장 둘 다를 괴롭혔거든요. 보시는 대로 정기우편선에서 어려운 상태에 처했다가 내린 지 반 시간도 안 되었으니까요. 몇 시간 전에 여기에 도착했어야 하는데 말입니다, 그랬다면 사과할 필요도 없을 텐데요 - **사과드립니다** - 너무 늦은 시간에 나타난 것에 대해, 그리고 깜짝 놀라게 한 것에 대해 - 아, 그런데, 당신이 깜짝 놀랐잖아, 라고 말하진 않았군요. 다시 시괴드립니다 - 2층 환자방에 있는 귀부인인 클레넘 부인을 깜짝 놀라게 한 걸 말이에요."

허세를 부리는 태도와 겸손하다고 인정할 수 있는 태도가 썩 괜찮았기 때문에 플린트윈치 씨는 이 사람이 아주 신사다운 인물이라고 진작부터 생각하고 있었다. 그렇다고 해서 굽히지는 않았고 턱을 문지르며 말했다. 근무시간이 끝난 오늘 밤에 당신을 위해 뭘 해드릴까?

"정말요!" 그 신사가 망토를 걸친 어깨를 으쓱하며 대답했다. "옷을 바꿔 입고, 뭐든 먹고 마시고, 어디서든 잠을 좀 자야겠어요. 어디가 좋을지 이곳을 전혀 모르는 내게 좀 알려줘요. 돈이야 내일까지는 전혀 중요하지 않아요. 가까운 곳일수록 좋겠네요. 옆집이라도 괜찮아요."

플린트윈치 씨가 "근방에는 신사의 복장을 한 당신 같은 사람이 머물 호텔이 없어서 —"라고 천천히 말을 시작하는데 블랑두아 씨가 그의 말을 가로막았다.

"내 복장에 대해서는 그만 말해요! 이봐요," 손가락 여러 개를 딱하고 꺾었다. "세계시민에게 맞는 특별한 복장은 없으니까요. 내가 부족한 대로 신사라는 사실을 부정하지는 않아요, 맹세코! 하지만 융통성 없이 복장에 대한 편견 같은 걸 갖고 있지는 않아요. 오늘 밤에는 깨끗한 방, 따끈한 저녁요리, 그리고 절대 독이 들어있지 않은 포도주 한 병을 원할 뿐이거든요. 그러나 그걸 위해 조금이라도 불필요하게 움직이는 피곤함은 없었으면 좋겠어요."

"근처에," 플린트윈치 씨가 블랑두아 씨의 반짝이지만 안절부절 못하는 두 눈과 잠시 시선이 마주치자 평소보다 좀 더 느릿느릿 말했다. "근처에 커피하우스와 여인숙이 있는데, 그 정도면 추천할 수 있겠네요. 그러나 고상한 곳은 아니오."

"고상한 곳은 아니어도 괜찮습니다!" 블랑두아 씨가 손사래를 치며 말했다. "그 집을 알려주고 소개해주면(너무 곤란한 부탁이 아니라면 말입니다) 대단히 감사하겠습니다."

플린트윈치 씨는 그 말을 듣자마자 모자를 찾았고 블랑두아 씨가 현관을 다시 가로지를 수 있도록 촛불을 비춰주었다. 낡고 검은 판자가 소화기消火器 비슷한 역할을 하는 받침대 위에 양초를 내려놓았을 때, 위에 올라가서 환자에게 5분 이내에 돌아올 거라는 말을 해야겠다는 생각이 들었다.

그가 그런 말을 하자 방문객이 말했다. "내 명함을 전달해주면 고맙겠습니다. 개인적으로 인사드리기 위해, 그리고 이처럼 조용한 곳에서 소동을 일으킨 데 대해 사과드리기 위해, 클레넘 부인을 뵙고자 한다고 덧붙여주시기 바랍니다, 낯선 사람과 잠시 만나는 것이 괜찮으시다면 말입니다. 그 전에 낯선 사람이 젖은 옷가지를 갈아입고, 먹을 것, 마실 것으로 원기부터 찾아야겠지만 말입니다."

제러마이어가 재빠르게 조치하고 돌아와서 말했다. "부인이 기꺼이 당신을 만나겠다고 했소. 그러나 자신의 환자 방에 사람의 마음을 끌 수 있는 것이 없기 때문에, 당신이 다시 생각하고 마음을 돌려도 제안을 지키라고 하지는 않겠다는 말을 전하라고 했소."

"다시 생각하고 마음을 돌린다면," 블랑두아가 정중하게 대꾸했다. "귀부인을 무시하는 거죠. 그리고 귀부인을 무시하면 여성에 대한 기사도가 부족한 거고요. 그런데 여성에게 기사도를 발휘하는 것이 내 성격의 일부거든요!" 자기 생각을 그렇게 표현한 다음에 더럽혀진 망토 자락을 어깨에 걸치고 플린트윈치 씨를 따라 여인숙으로 갔는데, 가는 도중에 입구 바깥에서 여행 가방을 들고 기다리던 짐꾼을 만나 데리고 갔다.

여인숙은 소박한 모습이었고, 블랑두아 씨의 겸손은 끝이 없었다. 그의 겸손이 과부 여주인과 두 명의 딸이 그를 맞이한 작은 간이식당을 불편할 정도로 꽉 채우는 것 같았던 까닭은, 그를 맞이하기 위해 처음에 내놓았던, 징두리널이 대어 있고 배거텔¹을 할 수 있는 대가 놓여있는 좁은 방에 수용하기에는 너무 대단한 것이었기 때문이다. 그의 겸손이 휴일에 그 가족이 사용하는 작은 거실을 완벽하게 뒤덮어서 결국 그가 그 방을 차지했다. 그 방에서, 마른 옷과 향수가 뿌려진 속옷을 입고, 머리를 매만지고, 두 손 집게손가락에 큰 반지를 끼고, 엄청난 시곗줄을 과시하듯 보여주고, 두 무릎을 끌어올린 채, 창턱 밑에 붙여놓은 의자에 나른하게 누워서 저녁을 기다리고 있는 블랑두아 씨는, 옛날에 마르세유의 형편없는 지하 감방 쇠창살에 붙어있는 석조선반 위에 누워서 아침을 기다리고 있던 리고 씨라는 사람과 (보석을 박은 것에서 차이 남에도 불구하고) 놀랄 정도로 굉장히 흡사했다.

저녁식사에 대한 그의 탐욕 역시 아침식사에 대해 리고 씨가 보

---

¹ 당구의 일종.

여주었던 탐욕과 아주 일치하는 것이었다. 모든 음식물을 주위에 탐욕스레 모아놓고, 일부는 눈으로, 나머지는 입으로 게걸스레 먹는 태도가 바로 그러했다. 여성용의 작은 장난감 같은 가구들을 아무렇게나 내던지고, 마음에 드는 쿠션을 좀 더 부드러운 받침대로 삼을 겸해서 신발로 밟고, 고운 덮개들을 큰 몸집과 커다랗고 검은 머리로 짓이기는 태도에서 드러나듯이, 타인을 철저하게 무시하는 그 밑바닥에는 변함없이 야만적인 이기심이 드러나고 있었다. 요리가 담긴 접시 사이를 조용히 그리고 바쁘게 왔다갔다하는 손은 전에 쇠창살을 꼭 붙잡고 있던 손의 교활하고 사악한 재능을 갖고 있었다. 그리고 더 이상 먹을 수 없어서 손가락을 하나씩 맛있게 빨아먹고는 천에 문질렀을 때, 그 그림을 완성하려면 천을 포도 잎으로 바꿔놓는 일만이 남아있었다.

최고로 사악한 미소를 지으면서 콧수염이 올라가고 코가 내려오는 그 사내에 대해, 그리고 두 눈이 염색한 머리의 일부처럼 보이고 빛을 반사하는 선천적 능력이 염색하는 과정 중에 사라진 것처럼 보이는 그 사내에 대해, 언제나 성실하며 헛되이 일하는 법이 결코 없는 자연이 조심하라! 고 표시해 두었다. 그 경고가 효과가 없다고 해도 자연의 잘못은 아니다. 그런 일로 자연을 비난할 수는 없는 법이니까.

블랑두아 씨는 식사를 마치고 손가락을 깨끗하게 한 다음에 주머니에서 여송연을 하나 꺼냈다. 그리고 나서 창턱 밑에 붙여 놓은 의자에 다시 눕더니 느긋하게 담배를 피우면서 연기가 가는 입술에서 가늘게 뿜어져 나올 때 가끔 그 연기를 돈호법으로 불렀다.

"블랑두아, 너는 사회에 복수할 거야, 내 새끼. 하하! 제기랄, 시작은 좋았잖아, 블랑두아! 위기에 처했었지만, 영어와 불어에 아주 능숙한 대가이고, 단란한 가족을 꾸릴 사람이지! 넌 눈치가 빠르고, 익살기가 있고, 느긋하고, 교묘하게 환심을 살 줄 알고, 잘생겼어. 정말 신사지! 꼬맹아, 넌 신사로 살다가 신사로 죽을 거야. 게임이 어떻게 되든 넌 이길 거야. 사람들이 모두 블랑두아, 너의 장점을 인정하게 될 거야. 널 심하게 학대했던 사회를 진취적 기상으로 압도할 거야. 개떡 같아. 블랑두아, 너는 당연히 그리고 선천적으로 진취적 기상을 갖고 있잖아!"

그처럼 위로조로 중얼거리는 소리에 맞춰서 그 신사는 담배를 마저 피우고 포도주 한 병을 마저 마셨다. 그러고 나서, 몸을 일으켜 앉은 자세를 취하고는, 진지한 돈호법으로 "그렇다면 가만있어! 블랑두아, 영리한 놈, 냉정하게 행동해야지,"라고 마무리하며 클레넘 사로 다시 갔다.

애프리 부인이 문에서 그를 맞아들였다. 주인의 지시에 따라 홀에 양초 두 개, 계단에 양초 한 개를 밝혀놓고, 클레넘 부인의 방으로 안내했다. 찾아오기로 되어있는 손님을 접대하는 데 따르기 마련인 약간의 준비를 이미 마친 다음이었기 때문에 방에는 차가 준비되어 있었다. 아무리 거창한 경우라도 준비는 간소했으니, 중국제 찻그릇을 꺼내오고 수수하고 칙칙한 빛깔의 천으로 침대를 덮는 것 이상으로 나가는 법이 없었기 때문이다. 그 외에, 관대를 닮은 소파 위에는 사각형의 물건이 놓여 있었고, 처형당할 복장을 한 것처럼 상복을 입은 과부가 앉아 있었다. 그리고 난로 위에는 축축해진 재가 무더기로 쌓여 있고, 난로 바닥에는 재가 별도로 작은 무더기를 이루어 쌓여 있었다. 또한 주전자가 있고, 검은 염료 냄새가 났으니, 모든 것이 15년 동안 유지되던 모습 그대로였다.

플린트윈치 씨가 클레넘 사의 배려를 받게 된 그 신사를 소개했다. 통지서를 앞에 놓고 있던 클레넘 부인이 고개를 숙이며 그에게 앉으라고 권했다. 그들은 서로 아주 꼼꼼하게 바라보았지만 자연스러운 호기심에 불과한 것이었다.

"나처럼 불구가 된 여자를 찾아주니 고맙소. 사업상의 일로 여기에 오는 사람 중에서 주목의 대상이 아닌 인물을 기억해주는 사람은 거의 없거든. 기억해주기를 기대한다는 게 쓸데없는 짓이지. 보이지 않으면 생각도 안 나는 법이니까. 내가 예외에 대해 감사한다고 해서 관례에 대해 불평하는 건 아니오."

블랑두아 씨는 유감스럽게도 이렇게 늦은 시간에 알현을 부탁드려서 부인에게 폐를 끼친 게 아닌지 걱정이라고 아주 신사다운 태도로 말했다. 그것에 대해 최선의 사과를 이분께 이미 드렸지만 — 이름을 기억 못해서 미안합니다 — 이름으로 품위 있는 영광을 누린 적이 없어서요 —

"플린트윈치 씨는 우리 상사와 관계를 맺은 지 오래되었소."

블랑두아 씨는 플린트윈치 씨의 말을 아주 잘 듣는 하인이나 마찬가지였다. 충심으로 존경한다고 플린트윈치 씨에게 말했다.

"남편은 죽었고," 클레넘 부인이 말했다. "아들은 다른 일을 더 좋아하기 때문에 우리 오래된 상사에는 플린트윈치 씨 말고 최근에 다른 대리인은 없소."

"부인께서는 본인을 어떻게 생각하시는데요?" 그 신사가 퉁명스럽게 물었다. "두 남자 몫의 두뇌가 있잖아요."

"내가 여자라서," 그녀는 제러마이어 쪽으로 눈길만 살짝 돌리고 말을 계속했다. "능력이 있다 해도 사업에서 책임 있는 역할을 맡을 수는 없소. 그래서 플린트윈치 씨가 내 지분과 자신의 지분을 합해서 사업을 해나가고 있지. 사업이 예전 같지는 않소. 그러나 몇몇 옛 친구들은(주로 이 통지서를 쓴 사람 같은 친구들이오) 친절하게도 우리를 잊지 않고 있고, 우리는 그들이 우리에게 맡긴 일을 예전만큼 효율적으로 할 힘은 아직 갖고 있소 그러나 이런 얘기가 당신에게 재미있을 리는 없지. 당신, 영국인이오?"

"전혀 아닙니다, 부인. 영국에서 태어나지도, 자라지도 않았습니다. 사실, 나는 특정한 국가 출신이 아닙니다." 블랑두아 씨가 다리를 뻗더니 두드리면서 말했다. "여섯 나라의 계통을 잇고 있으니까요."

"세상 구경을 많이 했군?"

"맞습니다. 맹세컨대, 부인, 여기저기 온갖 곳을 다녀봤습니다!"

"당신에게는 속박하는 게 없겠군, 아마도 말이야. 혼인은 안 했소?"

"부인," 블랑두아 씨가 눈썹을 고약하게 내리깔면서 말했다. "난 여성을 흠모하지만 혼인하지는 않았습니다 – 한 적도 없습니다."

블랑두아 옆의 식탁에 서서 차를 따르던 애프리 부인은 그가 그 말을 할 때 꿈을 꾸는 듯한 상태에서 우연히 그를 쳐다보았다. 그리고 눈을 돌릴 수 없을 정도로 자신의 눈길을 잡아끄는 어떤 표정을 그의 눈에서 발견했다. 그러느라고, 찻주전자를 손에 든 채 그녀 자신뿐 아니라 상대방도 아주 불편할 정도로 그를 계속 노려보았다. 그리고 그들 둘 때문에 클레넘 부인과 플린트윈치 씨도 불편했다. 그래서 그들이 이유도 모른 채 아주 당황하여 빤히 쳐다보는 동안 유령이 나올 듯한 침묵이 이어졌다.

"애프리," 그녀의 여주인이 먼저 입을 열었다. "무슨 일이야?"

"모르겠어요." 애프리 부인이 자유로운 왼손으로 낯선 사람 쪽을 가리키며 말했다. "저 때문이 아니에요. 저 사람이 문제예요!"

"이 훌륭한 부인이 무슨 얘길 하는 거죠?" 블랑두아 씨가 하얗게 질려서 흥분한 채로, 그리고 가볍게 말을 하는 기세와 놀랍게 대조될 정도로 아주 격노한 표정을 짓고 천천히 일어나면서 소리쳤다. "이 훌륭한 부인이 하는 말을 이해할 수 없군요!"

"이해할 수 **없지**." 플린트윈치 씨가 애프리 쪽으로 재빨리 얼굴을 찌푸리며 말했다. "자신도 무슨 얘기를 하는지 모르니까. 백치이고, 정신이 오락가락하거든. 약을 먹여야겠어, 잔뜩 먹여야겠지! 저리 가, 여보." 그가 그녀의 귀에 대고 덧붙였다. "본인이 애프리란 사실을 의식하고 있을 때, 그리고 큰 소동을 일으킬 정도로 잡고 흔들기 전에 꺼져 버리라고."

자신이 위험에 처했다는 것을 알게 된 애프리 부인은 남편이 찻주전자를 잡자 찻주전자를 그냥 내주고 앞치마를 머리 위까지 뒤집어 쓴 채 곧바로 사라졌다. 방문객은 차츰 미소를 짓더니 다시 앉았다.

"내 처를 용서하시오, 블랑두아 씨." 제러마이어가 직접 차를 따르면서 말했다. "건강이 약해져서 허물어지고 있거든요. 요즘 상태가 그렇단 말이오. 설탕을 넣겠소?"

"감사합니다만 차는 됐습니다. 그런데 시계를 좀 봐도 될까요, 아주 훌륭한 시계군요!"

차 탁자가 소파 가까이에, 클레넘 부인이 혼자서 사용하는 탁자와 좁은 간격을 두고 차려져 있었다. 여성에게 친절한 블랑두아 씨가 부인에게 차를 건네주려고 일어나서(토스트 접시는 이미 탁자에 놓여 있었다) 찻잔을 부인이 잡기 편한 곳에 놓다가, 언제나처럼 그녀 앞에 놓여 있던 시계에 주목하게 되었던 것이다. 클레넘 부인이 갑자기 그를 올려다보았다.

"좀 봐도 되겠습니까? 감사합니다. 멋지고 고풍스러운 시계네요." 그가 시계를 집으면서 말했다. "사용하기에는 무겁지만 크고 진품이군요. 나는 진품이면 그게 뭐든지 특별히 좋아합니다. 이래 봬도 내가 진품이거든요. 하아! 신사용 시계가 고풍스러운 이중상자 안에 들어있군요. 바깥상자를 빼도 되겠습니까? 고맙습니다. 그렇게 하라고요? 비단으로 만든 낡은 안감에 묵주 모양이 바느질되어 있군요! 나이 든 네덜란드 사람들과 벨기에 사람들이 이런 걸 갖고 있는 것을 종종 본 적이 있어요. 진기한 물건들이죠!"

"그것도 낡은 것이오." 클레넘 부인이 말했다.

"아주 오래되었네요. 그러나 시계만큼 오래된 것 같지는 않습니다만?"

"그럴 거요."

"사람들이 암호를 얼마나 복잡하게 만들어내는지 대단하군요!" 블랑두아 씨가 미소를 띠고 다시 바라보다가 말했다. "그런데, 이건 디엔에프(D. N. F.)잖아요? 거의 뭐든 뜻할 수 있겠어요."

"글자는 그게 맞소."

그동안 내내 찻잔을 손에 든 채 언제라도 마시려고 입을 벌리고 지켜보던 플린트윈치 씨가 차를 마시기 시작했다. 언제나 입에 가득 머금은 다음에 쭉 마셔서 잔을 비웠고, 언제나 다시 생각에 잠긴 다음에 잔을 채웠다.

"디엔에프가 상냥하고 사랑스러우며 매혹적인 어떤 여성일 거라고 믿어 의심치 않습니다." 블랑두아 씨가 상자를 다시 집으면서 말했다. "그런 가정에 근거하여 그녀를 찬미하겠습니다. 마음의 평안을 위해서는 불행한 일이지만 아주 기꺼이 찬미할 뿐이죠. 이건 결함일 수도 있고 장점일 수도 있어요. 그러나 여성의 아름다움과 장점에 대한 숭배가 내 성격의 세 번째 부분이거든요, 부인."

그때쯤 플린트윈치 씨가 차를 다시 따라서 시선은 환자를 향한 채 이전처럼 쭉 마셨다.

"이 문제와 사랑은 관련이 없소." 클레넘 부인이 블랑두아 씨에게 대꾸했다. "그 글자가 사람 이름의 머리글자를 의미하는 건 아니니까."

"어떤 좌우명의 머리글자일지도 모르겠군요." 블랑두아 씨가 별 생각 없이 무심코 말했다.

"어떤 문장의 머리글자요. 언제나 '잊지 마라!'[2]고 말하고 있지."

"당연히," 블랑두아 씨가 시계를 제자리에 놓고 전에 앉았던 의자에 앉으려고 뒤로 물러나면서 말했다. "부인은 잊지 **않겠군요.**"

플린트윈치 씨가 차를 마저 마시면서 이전보다 더 오랫동안 쭉 마셨고, 새로운 상황에 처했기 때문에 다 마신 뒤에 그 상태로 잠깐 멈추었다. 즉, 시선을 여전히 환자 쪽으로 돌린 채 고개를 뒤로 젖힌 자세로 찻잔을 입에 한동안 대고 있었다. 부인은 확고함 내지 완고함을 가다듬는 결연하고 단호한 표정이었는데, 그것은 부인이 신중하고 강하게 말할 때 다른 사람이라면 몸짓과 행동으로 표현했을 내용을 전달하는 데 도움이 되었다.

"그래, 잊지 않았소. 오랫동안 이처럼 단조롭게 지낸 것은 망각하지 않기 때문이오. 자기 자신을 벌하며 사는 삶은 망각하는 삶과는 다르지. 속죄할 죄와 이루어야 할 화친이 있다는 사실을(우리 모두가, 모든 사람이, 아담의 모든 자식이 지니고 있듯이 말이오!) 망각하려는 욕망은 정당하지 않아. 그래서 나는 그런 욕망을 버린 지 오래되었소. 망각하지도 않았고 망각하고 싶지도 않단 말이오."

그때 플린트윈치 씨는 찻잔 바닥에 깔린 침전물을 빙빙 돌려서 마저 마셨다. 그러고는 다 마셨다는 듯이 찻잔을 쟁반에 내려놓은

---

[2] 원문은 "Do Not Forget!"

다음에, 어떻게 생각하시오? 라고 묻는 것처럼 블랑두아 씨를 바라보았다.

"'당연히'란 말로 다 표현한 거죠, 부인." 블랑두아 씨가 아주 침착하게 인사를 하고 하얀 손을 가슴께에 대면서 말했다. "그 말을 사용할 정도로 충분한 판단력과 이해력을 발휘했다는 것이 (그러나 이해력이 없다면 내가 블랑두아일 수 없죠) 자랑스럽습니다."

"용서하시오," 그녀가 대꾸했다. "재미와 기분전환을 추구하고 품위 있는 신사는 구애하고 구애받는 것에만 익숙할 거라고 생각하더라도 – "

"아, 부인! 맹세하는데!"

" – 그런 인물이 내가 처한 삶이 어떨지를 완벽히 이해할 수는 없을 거라고 생각하더라도 용서하시오. 당신에게 원칙을 강요하지 않기 위해," 자기 앞에 융통성 없이 산더미같이 쌓여있는 이해하기 어렵고 색깔이 바랜 장부들을 바라보았다. "(당신은 당신 갈 길을 가는 것이고 결과는 스스로 감당하는 것이니까) 이 말만 하겠소. 내가 키잡이, 정확히 말하자면 검증을 받고 믿을만한 키잡이에 의지해서 항로를 정했으니, 그 사람의 안내를 받으면 난파할 수 – 난파할 리 – 없다는 것이고, 또한 그 세 글자를 통해 전달되는 경고를 마음에 두지 않았다면 현재의 절반만큼도 단련되지 않았을 거요."

클레넘 부인이 어떤 보이지 않는 상대와 논쟁할 기회를 포착해내는 방법은 신기할 정도였다. 언제나 그녀 본인 그리고 자신이 속은 것을 중심주제로 하여 어쩌면 그녀 자신의 판단력과 논쟁하는 것인지 모른다.

"건강하고 자유롭게 살 때의 내 무지함을 잊는다면, 지금 내게 형벌로서 주어진 삶에 대해 불평할 수도 있겠지. 나는 잊지 않았을 뿐 아니라 잊은 적도 없어. 무대가 되는 이 세상이 그 티끌로 창조된 피조물들에게 우울과 시련, 그리고 캄캄한 고난의 장소가 되도록 명백히 계획되었다는 사실을 잊는다면, 무상한 피조물들에 대해 약간 무른 마음을 먹을 수도 있겠지. 그러나 내 마음은 그렇게 무르지 않아. 우리 모두가 대가를 치러야만 하는 신벌神罰의, 인간의 행위를 단순하게 무로 돌려버리는 신벌의 대상이라는(대상이 되는 게 아주 타당하거든) 사실을 모른다면, 여기 감금되어있는 나와 저쪽 출입구를 드나드는 사람들 사이의 차이에 대해 투덜거릴 수도 있겠지. 그래서 나는 내가 이승에서 이룬 것에 만족할 수 있도록, 이승에서 확실히 알고 있는 바를 알 수 있도록, 그리고 이승에서 계획했던 바를 계획할 수 있도록 선택받은 것을 은총이자 은혜로 받아들이고 있어. 그렇지 않다면 내 고통은 아무 의미도 없는 거지. 그래서 나는 어떤 것도 잊지 않을 것이고 잊지 않았어. 따라서 나는 만족하고 있고 수백만의 사람보다 내 처지가 낫다고 하는 거야."

클레넘 부인은 그런 말을 하며 시계를 집어 들어서 늘 놓여있던 작은 탁자 위에 정확하게 다시 갖다놓았다. 그리고 이후 얼마 동안 시계를 만지작거리면서 꾸준하게 그리고 약간은 도전적으로 그 시계를 바라보았다.

이런 설명을 듣는 동안 블랑두아 씨는 클레넘 부인에게 시선을 고정하고 생각에 잠긴 채 두 손으로 콧수염을 쓰다듬으며 열심히 경청했다. 플린트윈치 씨가 다소 안절부절 못 하고 있다가 갑자기 끼어들었다.

"자, 자, 자!" 그가 말했다. "클레넘 부인, 전적으로 이해했습니다, 독실하게 그리고 훌륭하게 말씀하시네요. 그러나 블랑두아 씨가 독실한 유형은 아닐 거라고 생각합니다."

"천만에요!" 그 신사가 손가락 여러 개를 딱하고 꺾으면서 이의를 제기했다. "미안합니다! 독실함이 내 성격의 일부거든요. 나는 예민하고 열정적이고 양심적이고 상상력이 풍부합니다. 예민하고 열정적이고 양심적이고 상상력이 풍부한 사람은, 플린트윈치 씨, 독실한 사람이거나 아니면 하찮은 사람이 틀림없지요!"

그가 의자에서 으스대며 일어나서(비슷한 특징이 있는 사람들이 모두 그러하듯이, 고작 간발의 차이일 때도 있긴 하지만 뭘 하든 지나치게 한다는 것이 이런 사람의 특징이었다) 클레넘 부인에게 작별을 고하기 위해 다가갔을 때, 그가 하찮은 사람일지 모르겠다고 생각하는 기색이 플린트윈치 씨의 얼굴에 어렸다.

"당신은 병들고 나이 든 여자의 이기심 탓으로 여기겠지만," 그때 그녀가 말했다. "사실은 당신이 우연히 언급하는 바람에 나 자신과 나의 쇠약함이라는 문제로 빗나간 거요. 사려 깊게 날 찾아왔으니까 마찬가지로 사려 깊게 눈감아줬으면 좋겠소. 내게 의례적인 작별인사는 하지 마시오." 블랑두아 씨가 분명히 인사하려고 했기 때문이다. "플린트윈치 씨가 기꺼이 어떤 일이든 도와줄 거요. 이 도시에 머무는 동안 유쾌하게 지냈으면 좋겠소.”

블랑두아 씨가 부인에게 고맙다고 하면서 여러 차례 입맞춤을 보냈다. “오래된 방이군요.” 문 가까이 갔을 때 주위를 둘러보며 그가 갑자기 쾌활하게 말했다. “이야기에 워낙 심취해서 지금까지 방에는 주목하지 못했네요. 그렇지만 정말 오래되었어요.”

“정말 오래된 집이지.” 클레넘 부인이 냉담하게 미소 지으며 말했다. “아무런 장식도 없는 오래된 집이오.”

“정말 그래요!” 방문객이 소리쳤다. “나가는 길에 플린트윈치 씨가 방들을 구경시켜준다면 더할 나위 없이 고맙겠습니다. 오래된 집을 무척 좋아하거든요. 좋아하는 것은 많지만 오래된 집보다 더 좋아하는 것은 없어요. 고풍스러운 집을 다방면으로 살펴보는 것을 좋아해요. 나 자신이 고풍스럽다는 말을 들었거든요. 고풍스럽다는 게 장점은 아니죠 - 더 큰 다른 장점이 있을지 모르고요 - 그러나 우연히 고풍스러울 순 있을 거예요. 공감하시죠, 공감하시지요!”

“블랑두아 씨, 미리 말하지만 이 집은 아주 우중충하고 가구 같은 장식이 거의 없소.” 제러마이어가 양초를 집어 들며 말했다. “볼만한 가치가 없을 거요.” 그러나 블랑두아 씨는 다정하게 그의 등을 치고 웃기만 했다. 그래서 블랑두아가 클레넘 부인에게 다시 입맞춤을 보낸 후 둘이 함께 방을 나왔다.

“위층에 올라갈 마음은 없겠죠?” 제러마이어가 층계참에서 물었다.

“천만에요, 플린트윈치 씨. 당신만 귀찮아하지 않는다면 올라가고 싶습니다!"

그래서 플린트윈치 씨가 계단 위로 천천히 올라갔고, 블랑두아 씨는 바짝 뒤를 따라서 아서가 귀국했던 날 밤에 머물렀던 커다란 다락방 침실까지 올라갔다. "자, 블랑두아 씨!" 그가 방을 보여주며 말했다. "이 방을 보러 이렇게 높은 곳까지 올라올 가치가 있다고 생각하면 좋겠소. 고백하자면 난 그렇게 생각하지 않아요."

블랑두아 씨가 황홀해했기 때문에 그들은 다른 다락방과 복도를 마저 구경하고 다시 계단을 내려왔다. 그때쯤 플린트윈치 씨는 방문 객이 어떤 방이든 빨리 한 번 훑어본 다음에는 더 이상 살펴보지 않고 오히려 언제나 자신을 살펴본다는 사실을 깨달았다. 그런 사실을 깨닫자 한 번 더 시험하기 위해 계단에서 뒤를 돌아보았고, 그와 눈길이 정면으로 마주쳤다. 눈길이 서로에게 멈추자마자, 방문객은 코와 콧수염을 불쾌하게 움직이면서 악마처럼 소리 없이 (클레넘 부인의 방에서 나온 이후 유사한 순간마다 그랬던 것처럼) 웃었다.

플린트윈치 씨는 방문객보다 훨씬 키가 작았기 때문에 높은 곳에서부터 불쾌하게 곁눈질을 당하는 물리적으로 불리한 처지에 놓여 있었다. 그리고 계단을 먼저 내려가면서 상대방보다 보통 한두 단 아래에 있었기 때문에 그런 불리함이 배가되었다. 그래서 고 클레넘 씨의 방에 들어가서 그런 우연적인 불평등이 없어지기 전까지는 다시 돌아보지 말아야겠다고 작정했다. 그러고는 그 방에 들어가 갑자기 고개를 돌려서 마주 보았고, 그가 자신을 계속 살펴보고 있었다는 사실을 확인했다.

"아주 훌륭한 고택이군요." 블랑두아 씨가 미소 지었다. "아주 이상해요. 집에서 귀신 나오는 소리를 들은 적이 없나요?"

"소리라니." 플린트윈치 씨가 대꾸했다. "들은 적 없소."

"악마도 본 적 없고요?"

"그렇소." 플린트윈치 씨가 질문하는 사람에게 얼굴을 험악하게 찌푸리면서 말했다. "그런 명칭으로, 그리고 그렇게 보일 만한 어떤 것도 없소."

"하하! 여기 초상화가 있군요."

(플린트윈치 씨가 초상화가 된 양 여전히 그를 바라보았다.)

"당신이 보는 대로요."

"플린트윈치 씨, 누굴 그린 거죠?"

"고 클레넘 씨요. 부인의 남편 말이오."

"그 놀라운 시계의 옛 주인이겠군요?" 방문객이 물었다.

초상화를 바라보던 플린트윈치 씨가 고개를 다시 돌렸고, 상대방이 자신을 변함없는 눈길과 미소로 대하고 있다는 것을 다시 한 번 확인했다. "그렇소, 블랑두아 씨." 가시 돋친 말투로 대답했다. "그의 시계였고, 그 전에는 그의 삼촌이었던 사람의 시계였소. 그리고 또 그 전에는 아무도 모르는 누군가의 시계였소. 시계의 내력에 대해 내가 해줄 수 있는 말은 그게 다요."

"플린트윈치 씨, 위층에 있는 우리 친구 분은 성격이 아주 강하더군요."

"그렇소." 제러마이어는 말을 하면서 대화를 주고받는 내내 그랬듯이 붙잡는 힘이 부족한 나사절삭기처럼 방문객에게 고개를 다시 돌렸는데, 상대가 태도를 전혀 바꾸지 않았기 때문에 자기라도 약간 물러서야겠다고 줄곧 느꼈던 것이다. "부인은 놀라운 여성이오. 대단한 불굴의 용기와 – 불굴의 정신을 지니고 있지."

"그들은 틀림없이 아주 행복했겠군요." 블랑두아가 말했다.

"누구 말이오?" 플린트윈치 씨가 그에게 또다시 얼굴을 찌푸리면서 물었다.

블랑두아 씨가 환자 방을 향해서는 오른손의 집게손가락을, 그리고 초상화를 향해서는 왼손의 집게손가락을 흔들었다. 그러고 나서 두 팔을 허리에 대고 두 발을 넓게 벌리고 서서는, 코를 앞으로 내밀고 콧수염을 뒤로 당기면서 플린트윈치 씨를 내려 보고 미소 지었다.

"대부분의 다른 기혼자들만큼은 행복했을 거요." 플린트윈치 씨가 대꾸했다. "뭐라고 말할 수 없소. 나도 모르니까. 모든 가정에는 비밀이 있는 법이오."

"비밀이라!" 블랑두아 씨가 급히 소리쳤다. "이봐요, 다시 말해 봐요."

"내 말은," 플린트윈치 씨가 대답하려는데 블랑두아 씨의 가슴이 갑자기 팽창하는 바람에 그 가슴이 플린트윈치 씨의 얼굴을 거의 스칠 뻔했다. "내 얘기는 모든 가정에 비밀이 있다는 거요."

"그래요." 상대가 그의 양어깨를 툭 치고 앞뒤로 흔들면서 소리쳤다. "하하! 당신 말이 맞아요. 그래요! 비밀이라고요? 제기랄! 악마의 비밀을 가진 가정도 있는 법이죠, 플린트윈치 씨!" 그 말을 하면서, 자신의 농담에 다정하게 그리고 익살스럽게 그를 엮어 넣으려는 것처럼 플린트윈치 씨의 양어깨를 몇 차례 툭툭 쳤다. 그다음에 두 팔을 뻗고 고개를 뒤로 젖혀서 양손을 머리 뒤로 깍지 끼고는 웃음을 껄껄 터트렸다. 플린트윈치 씨가 그에게 또다시 얼굴을 찌푸렸지만 쓸데없는 짓이었다. 그는 웃을 만큼 실컷 웃었다.

"그건 그렇고, 촛불을 잠시만 빌려주시오." 그가 실컷 웃은 다음에 말했다. "그 놀라운 부인의 남편을 좀 봅시다. 어유!" 팔을 쭉 뻗어서 촛불을 치켜들었다. "같은 성격은 아니지만 여기도 단호한 표정이군. 마치 - 뭐였더라 - '잊지 마라,'고 하는 것 같아 - 그렇지 않소, 플린트윈치 씨? 분명히, 그렇게 말하고 있어!"

양초를 돌려주면서 플린트윈치 씨를 한 번 더 바라보았다. 그리고 나서 함께 천천히 현관으로 걸어가면서, 정말 매력적인 고택이라고, 100파운드를 줬어도 이 집을 둘러볼 기회를 놓치지 않았을 정도로 큰 기쁨이었다고 단언했다.

블랑두아 씨가 전반적으로 이전보다 훨씬 더 조악하고 거칠 뿐 아니라 훨씬 더 격정적이고 파렴치한 태도를 취하는 식으로 변화하면서 유례없이 방자하게 행동하는 동안, 얼굴이 가죽으로 만들어져서 변화할 여지가 별로 없는 플린트윈치 씨는 그 부동성을 그대로 유지하고 있었다. 상냥하게 끊어내기 전에 어쩌면 너무 오랫동안 달라붙어 있는 것처럼 보였을지 모른다는 점을 제외하면 겉으로 보기에 그는 한결같은 냉정함을 유지하고 있었다. 마지막으로 현관 옆의 작은 방을 둘러보았고, 그 방에 서서 블랑두아 씨를 훑어보았다.

"당신이 아주 만족해하니 기쁘군." 그가 차분하게 말했다. "기대하지도 않았는데 말이오. 기분이 아주 좋은 것 같소."

"아주 좋아요." 블랑두아가 대답했다. "맹세해요! 지금보다 더 상쾌했던 적은 없거든요. 플린트윈치 씨, 예감이 들었던 적이 있나요?"

"예감이라니 무슨 얘길 하는 건지 모르겠군." 그 신사가 대꾸했다.

"이번 경우에는, 플린트윈치 씨, 앞으로 다가올 즐거움에 대한 막연한 기대라고 하죠."

"지금 그런 기분이라곤 할 수 없소." 플린트윈치 씨가 최대한 침착하게 대답했다. "그런 기분이 들면 말하리다."

"그런데," 블랑두아가 말했다. "이봐요, 오늘 밤 나는 우리가 앞으로 잘 알게 될 거라는 예감이 들었어요. 당신도 그런 예감이 들었나요?"

"전-혀," 플린트윈치 씨가 자신에게 신중하게 자문해보고 대답했다. "그렇지 않소."

"우리가 앞으로 친해질 거라는 예감이 강하게 들었어요. 당신은 아직 아닌가요?"

"아직 아니오." 플린트윈치 씨가 말했다.

블랑두아 씨가 그의 양어깨를 다시 잡고 전처럼 즐거워하면서 약간 흔들었다. 그러고 나서 그의 팔을 잡아당겨 팔짱을 끼더니, 그만 가서 소중하고 오래된 진짜 친구처럼 포도주나 한 병 하자고 청했다.

플린트윈치 씨는 조금도 망설이지 않고 초대를 받아들였고, 그들은 땅거미가 진 후부터 줄곧 창문과 지붕과 포장길을 요란하게 두드리고 있는 폭우를 뚫고 나그네의 숙소로 갔다. 천둥과 번개는 오래전에 지나갔지만 비는 여전히 사납게 내리고 있었다. 블랑두아 씨는 방에 도착하자마자 포트와인 한 병을 주문했다. 그는(자신의 몸을 우아하고 가볍게 처리한답시고 예쁜 것들을 모조리 모아서 짓이겼다) 창턱 밑에 붙여놓은 의자 위에 사리를 틀었고, 플린트윈치 씨는 탁자를 사이에 두고 마주 앉았다. 블랑두아 씨가 그 집에서 제일 큰 잔으로 먹자고 제의하자, 플린트윈치 씨가 동의했다. 잔에 술을 가득 채운 다음에, 블랑두아 씨가 쾌활하게 으스대면서 자기 잔의 윗부분을 플린트윈치 씨 잔의 아랫부분과, 그리고 자기 잔의 아랫부분을 플린트윈치 씨 잔의 윗부분과 쩽그랑 부딪치고, 자신이 예언했던 친밀한 친분을 위해 건배했다. 플린트윈치 씨는 엄숙하게 건배하고, 마실 수 있는 포도주는 모두 다 마셨지만, 말은 한마디도 하지 않았다. 블랑두아 씨가 쩽그랑 술잔을 부딪칠 때마다(술을 채울 때마다 잔을 부딪쳤다) 플린트윈치 씨는 무신경하게 술잔 부딪치기를 계속 했다. 그리고 자기 몫의 포도주만큼이나 동료 몫의 포도주도 무신경하게 해치웠으니, 미각이라는 항목을 빼면 그저 포도주 통이나 마찬가지였다.

요컨대, 블랑두아 씨는 과묵한 플린트윈치에게 포트와인을 들이 붓는 것이 그의 입을 여는 것이 아니라 닫는 것이라는 사실을 알게 되었다. 게다가 그는 밤새, 또는 기회만 된다면 그 다음날도 종일토록 계속해서 마실 수 있는 완벽한 능력을 갖춘 것 같았다. 반면 자신은 너무 요란스럽게 그리고 자랑 조로 뽐내고 있다는 사실을 흐릿하게나마 곧바로 의식하게 되었다. 그래서 그는 세 번째 병을 끝으로 주연을 마무리했다.

"내일 찾아올 거죠?" 플린트윈치 씨가 헤어질 때 사무적인 얼굴로 물었다.

"이보시오," 상대방이 두 손으로 그의 옷깃을 잡고 대답했다. "갈 테니 걱정하지 마시오. 잘 가요, 플린트윈치. 이별에 즈음하여," 그는 플린트윈치를 남쪽 나라 식으로 껴안고 두 뺨에 소리가 나게 입을 맞췄다. "신사가 하는 약속을 믿어요! 이런 제기랄, 다시 보게 될 거요!"

통지서는 제시간에 도착했지만 다음 날 그는 나타나지 않았다. 밤이 되어서 그에 대해 수소문하던 플린트윈치 씨는 그가 계산을 하고 칼레를 경유하여 대륙으로 돌아갔다는 얘기를 듣고 깜짝 놀랐다. 그럼에도 제러마이어는 생각에 잠긴 채 얼굴을 문지르다가, 블랑두아 씨가 때가 되면 약속대로 다시 나타날 거라고 분명히 확신했다.

31 기백

사람들로 붐비는 런던의 간선도로에서는 마르고 쭈글쭈글하고 겁 많은 노인이 ─ 빛을 아주 미약하게 발하는 별이 하늘에 흐릿하게 떠 있다면 바로 그 별에서 떨어졌다고 생각할 수도 있을 것이다 ─ 마치 소음과 야단법석 때문에 당황하고 약간 무서워하는 것처럼 겁에 질려서 살금살금 걷는 모습을 누구든 아무 때나 마주칠 수 있는데, 그런 노인은 언제나 몸집이 작은 법이다. 원래 몸집이 컸다면 움츠러든 것이었고, 원래 작았다면 더 작아진 것이었다. 그가 걸치고 있는 외투의 색깔과 마름질은 언제 어디서든 유행했던 적이 없는 모양이었고, 그를 포함하여 특정한 개인을 위해 맞춘 것은 분명히 아니었다. 어떤 도매업자가 운명의 여신을 위해 그런 품질의 외투 5,000벌의 치수를 재어주었고, 운명의 여신이 그 낡은 외투를 끝없이 길게 늘어서 있는 노인 중 한 명인 그에게 빌려준 것이었다. 그 외투에는 다른 단추와 완전히 다른, 커다랗고 색이 분명치 않은 금속제 단추가 늘 달려 있었다. 노인이 쓰고 있는 모자는 엄지손가락으로 하도 만져서 올이 드러나 있었지만 고집을 피워서 불쌍한 그의 머리 모양에 순응하려 들지 않았다. 조잡한 셔츠와 목도리 역시 외투와 모자 못지않게 개성이 없었고, 그의 것이 아니라는 ─ 누구의 것도 아니라는 특징을 똑같이 지니고 있었다. 그러나 노인이 입고 있는 옷가지는, 마치 대부분의 시간을 나이트캡과 잠옷을 입고 지내는 것처럼, 공개적으로 다니기 위해 차려입고 정성 들여 마무리한 것이라는 예사롭지 않은 인상을 주었다. 그래서 노인이 거리를 지나가는 모습은, 시골 쥐가 기근이 든 두 번째 해에 도시 쥐를 보러 왔다가, 고양이들이 득시글거리는 시내를 지나서 도시 쥐의 셋방까지 겁을 먹고 가는 것 같았다.

휴일 저녁 무렵에 그가 이전보다 허약해진 몸으로 거리를 걷는 모습을, 그리고 늙은 두 눈이 눈물에 젖어서 축축하게 빛나는 모습을 가끔 보일 때가 있는데, 그때 그는 술에 취해 있는 것이다. 아주 조금만 마셔도 넘어졌고, 반 파인트짜리 병으로 하나 마시면 불안정한 다리가 풀려서 엎어졌다. 그에 대해 동정심을 느낀 어떤 지인이 ─ 대부분 우연히 알게 된 사람이었다 ─ 맥주를 대접해서 그의 약점을 키워 놓는 경우, 그는 평상시보다 오랜 시간이 흘러야 거리를 다시 지나갈 수 있었다. 그는 구빈원에 살고 있었는데, 구빈원은 그가 착한 행동을 해도 잦은 외출을 허락하지 않았고(그가 이 세상에서 돌아다닐 날이 얼마 안 남았다는 점을 생각하면 허락해도 괜찮았을 것이다), 못된 행동을 하면 59명에 달하는 노인들이 냄새를 풍기는 노인들의 숲 속에 이전보다 더 갑갑하게 가두어두었기 때문이다.

플로니쉬 부인의 아버지는 기진맥진한 새처럼 갈대 피리를 부는 불쌍하고 작은 노인으로, 스스로 음악에 매인 일이라고 말하는 데에 종사했다가 커다란 불행을 겪는 바람에 계속할 수도 장래를 생각할 수도 수익을 기대할 수도 없었고, 그 길이 대로가 아니라는 사실을 확인했을 뿐인 노인이었다. 전에 플로니쉬 씨를 마셜시 학교에 보내라는 영장이 집행되던 날에, 그는 그 교구의 착한 사마리아인이 되도록 법률에 따라 지정된 구빈원으로(2펜스도 못 받고 지정되었으므로 나쁜 정치경제학이었다) 자발적으로 들어갔었다. 사위의 경제적 어려움이 극도로 악화되기 전까지 낸디 영감은(법률이 지정한 수용소에서는 항상 그렇게 불렸지만 블리딩 하트의 사람들은 낸디 옹翁이라고 불렀다) 플로니쉬 집의 난롯가 모퉁이에 앉아서 그 집 찬장에 있는 걸로 볼가심을 했었다. 그리고 행운의 여신이 사위에게 미소를 지으면 그 자리에 다시 앉기를 여전히 바랐다. 그러나 여신의 안색이 변하지 않는 동안은 똑같은 냄새를 지니고 있는 작은 노인들의 숲에 머무르는 작은 노인 중의 한 명이었고, 또한 그렇게 남아 있을 작정이었다.

그러나 그의 가난도, 유행한 적이 없는 그의 외투도, 그의 거처인 노인수용소도 딸의 존경을 억누를 수는 없었다. 플로니쉬 부인은 아버지의 재능에 대해 그것이 그를 대법관으로 만들었다면 느꼈을 정도의 자부심을 느끼고 있었고, 아버지의 친절하고 교양 있는 태도에 대해 그가 시종장이었다면 가졌을 정도의 확고한 믿음이 있었다. 불쌍하고 작은 그 노인은 비너스의 아들에게 상처를 입은 클로에, 필리스, 그리고 스트레폰[3]에 대한 아주 오래된 소곡, 힘없고 맥빠진

---

[3] 클로에(Chole)와 필리스(Phyllis)는 고대 그리스의 작가인 롱구스(Longus)와 로마의 시인인 베르길리우스(Virgil)의 작품에 각각 등장하는 여자 목동이며, 스트레폰(Strephon)은 필립 시드니 경(Sir Philip Sidney)의 『아르카디아』에 등장하는 우라니아(Urania)의 연인이다. 따라서 이들에 대한 소곡은 목가적이고 전원풍의 노래를 의미한다.

소곡 몇 편을 알고 있었다. 플로니쉬 부인에게는 '오페라 극장'의 어떤 음악도, 어린아이가 돌리는 작고 망가진 수동식 풍금이 힘없이 내는 소리처럼 아버지가 그런 소곡을 속으로 떨면서 작게 지저귀는 소리에 미달하는 것이었다. 머리를 바짝 민 노인들만이 있는 무미건조한 경치에서 빛이 비쳐드는 날인 "외출일"에, 고기를 먹고 힘이 난 그가 반 페니어치의 짐꾼 역을 충분히 마쳤을 때, "아빠, 노래 좀 해주세요,"라고 하는 것이 플로니쉬 부인에게는 즐거움이자 슬픔이었다. 그러면 그는 클로에 노래를 해주었고, 기분이 아주 좋을 때에는 필리스 노래도 해주었다 – 구빈원에 들어간 이후 스트레폰까지 부른 적은 없었다 – 그러면 플로니쉬 부인은 아버지만 한 가수가 없다고 하면서 눈물을 훔쳤다.

그런 때는 그가 궁궐 출신이라고 해도, 아니, 최근의 커다란 실패 탓에 알현하고 승진하기 위해 외국의 궁궐에서 의기양양하게 귀국한 훌륭한 냉각장치라고 해도, 플로니쉬 부인이 그를 블리딩 하트 야드에 좀 더 기품 있게 데리고 다닐 수는 없었을 것이다. "이분이 아빠예요." 플로니쉬 부인은 그를 이웃사람에게 소개하며 말하곤 했다. "아빠는 곧 돌아와서 우리와 함께 영원히 지낼 거예요. 건강해 보이시지 않나요? 노래를 어느 때보다도 듣기 좋게 잘하세요. 조금 전에 노래하는 걸 들었다면 절대 잊지 못할 거예요." 플로니쉬 씨는 낸디 씨의 딸과 결혼할 때 그런 신념과도 결혼한 것이어서, 그토록 재능 있는 노신사가 부자가 되지 못한 연유에 대해 그저 궁금해했다. 그리고 곰곰이 생각한 끝에 노신사가 젊었을 때 음악적 재능을 과학적으로 계발하지 못한 탓이라고 간주했다. "어째서," 플로니쉬 씨가 설득했다. "음악이 아버님 안에 있는데 어째서 그걸 옭아매고 다니세요? 제 생각에 음악이 있는 곳은 바로 거긴데요."

낸디 영감에게는 후원자가 한 명 있었다. 영감의 후원자는 좀 과분할 정도로, 즉 사람들이 기대하는 이상으로 그와 허물없이 지내는 것은 노인이 순박하고 가난하기 때문이라는 사실을 사람들이 끊임없이 감탄하며 목격하게 하려는 듯이, 뭔가 미안해하면서 그에게 아주 잘해주었다. 낸디 영감은 사위가 마셜시 학교에 잠시 감금돼 있는 동안 여러 차례 찾아가서 사위를 만났었고, 그 국가적 시설의 아버지의 후원을 운 좋게 획득했으며, 그 후원을 차츰차츰 이용하다가 마침내는 많이 이용하게 되었던 것이다.

도릿 씨는 노인이 자신에게 봉건적으로 예속돼 있는 것처럼 그를 맞이하곤 했다. 소작인들이 원시적으로 지내고 있는 멀리 떨어진 지역에서 헌상물을 들고 인사 온 것처럼 약간의 먹을 것과 차를 그에게 내주었다. 노인이 자신에게 기특할 정도로 충직했던 늙은 신하라고 말할 수밖에 없는 순간들이 있는 것 같았다. 노인에 대해 이야기하다가 무심코 그를 자신의 나이 든 가신이라고 말하곤 했던 것이다. 그는 노인을 만날 때, 그리고 노인이 돌아간 뒤에는 그의 퇴락한 상태에 대해 평할 때 놀랄 만한 만족을 느꼈다. 자신이 보기에는 그가 고개를 들 수 있는 것조차 놀랍다고 했다, 불쌍한 친구 같으니. "구빈원에서는, 이봐, 교구들이 연합하여 세운 구빈원에서는 말이야, 사생활도 방문자도 없고, 지위도 존경도 없어, 장기도 발휘하지 못해. 아주 통탄할 일이지!"

생일에 낸디 영감은 구빈원에서 외출 허락을 받았다. 그는 그날이 자기 생일이라는 얘기를 한마디도 안 했다. 얘기했다면 그런 노인은 태어나면 안 되는 것이었기 때문에 그를 잡아두었을 것이다. 평소에 하던 대로 길을 따라 블리딩 하트 야드까지 가서, 딸과 사위와 함께 저녁을 먹고 필리스 노래를 들려주었다. 그가 노래를 막 마쳤을 때, 작은 도릿이 그들이 어떻게 지내는지 보려고 들렀다.

"도릿 양," 플로니쉬 부인이 말했다. "아빠가 오셨어! 좋아 보이시지 않니? 목소리도 멋지고 말이야!"

작은 도릿이 그에게 손을 내밀며 오랜만이라고 웃으면서 말했다.

"맞아. 구빈원 사람들은 불쌍한 아빠에게 정말 냉혹해." 플로니쉬 부인이 언짢은 표정으로 말했다. "건강에 도움이 될 만한 기분전환과 신선한 공기를 조금밖에 허용하지 않는단 말이야. 하지만 조만간 집에 돌아와서 영원히 같이 지낼 거야. 그렇지 않나요, 아빠?"

"그래, 애야, 그랬으면 좋겠구나. 곧 되겠지, 하느님, 제발."

그때 플로니쉬 씨는 그럴 때마다 반드시 늘어놓는 연설, 한마디 한마디가 똑같은 연설을 늘어놓았다. 그 연설은 다음과 같았다.

"존 에드워드 낸디 어르신. 이 집에 어떤 종류든 음식과 술이 조금이라도 있는 한 마음대로 드세요. 이 집에 난롯불과 침대가 조금이라도 있는 한 마음대로 누리세요. 이 집에 있는 것이 보잘것없더라도 많든 적든 약간의 가치는 있는 것처럼 마음대로 즐기세요. 이상이 제가 드리고자 하는 말이고 저는 장인어른을 속이지 않아요.

그래서 간절히 바라니 그렇게 해주세요."

플로니쉬 씨가 언제나 엄청나게 노력해서 준비한 것처럼(틀림없는 사실이었다) 내어놓는 이런 명쾌한 인사말에 대해, 플로니쉬 부인의 아버지는 평온하게 대답했다.

"토머스, 진심으로 고맙네. 자네의 뜻은 잘 알아, 내가 진심으로 감사하는 이유이기도 하지. 그러나 그럴 순 없네, 토머스. 그것이 손주들의 입에서 먹을 것을 빼앗는 게 아니게 될 때까지는 그럴 수 없어. 그런데 지금은 빼앗는 거야, 자네가 뭐라 부르건 지금은 빼앗는 거고 또한 탈취하는 거지. 빼앗거나 탈취하는 게 아닐 때가 오긴 오겠지만, 그리고 그럴 날이 빨리 와야만 하지만 말이야. 안 돼, 토머스, 그럴 수 없어!"

앞치마 한쪽 끝을 손에 쥔 채 얼굴을 살짝 돌리고 있던 플로니쉬 부인이 다시 대화에 끼어들면서 도릿 양에게 말했다. 강을 건너가서 문안드리는 것이 그분께 불쾌한 일이 아니라면 아빠가 문안을 드리러 갈 거야.

작은 도릿은, "나는 집으로 곧장 갈 예정이에요. 어르신이 나와 같이 가시겠다면 기꺼이 돌보아 드릴게요 – 기꺼이요,"라고 대답했다. 약자의 감정을 언제나 생각하는 그녀가 덧붙였다. "어르신과 동행하는 걸 기쁘게 생각하거든요."

"자, 아빠!" 플로니쉬 부인이 큰 소리로 말했다. "도릿 양과 함께 산책할 수 있을 정도로는 건강하고 젊잖아요! 세상에 멋쟁이가 있다면 아빠야말로 진짜 멋쟁이예요. 목도리를 아주 훌륭한 나비 모양으로 묶어드릴게요."

플로니쉬 부인은 자식으로서 하는 그와 같은 농담을 곁들이며 그를 말쑥하게 꾸미고 사랑스레 껴안았다. 그러고 나서 작고 늙은 아빠가 작은 도릿과 팔짱을 낀 채 되똑거리며 걷는 뒷모습을 연약한 아이를 두 팔로 안은 채 문간에 서서 바라보았는데, 그러는 동안에도 그녀의 튼튼한 아이는 계단에서 굴러떨어졌다.

그들은 천천히 걸었다. 작은 도릿은 그를 아이언브리지로 데리고 가 거기에서 휴식을 취하게 했다. 그들은 강물을 바라보며 물건을 배로 운송하는 것에 대해 이야기를 나누었다. 노인은 금을 가득 싣고 자신에게 돌아오는 배가 있다면 뭘 하고 싶은지 얘기했고(그의 계획은 티 가든스 같은 곳에 플로니쉬 가족과 자신이 머물 훌륭한 집을 구하고 웨이터의 시중을 받으면서 여생을 보내는 것이었다), 오늘이 자신의 특별한 생일이라는 얘기도 했다. 그들이 목적지에서 5분도 채 안 떨어진 곳에 도착했을 때, 길모퉁이에서 새 보닛을 쓰고 같은 항구로 향하고 있는 패니와 마주쳤다.

"아니, 어머나, 에이미!" 그 젊은 숙녀가 깜짝 놀라서 소리쳤다. "설마 그럴 작정은 아니겠지!"

"무슨 말이야, 언니?"

"이런! 네가 못할 짓이 없으리라고 생각은 했어." 그 젊은 숙녀가 분기등등하여 대꾸했다. "그러나 아무리 너라도 이렇게까지 할 줄은 꿈에도 몰랐다!"

"패니!" 감정이 상하고 깜짝 놀란 작은 도릿이 소리쳤다.

"이런! 날 패니라고 부르지 마, 이 비열한 꼬마야, 그러지 마! 대명천지에 거지와 함께 드러내놓고 다닐 생각을 하다니!" (거지라는 낱말을 공기총으로 총탄을 발사하듯이 쏟아냈다.)

"오, 패니!"

"그렇게 부르면 대답하지 않을 거니까 패니라고 부르지 말랬잖아! 난 그런 이름 몰라. 네가 판판이 우리를 욕보이기로 다짐하고 작정한 것은 정말로 부끄러운 짓이야. 이 못된 꼬맹이야!"

"이 불쌍한 노인을 돌보는 게 누군가를 욕보인다는 거야?" 작은 도릿이 아주 부드럽게 물었다.

"그래, 이것아." 언니가 대꾸했다. "그렇다는 사실을 넌 알아야 해. 그리고 이미 알고 있잖아. 그래서 이렇게 하는 거잖아. 네 삶의 으뜸가는 즐거움은 가족에게 그들의 불행을 상기시켜주는 거잖아. 그리고 그다음으로 큰 즐거움은 천한 무리와 사귀는 것이고. 그러나 네게는 체면이 없을지 몰라도 나는 있어. 괴롭히지 말고 제발 길 반대편으로 가게 둬."

그 말을 하며 반대편 인도로 뛰듯이 가로질러갔다. 한두 걸음 떨어져서(패니가 말을 시작했을 때 작은 도릿이 놀라서 팔을 놓았기 때문에) 공손하게 인사했던, 그리고 길을 막는다는 이유로 참을성 없는 통행인들이 난폭하게 밀치고 욕을 했던 나이 든 망신거리가 약간 어지럼증을 느끼며 길동무와 다시 합류하여 물었다. "아가씨, 각하에게 나쁜 일이 생긴 건 아니죠? 각하의 가족에게도 별일 없겠죠?"

"그럼요, 그럼." 작은 도릿이 대답했다. "아무 일도 없어요. 제 팔에 다시 기대세요, 낸디 할아버지. 이제 금방 도착할 거예요."

그녀는 그때까지 이야기하던 대로 그렇게 그와 이야기를 계속했고, 간수실로 가서 치버리 씨가 근무 중인 것을 확인하고 안으로 들어갔다. 그들이 팔짱을 낀 채 간수실을 나와 감옥으로 들어가려는 순간에 마셜시의 아버지는 느긋하게 산책을 하면서 간수실 쪽으로 오고 있었다. 그들이 다가오는 모습을 보자 그는 몹시 동요하고 낙담했다. 그러고는 ― 그 자비로우신 분에게 늘 하던 대로 모자를 손에 들고 인사하는 낸디 영감은 쳐다보지도 않고 ― 몸을 돌려 자신의 방이 있는 출입구로 들어가 계단 위로 급히 올라갔다.

작은 도릿은 운수 사납게 자신이 보호하고 있던 그 불운한 그 노인에게 곧바로 돌아오겠다고 서둘러 약속하고, 아버지 뒤를 급히 따라갔다. 그리고 패니가 뒤를 따라오다가, 성을 내며 위엄 있게 뛰어 올라오는 모습을 계단 위에서 바라보았다. 셋이 거의 동시에 방에 들어갔고, 아버지는 의자에 앉더니 얼굴을 두 손에 묻고 신음했다.

"당연하지." 패니가 말했다. "아주 당연해. 불쌍한 아빠가 괴로워하잖아! 이제 네가 내 말을 믿었으면 좋겠다, 이것아!"

"무슨 일이에요, 아빠?" 작은 도릿이 아버지에게 고개를 숙이고 큰 소리로 물었다. "저 때문에 기분이 나쁘신 거예요? 제 탓이 아니었으면 좋겠어요!"

"아니었으면 좋겠다고, 저런! 그러시겠지! 아, 네가" ― 패니는 충분히 강한 표현을 찾느라 말을 멈췄다 – "생각이 천박한 꼬마 에이미 네가! 완전히 감옥의 아이인 네가!"

마셜시의 아버지는 손사래를 쳐서 더 이상 험악한 비난의 말을 못 하게 하고 흐느껴 울었다. 그러다가 고개를 들어서 막내딸을 향해 우울하게 고개를 가로저었다. "에이미, 네가 순수한 의도로 그랬다는 것은 안다. 하지만 영혼까지 아프구나."

"순수한 의도라뇨!" 패니가 인정사정없이 끼어들었다. "쓰레기 같은 의도예요! 야비한 의도고요! 가족의 품위를 떨어뜨리고자 하는 의도겠죠!"

"아빠!" 창백해진 작은 도릿이 벌벌 떨면서 소리쳤다. "정말 죄송해요. 제발 용서해주세요. 다신 그러지 않도록 무엇이 문제인지 말씀해주세요!"

"무엇이 문제냐고 묻는 거니, 얼버무리는 이 꼬마 계집애야!" 패니가 소리쳤다. "무엇이 문제인지 알잖아. 벌써 이야기했으니까, 무모하게 그걸 부정하려고 하지 마!"

"쉿! 에이미," 그는 손수건으로 얼굴을 여러 차례 훔친 다음에 무릎에 내려놓았던 손으로 그것을 발작적으로 움켜쥐고서 말했다. "네가 여기서 품위 있게 지내게 하려고 나는 할 수 있는 일은 뭐든 다 했다. 네가 여기서 신분을 유지하도록 하려고 할 수 있는 일은 뭐든 다 했어. 성공했을 수도 있고 못 했을 수도 있지. 네가 알 수도 있고 모를 수도 있고. 더 이상 말하지 않으마. 난 여기서 창피함 빼고는 모든 것을 견뎌왔지만, 운 좋게도 그건 겪지 않았어 – 오늘까지는 말이야.”

그는 발작적으로 움켜쥐고 있던 손수건을 펴서 눈가에 다시 댔다. 그 옆의 바닥에 무릎을 꿇고 탄원 조로 그의 팔을 잡고 있던 작은 도릿이 회한에 빠져서 그를 지켜보았다. 발작적인 슬픔에서 벗어나자 그는 손수건을 다시 한 번 꼭 쥐었다.

“운 좋게 오늘까지는 창피함을 겪지 않았어. 온갖 괴로움을 겪으면서도 − 내게는 기백이 있었고, 그리고 − 괴로움을 겪으면서도, 이런 표현을 써도 된다면, 기백을 따른 것이 내가 − 하아 − 창피함을 겪지 않게 해줬어. 하지만 오늘, 바로 지금, 그걸 통렬히 느끼는구나.”

“당연하죠! 어떻게 느끼지 않을 수 있겠어요?” 패니가 제어할 수 없이 소리쳤다. “거지와 함께 제멋대로 활보하고 다니다니!” (공기총이 다시 발사되었다.)

“하지만 아빠,” 작은 도릿이 울부짖었다. “아빠의 마음에 상처를 준 것에 대해 제가 옳다고 하지는 않겠어요 − 그래요! 절대로요!” 심한 고통에 사로잡혀서 양손을 꼭 쥐었다. “아빠에게 그저 간청하고 비는 것은 편하게 생각하고 용서해달라는 거예요. 그러나 아빠가 그 노인에게 친절했고 신경을 많이 써줬을 뿐 아니라 언제나 기꺼이 맞이했다는 사실을 몰랐다면 여기에 같이 오지 않았을 거예요, 아빠, 정말로 그렇게 하지 않았을 거예요. 제가 불행하게 저지른 일은 실수로 그런 거예요. 세상이 제게 뭘 주더라도 또는 제게서 뭘 뺏어가더라도 아빠의 눈에 눈물 한 방울이라도 일부러 흘리게 하지는 않을 거니까요!” 작은 도릿은 거의 비탄에 잠겨서 말했다.

약간은 화를 내고 또 약간은 후회하면서 흐느끼던 패니가 울부짖으면서 죽었으면 좋겠다고 - 절반은 화가 나고 또 절반은 풀렸을 때, 절반은 자신에 대해 또 절반은 다른 모든 사람에게 앙심을 품었을 때 으레 떠들던 대로 - 떠들기 시작했다.

그러는 동안 마셜시의 아버지가 막내딸을 껴안고 머리를 쓰다듬었다.

"자, 자! 그만 해라, 에이미, 그만 해, 아가야. 가능한 한 빨리 잊을게. 나는," 발작적으로 쾌활한 체했다. "나는 - 금방 잊을 수 있을 거야. 애야, 내가 나이 든 가신 - 그런 사람, 그런 사람을 말이다 - 을 언제나 **기꺼이** 맞이했고, 내가 - 하아 - 내 상황에서 할 수 있는 한 최대의 후원과 친절을 그 - 에헴 - 부러진 갈대 - 그렇게 불러도 도리에 어긋나는 건 아니라고 생각한다 - 에게 베풀었다는 것은 완전히 맞는 말이야. 애야, 사실이 그렇다는 건 완전히 맞는 말이지. 그와 동시에, 그렇게 하면서도 나는 - 하아 - 이렇게 표현해도 된다면 - 기백을 잃지 않았어. 적당한 기백 말이다. 그런데 뭔가," 말을 멈추고 흐느꼈다. "그 기백과 양립할 수 없고 그것에 상처를 주는 - 깊숙이 주는 - 것이 있구나. 그건 착한 에이미가 나이 든 가신에게 상냥하고 - 하아 - 공손하게 행동하는 것을 봤기 때문이 아니야 - 내 기분이 나쁜 것은 그것 때문이 아니야. 숨김없이 말하는 걸로 골치 아픈 이 문제를 끝낼 수 있다면, 그것은 내 아이가, 바로 내 아이가, 내 딸이 대로에서 학교로 - 생글거리며! 생글거리며! - 팔짱을 끼고 들어오는 모습을 보았기 때문이지 - 맙소사, 구빈원 복장을 한 늙은이와 말이야!"

불행한 그 신사가, 마름질도 안 돼 있고 유행한 적도 한 번 없는 외투를 걸치고 있는 노인에 대해, 거의 들리지 않는 목소리로 그리고 움켜쥔 손수건을 공중에 치켜든 채로 이런 이야기를 헐떡이며 했다. 문에서 노크소리가 들리지 않았으면 흥분하여 추가로 고통스러운 소리를 했을지 모른다. 노크소리가 벌써 두 차례나 되풀이되었기 때문에, 패니가(죽었으면 좋겠다는 말을 계속 하더니 이제는 땅에 묻혔으면 한다는 말까지 실제로 덧붙였다) 소리쳤다. "들어와요!"

"아, 존이군!" 마셜시의 아버지가 목소리를 바꿔서 차분하게 말했다. "어쩐 일인가, 존?"

"선생님 앞으로 온 편지가 전갈과 함께 방금 간수실에 도착했는데, 마침 제가 거기 있어서 가져왔습니다." 작은 도릿이 고개를 돌린 채 아버지의 발치에 무릎 꿇고 있는 애처로운 모습을 보고는 이야기하던 사람이 크게 당황하였다.

"정말인가, 존? 고맙네."

"편지는 클레넘 씨가 보낸 겁니다, 선생님 – 답장이에요 – 그리고 전갈은, 클레넘 씨가 선생님을 뵈러, 그리고 또한," 전보다 당황하였다. "에이미 양을 만나러 오늘 오후에 들르겠다는 말을 안부인사와 함께 전해달라는 거였습니다."

"오오!" 마셜시의 아버지가 편지 안을 힐끗 보고는(안에는 지폐 한 장이 들어있었다) 얼굴을 약간 붉혔다. 그리고 에이미의 머리를 다시 쓰다듬었다. "고맙네, 존. 잘 알았어. 신경 써 줘서 아주 고마워. 기다리는 사람은 없나?"

"예, 아무도 없습니다."

"고맙네, 존. 어머님은 어떠신가?"

"감사합니다, 선생님, 어머니는 저희가 바라는 만큼 건강하지는 못하세요 – 사실, 저희 식구 중에서 아버지 빼곤 건강한 사람이 없으니까요 – 그러나 꽤 괜찮습니다, 선생님."

"안부 좀 전해주겠나? 부디 마음에서 나오는 안부를 전해주게, 존."

"감사합니다, 그러겠습니다." 그러고 나서 치버리 2세는 자신을 위해 완전히 새로운 비문을 즉흥적으로 짓고 그 자리를 떠났다. 비문은 다음과 같은 취지였다. 존 치버리의 유해가 여기에 눕다. 아무 날에, 자기 삶의 우상이, 슬픔과 눈물에 젖어있는 것을 보고, 그 괴로운 모습을 견딜 수 없어서, 슬픔에 잠겨 있는 부모님의 집으로 즉시 가다. 그러고 나서 경솔한 짓으로, 목숨을 마무리하다.

"자, 자, 에이미!" 존이 문을 닫자 마셜시의 아버지가 말했다. "그 얘기는 그만하자." 그는 몇 분 사이에 기분이 매우 좋아졌고 아주 쾌활해졌다. "나이 든 가신은 여태껏 어디 있는 거야? 그를 더 이상 혼자 두면 안 돼. 혼자 두면 자기가 환영받지 못한다고 생각할 거고, 그러면 내 마음이 아파. 애야, 그를 데리고 오겠니, 아니면 내가 데려올까?"

"아빠가 괜찮다면," 작은 도릿이 흐느끼는 것을 그치려고 애쓰면서 말했다.

"그래, 내가 할게, 얘야. 네 눈이 약간 충혈되었다는 걸 깜박했구나. 자! 기운 내, 에이미. 나에 대해 걱정할 건 없다. 아가, 난 다시 완전히 정상이야, 정상이라고. 네 방으로 가라, 에이미. 클레넘 씨를 맞아야 하니까 편안하고 유쾌하게 보이도록 얼굴을 다듬으렴."

"제 방에 그냥 있겠어요, 아빠." 침착성을 되찾기가 전보다 더 어려워진 작은 도릿이 대답했다. "클레넘 씨를 만나지 않는 게 훨씬 낫겠어요."

"오, 말도 안 돼, 아가, 어리석은 생각 말아라. 클레넘 씨는 아주 신사다운 사람이야 – 아주 신사답지. 가끔씩 약간 내성적일 때도 있지만, 내 생각에는 정말로 신사다워. 아가, 네가 클레넘 씨를 맞이하러 여기 오지 않는다는 생각은 할 수도 없구나, 특히 오늘 오후에는 말이야. 그러니, 가서 얼굴을 씻어라, 에이미. 착한 아이답게 가서 씻어."

그렇게 지시하자 작은 도릿은 공손하게 일어나서 시키는 대로 했다. 방에서 나가다가 언니에게 화해의 입맞춤을 하기 위해 잠시 멈췄을 뿐이었다. 그러자 그 젊은 숙녀는 너무 시달렸다는 생각이 들었고, 보통 그녀의 불쾌감을 덜어주던 소망이 당분간 맥을 못 추게 되었기 때문에, 낸디 영감이 메스껍고 귀찮고 사악한 놈같이 성가시게 와서 두 자매를 이간질하느니 죽어버리기를 소망하는 멋진 생각을 하게 되었다.

마셜시의 아버지는 기분이 상당히 좋은 상태였다. 그래서 콧노래를 부르고 검정색 벨벳 캡을 약간 삐딱하게 쓴 채 마당으로 내려갔다. 그리고 나이 든 가신이 그동안 내내 모자를 손에 든 채 문 안쪽에 서 있었다는 사실을 알게 되었다. "이봐, 낸디!" 그가 아주 온화하게 말했다. "위층으로 가세, 낸디. 올라가는 길을 알잖아. 위층으로 가자니까?" 또한 그에게 손을 내밀고, "어떤가, 낸디? 괜찮나?"라고 묻기까지 했다. 가수가 그 말을 듣고 대답했다. "감사합니다, 나리. 각하를 뵈니 더 좋아졌습니다." 마당을 지나갈 때 마셜시의 아버지는 최근에 들어온 학생에게 그를 소개했다. "오래전부터 알고 있는 나이 든 가신이네." 그러고 나서 아주 정중하게 말했다. "모자를 쓰게, 낸디. 모자를 써."

친절을 베푸는 행동이 계속되어, 매기에게 차를 준비하라고 시키면서, 약간의 과자와 신선한 버터, 달걀과 차가운 햄, 그리고 새우를 사오라고 지시했다. 그러한 간식을 사오라고 10파운드짜리 지폐 한장을 주면서 거스름돈을 잘 받아오라고 엄하게 지시했다. 이런 준비가 어느 정도 진행되고 딸 에이미가 일감을 갖고 돌아왔을 때 클레넘이 나타났다. 그는 클레넘을 아주 정중하게 맞이했고, 함께 식사하자고 청했다.

"에이미, 애야, 클레넘 씨를 나보다 훨씬 잘 알잖니. 패니, 애야, 클레넘 씨와 아는 사이잖니." 패니가 도도하게 아는 체를 했다. 클레넘 씨를 만날 때마다 패니가 암암리에 취했던 입장은, 자기 가족을 이해하려 하지 않거나 또는 자기 가족에게 충분히 경의를 표하지 않음으로써 가족에게 모욕을 주려는 거대한 음모가 진행 중이며, 그런 음모자 중의 한 명이 나타났다는 것이었다. "클레넘 씨, 이 사람이 나이 들고 충직한 가신, 낸디 영감이오." (그는 낸디 영감이 나이가 아주 많은 사람이라고 늘 얘기했지만 영감은 그보다 두세 살 어렸다.) "어디 보자. 플로니쉬는 알지요? 당신이 불쌍한 플로니쉬를 알고 있다는 말을 내 딸 에이미가 했던 거 같은데?"

"아, 그럼요!" 아서 클레넘이 말했다.

"이 노인이 바로 플로니쉬 부인의 아버지요."

"정말요? 만나서 기쁩니다."

"클레넘 씨, 그가 가진 많은 훌륭한 자질들을 알게 된다면 좀 더 기쁠 거요."

"차차 그 자질들도 알게 되기를 바랍니다." 아서는 머리를 숙이고 있는 유순한 그 사람을 속으로 불쌍하게 여기면서 말했다.

"그에게는 오늘이 휴일이어서 언제나 기꺼이 자기를 만나주는 옛 친구들을 보러 온 거요." 마셜시의 아버지가 말했다. 그러고 나서 손으로 가리고 덧붙였다. "교구들이 연합하여 세운 구빈원에 있는 불쌍한 노인이오. 오늘 하루 외출 나온 거지."

그때쯤 매기가 작은 엄마의 도움을 받아서 조용히 식탁을 차렸다. 더운 날이고 감옥에는 바람이 전혀 통하지 않았기 때문에, 창문을 밀 수 있는 한 최대한으로 밀쳐서 활짝 열어놓았다. "애야, 매기가 창턱에 신문을 펴놓으면," 마셜시의 아버지가 만족하여 작은 도릿에게 반쯤 귀엣말로 속삭였다. "우리가 차를 마실 때 나이 든 가신이 거기서 차를 마실 수 있을 거다."

그래서 플로니쉬 부인의 아버지는 자신과 훌륭한 친구들 사이에

표준 도량형으로 폭이 1피트 정도 되는 심연을 두고 융숭한 대접을 받았다. 클레넘은 마셜시의 아버지인 그가 다른 아버지라도 된 것처럼 누군가를 관대하게 후원하는 모습을 본 적이 없었기 때문에 감옥의 수많은 불가사의에 대해 골똘히 생각했다.

감옥의 불가사의 중 가장 두드러지는 점은 마셜시의 아버지가 가신의 허약함과 약점을 즐기듯이 이야기하는 태도였다. 마치 자신이 전시하고 있는 무해한 동물의 몰락에 대해 계속해서 평을 하는 친절한 사육사 같았다.

"햄을 좀 더 들게나, 낸디? 이런, 너무 천천히 먹는군! (마지막으로 남은 이빨이," 그가 방문객에게 설명했다. "빠지려고 하나봐, 불쌍한 영감.")

그다음에는 "새우 들지 않겠나, 낸디?" 하고 물었다. 그가 대답을 바로 하지 않자 자기 생각을 말했다. ("그의 청력에 심한 결함이 있어. 곧 귀머거리가 될 거야.")

그다음에 그가 또 물었다. "낸디, 자네가 있는 그곳의 구내마당을 자주 산책하나?"

"아뇨, 나리. 산책하는 걸 별로 좋아하지 않아서요."

"그래, 그렇겠지." 그가 인정했다. "아주 당연한 일이야." 그러고 나서 모여 있는 사람들에게 은밀히 알려주었다. ("다리 힘이 빠지고 있군.")

한번은 가신이 가라앉지 않도록 뭐든 물을 겸해서 관대하고 일반적인 질문을 했다. 막내 손주가 몇 살이더라?

가서 울어야 해

"존 에드워드가," 가신은 생각하느라고 나이프와 포크를 천천히 내려놓으면서 중얼거렸다. "몇 살이냐고요? 생각 좀 해보고요."

마셜시의 아버지가 그의 이마를 가볍게 두드렸다. ("기억력이 약하군.")

"존 에드워드요? 글쎄요, 정말 기억나지 않아요. 그 아이가 현재 두 살하고 두 달이 되었는지, 두 살하고 다섯 달이 되었는지 모르겠네요. 둘 중 하나예요."

"그걸 생각해내느라 속 태우지 말게." 그가 무한히 인내하면서 대답했다. ("기능이 분명히 쇠퇴하고 있어 — 노인은 지내던 대로 지내다가 쓸모없게 되는 법이니까!")

가신에게서 이런 사실들을 많이 알아냈다고 생각할수록 그는 가신을 더욱 좋아하는 것 같았다. 차를 마신 다음에, 가신이, 각하, 갈 때가 거의 다 된 것 같습니다, 라고 하자, 그는 작별하려고 의자에서 일어났고, 가능한 한 최대로 몸을 곧게 세워서 건강해 보이려고 했다.

"나는 이것을 1실링짜리 동전이라고 생각하지 않아, 낸디," 그가 동전 한 닢을 그의 손에 쥐여 주며 말했다. "담배라고 생각하지."

"각하, 감사합니다. 이걸로 담배를 사겠습니다. 에이미 양과 패니 양에게 감사와 존경을 드립니다. 클레넘 씨, 잘 있어요."

"그리고 우리를 절대 잊지 말게, 낸디." 마셜시의 아버지가 말했다. "오후에 시간이 되면 언제든 또 오고. 밖에 나왔는데 우리를 안 보면 안 되지, 그러면 질투할지 몰라. 잘 가게, 낸디. 특히 계단 내려갈 때 조심해, 약간 울퉁불퉁하고 낡았으니까." 그렇게 말을 하며 층계참에 서서 노인이 내려가는 것을 지켜보았다. 그러고 나서 방에 다시 돌아와 만족한 기색으로 근엄하게 말했다. "클레넘 씨, 서글픈 모습이오, 그 사람이 스스로 그렇게 느끼지 않는다는 게 위안이 되긴 하지만 말이오. 불쌍하고 늙은 저 친구는 비참하게 몰락했소. 기백이 꺾였고 없어졌어 – 산산이 부서졌단 말이지 – 완전히 으스러졌단 말이오!"

떠나지 않고 남아 있는 목적이 있었기 때문에 클레넘은 매기가 작은 엄마와 함께 찻그릇을 씻고 치우는 동안 이런 의견에 대해 자신이 할 수 있는 얘기를 하고, 그 의견을 말한 사람과 같이 창가에 서 있었다. 그러면서 옆 사람이 상냥하고 다가가기 쉬운 군주의 태도를 하고 서 있지만, 백성들이 아래층 마당에서 올려다볼 때 그들의 인사를 알아보고 답하는 태도는 축복을 베푸는 데에 미달한다는 것을 알아챘다.

작은 도릿이 자기 일감을 탁자 위에 올려놓고 매기가 자기 일감을 침대 틀에 올려놓자 패니는 가려고 보닛 끈을 매기 시작했다. 아서는 아직 볼일이 남았기에 여전히 그냥 있었다. 그때 문이 노크도 없이 열리더니 팁 군이 들어왔다. 그는 에이미가 자기를 맞아주려고 벌떡 일어나자 그녀에게 입을 맞췄고, 패니와 아버지에게는 각각 고개를 까닥였다. 그렇지만 손님에게는 별도로 아는 체를 하지 않고 얼굴을 찌푸리더니 자리에 앉았다.

"팁, 오빠," 작은 도릿이 그 모습을 보고 깜짝 놀라서 부드럽게 말했다. "안 보여 – "

"아니, 보여, 에이미. 여기 와 있는 손님의 존재를 말하는 거라면 – 그러니까, 네가 그걸 말하는 거라면," 팁이 고개를 클레넘 쪽으로 갑자기 돌리면서 힘주어 대꾸했다. "보인다니까!"

"그게 다야?"

"그게 다야. 그리고 내 생각에는," 그 젊은이가 잠시 멈췄다가 거만하게 덧붙였다. "그게 다라고 하면 손님은 내 말이 무슨 뜻인지 알 거야. 간단히 말해서, 자신이 날 신사같이 대우하지 않았다는 사실을 이해하리라고 생각해."

"무슨 말인지 모르겠군." 언급된 그 인물이 불쾌하게 그러나 침착하게 말했다.

"모르겠다고요? 글쎄요, 그렇다면 선생에게 더 명확하게 하기 위해 알려드리죠. 내가 일시적으로 약간의 돈을 융통해달라고, 예의 바르게 표현한 간청, 절박한 간청, 말하기 힘든 간청이라고 칭하는 바를, 어떤 사람에게 그의 능력이면 쉽게 처리할 수 있는 범위 내에서 – 그의 능력이면 쉽게 처리할 수 있는 거였어요, 명심해요! – 부탁했는데, 그 사람이 양해해 달라면서 거절했다면, 그 사람이 날 신사같이 대우했다고는 생각하지 않거든요."

말없이 아들을 지켜보던 마셜시의 아버지가 그 얘기를 듣자마자 화를 내며 말하기 시작했다.

"네가 어떻게 감히 – " 그러나 아들은 그의 말을 가로막았다.

"글쎄요, 아버지, 어떻게 감히, 라고 묻지 마세요, 바보 같은 소리니까요. 제가 이 자리에 있는 사람에게 취하기로 작정한 행동방식에 관해서는 적절한 기백을 보이고 있다고 자랑으로 여기셔야 해요.”

“저도 그렇게 생각해요!” 패니가 소리쳤다.

“적절한 기백이라고?” 아버지가 말했다. “그래, 적절한 기백이구나. 적당한 기백이고말고. 결국 내 아들이 내게 – **내게** – 기백을 가르치는 거냐!”

“자, 그것에 대해 걱정하거나 다투지 마세요, 아버지. 이 자리에 있는 사람이 절 신사로 대하지 않았다는 결론을 완전히 내렸으니까요. 그러니 그걸로 끝난 거죠.”

“하지만 그걸로 끝난 게 아니야, 이놈아.” 아버지가 대꾸했다. “그걸로 끝날 게 아니라고. 네가 이미 결론을 내렸다고? 이미 내렸다고?”

“그래요, **제가요**. 이렇게 계속 이야기하는 게 무슨 소용이죠?”

“왜냐하면,” 마셜시의 아버지가 아주 흥분해서 대꾸했다. “무엇이 말도 안 되는지, 무엇이 – 하아 – 비도덕적인지, 무엇이 – 흠 – 부친 살해인지 결론 내릴 권리가 네게는 없으니까. 클레넘 씨. 그만두라고 하지 마시오. 여기에는 – 흠 – 일반적인 원칙이 포함되어 있으니, 그건 – 하아 – 환대에 대한 고려조차 초월하는 거요. 나는 아들의 주장에 반대요. 나는 – 하아 – 나로서는 반박하겠소.”

“왜요, 아버지가 이 일과 무슨 관계죠?” 아들이 어깨너머로 대꾸했다.

“내가 그 일과 무슨 관계냐고, 이놈아? 나에게는 – 흠 – 기백이 있어, 이놈아, 그걸 허용하지 않을 기백이 있다고. 나는," 그는 손수건을 다시 꺼내서 얼굴을 가볍게 문질렀다. "그것 때문에 화가 났고 모욕을 느꼈어. 내가 어떤 사람에게 일시적으로 약간의 돈을 융통하기 위해 - 흠 - 간청을, 예의 바르게 표현한 간청을, 말하기 힘든 간청을, 절박한 간청을, 한 번 - 하아 - 또는 여러 번 했다고 생각해보자. 쉽게 융통해줄 수 있는데도 융통해주지 않았을 뿐 아니라 그 사람이 양해해 달라고 알려 왔다고 생각해보자. 그랬다고 해서 신사가 응당 받아야 할 대우를 받지 못했다는 이야기를, 내가 - 하아 - 내가 그런 대우를 감수했다는 이야기를 아들에게서 들어야겠니?"

딸 에이미가 그를 진정시키려고 다정하게 애썼지만 그는 절대 진정되지 않았다. 흥분했고 참을 수 없다고 했다.

그리고 또다시 알고 싶다고 했다. 내가 내 집에서, 아들한테, 면전에서, 그런 얘기를 들어야겠어? 그런 창피를 혈육 때문에 느껴야겠어?

"아버지가 스스로 창피해하는 거고, 자발적으로 그 모든 모욕 속에 들어가는 거예요!" 젊은 신사가 뚱해서 말했다. "제가 결론 내린 문제는 아버지와 아무 관계도 없는 거예요. 제가 말한 내용도 전혀 관계없고요. 아버지가 다른 사람의 모자를 쓰려고 할 필요가 뭐가 있어요?"

"나와 관계가 많기 때문이라고 대답하마." 마셜시의 아버지가 대꾸했다. "내가 분노를 느끼며 지적하는 것은, 이놈아, 네가 그런 - 하아 - 그렇게 이상한 원칙을 정했을 때, 다른 게 아니더라도 네 아버지의 – 흠 – 하아 – 민감하고 색다른 입장을 생각해서 말문을 닫았어야 한다는 거야. 그뿐만 아니라 네가 효성이 없더라도, 이놈아, 또는 아들로서의 본분을 저버리더라도 너는 최소한 – 흠 – 기독교도 아니냐? 너 – 하아 – 무신론자니? 한 번 물어보자, 어떤 사람이 이번에는 양해해 달라고 하면서 거절했다고 해서 그에게 오명을 씌우고 비난하는 게 기독교도다운 거니? 바로 그 사람이 – 하아 – 다음에 필요한 돈을 융통해 줄 수도 있는데 말이야. 다시는 – 흠 – 다시는 상종하지 않겠다는 게 기독교도가 할 말이니?" 그는 종교적으로 흥분해서 열정적으로 말했다.

"오늘 밤 여기서 현명하고 올바르게 논의할 수 없다는 걸 확실히 알았어요." 팁 군이 일어나면서 말했다. "그러니 제가 할 수 있는 최선은 논의를 그만두는 거겠죠. 잘 있어, 에이미. 화내지 마. 이런 일이 여기서, 네가 있는데 일어나서 아주 유감이야. 정말 유감이야. 그러나 에이미, 네 체면을 위해서라도 내가 기백을 완전히 내려놓을 순 없어."

그렇게 말하며 팁 군은 모자를 쓰고 밖으로 나갔고, 패니 양이 뒤따라갔다. 그녀는 클레넘을 빤히 노려보며 떠났는데 그보다 덜 적대하며 떠나는 것은 기백 없는 행동이라고 여겼으니, 그를 커다란 음모자 집단의 일원으로 늘 생각한다는 의미였다.

그들이 떠나자 마셜시의 아버지가 처음에는 다시 낙망에 빠지려고 했다. 어떤 신사가 금방 때맞춰 다가와서 술집으로 안내하지 않았다면 실제 낙망에 빠졌을지도 모른다. 그 신사는 클레넘이 우연히 이곳에 붙잡히게 되었던 날 밤에 만났던 사람으로, 교도소장이 기부금을 착복하여 잘살고 있다는 이해하기 어려운 불만을 가진 사람이었다. 자기가 마셜시의 아버지를 의장석으로 모셔갈 대표라고 소개했고, 마셜시의 아버지가 화성和聲을 조금 즐기는 학생들 모임에서 사회를 보기로 약속했는데 지금이 그때라는 거였다.

"클레넘 씨, 보다시피," 마셜시의 아버지가 말했다. "여기서 나의 처지는 대단히 모순되는 것이오. 그러나 공적인 임무가 우선이지! 공적인 임무의 중요성을 당신보다 더 잘 알 사람은 분명히 없을 거요."

클레넘은 그에게 잠시도 지체하지 말라고 응답했다.

"에이미, 얘야, 네가 클레넘 씨를 좀 더 머물도록 설득하고, 오빠와 언니에 대해 부족한 대로 대신 사과해다오. 차를 마신 후에 벌어졌던 – 하아 – 불미스럽고 불쾌한 사건을 클레넘 씨가 잊을 수 있도록 네가 뭔가 좀 할 수도 있겠지."

클레넘은 그 사건이 자기에게 아무 인상도 남기지 않았다고, 따라서 잊을 것도 없다고 안심시켰다.

"이보시게," 마셜시의 아버지는 검정색 캡을 벗고 클레넘의 손을 꼭 쥐는 것으로, 그날 오후에 짧은 편지 속에 동봉했던 지폐를 안전하게 받았다는 것을 표현하며 말했다. "신의 축복이 언제나 함께하기를 비네!"

떠나지 않고 남아 있던 클레넘의 목적이 마침내 달성되어서 곁에 아무도 없는 상태에서 작은 도릿과 이야기를 나눌 수 있게 되었다.

매기는 곁에 있어도 없는 사람과 같았다.

32 운수를 추가로 점치다

매기는 불투명한 주름장식이 잔뜩 달린 커다란 하얀 모자로 옆얼굴 전부를 가린 채(옆얼굴이 전혀 보이지 않았다), 창가 쪽에 앉아서 하고 있는 일에 열중했다. 챙이 처진 모자와 쓸모없는 한쪽 눈 때문에 그녀는 유리창 맞은편에 앉아있는 작은 엄마와 완전히 구분되었다. 의장이 사회를 보기 시작한 이후에 마당의 인도 위를 걷거나 질질 끄는 발걸음이 현저하게 줄어들었다. 학생들의 물결이 화성이 나는 쪽으로 세차게 흘러갔던 것이다. 영혼에 음악이 없거나 주머니에 돈이 없는 소수의 학생들은 근처에서 어정거렸다. 죄수를 찾아온 아내와 의기소침하고 경험이 없는 죄수가, 찢어진 거미줄과 아주 꼴사납고 불쾌한 것들이 다른 곳의 귀퉁이를 더럽히는 것처럼, 귀퉁이에서 여전히 꾸물거리고 있는 낯익은 모습도 보였다. 학생들이 수면행위의 혜택을 누리는 밤 시간을 제외하면 학교에서 제일 조용한 시간이었다. 종종 술집 탁자를 떠들썩하게 치는 소리가 났는데, 그것은 화성이 한 차례 성공적으로 끝났거나, 마셜시의 아버지가 학생들에게 던진 건배 제의나 인사말에 대해 다 함께 반응하는 소리였다. 가끔 대다수 목소리보다 좀 더 낭랑하게 울려 퍼지는 목소리가 들려와서, 어떤 베이스 가수가 대양에 있거나 사냥터에 있거나 순록과 같이 있거나 산 위에 있거나 야생화에 파묻혀 있다는 사실[4]을 듣는 사람들에게 자랑스레 알려주었다. 그러나 마셜시의 교도소장은 어리석지 않았기 때문에 그를 꼼짝달싹 못 하게 가두어두고 있었다.

아서 클레넘이 작은 도릿 옆에 앉으려고 하자 그녀는 바늘을 놓치지 않으려고 수선을 피워야 할 정도로 몸을 떨었다. 클레넘이 그녀의 일감에 가만히 손을 올려놓고 말했다. "작은 도릿아, 이걸 좀 내려놓자."

그녀가 그것을 내주자 그가 옆으로 치웠다. 그러고는 두 손을 불안하게 마주 잡고 있는 그녀의 한쪽 손을 잡았다.

"작은 도릿, 최근엔 거의 보지 못했구나!"

"바빴어요."

"오늘에야 들었다." 클레넘이 말했다. "내 근처에 사는 착한 사람들과 함께 있었다는 이야기를 정말 우연히 오늘에야 들었어. 내게 들르지 그랬니?"

"잘 – 잘 모르겠어요. 정확히 말하면 바쁘실 거라고 생각했어요. 요사이 보통 바쁘시잖아요?"

그는 떨고 있는 그녀의 자그마한 모습과 아래로 숙인 얼굴을, 그리고 눈을 들어 올렸다가 시선이 마주치자 아래로 떨어뜨리는 두 눈을 주시했다 – 친절하게 그리고 거의 그만큼 걱정하면서 두 눈을

---

[4] 낚시할 때나 사냥할 때 흔히 부르는 노래를 언급하는 것임.

주시했다.

"애야, 태도가 많이 달라졌구나!"

이제는 떠는 것을 도저히 통제할 수 없을 정도였다. 그녀는 붙잡힌 손을 살며시 빼서 다른 손에 포개고는 고개를 숙인 채 온몸을 떨었다.

"작은 도릿아." 클레넘이 동정 조로 불렀다.

그녀가 울음을 터뜨렸다. 매기가 갑자기 돌아보고 적어도 일 분은 빤히 쳐다보았지만 끼어들지는 않았다. 클레넘은 잠시 기다렸다가 다시 입을 열었다.

"참고 볼 수가 없구나," 그가 입을 열었다. "네가 우는 모습 말이야. 그러나 눈물을 흘려서라도 지나친 짐을 지고 있는 네가 마음의 부담을 덜 수 있으면 좋겠다."

"그래요, 선생님. 눈물만이 그렇게 할 수 있어요."

"이런, 이런! 방금 있었던 일 때문에 너무 신경 쓰는 거 같구나. 그런 일은 중요하지 않아, 전혀 아니야. 그저 불운해서 겪은 거니까, 그런 일은 눈물과 함께 잊어버리렴. 눈물 한 방울 흘릴 가치도 없는 거야. 한 방울이라고? 작은 도릿, 네가 마음의 고통을 잠시라도 덜 수 있다면 그런 하찮은 일은 하루에 50번이라도 기꺼이 겪을 수 있어."

그녀가 용기를 내서 평상시의 태도에 훨씬 더 가깝게 대답했다. "선생님은 정말 친절하세요! 하지만 그 일에 대해 달리 유감으로 여기거나 창피해할 게 없다고 하더라도 선생님께는 아주 형편없는 보답이에요-"

"쉿!" 클레넘이 미소를 짓고 그녀의 입술에 손을 댄 채로 말했다. "아주 많은 일을 아주 많이 기억하는 너도 잊어버리는 게 있다니 정말 신기하구나. 네가 믿고 의지하기로 한 친구가 과거에도 현재에도 바로 나라는 사실을 다시 한 번 말해줘야 하니? 아니야, 기억할 거야, 그렇지 않니?"

"기억하려고 노력하고 있어요, 그렇지 않았으면 오빠가 조금 전에 여기서 잘못된 생각을 말했을 때 그 약속을 어겼을 거예요. 오빠가 이곳에서 자랐다는 사실을 감안해서 심하게 비난하진 마세요, 가엾은 사람이니까요!" 그런 말을 하며 눈길을 들어서 이제까지보다 꼼꼼하게 그의 얼굴을 살폈다. 그러고 나더니 갑자기 어조를 바꿔서 물었다. "클레넘 씨, 아프셨던 건 아니죠?"

"그럼."

"무리했거나 다쳤던 것도 아니죠?" 그녀가 걱정스레 물었다.

이제는 클레넘이 어떻게 대답해야 할지 전혀 몰랐다. 그렇지만 대답 삼아 말했다.

"사실 약간의 문제가 있었지만 이제는 괜찮아. 내가 그런 기색을 노골적으로 보였니? 그러지 않을 정도의 꿋꿋함과 자제력이 있어야 하는데 말이다. 그 정도는 있다고 생각했는데, 너한테서 그걸 배워야겠구나. 누가 날 더 잘 가르칠 수 있겠어!"

그는 다른 사람이 볼 수 없는 자신의 모습을 그녀가 볼 수 있으리라는 생각은 해본 적이 없었다. 이 세상에서 그녀와 똑같은 관점과 강도로 자기를 바라볼 사람이 달리 없다는 생각은 해본 적도 없었던 것이다.

"그러고 보니 하고 싶은 이야기가 생각났어." 그가 말을 이었다. "그래서 내 얼굴이 충실치 못하게 비밀을 누설했어도 불평하지 않을게. 뿐만 아니라 네게 비밀을 털어놓는 건 특권이자 즐거움이야. 그래서 고백하는데, 내가 얼마나 수심에 잠겨 있고 나이 들었는지를 생각하지 못하고, 그리고 멀리 떨어진 곳에서 살던 삶을 단조롭고 불행하게 만들었을 뿐 아니라, 그 삶에 어떠한 자국도 남겨놓지 않았던 오랜 세월과 더불어 그런 일을 벌이기에 적절한 때가 얼마나 완전히 지나갔는지를 생각하지 못하고 ─ 고백하는데, 이 모든 사실을 생각하지 못하고 누군가를 사랑했던 것 같아."

"제가 아는 분인가요?" 작은 도릿이 물었다.

"아니야, 얘야."

"선생님 때문에 제게 친절하게 대해 주었던 부인 아닌가요?"

"플로라 말이구나. 아니야, 아냐. 네가 생각하기에 ─ "

"그런 생각은 전혀 들진 않았어요." 작은 도릿이 말을 했는데 그에게라기보다 자기 자신에게 말하는 것에 가까웠다. "조금 궁금했던 거죠."

"글쎄!" 클레넘은 장미를 안고 가로수 길을 걸었던 그날 밤에 들었던 기분, 자신이 인생의 그런 미묘한 부분과는 관계가 전혀 없는 훨씬 나이 든 사람이 되었다는 기분을 감수하면서 말했다. "내 잘못을 알아냈고, 그것에 대해 조금 ─ 사실은, 아주 많이 ─ 생각을 했고,

좀 더 현명해졌어. 좀 더 현명해졌기 때문에 내 나이를 세어보고 현재의 나를 생각했지. 그리고 과거를 뒤돌아보고 미래를 생각하다가 곧 백발노인이 되리라는 사실을 알았어. 언덕을 올라갔는데 꼭대기에 있는 평평한 땅을 지나서 가파른 내리막길에 들어섰다는 걸 깨달은 거야."

자신이 이런 이야기를 함으로써 인내심 있는 이에게 극심한 고통을 안겨준다는 걸 알기만 했다면! 그녀를 안심시키고 도와주려는 목적이었지만 그렇지 않다는 걸 알았다면.

"그런 일이 내게 적절하거나 즐거운 일일 수 있는 때가, 나든 나와 관련된 누구에게든 희망적이거나 행복한 일일 수 있는 때가 이미 지나갔고, 다시 오지 않을 거라는 사실을 깨달았어."

오! 그가 알았다면, 알았더라면! 자기 손에 쥐고 있는 단도와 그걸로 작은 도릿의 헌신적인 가슴을 찔러서 피를 흘리게 만든 잔인한 상처를 볼 수 있었다면!

"그 일은 모두 지나갔고 그 후로는 그런 일에 대해 고개를 돌리고 외면했어. 이런 이야기를 네게 왜 하는 거겠니? 애야, 내가 왜 네게 우리 둘의 나이 차를 알려주고, 네게 남아있는 시간을 나는 너의 평생이라는 세월만큼 이미 지나왔다는 사실을 상기시켜 주는 거겠니?"[5]

"절 믿기 때문이었으면 좋겠어요. 당신에게 영향을 미치는 것은

---

[5] 작은 도릿이 스물두 살이고, 클레넘은 마흔네 살이 아니라 마흔 살이므로 약간의 과장이 섞인 발언임.

제게도 영향을 미친다는 사실을 알기 때문이었으면 좋겠고, 당신을 행복하거나 불행하게 하는 것은 당신에게 큰 고마움을 느끼고 있는 저도 마찬가지로 행복하거나 불행하게 한다는 사실을 알기 때문이었으면 좋겠어요."

그는 그녀의 떨리는 목소리를 들었고, 진지한 표정을 보았으며, 투명하고 순수한 눈빛을 보았다. 그리고 그의 가슴에 겨누어진 치명적인 상처를 받아내기 위해서라면, 죽을 때 "사랑해요!"라고 외치면서 기꺼이 몸을 던졌을 그 가슴이 두근거리는 것을 보았다. 그러나 진실을 어렴풋하게라도 눈치 채지는 못했다. 결코 그러지 못했다. 그는 헌신적인 작은 여자가 닳아 해진 신발을 신고 평범한 옷을 입은 채 감옥을 집 삼아 지내는 모습을 보았고, 몸집은 왜소한 아이이지만 영혼은 단단한 여장부를 보았다. 요컨대, 그녀의 가정적 내력이라는 빛이 다른 모든 것을 보이지 않게 만들었던 것이다.

"확실히 그래서야, 작은 도릿. 그러나 다른 이유도 있어. 나는 너와는 혈연이 아예 아니고 전혀 다르며 훨씬 나이 들었기 때문에 네 친구 겸 의논 상대로 그만큼 더 적합한 사람이란다. 내 말은, 좀 더 쉽게 신뢰할 수 있는 사람이라는 거야. 다른 사람 앞에서라면 느낄 수도 있는 아주 사소한 거북함도 내 앞에서는 없어지는 거지. 어째서 날 그토록 피하고 있었니? 말해줄래."

"저는 여기가 더 좋아요. 제가 있어야 하고 제가 도움이 되는 곳은 여기거든요. 여기 있을 때 훨씬 더 행복해요." 작은 도릿이 힘없이 말했다.

"네가 그날 다리 위에서도 그렇게 말했었는데 나중에 그 생각을 많이 했단다. 희망을 품고 편안하게 털어놓을 비밀은 없니?"

"비밀이라고요? 없어요, 비밀 같은 건 없어요." 작은 도릿이 다소 난처해하며 말했다.

그들은 작은 소리로 이야기를 나누었는데, 일을 하고 있는 매기를 그 이야기에서 떼어놓으려는 신중함 때문이 아니라 그런 말투를 택하는 게 내용상 자연스러웠기 때문이다. 갑자기 매기가 또다시 빤히 쳐다보았고, 이번에는 입을 열었다.

"있잖아! 작은 엄마!"

"왜 부르니, 매기."

"이 아저씨에게 엄마의 비밀을 말해줄 게 없으면 공주의 비밀을 말해줘. **공주는** 비밀이 있잖아."

"공주는 비밀이 있다고?" 클레넘이 약간 놀라면서 물었다. "어떤 공주 말이니, 매기?"

"어머! 어떻게 열 살 난 아이를 괴롭혀요," 매기가 말했다. "불쌍한 아이를 이런 식으로 난처하게 만들면서 말이에요. 도대체 누가 공주에게 비밀이 있다고 했어요? **난** 그런 말 한 적 없어요."

"미안하구나. 그렇게 들은 거 같아서 말이다."

"아니에요, 그러지 않았어요. 비밀을 알아내고자 했던 사람이 공주인데 어떻게 그렇게 말했겠어요? 비밀을 가진 사람은 언제나 물레를 돌리던 작은 여자란 말이에요. 그래서 공주가 그녀에게 물었어요. 어째서 그걸 갖고 있니? 그러자, 작은 여자가 공주에게 말했어요. 아뇨, 갖고 있지 않아요. 그러자, 공주가 작은 여자에게 말했어요. 아니, 갖고 있잖아. 그래서 둘이 찬장에 가봤어요. 그것이 거기 있었죠. 그리고 작은 여자는 병원에 입원하지 않으려고 하다가 죽었어요. 작은 엄마, **엄마는** 알잖아, 이 아저씨에게 말해줘. 그거야말로 진짜 비밀이니까!" 매기가 기뻐하면서 소리쳤다.

아서는 그 말을 이해할 수 없어서 도움을 얻고자 작은 도릿을 바라보았고, 그녀가 몹시 머뭇거리면서 얼굴을 붉히는 모습을 보고는 깜짝 놀랐다. 그러나 옛날에 매기에게 들려주려고 창작해낸 동화일 따름이라고, 그리고 설령 기억한다고 하더라도 누구에게든 다시 말하기 부끄러운 이야기라고 하자, 더는 묻지 않았다.

그렇지만 그는 자신의 얘기로 되돌아가, 우선 좀 더 자주 보자고, 그리고 누구도 작은 도릿의 행복에 대해 자기 이상으로 강한 관심을 갖거나, 행복하게 하기 위해 마음을 쏟을 순 없다는 사실을 명심하라고 부탁했다. 그녀가 잘 알고 있다고, 그걸 잊은 적이 없다고 열심히 대답하자, 두 번째의 좀 더 미묘한 문제 – 자신이 지니게 된 어렴풋한 느낌 – 에 대해 언급했다.

"작은 도릿," 그가 그녀의 손을 다시 잡고 이제까지보다 작은 소리로 말했기 때문에 작은 방 안에 같이 있던 매기조차도 그의 얘기를 들을 수 없었다. "다른 이야길 할게. 이 이야기를 대단히 하고 싶었고 할 기회를 잡으려고 애써왔단다. 나이로 보자면 네 아버지나 삼촌뻘인 내 걱정은 말고, 날 언제나 아주 나이 든 사람이라고 생각하기 바란다. 네 헌신적인 사랑이 이 방에 집중되어있다는 사실과 마지막 순간까지 어떤 것도 네가 이 방에서 하는 일을 그만두게 할수 없을 거라는 사실은 잘 알고 있어. 그 점을 확신하지 않았다면, 좀 더 적당한 장소에 네가 살 집을 마련할 수 있게 해달라고 너와 네 아버지께 진작 간청했겠지. 그러나 네게도 다른 사람에 대한 관심이 생길 수 있단다 - 지금 그렇다는 얘긴 아니야, 가능하긴 하지만 말이야 - 다른 사람에 대한 관심이, 이 방에 대한 네 애정과 모순되지 않는 관심이 다음에 언제든 생길 수 있어."

그녀의 얼굴이 아주, 아주 창백해졌고 말없이 고개를 가로저었다.

"그럴 수도 있어, 작은 도릿아."

"아니에요. 아니에요. 아니에요." 그 낱말을 한 마디씩 천천히 되풀이한 다음에 차분하고 쓸쓸하게 고개를 가로저었는데, 그녀가 천천히 되풀이하고 고개를 가로저었다는 사실을 그는 훨씬 뒤에 기억해냈다. 그 사실을 훨씬 뒤에, 이 감방 안에서 뚜렷이 기억할 때가 장차 닥칠 것이었다, 바로 이 방에서 말이다.

"그러나, 혹 그렇게 된다면, 애야, 내게 말해주기 바란다. 사실대로 알려주고, 관심을 두게 된 대상을 말해줘. 그럼 내가 너에 대해, 내 마음속의 착한 작은 도릿에 대해, 열정과 경의, 우정과 존경을 다해서 영원히 도움이 되는 일을 해볼 테니."

"오, 감사합니다, 감사합니다! 그러나 웬걸요, 천만에요, 아니에요!" 작은 도릿이 그렇게 말하면서 그를 바라보았는데, 일에 지친 두 손을 맞잡고 있었고 전과 마찬가지로 체념한 말투였다.

"지금 털어놓으라고 강요하는 건 아니야. 그저 주저하지 말고 날

믿으라고 부탁하는 거지.”

“이토록 친절하신데 어떻게 믿지 않겠어요!”

“그렇다면 날 전적으로 믿을 거지? 불행이나 걱정거리를 숨기고 몰래 품고 있진 않을 거지?”

“가능한 한 그러지 않을게요.”

“지금은 숨기고 있는 게 없니?”

그녀가 고개를 가로저었지만, 얼굴은 아주 창백했다.

“오늘 밤 자리에 누워서 이 애처로운 장소를 생각할 때 — 널 보지 않았을 때도 매일 밤 생각했으니까 오늘 밤에는 틀림없이 생각할 거야 — 이 방과 평소에 이 방을 사용하는 사람 외에 네 마음을 갉아먹는 슬픔은 존재하지 않는다고 믿어도 되겠니?”

그녀가 그 말에 영향을 받는 것 같았고 — 그 사실 역시 그는 한참 후에 기억해냈다 — 좀 더 명랑하게 말했다. “예, 클레넘 씨. 그럼요, 그럼요!”

사람이 올라오거나 내려갈 때마다 흔들거려서 늘 신속하게 그 사실을 알려주던 계단이 그때 빨리 걸어오는 발걸음 때문에 삐걱거렸고, 여기에 더하여 감당할 수 없을 정도로 증기를 내뿜는 작은 증기 기관이 방 쪽으로 다가오는 것 같은 소리가 들렸다. 그 소리는 아주 빨리 다가왔고, 점점 기운차게 다가왔다. 문을 두드린 다음에는 마치 허리를 굽힌 채 열쇠구멍에 대고 코를 킁킁거리는 것 같은 소리를 냈다.

매기가 미처 문을 열기도 전에 팽스 씨가 바깥쪽에서 문을 열었고, 매기의 어깨너머로 클레넘과 작은 도릿을 보며 모자를 쓰지 않은 맨머리를 몹시 흐트러뜨린 채 서 있었다. 손에는 불을 붙인 여송연을 들고 있었고, 맥주와 담배연기로 찌든 모습이었다.

"집시 팽스가," 그가 숨을 헐떡이며 말했다. "운수를 점치고 있소."

그들을 향해 거무칙칙한 미소를 짓고 거칠게 숨을 내쉬면서 아주 묘한 태도로 서 있었는데, 마치 주인님을 위해 구석구석 뒤지는 사람이 아니라 마셜시와 교도소장과 간수들과 학생들 모두의 의기양양한 주인님 같은 태도였다. 대단한 자기만족에 사로잡혀서 여송연을 입술에 대고(애연가는 분명히 아니었다) 오른쪽 눈을 일부러 꼭 감은 채 한 모금 세게 빨다가 발작적으로 몸서리를 치고 숨 막혀 했다. 그러나 그런 와중에도 자신이 제일 좋아하는 소개말을 다시 하려고 여전히 노력했다. "지입-시 패앵-스가 운수를 점치고 있소."

"저녁 때 다른 학생들과 같이 있었어요." 팽스가 말했다. "노래를 불렀는데, '흰 모래와 회색 모래'[6]를 같이 했지요. **나는** 그 노래를 몰랐지만 신경 쓰지 않았어요. 어떤 노래든 아무 부분이나 맡을 수 있거든요. 크게 부르기만 하면 내내 마찬가지니까요."

클레넘은 처음에 그가 술에 취했다고 생각했다. 그러나 맥주 때문에 조금 더 나빠졌을 수는(또는 좋아졌을 수는) 있지만, 흥분을 일으킨 주요소가 맥아로 양조되거나 곡물 또는 열매로 증류된 것이

---

[6] 전통적인 돌림노래의 하나.

아니라는 사실을 즉시 눈치 챘다.

"안녕, 도릿 양?" 팽스가 말했다. "너라면 돌아다니다가 잠깐 들러도 개의치 않을 거라고 생각했어. 클레넘 씨가 여기에 있다는 이야기를 도릿 씨에게 들었거든. 안녕하시오?"

클레넘이 고맙다고 했다. 그리고 아주 쾌활한 모습을 보니 기쁘다고 했다.

"쾌활하죠!" 팽스가 말했다. "기분이 끝내줘요. 잠시도 그냥 있을 수 없어요, 아니면 날 지나칠 테니까. 사람들이 날 지나치는 걸 원하지 않거든요. ─ 뭐라고, 도릿 양?"

팽스는 그녀에게 호소하고 그녀를 바라보는 데에서 끝없는 기쁨을 느끼는 것 같았다. 그러면서 동시에 검은색 앵무새처럼 흥분해서 머리카락을 세웠다.

"여기에 온 지 반 시간도 안 됐어. 도릿 씨가 의장석에 있는 걸 보고 '가서 그를 도와줘야지!'라고 생각했던 거야. 당연히 블리딩 하트 야드로 갔어야 하지만 그들은 내일 가서 괴롭혀도 돼. ─ 뭐라고, 도릿 양?"

그의 작고 검은 두 눈이 전기를 만들어낼 것같이 불꽃을 튀겼다. 머리카락을 헝클어뜨리자 머리카락마저도 불꽃을 튀기는 것 같았다. 그는 잔뜩 충전된 상태여서 몸의 어느 부분에든 주먹을 대면 불꽃과 활기를 뽑아낼 수 있을 것 같았다.

"중요한 사람들은 여기 모여 있군." 팽스가 말했다. ─ "뭐라고, 도릿 양?"

그녀는 그가 꽤 두려웠기 때문에 뭐라고 해야 할지 몰라서 우물쭈물했다. 그가 클레넘 쪽을 향해서 고개를 끄덕이며 웃었다.

"도릿 양, 이 분에 대해서는 신경 쓰지 마. 이 분은 같은 편이니까. 사람들 앞에서는 나한테 신경 쓰지 않기로 했지만 클레넘 씨를 의미했던 건 아니야. 이 분은 우리 편이거든. 한 편이라고. 그렇잖소, 클레넘 씨? – 뭐라고, 도릿 양?"

그가 특별한 흥분에 빠져 있다는 것을 클레넘은 재빨리 알아챘다. 작은 도릿이 놀라서 그 모습을 보다가, 두 사람이 재빨리 눈짓을 주고받는 걸 눈치 챘다.

"내가 무슨 얘기를 하고 있었더라," 팽스가 말했다. "무슨 얘기였는지 잊어버렸어. 아, 생각났다! 중요한 사람들은 여기 모여 있군. 모두에게 한턱내겠어. – 뭐라고, 도릿 양?"

"아주 관대하시군요." 두 사람이 또다시 눈짓을 재빨리 주고받는 것에 주목하면서 그녀가 대꾸했다.

"전혀 아니야." 팽스가 말했다. "천만의 말씀. 난 부동산을 물려받을 거야, 사실이 그래. 사람들을 인색하지 않게 대접할 수 있어. 여기 사람들에게 한턱내겠어. 마당에 식탁을 차리고 빵을 잔뜩 준비할 거야. 담뱃대는 다발로 묶어놓고 담배는 말려서 잔뜩 준비해야지. 모든 사람에게 구운 쇠고기와 건포도 푸딩을 대접하겠어. 두 배 독한 흑맥주를 한 사람당 1쿼트[7]씩 돌릴 거야. 그리고 사람들이 좋아

---

[7] 1쿼트=1/4갤런=2파인트=약 1.14리터.

하고 당국이 허락한다면 포도주도 1파인트씩 내놓고. - 뭐라고, 도릿 양?"

작은 도릿은 그의 태도를 보고, 정확히 말하자면 클레넘이 그의 태도를 점차 이해하는 것을 보고(팽스 씨가 말을 새로 할 때마다 그리고 앵무새같이 행동할 때마다 작은 도릿은 클레넘을 보았다), 아주 당황해서 아무 말도 못 하고 대답 조로 입술만 달싹거렸다.

"그런데 아, 그건 그렇고!" 팽스가 말했다. "너는 그 작은 손에 나와 있는 것 중에서 우리가 못 본 것을 살아서 보게 될 거야. 그렇게 될 거야, 그렇게 될 거라고, 애야. - 뭐라고, 도릿 양?"

그가 갑자기 말을 멈췄다. 커다란 불꽃을 마지막으로 교체할 때 수없이 생겨난 불똥처럼 머리 위로 온통 솟아오른 삐죽삐죽한 검은 머리 가닥이 모두 어디서 새로 나왔는지는 불가사의한 수수께끼였다.

"그러나 날 지나칠 거야." 그가 이야기를 다시 했다. "그런데 사람들이 날 지나치는 걸 원하지 않아. 클레넘 씨, 당신과 나는 약속을 했어요. 내 말은 내가 그 약속을 충실히 지켰다는 걸 당신이 알게 될 거라는 겁니다. 잠시 밖으로 나오면 내가 약속을 지켰다는 사실을 알게 될 거예요. 도릿 양, 잘 자. 도릿 양, 행운을 빌어."

팽스는 두 손으로 그녀와 급히 악수한 후에 숨을 몰아쉬며 계단을 내려갔다. 아서가 잰걸음으로 따라가다가 그를 마지막 층계참에 넘어뜨리고 마당으로 굴러 떨어뜨릴 뻔했다.

"대체, 무슨 일이오!" 마당에 같이 서게 되자 아서가 물었다.

"잠깐만요. 소개합니다. 럭 씨입니다."

그 말을 하며 모자를 쓰지 않은 다른 남자를 소개했는데, 그 남자도 역시 여송연을 물고 있었고 맥주 냄새와 담배 연기에 후광처럼 둘러싸여 있었다. 팽스 씨만큼 흥분한 상태는 아니었지만, 그 역시 걷잡을 수 없는 팽스 씨를 보면서 차츰 침착해지고 조리를 갖춰나가지 않았다면 광기와 유사한 상태에 빠져 있을 것이었다.

"클레넘 씨, 럭 씹니다." 팽스가 말했다. "잠깐만요. 펌프 있는 데로 갑시다."

펌프 있는 데로 자리를 옮겼다. 팽스 씨가 머리를 주둥이 아래에 곧바로 대더니 럭 씨에게 펌프질을 세게 해달라고 청했다. 럭 씨가 문자 그대로 충실히 응했기 때문에, 팽스 씨는 어느 정도 목적을 달성해서 코를 킁킁거리고 숨을 헐떡이며 펌프에서 벗어났고 손수건으로 젖은 머리를 말렸다.

"머리를 감았더니 정신이 좀 나는군." 깜짝 놀란 클레넘에게 그가 숨을 헐떡이며 말했다. "하지만 우리가 아는 사실이 엄연히 있는데 그녀의 아버지가 의장석에서 연설하는 소리를 듣는 것은, 그리고 우리가 아는 사실이 엄연히 있는데 그녀가 그런 옷을 입고 위층의 그런 방에 있는 모습을 보는 것은, 충분히 - 럭 씨, 말 좀 돼 줘요 - 좀 더 위로요 - 됐어요!"

그때 그 장소에서, 마셜시의 그 인도에서, 저녁의 어둠 속에서, 총대리이자 회계원, 채무 받아주는 사람인 펜튼빌의 럭 씨의 머리와 어깨 위로 모든 사람 중에서 바로 그 팽스 씨가 솟아올랐다. 뛰어내리자마자 그는 클레넘의 단춧구멍을 잡고 그를 펌프 뒤로 데리고 갔다. 그리고 숨을 헐떡이며 주머니에서 서류뭉치를 꺼냈다. 럭 씨도 역시 숨을 헐떡이며 주머니에서 서류뭉치를 꺼냈다.

"가만!" 클레넘이 귀엣말을 했다. "드디어 알아냈군요."

팽스 씨가 그대로 옮길 적당한 언어가 없을 정도의 감동을 주는 태도로 대답했다. "그런 것 같아요."

"누구든 관련된 사람이 있나요?"

"어떻게 말이죠?"

"뭐든 은폐했거나 부정한 거래를 하는 식으로 말이에요?"

"전혀 없어요."

"오, 고마워라!" 클레넘이 혼자 중얼거렸다. "이제 보여줘요."

"당신은 알아야 해요" – 팽스가 코를 킁킁거리며 흥분해서 서류를 펼쳤고, 짤막하고 강하게 의견을 퍼부었다. "가계도가 어디 있지? 4번 명세서는 어디 있어요, 럭 씨? 아! 됐어요! 여기 있네요. – 바로 오늘 사실상 끝냈다는 걸 알아야 해요. 법적으로 마무리하려면 하루나 이틀 더 걸리겠지만요. 최대한으로 일주일이면 될 거예요. 얼마 동안이었는지도 모르겠지만 밤낮으로 이 일에 매달렸어요. 럭 씨, 얼마 동안이었는지 기억나세요? 신경 쓰지 말고 아무 말도 하지 마요. 헷갈리게 할 뿐이니까. 클레넘 씨, 당신이 그녀에게 말하세요. 우리가 허락한 다음에요. 럭 씨, 개략적인 총액이 어디 있죠? 아! 여기 있네요! 그거 말이에요! 그게 그녀에게 알려줄 액수예요. 그 사람이 마셜시의 아버지고요!"

***

33 머들 부인의 불만

가원 부인은 미글스 부부를 최대한 잘 이용해서, 그리고 아서와 이야기를 나눌 때 그럴 가능성을 이미 드러냈던 대로 운명에 기초한 밑그림을 자신의 철학이 따르도록 해서, 어쩔 수 없는 운명을 받아들이고 아들의 결혼에 반대하지 않기로 관대하게 결론 내렸다. 그런 쪽으로 진행해서 다행히 그 결론에 도달하기까지, 그녀는 모성애뿐 아니라 현명하게 고려했던 다음 세 가지 사항의 영향을 받았을지 모른다.

첫 번째는 그녀의 아들이 어머니의 동의를 구해야겠다는 의사나 동의를 구하지 않아도 되는지에 대한 의심을 조금도 보이지 않았다는 점이었다. 두 번째는 국가가(그리고 바너클과 같은 사람이) 감사의 표시로 그녀에게 수여하는 연금은 그녀의 헨리가 아주 안락한 처지에 속하는 사람의 외동딸과 결혼을 해서 자식으로서의 본분을 소홀히 하더라도 그것과는 무관하게 지급될 것이라는 점이었다. 세 번째는 헨리의 부채가 제단 위의 난간에서 그의 장인에 의해 틀림없이 깨끗하게 청산될 것이라는 점이었다. 이처럼 빈틈없는 세 겹의 요점에다, 미글스 씨가 승낙했다는 사실을 아는 순간 자신도 승낙할 것이므로 미글스 씨의 반대가 그 나름으로 결혼에 유일한 장애물이라는 사실이 덧붙여지자, 특별히 맡은 일이 없었던 죽은 감독관의

미망인이 그와 같은 생각을 현명하게 속으로 자꾸 되뇌었을 개연성이 대단히 많았던 것이다.

그러나 가원 부인은 친척들과 지인들에게 그 결혼이 아주 유감스러우며, 그 때문에 마음이 몹시 아프다는 주장, 헨리가 그 결혼에 완벽하게 마음을 빼앗겼다는 주장, 그리고 오랫동안 반대했지만 엄마가 뭘 할 수 있겠느냐는 등의 주장을 부지런히 내세워서, 개인적인 품위와 바너클 가 혈통으로서의 품위를 유지했다. 그녀는 이런 이야기를 증언하게 하려고 아서 클레넘을 미글스 가족의 친구로 부른 적이 있었는데, 똑같은 목적으로 이제는 그 가족을 불러들였다. 미글스 씨와의 첫 번째 면담에서 그녀는 자신을 저항할 수 없는 압력에 우울하지만 품위 있게 굴복한 처지로 슬그머니 자리매김했다. 최대한의 품위와 교양을 갖추어서, 어려운 결심을 하고 마침내 양보한 사람이 – 그가 아니라 – 자신인 체했고, 희생도 – 그가 아니라 – 자신이 한 체했다. 동일한 시늉을 미글스 부인에게도 똑같이 품위 있고 교묘하게 떠안겼으니, 마술사가 순진한 부인에게 카드를 억지로 떠안기는 것과 마찬가지였다. 아들이 장래의 며느리를 소개하자, 며느리를 껴안으면서 "애야, 헨리의 넋을 이토록 **빼놓다니**, 헨리에게 뭘 한 거니!"라고 했고, 그와 동시에 약간의 눈물을 흘려서 코에 바른 가루분이 조그마한 방울로 흘러내리게 했다. 그것은 그녀가 자신의 불행을 겉으로 침착하게 견디느라고 속으로 많은 고통을 겪고 있다는 사실을 우아하게 그러나 감동적으로 나타내는 몸짓이었다.

가원 부인 – 상류사회의 일원이라는 사실을, 그리고 그 세력과 친밀하고 편한 관계를 유지하고 있다는 사실을 자랑하는 부인이었는데 - 의 친구 중에서는 머들 부인이 앞줄을 차지하고 있었다. 햄튼 코트의 보헤미안들이 머들에 대해 벼락부자라고 예외 없이 코를 치켜들고 멸시했다는 것은 사실이지만, 그의 부를 숭배하기 위해 앞으로 바짝 엎드려서 코를 다시 내렸다는 것도 사실이다. 코를 그처럼 보상 조로 조정하는 모습이 재무성관리, 변호사, 주교, 그리고 다른 모든 사람과 아주 흡사했다.

가원 부인은 앞서 말한 대로 그 결혼을 품위 있게 승낙한 다음에 스스로 애도를 표할 겸 머들 부인을 찾아갔다. 영국역사의 그 시기에 불경스럽게 '게딱지만 한 마차'라 불렸던, 한 필의 말이 끄는 마차를 타고 시내까지 애도하려고 갔던 것이다. 그 마차는 소규모 임대업자의 것이었는데, 임대업자는 마차를 직접 몰며 햄튼 코트 궁전에 사는 대다수의 노부인들에게 하루나 시간 단위로 마차를 세주었다. 빌린 동안은 마차 전체를 암묵적으로 임차인의 마차로 여겨야 한다는 것, 그리고 임대업자는 임차인에 대한 개인적인 정보를 누구에게도 누설하면 안 된다는 것이 그 궁전에서 지켜야 할 격식의 요점이었다. 그래서, 세상에서 제일 큰 대규모 임대업자인 에돌림청의 바너클들은 현재 직접 다루고 있는 일 이외에 다른 일에 대해서는 언제나 모르는 체했다.

머들 부인은 집 안에서 진홍빛과 황금빛의 보금자리에 앉아있었고, 가까운 가로대에 앉아있는 앵무새는 그녀를 더 커다란 종류의 또 다른 멋진 앵무새라고 생각하는 것처럼 고개를 한쪽으로 젖힌 채 그녀를 바라보고 있었다. 가원 부인은 애용하는 녹색 부채를 들고 방에 들어갔는데, 그 부채가 얼굴의 홍조에 비치는 빛을 부드럽게 해주었다.

"이봐요," 가원 부인이 그저 그런 이야기를 약간 나누다가 상대의 손등을 부채로 가볍게 두드리며 말했다. "부인이야말로 내게 위로를 주는 유일한 사람이에요. 아까 말했던 헨리의 일은 그렇게 될 거예요. 그런데 부인은 그 일에 대해 어떻게 생각하세요? 부인이 상류사회를 대표해서 상류사회의 생각을 아주 잘 말해주기 때문에 꼭 듣고 싶군요."

머들 부인은 상류사회가 눈여겨보는 자기 가슴을 살펴보았다. 그리고 머들 씨의 진열창 겸 런던 보석상들의 진열창이 잘 정돈되어 있는 것을 확인한 후에 대답을 했다.

"남자 쪽의 결혼에 대해, 부인, 상류사회가 요구하는 것은 결혼을 해서 재물을 되찾으라는 겁니다. 결혼을 해서 이익을 보라는 거지요. 결혼을 해서 상당한 가정을 일구라는 거라니까요. 그렇게 하지 않을 거면 상류사회는 그가 왜 결혼하는 건지 이해할 수 없어요. 이놈, 조용히 해!"

그들 위의 새장에 매달려 있던 앵무새가 마치 재판관인 것처럼 (실제로 꽤 그렇게 보였다) 그 회합을 주재했고, 날카로운 소리를 한 번 질러서 그 설명을 마무리했기 때문이었다.

"다른 경우가 있긴 하죠," 머들 부인이 자기 마음에 드는 손의 새끼손가락을 우아하게 갈고리 모양으로 구부리고, 그런 깔끔한 동

상류 사회가 결혼 문제에 대해 자신의 의견을 피력하다

작을 통해 자신의 말이 좀 더 깔끔하게 들리게 하고서 말했다. "남자가 젊지도 우아하지도 않지만 돈이 있고 이미 상당한 가정을 일군 경우죠. 그건 다른 거예요. 그런 경우에는ㅡ"

머들 부인이 눈처럼 하얀 어깨를 으쓱하더니, "글쎄요, 남자라면 이런 물건을 찾는 법이죠,"라고 덧붙이는 것처럼, 기침을 조금 하면 서 보석걸이에 손을 올려놓았다. 그때 앵무새가 다시 날카로운 소리 를 질렀고 그녀는 거울을 들어 그 새를 보면서 말했다. "이놈! 조용 히 해!"

"그러나 젊은이들은," 머들 부인이 말을 다시 이었다. "젊은이들 이 누굴 말하는 건지 아시죠ㅡ앞날이 창창한 아들들을 말하는 거예 요ㅡ그들은 결혼을 통해 상류사회와의 관계에서 좀 더 나은 위치에 자리를 잡아야 해요, 그렇지 않으면 상류사회는 그들이 자신을 놀림 감으로 만든 것에 대해 정말 참지 않을 거예요. 이 모든 이야기가 지독히 세속적으로 들리겠군요." 머들 부인이 보금자리에 기대앉은 채 거울을 다시 들면서 말했다. "그렇지 않나요?"

"하지만 맞는 얘기잖아요." 가원 부인이 대단히 도덕적인 태도로 대꾸했다.

"부인, 그걸 의심해서는 절대 안 돼요." 머들 부인이 말했다. "상 류사회가 그 문제에 대해 이미 결론을 내린 이상 이러쿵저러쿵할 게 없는 셈이니까요. 만일 우리가 좀 더 원시적인 상태에서 지낸다 면, 즉 나뭇잎으로 지붕을 만든 집에서 은행계좌 대신에 소와 양과 가축들을 키우고 사는 거라면(그러면 즐거울 거예요, 부인, 내가 본 래는 꽤 목가적이거든요) 그래도 괜찮겠지요. 그러나 우리가 나뭇 잎으로 만든 지붕 밑에서 사는 것도 아니고, 소와 양과 가축을 키우 는 것도 아니잖아요. 에드먼드 스파클러에게 그 차이를 지적해주느 라 나 자신이 완벽하게 노그라질 때가 가끔씩 있어요."

그 젊은 신사의 이름이 언급되었을 때 녹색 부채를 들여다보고 있던 가원 부인이 다음과 같이 대꾸했다.

"부인, 당신은 우리나라 - 존 바너클의 불행한 거류지 말이에요! - 가 처해 있는 형편없는 상태를 알잖아요. 따라서 내가 그 뭐처럼 찢어지게 가난한 이유도 알거고요."

"교회 쥐처럼 말인가요?" 머들 부인이 미소를 지으며 넌지시 말했다.

"나는 유명한 교인 - 욥을 생각했어요." 가원 부인이 말했다. "어느 쪽이든 상관없어요. 부인 아들과 내 아들의 처지가 많이 다르다는 걸 모른 체해봐야 쓸데없는 일이지요. 게다가 헨리의 재능이 -"

"에드먼드에게 그게 없다는 건 분명한 사실이죠." 머들 부인이 최고로 온화하게 말했다.

- "그리고 아들의 재능이 실망과 합해져서," 가원 부인이 말을 이었다. "그렇게 하게 되었는데 - 이거 참! **그러니까**, 부인. 헨리의 처지는 워낙 다르니까, 문제는 내가 받아들일 수 있는 가장 낮은 등급의 결혼이 뭐냐는 거예요."

머들 부인은 자신의 팔을 응시하는 데 정신이 팔려서(아름다운 팔이었고 팔찌를 차기에 안성맞춤인 팔이었다) 잠시 대답을 하지 않았다. 한참 있다가 정적 때문에 정신을 차리고는 팔짱을 끼고 놀랄 정도로 침착하게 친구의 얼굴을 똑바로 바라보면서 질문했다. "그래-에서요? 그다음은요?"

"그다음은, 부인," 가원 부인이 전만큼 상냥하지는 않은 태도로 말했다. "그 점에 대해서 부인의 의견을 듣고 싶어요."

마지막으로 소리를 지른 다음에 한쪽 다리로 서 있던 앵무새가 그때 발작적으로 웃음을 터뜨렸다. 그러고는 두 다리로 서서 조소하듯이 고개를 위아래로 움직였고, 마무리할 겸 다시 한쪽 다리로 서서, 고개를 최대한 돌린 채 답변을 들으려고 멈추었다.

"숙녀를 두고 신사가 뭘 얻을 수 있을지 묻는다는 것이 돈을 밝히는 소리로 들리는군요." 머들 부인이 말했다. "그러나 상류사회가 어쩌면 약간은 돈을 **밝히는지도** 모르죠, 부인."

"내가 이해하기로는," 가원 부인이 말했다. "헨리가 부채에서 벗어나게 될 건 확실한 것 같아요 - "

"부채가 많나요?" 머들 부인이 외알 안경 너머로 바라보면서 물었다.

"글쎄요, 꽤 된다고 해야겠지요." 가원 부인이 말했다.

"흔한 얘기네요, 그래요, 정말 그래요." 머들 부인이 편안하게 말했다.

"게다가 그 아버지가 그들에게 생활비로 일 년에 300파운드씩, 어쩌면 다 합하면 조금 더 줄 텐데, 그것이 이탈리아에서는 - "

"아! 이탈리아로 갈 건가요?" 머들 부인이 물었다.

"헨리가 공부를 하려고요. 부인, 이유를 추측하느라고 고민할 필요는 없어요. 그 지독한 예술이 - "

맞는 말이에요. 머들 부인은 상대가 괴로워하지 않도록 서둘러 말했다. 이해했어요. 그만 말하세요!

"그리고 그게," 가원 부인이 낙심하여 고개를 가로저으면서 말했다. "그게 다예요. 그것이," 녹색 부채를 잠시 접어서 그걸로 턱을 (이중 턱이 되어가는 중이었는데, 지금은 한 개 반 정도라고 할 수 있었다) 가볍게 두드리면서 되풀이하여 말했다. "그것이 다라고요! 노인들이 죽으면 좀 더 받을 수 있을지 모르죠. 하지만 제한되거나 묶일 수도 있어요. 그리고 그렇게 말하자면 노인들이 영원히 살 수도 있는 거고요. 부인, 그들은 그렇게 할 수 있는 바로 그런 사람들이거든요."

그때, 상류사회를 친구처럼 실제 아주 잘 알고 있으며, 상류사회의 어머니들이 어떤 사람들인지, 상류사회의 딸들이 어떤 사람들인지, 상류사회의 결혼시장이 어떤 곳인지, 그 시장에서 가격이 어떻게 지배하는지, 비싼 값을 주고 사는 사람을 구하기 위해 어떠한 음모와 역음모가 벌어지는지, 그리고 어떠한 흥정과 강매가 이루어지는지를 알고 있는 머들 부인은 그녀야말로 충분히 좋은 결혼상대자라고 마음 깊숙한 곳에서 통 크게 생각했다. 그러나 머들 부인은 가원 부인이 자신에게 기대하는 내용이 뭔지를 잘 이해했고, 소중하게 간직해야 하는 허구의 성격을 정확하게 감지했기 때문에, 그 생각을 우아하게 끌어안고 그 위에 광택을 내서 그녀가 자신에게 요구하는 바대로 기여했다.

"그래서 그게 다인가요, 부인?" 그녀가 친절하게 한숨을 쉬며 물었다. "이런, 이런! 부인 잘못이 아니에요. 자신을 탓할 게 아니라고요. 부인은 부인의 유명한 정신력을 발휘해서 어떻게든 극복해야지요.”

“그 여자아이의 가족이,” 가월 부인이 말했다. “물론 최대한으로 힘껏 노력해서 ─ 변호사들이 하는 말대로 ─ 헨리를 차지하고 붙잡은 거죠.”

“물론 그렇게 했겠죠, 부인.” 머들 부인이 말했다.

“나는 끝까지 모든 방법을 다 해서 반대했고, 헨리를 그 관계에서 떼어낼 수단을 궁리하느라 밤낮없이 고민했어요.”

“부인은 틀림없이 그랬을 거예요.” 머들 부인이 맞장구쳤다.

“그런데 모두 다 소용없었어요. 모든 것이 내 발밑에서 무너졌거든요. 자, 말해주세요, 부인. 헨리가 상류사회에 속하지 않는 집안과 결혼하는 데 대해 결국 아주 마지못해서 승낙한 게 잘한 건가요, 아니면 변명할 도리 없이 나약하게 행동한 건가요?”

그와 같이 직접 간청하자, 머들 부인은 (상류사회의 여사제처럼 이야기해서) 가월 부인을 안심시켰다. 당신이야말로 최고로 칭찬받아야 하고 많이 위로받아야지요. 당신은 최고로 숭고한 역할을 했고 용광로에서 정련된 채 나온 셈이에요. 가월 부인은 닳아서 올이 드러난 자신의 핑계를 물론 완벽하게 꿰뚫어보고 있었다. 그리고 머들 부인이 그것을 완벽하게 꿰뚫어보고 있으리라는 점과 상류사회도 그것을 완벽하게 꿰뚫어보리라고 짐작했지만, 그럼에도 그런 표현 방식을 구사하기 시작할 때처럼 한없이 만족하면서 엄숙하게 그런 표현 방식을 그만두었다.

그 만남은 캐번디쉬 스퀘어 할리 가의 모든 구역에 마차 바퀴소리와 두 번씩 노크하는 소리가 울려 퍼지던 오후 너더댓 시에 있었다. 그때, 머들 씨가 기술과 자본을 거대하게 결합시킨 세계적인 영리사업체를 알아볼 줄 아는 문명세계 곳곳에서 대영제국이라는 이름이 점점 더 존경받도록 만드는 일과를 마치고 집에 돌아왔다. 머들 씨의 사업이 돈을 마구 버는 일이라는 사실 외에는 그게 무엇인지 조금이라도 정확히 아는 사람은 아무도 없었지만, 그 사업에 대해 격식을 갖춰 말할 때마다 규정하는 표현이 그러했던 까닭은, 그 표현을 따지지 않고 받아들이는 것이 낙타와 바늘귀에 대한 우화를 결정적으로 새롭고 품위 있게 해석하는 길이었기 때문이다.

머들 씨는 그처럼 굉장한 일을 하기에 적합한 신사라기엔 다소 평범해 보였는데, 오히려 막대한 업무를 처리하다가 모종의 열등한 영혼과 우연히 두뇌를 바꾼 것처럼 보였다. 그는 자기 저택을 우울하게 산책하다가 두 여성 앞에 나타났다. 그 산책은 집사장과의 대면을 피하고자 하는 뚜렷한 목적 이외에 다른 목적은 없는 산책이었다.

"미안하오." 그가 당황해서 걸음을 멈추고 말했다. "앵무새 외에는 아무도 없을 거라고 생각했소."

그러나 머들 부인이 "들어와요!"라고 했고, 가원 부인이 막 가려던 참이라면서 작별인사를 하려고 벌써 일어났기 때문에, 안으로 들어갔다. 그리고 그 자신을 감금하는 것처럼 손목을 잡고 두 손을 소맷부리 아래에서 불편하게 교차시킨 채 먼 쪽에 있는 창문을 바라보고 섰다. 그런 태도로 있다가 곧바로 공상에 잠겼고, 단둘이 있은 지 15분 정도 되었을 때 긴 의자에 앉아있던 부인이 불러서야 겨우 정신을 차렸다.

"뭐라고요? 응?" 머들 씨가 부인 쪽으로 시선을 돌리며 물었다. "무슨 일이오?"

"무슨 일이냐고요?" 머들 부인이 그대로 따라 했다. "내가 불평하는 소리를 한 마디도 듣지 못했나 보죠."

"불평이라고 했소, 부인?" 머들 씨가 물었다. "부인이 불만이 있는 줄은 몰랐소. 무슨 불만이오?"

"당신에 대한 불만요." 머들 부인이 말했다.

"오! 나에 대한 불만이라고요." 머들 씨가 말했다. "무슨 - 내가 뭘 - 내게 무슨 불만이 있는 거요, 부인?"

뒤로 움츠리고 멍한 채로 곰곰이 생각하고 있었기 때문에 그 질문을 하기까지는 어느 정도의 시간이 걸렸다. 자신이 이 집의 가장이라는 사실을 소심하게라도 확인하기 위해 말끝에 집게손가락을 앵무새에게 내밀었지만, 앵무새는 부리로 즉시 그 손가락을 쪼아서 그 문제에 대한 자기 생각을 표현했다.

"부인," 머들 씨가 다친 손가락을 입 안에 넣은 채 말했다. "내게 불만이 있다고요?"

"불만이 있다고 반복해서 말하는 것 말고는 그 정당성을 달리 좀 더 강하게 보여줄 방도가 없군요." 머들 부인이 말했다. "담벼락에게 말하는 편이 낫겠어요. 저 새에게 말하는 편이 훨씬 낫겠고요. 새는 최소한 소리라도 지르니까요."

"내가 소리 지르기를 원하는 건 아니잖소." 머들 씨가 의자에 앉으면서 말했다.

"사실 잘 모르겠어요." 머들 부인이 대꾸했다. "그러나 그렇게 시무룩하고 당황한 채 있는 것보다는 그렇게라도 하는 게 낫겠어요. 그러면 당신이 주변에서 일어나는 일을 눈치 채고 있다는 사실은 최소한 알 수 있으니까요."

"소릴 질러도 눈치 채지 못할 수 있잖아요, 부인." 머들 씨가 기운 없이 말했다.

"그러나 소리라도 지르지 않으면 지금의 당신처럼 눈치 못 챌 수밖에 없으니까요." 머들 부인이 대꾸했다. "정말 그래요. 당신에 대한 불만은, 솔직히 말해서, 상류사회에 적응할 수 없으면 상류사회의 일원이 되면 절대 안 된다는 거예요."

머들 씨가 의자에서 벌떡 일어나, 그 자신을 들어 올릴 것처럼 머리 위에 남아있는 머리카락 전부에 두 손을 넣고 돌리면서 소리쳤다.

"아니, 도대체, 부인, 상류사회를 위해 나보다 더 많이 일한 사람이 어디 있소? 이 저택이 보이시오, 부인? 이 가구가 보이시오, 부인? 거울에 비치는 자신의 모습이 보이긴 하시오, 부인? 이 모든 것의 값이 얼마인지, 그리고 누굴 위해 이 모든 것을 제공했는지 아시오? 그런데도 부인은 내가 상류사회의 일원이 되면 안 된다고 얘기하는 거요? 상류사회에 이렇게 돈을 쏟아 부은 내가 말이오? 돈이 가득 들어있는 살수차와 나 자신을 연결해서 – 그래서 – 그래서 ─ 평생 상류사회를 흠뻑 적시고 다녔다고 할 수도 있는 내가 말이오?"

"제발, 흥분하지 마요, 여보." 머들 부인이 말했다.

"흥분했다고 했소?" 머들 씨가 말했다. "당신이 날 막가게 하고 있잖소. 당신은 상류사회의 편의를 봐주기 위해 내가 했던 일의 절반도 몰라요. 상류사회 때문에 내가 희생했던 것을 조금도 모른단 말이오."

"알아요," 머들부인이 대꾸했다. "당신이 이 나라에서 최고의 인물로 인정받는다는 사실과 진짜 상류사회에 진출했다는 사실을요. 그리고 여보, 상류사회에서 누가 당신을 지지하는지도 알 거 같아요. (사실, 우스꽝스러운 겉치레를 피하고 말하자면 안다고 생각해요)."

"부인," 그가 칙칙하게 핏발이 서고 누렇게 뜬 얼굴을 문지르며 반박했다. "그 사실은 나도 당신만큼 알고 있소. 당신이 상류사회를 장식해주는 사람이 아니고 내가 상류사회를 후원해주는 사람이 아니었다면, 당신과 나는 만나지도 않았을 거요. 후원해주는 사람이란, 상류사회가 먹고 마시고 바라보는 온갖 값비싼 물건들을 제공해주는 사람이란 말이오. 상류사회를 위해 그 모든 것을 다해왔는데, 내가 상류사회와 어울리지 않는다고 하는 것은 ─ 상류사회를 위해 그 모든 것을 다해왔는데," 자기 부인이 눈꺼풀을 치켜뜰 정도로 거칠게 강조하며 되풀이했다. "그 모든 것을 다해왔는데 ─ 모든 것을 말이오! ─ 결국에는 내가 상류사회와 어울릴 자격이 없다고 하다니, 훌륭한 보답이구려."

"내 말은," 머들 부인이 침착하게 대꾸했다. "당신이 조금 더 느긋하게 처신해서 그리고 사업에 조금 덜 매달려서 당신 자신을 상류사회와 어울리게 만들어야 한다는 거예요. 당신이 지금 하듯이 업무를 어디나 달고 다니는 것은 명백히 천박한 거니까요."

"내가 업무를 어떻게 달고 다닌다는 거요?" 머들 씨가 물었다.

"어떻게 달고 다니느냐고요?" 머들 부인이 물었다. "거울을 봐요."

머들 씨는 가장 가까이 있는 거울 쪽으로 반사적으로 시선을 돌렸다. 그랬다가 탁한 피가 관자놀이 쪽으로 천천히 몰리자 질문을 했다. 내 소화기능을 설명해줄 사람을 불러야 하지 않겠소?

"의사가 있잖아요." 머들 부인이 말했다.

"그 의사는 도움이 안 되오." 머들 씨가 말했다.

머들 부인이 화제를 바꾸었다.

"게다가," 그녀가 말했다. "당신이 소화기능에 대해 얘기하는 것은 말도 안 돼요. 지금 소화기능에 대해 얘기하는 게 아니라 매너에 대해 얘기하는 거잖아요."

"부인," 그녀의 남편이 대답했다. "당신이 그걸 제공하리라 기대하고 있소. 당신은 매너를 제공하고 나는 돈을 제공하는 거요."

"당신에게 사람들의 마음을 사로잡으라고 요구하는 게 아니에요." 머들 부인이 쿠션에 앉아서 편하게 휴식을 취하며 말을 이었다. "당신을 조금이라도 괴롭히려는 게 아니고, 매력적인 인물이 되려고 노력하라는 것도 아니에요. 그저 다른 사람들이 다들 그러는 것처럼 어떤 일에도 신경 쓰지 말라고 – 또는 신경 쓰지 않는 체하라고 – 부탁하는 거예요."

"내가 어떤 일에든 신경 쓴다는 얘길 한 적이 있소?" 머들 씨가 물었다.

"얘길 했느냐고요? 아뇨, 없었어요! 설령 했어도 아무도 당신 얘기를 귀담아듣지 않았을 거예요. 그러나 당신은 그런 태도를 보여줬어요."

"뭘 보여줬다고? 뭘 보여줬단 말이오?" 머들 씨가 급히 다그쳤다.

"벌써 말했잖아요. 사업상의 걱정과 계획들을 시티에든 그것들이 원래 있던 다른 어디에든 놓아두지 않고 달고 다니는 티를 냈다고요." 머들 부인이 말했다. "또는 놓아두는 체하지도 않고 말이에요. 그러는 척하는 걸로도 사실 충분해요. 더 이상 요구하지도 않고요. 그러나 당신은, 설령 목수라고 하더라도 하루의 일을 계산하고 합산하기 위해 당신이 늘 보여주는 이상으로 일에 매달릴 수는 없을 거예요."

"목수라고 했소!" 머들 씨가 신음소리 비슷한 뭔가를 억누르면서 따라 했다. "목수라고 해도 개의치 않겠소."

"그리고 내 불만은," 남편이 침울하게 하는 얘기를 무시하고 부인이 말을 이었다. "그건 상류사회의 방식이 아니므로 당신이 그런 태도를 고쳐야 한다는 거예요. 내 판단이 조금이라도 의심스러우면 에드먼드 스파클러에게라도 물어보든가요." 조금 전 아들이 방문을 열고 들여다보는 것을 머들 부인이 거울로 봤던 것이다. "에드먼드, 너와 이야기 좀 해야겠다."

(어리석은 생각을 하지 않는 젊은 그 여자를 찾으려고 집 안을 살펴보는 것처럼) 들어오지 않고 그저 머리만 들이밀고 방 안을 둘러보던 스파클러 군은 그 얘기를 듣자 머리에 이어서 몸을 들이밀고 그들 앞에 섰다. 머들 부인은 그의 이해력에 맞게 몇 마디의 쉬운 이야기로 풀어서 쟁점이 되고 있는 문제를 그에게 설명했다.

그 젊은 신사는 셔츠 깃이 맥박이고 그 자신이 건강염려증 환자인 것처럼 셔츠 깃을 불안스레 만져본 다음에 말했다. "사람들이 그런 말을 하는 걸 들은 적이 있어요."

"에드먼드가 그런 말을 들었다고 하잖아요." 머들 부인은 승리했지만 관심 없다는 투로 말했다. "글쎄요, 그런 말을 모든 사람이 들은 것이 틀림없을 거예요!" 모든 인간 중에서 스파클러 군이야말로 자기 면전에서 어떤 얘기가 오가든 영향 받을 인물이 아니었으므로, 사실 비합리적인 추론은 아니었다.

"에드먼드가 아마 말해주겠죠," 머들 부인이 자기 마음에 드는 손을 남편에게 내저었다. "그런 말을 어떻게 듣게 되었는지."

"단언할 수 없어요," 스파클러 군은 전처럼 맥박을 만져본 후에 말했다. "어쩌다가 그 얘길 듣게 되었는지 말이에요. 기억이 극도로 부정확하거든요. 그러나, 사람들이 그 얘길 하던 그 시기에, 아주 예쁜 여자아이(교육도 잘 받았고 어리석은 생각을 전혀 안 하는 여자예요)의 오빠와 같이 있다가 - "

"자! 그 여자아이는 신경 쓰지 말고," 머들 부인이 약간 조바심을 내며 말했다. "그 오빠가 뭐라고 했니?"

"한마디도 안 했어요, 어머니." 스파클러 군이 대답했다. "저만큼이나 말이 없는 사람이거든요. 마찬가지로 할 말이 궁했던 거죠."

"누구든 뭔가 말을 했겠지." 머들 부인이 대꾸했다. "그게 누구였는지는 신경 쓰지 마라."

("정말로 신경 쓰지 않아요." 스파클러 군이 말했다.)

"그렇지만 무슨 얘기였는지 해봐."

스파클러 군은 맥박을 다시 확인했고 모종의 가혹한 정신적 역경을 통과한 다음에 대답을 했다.

"저의 대장 – 제 표현이 아닙니다 – 에 대해 언급하는 사람들은 대장이 엄청나게 부자이고 아는 것이 많다는 이유로 – 더할 나위 없이 천재적인 구매자이자 은행가이고, 기타 등등이라는 이유로 – 종종 아주 후하게 경의를 표했지만 상점이 대장을 짓누르고 있다고 했어요. 대장이 상점을 달고 다닌다고 하면서, 등에 지고 다니는 게 차라리 낫겠다고 했어요 – 일감이 아주 많은 유대인 헌옷장수 같이요."

"그게," 머들 부인이 일어나자 주름 잡힌 옷이 주변에서 너울거렸다. "정확히 내 불만이에요. 에드먼드, 위층까지 네 팔을 잡고 올라가야 하겠다."

혼자 남은 머들 씨는 상류사회에 어떻게 스스로 좀 더 잘 맞춰나갈지 생각하면서 아홉 개의 창문 밖을 연속으로 내다보았는데 아홉 개의 황무지를 보는 것 같았다. 한참 동안 그렇게 있다가 아래층으로 내려가서 1층에 깔린 모든 카펫을 뚫어져라 주시했다. 그러고 나서 다시 위층으로 올라가서, 2층에 깔린 카펫들이 그의 억눌린 영혼과 모두 다 조화를 이루는 어두운 오지奧地인 것처럼 뚫어져라 주시했다. 늘 그랬듯이 방에 가까이 갈 권리가 전혀 없는 사람처럼 그는 이 방 저 방 돌아다녔다. 머들 부인에게 자기는 밤에 늘 편히 지낸다는 사실을 있는 힘껏 공표하도록 해라, 그래도 머들 씨 자신이 편하게 지낸 적이 한 번도 없다는 사실을 그보다 더 널리 그리고 더 명백하게 공표할 수는 없을 것이다.

마침내 집사장과 마주쳤는데, 그는 그 훌륭한 가신을 보게 되면 그는 언제나 맥을 못 추었다. 그 위대한 인물에게 압도되어서 자신의 옷방으로 살금살금 간 다음에, 머들 부인의 훌륭한 마차를 타고 함께 만찬장에 갈 때까지 그곳에 틀어박혀 있었다. 만찬 자리에서 그는 권력을 지닌 사람으로 선망과 아첨의 대상이 되었고, 자기가 원하는 만큼 재무성관리가 되고 변호사가 되고 주교가 되었다. 그리고 새벽 한 시에 혼자 집에 돌아왔고, 집사장 때문에 다시 자기 방에서 곧바로 골풀 양초처럼 생기를 잃고 한숨을 쉬며 잠자리에 들었다.

34 바너클들의 무리

　헨리 가원 씨와 그의 개가 작은 별장을 자주 찾아간다는 사실이 널리 알려졌고 결혼식 날짜가 확정되었다. 그때에 즈음하여, 그 대단히 고귀하고 대단히 웅대한 바너클 가문이 결혼식이라는 그 어두운 행사에 그 행사가 받아들일 수 있는 한 최대한의 많은 광채를 비추기 위해 한 차례 모일 예정이었다.

　바너클 가 전체가 한곳에 모이는 것은 두 가지 이유 때문에 불가능했다. 첫째는, 어떤 건물도 그 저명한 가문의 모든 성원과 친척을 수용할 수는 없었기 때문이고, 둘째는, 대영제국이 차지하고 있고, 공직을 임용할 수 있는 한 뙈기의 땅덩이라도 태양이나 달 아래 있는 곳이면 어디든 간에 바너클 중 한 명이 이미 그 자리에 달라붙어 있었기 때문이다. 육지의 어떤 지점을 발견한 것이 알려지자마자 에돌림청이 그곳으로 바너클 중 한 명과 공문서를 넣은 송달함을 발송하지 않으면, 아무리 용맹한 항해사라도 그곳에 깃발을 꽂을 수 없었고, 대영제국의 이름으로 그 땅을 차지할 수도 없었다. 이런 이유로 바너클 가의 사람들이 세계 곳곳에 있게 되었다 ‒ 요컨대, 송달함이 나침반의 32방위 순서대로 발송되었던 것이다.

　프로스페로[1]의 아주 강력한 마술로도, 바너클들을, (못된 짓 외에는) 할 일이 없고 착복할 것은 많은 대양과 육지의 모든 지점에서

---

[1]　셰익스피어의 『폭풍』에 나오는 마술사.

소집할 수는 없었겠지만, 그래도 꽤 많은 바너클들을 소집하는 것은 충분히 가능한 일이었다. 가원 부인은 그 일에 전념해서 새로운 이름을 추가한 하객 명단을 갖고 미글스 씨를 자주 찾아갔으며, 미글스 씨가 장차 사위가 될 인물의 부채를 검토하고 지불하느라 바쁘지 않을 때에는(보통은 바빴기 때문에) 저울과 국자가 놓여 있는 방에서 그와 상의를 했다.

가장 지위가 높은 바너클의 참석을 기대하는 것 이상으로 – 그런 하객을 모시는 명예에 대해 미글스 씨가 무감각한 것은 절대 아니었지만 – 미글스 씨가 호기심과 관심을 두고 참석 여부를 궁금해 하는 결혼식 하객은 클레넘이었다. 그러나 클레넘은 자신이 꼭 지켜야 한다고 여기는 약속을 그 여름날 밤 가로수 길에서 했던 것이고, 기사도 정신으로 생각하건대 그 약속은 여러 가지 책임을 다할 의무를 함축하는 것이라고 여겼다. 그는 자신을 잊고 어떤 경우든 그녀를 자상히 돕는 데 소홀하지 않을 작정이었다. 때문에 그녀를 돕기 시작할 겸해서 미글스 씨에게 쾌활하게 답했다. "물론 가야죠."

클레넘의 동업자인 대니얼 도이스가 미글스 씨에게는 상당한 장애물이었는데, 대니얼을 공직에 있는 바너클 무리와 어울리게 두면 결혼식 날 아침식사 자리에서조차 약간의 폭발이 일어날지 모른다는 불안을 완전히 지울 수는 없었기 때문이다. 그러나 그 국가적 범죄자가 트위크넘으로 찾아와서, 옛 친구에 대한 편안함과 호의로써 청하는데 자기는 초대하지 않았으면 좋겠다는 말을 해서 그의 불안을 덜어주었다. 대니얼이 말했다. "그 신사집단에 대한 내 관심

사는 공적인 책임과 공적인 봉사를 다 하자는 것이고, 나에 대한 그들의 관심사는 내 영혼을 지치게 해서 그것을 막는 것이기 때문에, 우리가 한마음인 체하며 함께 먹고 마시지 않는 게 나을 거 같아서요." 미글스 씨는 친구의 괴상한 말을 듣고도 대단히 기뻐했다. 그래서 평상시보다 좀 더 여유 있게 감싸는 태도로 은혜를 베풀어서, "그래, 좋아, 댄, 자네 마음대로 괴벽을 부리게,"라고 대답했다.

결혼식 날짜가 다가오자 클레넘은 헨리 가원 씨에게 그가 받아들일 수 있는 어떤 친교든 솔직하고 사심 없이 나누고 싶다는 생각을 차분하고 신중한 수단을 다 해서 전달하고자 애썼다. 가원 씨가 답례 삼아 평상시같이 편안하게, 그리고 평상시같이 신뢰하는 태도로 그를 대했지만, 그건 전혀 신뢰하는 것이 아니었다.

"실은, 클레넘," 결혼식이 일주일도 남지 않았을 무렵, 같이 작은 별장 근처를 산책하면서 대화를 나누던 중 그가 말했다. "나는 좌절을 겪은 사람이에요. 당신은 그 사실을 이미 알고 있고요."

"이거 참," 클레넘은 약간 당황스러웠다. "무슨 뜻인지 잘 모르겠군요."

"글쎄요," 가원이 대답했다. "나는 50가지 방법 중 어떤 것으로나 날 부양할 수 있었지만 그렇게 할 생각이 전혀 없었던 일족, 혹은 파벌, 혹은 가문, 혹은 친척, 혹은 당신이 뭐라 부르고 싶건 그것의 일원이거든요. 그래서 여기에, 굉장히 불쌍한 화가로 있는 거고요."

클레넘이 "그러나 그 반면에－"라는 말을 시작했을 때 가원이 말을 가로막았다.

"그래요, 그래요, 맞아요. 운 좋게도 나는 진심으로 사랑하는 아름답고 매력적인 여성의 사랑을 받고 있어요."

("행운이 지나치지 않나?" 클레넘이 속으로 생각했다. 그리고 그런 생각을 하는 자신이 부끄러웠다.)

"그리고 운 좋게도 훌륭하고 관대하고 멋진 분을 장인으로 맞았죠. 그럼에도 누군가가 어린 내 머리를 감고 빗겨줄 때 다른 장래성도 감고 빗질해서 내 머릿속에 넣었고, 혼자 힘으로 감고 빗질하게 되었을 때 그 장래성을 갖고 사립학교에 갔어요. 그러다가 지금 여기에 아무 장래성 없이 있는 것이고요. 그래서 나는 좌절을 겪은 사람이라는 거예요."

클레넘은 생각했다. (그리고 그런 생각을 하는 자신이 다시 부끄러웠다.) 인생에서 좌절을 겪었다는 이런 생각은 사회적 지위를 내세우는 건데, 신랑은 그걸 재산이라고 이 집안에 갖고 오겠다는 거야? 그것은 그가 하고 싶은 일을 하는 데 이미 불리하게 작용했던 거잖아? 그리고 다른 일을 한다고 해서 그것이 희망을 주거나 장래를 보장해 주겠어?

"쓰라리게 좌절을 겪은 거 같지는 않군요." 그가 큰 소리로 말했다.

"제기랄, 그래요. 쓰라리게 겪지는 않았어요." 가원이 웃음을 터트렸다. "내 친척들은 그럴 만한 가치가 없거든요 ─ 비록 매력적인 사람들이고 그들에 대해 최고의 애정을 가지고 있긴 하지만요. 뿐만 아니라 그들에게 내가 그들 없이 지낼 수 있다는 것과 그들이 모두

몰락할지 모른다는 사실을 알려주는 것도 즐거운 일이죠. 게다가
대부분 사람들은 인생에서 어떤 식으로든 좌절을 겪고, 그 좌절감의
영향을 받는 법이잖아요. 그러나 세상은 소중하고 좋은 거예요, 나
는 이 세상이 좋아요!"

"이제 당신 앞에 세상이 맑게 개어있군요." 아서가 말했다.

"여름날의 강물처럼 맑지요." 상대가 열정적으로 외쳤다. "정말
로, 세상에 대한 감탄과 세상에서 경주를 하고자 하는 열정이 북받
치는군요. 최고의 세상이에요! 그리고 내 직업도요! 최고의 직업 아
닌가요?"

"호기심과 야망이 충만하군요." 클레넘이 말했다.

"그리고 사기도요." 가원이 웃음을 터트리며 덧붙였다. "사기를
빼놓으면 안 되죠. 사기 치는 데 실패하지 않았으면 좋겠어요. 하지
만 사기 치는 데 실패한 사람이라는 사실이 드러날지도 모르죠. 그
걸 충분히 진지하게 밀고 나갈 수 없을지도 모르고요. 우리끼리 하
는 얘기지만, 그걸 할 수 없을 정도로 내 마음이 비뚤어져 있을 위험
성도 있는 거 같거든요."

"뭘 한다고요?" 클레넘이 물었다.

"그걸 계속한다고요. 내 앞사람이 자기 차례가 되어 했던 것처럼
나도 내 차례가 되면 물담뱃대를 돌리겠다고요. 노력과 습작과 인내
라는 가면을 계속 유지하고, 예술에 헌신했다는 가면, 수많은 날을
홀로 예술에 바쳤다는 가면, 예술을 위해 많은 즐거움을 포기했고
예술 속에서 살고 있다는 가면, 기타 등등의 가면을 유지하겠다고

요 – 간단히 말해서, 규칙에 따라 물담뱃대를 돌리겠다는 거죠.”

"그러나 그게 뭐가 됐든 사람이 자기 일을 존중하는 것은 좋은 일이죠. 그리고 자기 일을 옹호해야 한다고 여기고 자기 일에 대해 그에 합당한 존중을 바라는 것은 좋은 일 아닌가요?" 아서가 이치를 따져 말했다. "가원, 당신이 하는 미술이 사실 바라는 것은 그런 요청을 하고 도움을 요구하는 것 아닐까요. 실은 모든 예술이 요구하는 거라고 생각합니다만."

"클레넘, 당신은 정말로 훌륭한 사람이군요!" 상대가 억제할 수 없는 존경심을 느낀다는 듯이 말을 멈추고 그를 바라보다가 소리쳤다. "정말 좋은 사람이에요! **당신은** 좌절을 겪은 적이 없나 봐요. 그건 쉽게 알겠어요."

그가 실제 그 뜻으로 말한 거라면 너무 잔인한 거여서 클레넘은 그 뜻이 아닌 걸로 믿어야겠다고 굳게 결심했다. 가원은 그의 어깨에 손을 얹고 가볍게 웃으면서 말을 이어나갔다.

"클레넘, 당신의 관대한 상상을 깨고 싶지는 않아요. 그리고 그처럼 장밋빛 안갯속에서 살 수 있다면 돈은 얼마든지(있기만 하다면) 내겠어요. 그러나 내가 그리는 것은 팔기 위해 그리는 거예요. 모든 동업자들이 그리는 것도 팔기 위해 그리는 거고요. 받을 수 있는 최대한의 돈을 받고 팔기를 원하는 게 아니라면 그리지도 않을 거예요. 일이기 때문에 해야 하는 거지만 그런대로 쉬운 일이죠. 나머지 전부 속임수고요. 자, 이것이 좌절을 겪은 사람을 안다는 것의 장점 또는 단점 중 하나예요. 내가 한 얘기는 진실이니까요."

클레넘이 들은 이야기가 무엇이든, 그리고 그 이야기가 진실이라는 평을 누릴 자격이 있든 없든, 그 이야기는 그의 마음속에 파고들었다. 그 이야기가 마음속에 뿌리를 내려서 헨리 가원이 자신에게 언제나 골칫거리가 될까 봐 두려웠고, 자신이 겪은 모순과 걱정과 자가당착에도 불구하고 보잘것없는 이의 갈등을 묵살하고 얻은 게 지금까지 거의 또는 아예 없다는 사실이 두려워지기 시작했다. 미글스 씨의 기억 속에 가원의 좋은 면만을 심어주고자 했던 다짐과 좋은 면이 하나도 없는 가원을 볼 수밖에 없는 현실 사이의 다툼이 마음속에서 여전히 줄곧 진행되는 것을 느꼈다. 또한 자신이 가원을 왜곡하고 더럽히는 게 아니냐는 의심을 품고서 거기에 반발하고 나서는 자신의 양심적인 천성을, 자신이 그런 의심을 하고자 했던 게 아니고 안 할 수만 있다면 기꺼이 그리고 안도의 한숨을 푹 쉬고 안 했을 거라는 점을 그 자신에게 상기시키더라도, 그 양심을 완전히 지지할 수는 없었다. 과거의 자신을 잊을 수 없었고, 가원이 자신의 앞길을 가로막는다는 이유만으로 한때 그를 싫어했었다는 사실을 잘 알고 있었기 때문이다.

그런 생각 때문에 골치가 아파서, 그는 이제 결혼식이 끝나고 가원과 그의 젊은 부인이 떠나기를, 또한 자신이 약속을 이행할 수 있도록 그리고 관대하게 수락했던 임무를 수행할 수 있도록 가만 내버려두기를 바랐다. 사실, 지난 한 주는 그 집안 전체가 불편한 시간이었다. 펫이나 가원 앞에서 미글스 씨는 환한 표정을 지었다. 그러나 잔뜩 흐릿해진 눈으로 저울과 국자를 바라보며 혼자 있는 미글스 씨의 모습을 본 것이 한두 번이 아니었고, 사랑하는 두 사람이 자신을 보지 못할 때, 정원에서든 다른 곳에서든 그들의 뒷모습을, 가윈이 전에 그림자처럼 다가왔던 때의 침울한 표정을 짓고 눈으로 좇는 미글스 씨의 모습을 본 것도 여러 차례였다. 커다란 행사를 위해 집 안을 정리하려니, 아버지와 어머니와 딸이 옛날에 함께했던 여행을 상기시켜주는 많은 자잘한 물건을 건드려야 했고, 이 손 저 손 거쳐서 옮겨야 했다. 펫 역시 가족과 함께했던 생활을 말없이 증언하는 그런 물건들에 둘러싸여서 슬퍼하고 눈물 흘리기도 했다. 모든 어머니 중에서 가장 쾌활하고 바쁜 어머니인 미글스 부인은 노래를 하면서 모든 사람의 기운을 북돋고 다녔다. 그러나 정직한 영혼을 가졌기에, 광으로 도망가서 두 눈이 빨갛게 충혈될 때까지 울곤 했으며, 나중에 나타나서는 그것을 식초에 절인 양파와 후추 탓으로 돌리고 이전보다 더 맑은 소리로 노래를 했다. 티킷 부인은 상처 입은 마음에 쓸 진통제가 버컨 박사의 『가정상비약』에 나오지 않는 까닭에 대단히 의기소침해졌고, 미니의 어린 시절을 가슴 뭉클하게 추억했다. 후자가 강력한 영향력을 행사할 때면, 옷차림새가 거실에 나올 형편이 못되기 때문에 부엌에서 "아가씨" 뵙기를 청한다는 취지의 비밀 전갈을 2층으로 보통 올려 보냈다. 그런 후 부엌에서 눈물과 축하, 도마, 밀대, 그리고 파이껍질 등이 뒤범벅인 가운데 늙은 하인이 상냥한 태도로 아가씨의 얼굴과 마음에 축복을 빌고 아가씨를 껴안았는데, 그것은 정말로 대단히 상냥한 행동이었다.

그러나 오게 되어있는 날들은 언제나 다가오는 법이어서, 결혼식 날이 그러했고 마침내 다가왔다. 그리고 그날이 오자 잔치에 초대된 모든 바너클들도 왔다.

　　그로브너 스퀘어 뮤즈 가의 에돌림청에서 온 타이트 바너클 씨가 예전 성이 스틸츠토킹인 사치스러운 타이트 바너클 부인 및 사치스러운 세 명의 타이트 바너클 양들과 함께 참석했다. 그 부인은 분기 지불일 사이의 기간이 너무 길다고 생각했으며, 세 딸은 교양을 이중으로 장전하고 바로 발사하려 했으나, 의도했던 것처럼 선명하게 번쩍이는 빛과 쾅하는 소리로 발사하지 못하고 꾸물거리다가 늦게 발사하였다. 바너클 2세 역시 국가의 톤 세를 내버려두고 에돌림청에서 왔는데, 사람들은 그가 톤 세를 돌보기 위해 어떻게 해서든지 그것을 자기 보호 아래 두고 있다고 생각했지만, 사실 톤 세를 내버려둔다고 해서 그것을 보호하는 효율성이 손상되는 것은 아니었다. 그 가문의 쾌활하며 매력적인 젊은 바너클 역시 에돌림청에서 와서 명랑하고 사근사근하게 결혼식에 일조했으며, 이 결혼식을 일 안 하는 법에 대한 교회부서의 공식 문서와 비용을 대줄 행사 중의 하나로 활기 넘치게 취급했다. 세 명의 다른 젊은 바너클들이 세 개의 다른 부서에서 왔는데, 어느 감각으로 보나 무미건조해서 양념이 많이 필요한 사람들이었고, 나일 강이나 고대 로마나 머리 지지는 새 기구나 예루살렘을 '구경하듯이' 결혼식을 구경했다.

　　그러나 이보다 더 큰 사냥감이 와 있었다. 데시머스 타이트 바너클 경 자신이 에돌림청의 악취를 안고—공문서를 넣은 송달함의 바로 그 냄새를 풍기며 와 계셨던 것이다. 그렇다, 하나의 분개한 관념의 날개를 타고 고위 관직에 오르신 데시머스 타이트 바너클 경이와 계셨으니, 그 관념이란, 의원 여러분, 본인은 국민의 자선활동을 제한하고 자비심을 억누르고 공공심을 속박하고 진취적 기상을 축소하며 자립심을 꺾는 것이 이 자유국가의 수상이 마땅히 해야 할 일이라는 이야기를 아직은 들어본 적이 없습니다, 라는 것이었다. 그 얘기는 다른 말로 하면, 선원들이 열심히 펌프질을 해서 선장 없이도 배가 물 위에 떠 있게 할 수 있다고 해도, 선장은 연안에서 개인적으로 이익을 챙겨 성공하는 거 말고 마땅히 다른 일을 해야 한다는 얘기를 이 위대하신 정치인께서는 아직 한 번도 들어본 적이 없으시다는 것이었다. 일 안 하는 법이라는 위대한 기술을 그처럼 멋지게 발견해낸 데 근거해서 데시머스 경은 바너클 가의 영광을 최고로 높게 오랫동안 떠받쳤다. 양원의 어떤 무분별한 의원이든 일하는 법안을 제출해서 일하는 법을 시도하도록 해봐라. 그 법안은, 데시머스 타이트 바너클 경이 에돌림청의 만세 소리가 주변에서 치솟을 때 분개한 위엄으로 솟구치듯 자리에서 일어나서, 의원 여러분, 본인은 국민의 자선활동을 제한하고 자비심을 억누르고 공공심을 속박하고 진취적 기상을 축소하며 자립심을 꺾는 것이 이 자유국가의 수상이 마땅히 해야 할 일이라는 이야기를 아직은 들어본 적이 없습니다, 라고 장엄하게 말했을 때, 폐기돼서 묻힌 것과 마찬가지였다. 이 '마땅히 해야 할 기계'의 발견은 정치적 영구운동의 발견이었다. 이 기계는 국가의 모든 부서 안에서 언제나 돌고 돌았지만 결코 닳아 없어지지 않았다.

고귀한 친구이자 친척인 데시머스 경과 함께 있는 인물은, 튜더 스틸츠토킹과 일찍이 유명한 연립정부를 구성했었고 일 안 하는 법에 대한 자신만의 특별처방을 늘 상비하고 다니는 윌리엄 바너클이었다. 그는 가끔씩 "먼저 의원님이 우릴 몰아넣고자 하는 방향에 어떤 선례가 있는지 의회에 보고해 주십시오,"라는 말로 연설자를 가만히 두드려서 그에게서 그 처방을 새로 끄집어낼 때도 있었고, 그 의원에게 선례에 대한 그 나름의 생각을 설명해달라고 부탁할 때도 있었으며, 자신(윌리엄 바너클)이 선례를 직접 찾아보겠다고 말한 후 그런 선례가 없다는 이야기를 해서 그 의원을 그 자리에서 납작하게 깔아뭉개는 경우도 심심찮게 있었다. 유능한 이 에돌림청 인사에게는 선례를 대라고 하고 몰아붙이는 것이 어떤 경우에나 잘 어울리는 한 쌍의 군마軍馬 였다. 불운한 그 의원은 윌리엄 바너클을 그쪽으로 몰아넣으려고 25년 동안 헛수고를 했는데 - 윌리엄 바너클은 그럼에도 자신이 그쪽으로 몰아넣어져야 할지 말지를, 의회에 그리고 (간접적으로라도) 국가에 언제나 문의했다. 불쌍한 그 의원이 그쪽에 대한 선례를 어떻게든 제시한다는 것은 세상사 또는 형세와 도저히 양립할 수 없는 것이어도 - 윌리엄 바너클은 그럼에도 그와 같은 반어적인 격려에 대해 그 의원에게 사의를 표했고, 그 문제에 대해 그와 합의하고자 했으며, 그런 선례가 없다는 사실을 그에게 충분히 말하고자 했다. 윌리엄 바너클의 지혜가 높은 수준이 아니라거나, 그가 교묘한 말로 속여 넘긴 땅은 만들어지지도 않았다거나, 또는 무모하게 실수로 만들어졌다면 순전히 진창[2]일 거라는 이의가 어쩌면 제기될 수도 있었다. 그러나 선례를 대라고 몰아붙이는 것이 합해져서 대부분의 사람들에게 겁을 주었고 어떠한 반대도 못 하게 만들었다.

활기 넘치는 또 다른 바너클 또한 와 있었는데, 그는 스무 곳의 관직을 연달아서 재빨리 뛰어다녔고, 두세 곳의 관직에 언제나 동시에 머물렀으며, 근무했던 모든 바너클 정부에서 굉장히 성공적으로 그리고 찬양을 받으며 실행했던 기술을 고안해낸 대단히 존경받는 사람이었다. 그 기술은 의회에서 어떤 문제에 대한 질문을 받으면 아무것이나 다른 문제에 대한 답변을 내놓는 것이었다. 그것은 엄청나게 쓸모가 있어서 에돌림청에서 그가 많은 존경을 받도록 해주었다.

덜 유명한 의회 바너클들 역시 드문드문 와 있었는데, 그들은 아직 아늑한 자리를 차지하지 못한 채 자신들의 가치를 입증하기 위해 수습기간을 거치는 중이었다. 이들은 계단에 앉거나 복도에 숨어서 의회의 정족수를 채우거나 채우지 말라는 지시를 기다렸으며, 집안 우두머리들의 지휘에 따라서 그 모든 '옳소'와 '오오'와 '만세'와 '와아'를 행했다. 또한 다른 사람들의 동의안을 방해하려고 가짜 동의안을 적어냈고, 마음에 안 드는 안건은 밤늦게까지 그리고 회기

---

[2] 2003년 펭귄 판과 옥스퍼드 판(1979; 1999)에는 'mad'라고 나오지만 또 다른 펭귄 판(1967)에는 'mud'라고 나오는데, 본문의 맥락에서는 진창을 뜻하는 'mud'가 적합하다.

늦게까지 지연시켰다가, 고결한 애국심을 발휘하여 너무 늦었다고 외쳐댔다. 그들은 시골로 보내지면 반드시 낙향해서, 데시머스 경이 무역을 졸도 상태에서, 통상을 발작 상태에서 소생시켰으며, 곡물의 수확량을 두 배로, 건초의 수확량을 네 배로 증가시켰고, 금화가 끝없이 은행에서 달아나는 것을 막았다고 주장했다. 이들은 또한 그림 카드[3] 아래의 수많은 보통카드처럼 집안 우두머리들의 명으로 공개 모임과 공개만찬에 나눠서 보내졌는데, 그 회합에서 자신들의 고귀하고 훌륭한 친척들이 했던 온갖 봉사를 증언했고, 온갖 종류의 건배를 할 때마다 바너클들에게 아첨했다. 이들은 온갖 선거에서 유사한 지시를 받았으며, 다른 사람들을 들어오게 하느라고 통보도 제대로 못 받은 채 제일 불합리한 조건으로 자리에서 쫓겨나기도 했다. 요컨대, 이들은 이런저런 일을 다 해주었고, 아첨을 했고 독직을 했으며, 부패했고 쓰레기더미를 먹었고, 공무를 맡기 위해 지치지 않고 노력했다. 에돌림청 전체를 다 뒤져도 반세기 안에 공석이 될 관직의 목록은, 재무성 장관부터 중국 영사까지 그리고 또 인도 총독까지 어디에도 없었다. 그러나 이들 갈망하고 들러붙는 바너클들의 일부 또는 전부의 이름이 그런 관직에 지원하는 사람으로 기재되어있었다.

결혼식에 참석한 바너클들의 숫자는 전부 합해서 40명이 채 안 되었기 때문에 어떤 부류의 바너클이든 소수에 불과할 수밖에 없었

---

[3] 킹, 퀸 등의 그림이 그려져 있는 카드

다. 군대를 이룰 만한 다수에서 그 숫자를 뺀들 무슨 표시가 나겠는가! 그러나 그 소수가 트위크넘의 작은 별장에서는 대군이었고 그곳을 가득 채웠다. 행복한 한 쌍의 결혼식 주례를 맡은 사람은 (어떤 바너클의 도움을 받은) 다른 바너클이었고, 미글스 부인을 아침식사 자리로 안내하는 것은 데시머스 타이트 바너클 경 본인이 마땅히 해야 할 일이었다.

연회가 기대했던 만큼 유쾌하거나 자연스럽지는 않다. 미글스 씨는 훌륭한 하객들이 참석한 것을 대단히 고맙게 여기면서도 그들 때문에 의기소침했고 평소와 달랐다. 가원 부인은 평소의 그녀다웠지만 그렇다고 해서 그가 나아지지는 않았다. 두 사람의 결혼에 방해가 되었던 것은 미글스 씨가 아니라 위대한 그 가문이며, 위대한 그 가문이 양보해서 이제는 모두 다 이의 없이 진정되었다는 허구가 공개적으로 표현되지는 않았지만 널리 퍼졌다. 그때 바너클들은 목하 선심을 쓰고 있는 행사가 끝나면 미글스 부부와의 관계를 끝내야겠다고 느꼈고, 미글스 부부도 마찬가지였다. 그때 가원이 자기 가문에 대해 원한이 있고 좌절을 겪은 사람으로서 자신의 권리를 주장했는데, 자비로운 다른 목적이 있었을 뿐 아니라 자신의 원한이 친척들을 약간 화나게 만들 수도 있겠다는 기대로 어머니가 그들을 초대하도록 허락한 것이었을지 모른다. 그는 그림붓과 자신의 가난을 친척들 앞에 과시적으로 늘어놓았고, 치즈를 바른 빵 한 조각이라도 장차 아내에게 물려줄 수 있으면 좋겠다고 했다. 그리고 행운을 물려받아서 그림 한 점이라도 살 수 있는 (자신보다 운이 좋은)

그런 친척들에게는 불쌍한 화가를 부디 기억해달라고 청했다. 그때 의회의 받침대 위에 흉상이 세워져 있는 경이로운 인물인 데시머스 경이 제일 수다스러운 인물임이 드러났다. 진지한 제자나 신자라면 머리카락이 쭈뼛 설 정도의 진부한 얘기를 연속하여 늘어놓으면서 신랑과 신부의 행복을 위해 건배를 제안했고, 큰길로 착각한 듯한 문장들의 황량한 미로를 코끼리처럼 바보 같은 자기만족에 사로잡힌 채 빠른 걸음으로 걸었으며, 미로에서 빠져나오려고도 하지 않았다. 그때 타이트 바너클 씨는 토머스 로런스 경이 초상화를 그리도록 대단히 공식적인 자세를 평생 취해 온 자신을 방해할 수도 있었던 – 방해하는 것이 가능했다면 – 사람이 하객 중에 있다는 걸 알게 되었다. 그리고 바너클 2세는 생기가 없는 두 명의 친척 젊은이들에게 분개하여 말했다. 있잖아, 약속도 없이 우리 부서에 찾아와서 알고 싶다고 말했던 녀석이 지금 이 자리에 있어. 있잖아, 그 녀석이 지금 화를 내기 시작한다면, 그럴 수 있다니까 (자네들이야 그런 부류의 비신사적인 과격분자가 다음에 어떤 짓을 할지 모를 테지만 말이야), 그리고 있잖아, 지금 당장 알고 싶다고 한다면, 저기, 그러면 재미있을 거야, 그렇지 않겠어?

결혼식에서 단연 가장 유쾌한 부분이 아서 클레넘에게는 가장 고통스러운 부분이었다. 펫이 옛날의 펫과 옛날의 기쁨이 되기 위해 다시 넘어올 순 없는 문턱으로 미글스 부부와 함께 넘어가기 전에, 두 개의 초상화가 걸려있는 방에서(하객들이 없는 곳이었다) 그 부부가 마지막으로 펫 주위에서 꾸물거릴 때, 셋이 함께 있는 그 모습보다 더 자연스럽거나 꾸밈없는 모습은 볼 수 없었다. 가원은 감동을 받아서, 미글스 씨가 "오, 가원, 아이를 잘 돌봐주게, 잘 돌봐줘!"라고 하자, "너무 슬퍼하지 마세요, 장인어른. 맹세코, 잘 돌보겠습니다!"라고 진지하게 대답했다.

그러고 나서 펫은 마지막으로 흐느끼고 마지막으로 정다운 말을 나누고 약속을 신뢰한다는 눈빛을 클레넘에게 마지막으로 남긴 후 마차에 기대앉았고, 그녀의 남편은 손을 흔들었다. 그리고 그들은 도버로 떠났다. 비록 성실한 티킷 부인이 숨어 있다가 비단 드레스를 입고 새까만 고수머리 가발을 한 채로 뛰어나와서 마차 뒤에다 대고 신발 두 짝을 모두 던진 후에[4] 떠났지만 말이다. 그 부인의 모습은 창가에 모여 있던 유명한 하객들을 깜짝 놀라게 할 정도로 유령 같았다.

앞서 말한 하객들은 더는 머무를 필요가 없었고, 우두머리 바너클들이 약간 서둘렀기 때문에(보내야 할 한두 통의 편지가 그때 그들의 수중에 있었는데, 그 편지는 '나는 듯이 빠른 화란인'[5]처럼 파도를 헤치고 목적지로 곧장 갈 위험성이 있었고, 중단시키지 않으면 행해질지도 모르는 많은 중요한 업무를 복잡한 과정을 거쳐서 중단시켜야 했기 때문에), 각자 갈 길을 갔다. 떠나면서 그들은 자신들이 결혼식장에서 했던 일은 미글스 부부의 행복을 위해 손해 보면서

---

[4] 마차 뒤에다 대고 신발을 던지는 것은 행운을 기원하는 의미였음.
[5] 희망봉 근처에 자주 나타났다고 하는 유령선의 명칭.

했던 거라는 막연한 확신을 미글스 부부에게 아주 상냥하게 전달했는데, 그것은 그들이 세상에서 가장 불행한 인물인 존 불 씨[6]에게 공식적으로 잘난 체하면서 늘 전달하던 거였다.

그 집과 펫의 아버지와 어머니, 그리고 클레넘의 마음속에는 비참한 공백이 남았다. 미글스 씨는 자신에게 도움이 되는 한 가지 사실만을 기억했는데, 그것은 정말로 도움이 되었다.

"아주 흐뭇해, 아서," 그가 말했다. "요컨대, 돌아본다는 게 말이야."

"과거를 말인가요?" 클레넘이 물었다.

"그렇지 – 그러나 난 하객을 말하는 거야."

결혼식 중에는 그것이 그를 훨씬 더 침울하고 불행하게 만들었지만 이제는 정말 도움이 되었다. "아주 흐뭇해." 저녁 내내 그 말을 자주 되풀이했다. "그렇게 지위가 높은 하객들을 맞이하다니!"

35 작은 도릿의 손에 나와 있는 것 중에서 팽스 씨가 보지 못했던 것

팽스 씨가 클레넘과의 계약을 이행해서 자신의 집시 내력 전체를 알려주고 작은 도릿의 행운에 대해 말해준 것이 그때였다. 그녀의 아버지가 오랫동안 알려져 있지 않았고 소유권을 주장하는 사람이

---

6   영국민을 지칭.

없어서 쌓여만 있던 막대한 부동산의 상속자라고 했다. 그의 권리가 이제는 명확하고 어떤 것도 중간에 끼어들 수 없다고 했다. 마셜시의 출입문이 열렸고, 담장이 무너졌으며, 펜으로 몇 군데 서명만 하면 아주 부자가 된다고 했다.

그 권리를 추적해서 완전히 입증하기까지 팽스 씨는 무엇으로도 좌절시킬 수 없는 현명함, 그리고 무엇으로도 지치게 만들 수 없는 인내심과 과묵함을 보여주었다. "별로 생각하지 못했습니다," 팽스가 말했다. "그날 밤 스미스필드를 함께 가로지르면서 내가 대단한 수집가라는 얘기를 했을 때, 이런 결과가 나올 거라고는 별로 생각하지 못했다고요. 당신에게 콘월의 클레넘 가 출신이 아니냐고 물었을 때, 누가 도싯 주의 도릿 가 **출신인지** 얘기하게 될 줄 몰랐다니까요." 그러고 나서 상세하게 설명했다. 그 이름을 노트에 기록했다가, 이름만 보고 처음에 어떻게 이끌리게 되었는지 얘기했다. 아주 유사한 두 개의 이름을, 심지어는 동일한 장소에 속한 이름을 종종 발견했지만, 기원을 추적할 수 없는 친족관계를 가깝든 멀든 얼마나 포함시킬 것인지, 처음에는 별로 주의하지 않았다고 했다. 다만 작은 침모가 아주 큰 부동산에 대해 어떤 이해관계든 가지고 있다는 사실을 증명할 수 있다면 그녀에게 얼마나 놀라운 변화가 닥칠 것인가, 하는 문제는 추측해봤다고 했다. 그 생각을 오히려 그다음 단계로 밀고 가야겠다고 생각했던 것은, 그 조용하고 작은 침모가 지니고 있는 무언가 남다른 면이 자기에게 기쁨을 주고 호기심을 자극했기 때문이라고 했다. 내가 얼마나 신중하게 조금씩 나아가서,

낱알 하나하나씩 어떻게 "파헤쳤는데요"(팽스 씨의 표현이었다). 그 새로운 동사로 묘사한 노력을 이야기하기 시작할 때, 자신이 기울인 노력을 좀 더 의미심장하게 만들기 위해 그는 두 눈을 감고 머리를 흔들었으며, 자신이 갑작스러운 빛과 희망, 그리고 갑작스러운 어둠과 절망 사이를 얼마나 자주 오락가락했는지 설명했다. 특히 다른 사람들처럼 감옥에 드나들기 위해 감옥 안에 있는 사람들을 어떻게 사귀었는지, 그리고 도릿 씨 자신과 그의 아들이 어떻게 자신들도 모르는 사이에 최초의 빛줄기를 자신에게 던져줬는지, 둘 다와 어떻게 해서 쉽게 아는 사이가 되었는지, 그리고 둘 다와 어떻게 해서 우연히 ("그러나 당신이 아는 대로 언제나 파헤쳤습니다," 라고 했다) 많은 이야기를 나눴는지, 조금의 의심도 사지 않고 가족의 내력에 대해 두세 가지 사소한 사실들을 그들에게서 어떻게 이끌어내었는지, 그리고 자기에게 나름의 단서가 이미 있었는데 그것이 다른 사실들을 어떻게 암시하는 것이었는지를 설명했다. 자신이 막대한 재산의 상속자를 정말로 발견한 것이고, 이제 법적으로 충일해지고 완벽해지도록 익기만 하면 된다는 사실이 어떻게 자신에게 마침내 명백해졌는지 설명했다. 그래서 집주인인 럭 씨에게 비밀을 지키겠다는 맹세를 엄숙하게 시키고, 이 일을 파헤치는 동업관계에 그를 어떻게 끌어들였는지 설명했다. 존 치버리가 누구를 사랑하는지 알았기 때문에, 그를 유일한 서기 겸 직원으로 삼았다고 설명했다. 그리고 은행에서 대단한 업적을 이뤘고 상속법에 정통한 권위자가 그들의 노력이 성공적인 결말에 이르렀다고 단언한 현재까지 누구에게도 이 사실을 털어놓지 않았다는 점을 설명했다.

"그래서 만일 모든 것이 맨 마지막에 실패했어도," 팽스가 결론 삼아 말했다. "예를 들면 감옥마당에서 당신에게 서류를 보여주었던 그날보다 하루 전에, 또는 예컨대 바로 그날에 실패했어도, 우리 말고는 지독하게 실망하거나, 더 유감으로 여겼을 사람이 달리 없었을 거예요."

이야기를 듣는 내내 거의 끊임없이 그와 악수를 하고 있던 클레넘이 그 말을 듣고서야 생각이 난 듯 입을 열었는데, 본론을 털어놓기 위해 준비까지 했지만 잘 진정되지 않는 경탄을 드러내면서 말했다. "팽스 씨, 이 일을 하느라고 돈깨나 들었겠군요."

"꽤 썼지요." 그가 의기양양하게 말했다. "가능한 한 적게 쓰려고 했는데도 적지 않은 돈이 들었습니다. 사실, 경비가 어려운 문제였어요."

"어려운 문제라!" 클레넘이 따라 했다. "하지만 그 모든 일을 처리하면서 어려움도 아주 훌륭하게 극복했잖아요!" 다시 악수했다.

"어떻게 했는지 말해드리죠." 팽스가 머리카락을 자신만큼이나 높이 들어 올리면서 즐겁게 말했다. "우선, 내가 가진 전부를 썼어요. 그건 얼마 안 되는 액수였죠."

"그거 유감이군요." 클레넘이 말했다. "그러나 지금 그게 중요한 건 아니니까, 그러고 나서는 어떻게 했나요?"

"그러고 나서는," 그가 대답했다. "주인님에게서 돈을 빌렸어요."

"캐스비 씨에게서 말인가요?" 클레넘이 물었다. "훌륭한 노인이군요."

"고상한 노인이죠, 그렇지 않나요?" 팽스 씨가 아주 건조하게 연속해서 코를 킁킁거리며 말했다. "관대한 노인이고 남을 잘 믿는 노인이고 인정 많은 노인이고 자비로운 노인이죠! 20퍼센트 이자를 지불하기로[7] 약속했어요. 가게에서 그보다 적은 이자로는 거래하지 않거든요."

아서는 기뻐서 어쩔 줄 모르는 와중에도 약간 때 이르게 기뻐했다는 거북한 의식이 들었다.

"내가 – 노발대발하는 늙은 그 기독교인에게 말했지요," 팽스 씨는 그 서술적인 별칭을 무척 즐기면서 말을 이었다. "작은 계획이 있는데 희망적인 거라고요. 희망적인 계획인데 약간의 자본이 필요하다고요. 각서를 받고 돈을 빌려달라고 청했어요. 그는 20퍼센트의 이자를 받고 빌려주겠다고 했어요. 사무적으로 20퍼센트를 고수했고, 그 이자가 원금의 일부처럼 보이게 각서에 기록했어요. 각서를 쓴 다음에 실패했으면, 향후 7년 동안 임금은 절반을 받고 두 배로 갈리면서 그를 위해 구석구석 뒤지는 사람이 되었을 거예요. 그러나 그는 완벽한 가부장이니까, 그런 조건이든 – 어떤 조건이든 그를 모시는 것이 도움이 되죠."

아서는 팽스가 정말로 그렇게 생각하는지 아닌지 도저히 단언할 수 없었다.

---

[7] 당시의 일반적인 이자는 5퍼센트였음.

"그 돈을 다 썼을 때," 팽스가 말을 계속했다. "피처럼 조금씩 아껴서 썼지만 결국 다 썼거든요, 럭 씨에게 비밀을 알려주었죠. 럭 씨에게(또는 럭 양에게, 같은 거예요. 이전에 민사법원에 투자했다가 약간의 돈을 벌었거든요) 돈을 빌리자고 청했어요. 그는 10퍼센트로 빌려주었고 그것도 너무 세다고 생각했지요. 럭 씨는 빨강머리였기 때문에 머리를 깎았어요. 그리고 모자 꼭대기는 높았고, 모자챙은 좁았지요.[8] 그러니 **그에게서** 자비심이 솟아나지 않는 것은 구주희 놀이에서 자비심이 솟아나지 않는 것과 마찬가지지요."

"팽스 씨, 이 모든 일에 대해 당신이 보상받아야 할 액수는 커야겠군요." 클레넘이 말했다.

"보상받으리라는 건 의심하지 않아요." 팽스가 말했다. "계약했던 것은 아니지만요. 그 점에서 당신에게 신세를 졌는데 이제 갚은 거죠. 현금으로 쓴 돈을 보상하고, 들인 시간을 적절히 참작하고, 럭 씨와 계산을 마치는 데, 1,000파운드면 충분하겠네요. 그 문제는 당신에게 맡기겠습니다. 이 모든 소식을 제일 적합하다고 생각하는 방식으로 그 가족에게 알리는 권한 역시 당신에게 위임할게요. 에이미 도릿 양은 오늘 아침 핀칭 부인 집에 있을 거예요. 빨리 알릴수록 좋겠죠. 아무리 빨리 알려도 지나치지 않으니까요."

이 대화는 클레넘의 침실에서, 그가 아직 침대에 누워있을 때 진행되었다. 팽스 씨가 아주 이른 아침에 문을 두드리고 들어와서는,

---

[8] 머리와 모자 둘 다 유대인과 관련된 묘사임.

한 번이라도 앉거나 가만히 있지 않은 채로, 머리맡에서 이야기 전부를 세세하게(다양한 서류로 설명하면서) 했던 것이다. 그러고 나서 "럭 씨를 보러 가야겠다,"고 했다. 럭 씨가 흥분한 자신에게 또다시 말이 되어 주리라 기대하는 것 같았다. 팽스 씨는 서류를 싸서 챙기고 클레넘과 마음에서 우러난 악수를 한 번 더 나눈 다음에 전속력으로 아래층으로 내려갔고 증기를 뿜으며 멀어져갔다.

클레넘은 당연히 캐스비 씨의 집으로 곧장 가야겠다고 결심했다. 옷을 차려입고 서둘러 나섰기 때문에 가부장 집이 있는 거리 모퉁이에 도착했을 때는 작은 도릿이 오기 거의 한 시간 전이었다. 그러나 느긋하게 산책하면서 흥분을 가라앉힐 시간이 생긴 셈이므로 전혀 유감스럽지 않았다.

클레넘은 그 거리로 다시 돌아와서 색깔이 선명한 놋쇠 고리로 문을 두드렸다. 작은 도릿이 아까 왔다는 이야기를 들었고 플로라가 있는 위층 거실로 안내받았다. 작은 도릿은 그 자리에 없었고 플로라만 있었다. 그리고 그를 보자 정말 깜짝 놀랐다.

"어머나, 아서-도이스와 클레넘!" 그 부인이 큰 소리로 말했다. "이런 모습을 보리라고 누가 생각이나 했겠어요 목욕 가운을 입고 있는 걸 용서해요 맹세컨대 정말 꿈에도 생각 못했으니까요 또한 빛이 바랜 체크무늬의 옷자락도 용서해요 더 안 좋은 거지만 우리의 작은 친구가 내게 만들어준 거예요, 그 얘길 당신께 하기가 꺼림칙하다는 게 아니에요 치맛자락 같은 게 있다는 건 당신도 알 테니까요, 치마를 아침식사 후에 입도록 정했다는 것이 이유지요 풀을 그렇게 서툴게 먹이지 않았으면 좋겠지만요."

"이처럼 일찍 그리고 갑작스레 방문한 것에 대해 사과해야겠군요." 아서가 말했다. "하지만 당신도 이유를 알게 되면 용서할 거예요."

"영원히 사라진 시절에 아서," 핀칭 부인이 대답했다. "제발 용서해요 도이스와 클레넘이라고 하는 게 훨씬 옳겠네요 그리고 비록 의심할 나위 없이 아득한 과거이지만 그래도 매력적으로 보이는 것은 시간적 거리가 있기 때문이겠죠, 최소한 이런 얘길 하려던 것은 아니에요 그리고 만일 그런 의도였다고 하더라도 그건 보는 관점에 따라서 상당히 달라진다고 생각해요, 하지만 내가 또다시 계속 지껄이는군요 당신은 전부 잊어버리게 만들어요."

그를 상냥하게 훑어본 다음에 말을 계속했다.

"영원히 사라진 시절에 아서 클레넘이 – 도이스와 클레넘이라면 당연히 전혀 다르죠 – 아무 때나 찾아왔다고 사과했다면 정말 이상하게 들렸을 거라는 말을 하려고 했어요, 그러나 그때는 지나갔어요 그리고 지나간 것은 돌이킬 수 없는 거고요 불쌍한 에프 씨가 기분이 좋을 때 오이라는 말을 했고 그래서 결코 오이를 먹지 않았다는 걸 제외하면 말이에요."

아서가 들어왔을 때 차를 끓이고 있던 그녀는 급히 그 일을 마무리했다.

"아빠는," 그녀가 찻주전자의 뚜껑을 닫으면서 아주 은밀하게 그리고 아주 속삭이는 투로 말했다. "뒷방에서 경제기사를 읽으면서 갓 낳은 달걀을 꼭 '나무를 쪼는 딱따구리'[9]처럼 지루하게 까고 있어요 그러니 당신이 왔다는 사실을 알릴 필요가 없지요, 그리고 위층 커다란 작업대에서 가위질하고 있는 우리의 작은 친구가 내려오면 그녀를 완전히 믿어도 된다는 사실은 당신이 잘 알 거고요."

아서가 그때 그들의 작은 친구를 보러 왔다는 사실과 그 친구에게 알려 줄 내용을 아주 짤막하게 말해주었다. 그 놀라운 소식을 듣고 플로라는 두 손을 꼭 쥐었고, 온몸을 떨었으며, 착한 사람처럼 동정과 기쁨의 눈물을 흘렸으니, 그녀는 실제 착한 사람이었던 것이다.

"제발 먼저 자리를 피할 수 있게 해줘요." 플로라가 양쪽 귀를 두 손으로 막고 문 쪽으로 움직이면서 말했다. "그렇지 않으면 완전히 실신하거나 소리를 질러서 모두를 더 불편하게 만들 것 같아요, 그 아이는 불과 오늘 아침만 해도 유쾌하고 깔끔하고 선량하지만 아주 가난해 보였어요 그런데 이제는 정말 부자가 되었고 또한 그럴만한 자격이 있어요! 내가 그 소식을 에프 씨의 숙모에게 전해도 될까요 아서 이번만은 도이스와 클레넘이 아니에요 못마땅하다면 절대 그렇게 부르지 않을게요."

아서는 플로라가 말로 의사 표현하는 것을 모조리 가로막았기 때문에 고개를 끄덕여서 맘대로 하라고 허락했다. 플로라가 답례로 고개를 끄덕여서 고맙다고 한 다음에 서둘러 방을 나갔다.

작은 도릿은 벌써 계단을 내려오고 있었고 잠시 후 문에 나타났

---

[9] 아일랜드의 시인, 가수, 작사가인 토머스 무어(Thomas Moore, 1779~1852)의 노래.

다. 안색을 가다듬으려고 아무리 애써도 클레넘은 평소의 표정을 지을 수가 없었다. 그 표정을 보자마자 그녀는 일감을 떨어뜨리고 소리쳤다. "클레넘 씨! 무슨 일이죠!"

"아무 일도 아니야, 아무 일도 아니야. 다시 말해서, 불행이 닥친 게 아니야. 네게 뭔가를 말해주러 왔어. 엄청난 행운 말이야."

"행운이라고요?"

"굉장한 행운이야!"

그들은 창가에 섰고 작은 도릿은 빛이 가득한 두 눈을 그의 얼굴에 고정시켰다. 작은 도릿이 맥없이 쓰러질 것 같았기 때문에 그는 팔을 둘러서 그녀를 껴안았다. 작은 도릿이 그 팔을 잡았는데, 부분적으로는 기대기 위해서였고 또 부분적으로는 그를 응시하는 눈빛이 둘 중 어느 쪽이든 자세를 바꾸는 통에 흔들리지 않도록 각자의 자세를 유지하기 위해서였다. 그녀의 입술이 "굉장한 행운이라고요?"라고 따라 하는 것 같았다. 그가 그 소식을 다시 큰 소리로 되풀이했다.

"작은 도릿아! 너의 아버지가."

얼음장같이 창백하던 표정이 그 말을 듣자 바뀌었고, 약한 광선이나 새싹 같은 표정이 온통 스쳐 갔는데, 모두 고통을 표현하는 것이었다. 그녀의 호흡은 약하고 빨랐으며, 심장은 빨리 고동쳤다. 그는 작은 인물을 좀 더 꼭 껴안고 싶었지만 움직이지 말라고 그녀가 눈빛으로 호소하는 것을 눈치 챘다.

"네 아버지는 이번 주 안에 자유의 몸이 될 수 있을 거야. 아직

모를 테니 알려 드리러 가야지. 며칠 내에 자유롭게 될 거야. 몇 시간 내에 자유롭게 될 거라고 알려 드리러 가야 된다는 사실을 명심해!"

그러자 그녀가 정신을 차렸다. 두 눈이 감기고 있었는데 다시 떴다.

"행운은 이게 다가 아니야. 굉장한 행운이 더 있단다, 작은 도릿아. 이야기를 더해줄까?"

그녀가 "예" 하는 입 모양을 만들었다.

"네 아버지가 비렁뱅이로 자유의 몸이 되진 않을 거야. 무엇 하나 부족한 게 없을 거니까. 이야기를 더해줄까? 명심해! 그는 아무것도 몰라. 그래서 알려 드리러 가야 해!"

그녀가 시간을 좀 달라고 청하는 것 같았다. 클레넘은 그녀를 안았고, 조금 있다가 몸을 숙이고 귀를 기울였다.

"이야기를 계속하라고 부탁하는 거니?"

"예."

"그는 부자가 될 거야. 부자가 되었단 말이야. 엄청난 액수의 돈이 유산으로 주어지려고 대기하고 있거든. 이제부터 너희 가족은 모두 아주 부자란다. 세상에서 제일 훌륭하고 착한 아이야, 네가 보상을 받아서 정말 다행이야!"

클레넘이 입을 맞추자, 그녀는 고개를 그의 어깨 쪽으로 돌리고 팔을 그의 목 쪽으로 들어 올렸다. 그러고 나서 "아빠! 아빠! 아빠!"라고 절규하더니 졸도했다.

그러자 플로라가 그녀를 돌보기 위해 돌아와서, 소파 위에 누워

있는 그녀 주위를 서성이면서 친절한 호의와 조리에 맞지 않는 말들을 불쑥불쑥 혼란스럽게 뒤섞었으니, 소유주가 불명인 약간의 배당금이 작은 도릿에게 효력이 있을 것이기 때문에 마셜시의 죄수에게 그것을 받으라고 재촉하는 건지, 또는 작은 도릿의 아버지에게 스멜링 솔트[10]가 들어있는 약병 100,000병을 갖게 되었다고 축하하는 건지, 또는 75,000방울의 라벤더 에센스를 50,000파운드의 각설탕에 첨가하겠다고 설명하고 작은 도릿에게 그 순한 회복제를 복용하라고 청하는 건지, 또는 도이스와 클레넘의 이마를 식초에 담그고 고 에프 씨를 차버리겠다는 건지, 어느 쪽이라고 확실하게 단언할 수 있는 사람이 아무도 없었다. 게다가 혼란스러운 지류가 옆에 붙어있는 침실에서 흘러들어왔는데, 목소리를 들으니 에프 씨의 숙모가 아침을 기다리며 그 방에 누운 자세로 있는 것 같았다. 그리고 그 내실에서 그 무정한 부인은 "자기가 했다는 그의 말을 믿지 마!" "그걸 자기 공적으로 돌려서는 안 돼!" "한참이 지나야 그는 자기 돈을 조금이라도 내놓을 거야!"라는 식으로, 이야기할 기회가 있을 때마다 퉁명스럽게 조롱하는 말들을 투덜대었다. 모두 다 그 발견에서 클레넘의 몫을 깎아내리고 에프 씨의 숙모가 그를 대하는 뿌리 깊은 감정을 약화시키려는 의도로 하는 말들이었다.

그러나 아버지에게 가서 기쁜 소식을 전하고 싶은 작은 도릿의 갈망, 아직 듣지 못한 기쁜 소식이 그를 위해 준비되어있는데 잠시

---

[10] 의식을 잃은 사람에게 자극적인 냄새를 맡게 해서 정신이 들도록 하는 자극제.

라도 더 감옥에 두고 싶지 않다는 작은 도릿의 갈망이 지상의 모든 기술과 치료가 할 수 있는 이상으로 그녀를 빨리 회복시켜 주었다. "아빠에게 함께 가요. 가서 아빠에게 말해줘요!"라는 게 그녀가 처음 한 말이었다. 아빠, 아빠. 아빠에 대한 얘기만 했고 아빠 생각만 했다. 두 손을 올리고 꿇어앉아서 감사의 말을 쏟아내었는데 아빠에게 해준 일에 대해 감사한다는 거였다.

플로라는 그 모습을 보고 동정심에 사로잡혀서, 받침접시가 딸린 잔에 둘러싸인 채로 눈물을 잔뜩 흘리며 장광설을 늘어놓기 시작했다.

"단언컨대," 플로라가 흐느꼈다. "당신 엄마와 내 아빠가 우릴 갈라놓은 이래 이렇게 슬펐던 적은 없었어요 이번만은 도이스와 클레넘이라고 하지 않겠어요 이 아이에게 차를 한 잔 주고 그걸 마시게 해요 최소한 제발 아서 그렇게 해요, 에프 씨의 마지막 질병조차도 이 정도는 아니었어요 그것은 다른 종류였고 통풍이 당사자에게는 아주 고통스러운 거지만 아이가 걸리는 병은 아니니까요 에프 씨가 다리를 발판에 올려놓고 있는 순교자이고 주류업 자체가 분노를 일으키는 것은 사람들이 거의 자기들끼리 하기 때문이에요 누가 이상하게 여길 수 있겠어요, 꿈만 같네요 오늘 아침에는 정말 아무 생각 안 나요 이제 정말로 돈의 보고寶庫를 가졌군요, 그러나 당신 스스로 명심해야 해요 내 사랑 당신이 찻숟가락 정도의 소량을 먹고 그에게 이야기를 다 할 수 있을 정도로 강하진 않을 테니까요, 내 주치의의 지시대로 해보는 게 오히려 최선일지 모르죠 비록 유쾌한 냄새는 아니지만 그래도 나는 억지로 처방대로 했고 효험을 봤거든요, 이유는 묻지 않는 편이 나으니까 묻지 마요 맙소사 나라면 묻지 않겠어요 그래도 나는 그걸 의무인 것처럼 했어요, 모든 사람이 당신을 축하하겠군요 진심으로 축하하는 사람도 있고 그렇지 않은 사람도 있겠지만 많은 사람이 진심으로 축하할 거예요 그러나 나만큼 축하하지는 못할 거예요 그래서 충심으로 확언하는데 비록 큰 실수를 했다는 것과 어리석다는 것은 알지만 진짜 축하해요, 아서가 판단할 거예요 이번만은 도이스와 클레넘이 아니에요 그러니 안녕 내 사랑 그리고 신의 가호가 있기를 그리고 행복하기를 그리고 멋대로 말한 것을 용서하세요, 그 옷은 다른 사람을 시켜서 마무리하지 않고 현재 상태 그대로 기념품으로 두고 작은 도릿이라는 명칭을 붙이겠다고 맹세할게요 어째서 아주 이상한 그런 이름으로 부르는지 나는 그렇게 부른 적이 없고 앞으로도 부르지 않을 거지만 말이에요!"

플로라는 그런 식으로 그녀가 좋아하는 사람과 작별을 고했다. 작은 도릿은 몇 번이고 그녀에게 사의를 표하고 포옹했다. 그러고 나서 최종적으로 클레넘과 함께 바깥으로 나와서 마셜시로 가는 마차를 탔다.

낡고 누추한 거리에서 부유하고 위엄 있는 가공의 세계로 들어 올려진다고 느끼면서 낡고 누추한 거리를 마차를 타고 기묘하고 비현실적으로 지나갔다. 곧 그녀 소유의 마차를 타고 전혀 다른 거리를 지나가게 될 것이고, 그때는 이런 낯익은 경험들이 모두 사라지게 될 것이라는 말을 아서가 하자, 깜짝 놀라는 것 같았다. 그러나 그녀를 그녀의 아버지로 바꿔서, 그가 자신의 마차를 타고 어떻게 다닐 것인지, 얼마나 훌륭하고 위대해 보일지를 이야기하자, 그녀는 기쁨과 순결한 자부심에서 생겨나는 눈물을 자꾸만 흘렸다. 그녀가 실감할 수 있는 행복은 모두 다 아버지를 비추는 것이었기 때문에 아서는 그 인물을 그녀 앞에 단독으로 세워 놓았다. 그렇게 그들은 그에게 희소식을 전하기 위해 감옥 근처 가난한 거리를 마차를 타고 쾌활하게 지나갔다.

근무 중이던 치버리 씨는 그들이 간수실로 들어오자 깜짝 놀랄 만한 뭔가를 그들의 표정에서 읽어내었다. 서둘러 감옥 안으로 들어가는 그들의 뒷모습을 보자니, 그들 각자가 유령을 대동하고 돌아온 것 같았다. 그들이 지나친 두세 명의 학생들도 그들의 뒷모습을 보고는 곧바로 치버리 씨와 합류하여 간수실 계단에서 작은 무리를 이루었다. 그 계단 한복판에서 마셜시의 아버지가 곧 석방될 거라는 수군거림이 저절로 일어났고, 몇 분 지나지 않아 그 수군거림은 학교의 제일 외따로 떨어져 있는 방에서도 들리게 되었다.

작은 도릿이 아버지가 있는 방문을 열고 둘이 안으로 들어갔다. 마셜시의 아버지는 낡은 회색가운을 입고 낡은 검정색 캡을 쓴 채 창가의 햇빛 속에서 신문을 읽고 있었다. 안경을 손에 쥐고 주위를 둘러보던 참이었는데, 처음에 놀랐던 것은 밤이나 돼야 돌아오리라고 생각했던 딸이 계단을 올라오는 소리를 들었기 때문이었고, 다시 놀란 것은 아서 클레넘이 딸과 함께 있는 모습을 보았기 때문이었다. 아래층 마당에서 이미 학생들의 눈길을 끌었던, 예사롭지 않은 둘의 표정이 그들이 들어올 때 그의 눈길을 끌었다. 그는 몸을 일으키거나 입을 열지 않았다. 안경과 신문을 옆 탁자에 내려놓고, 입을 약간 벌리고 입술을 떨면서, 바라보기만 했다. 아서가 손을 내밀자 그 손을 가볍게 만졌지만 평상시 같지는 않았다. 그러고 나서 두 손을 자신의 어깨에 올린 채 옆에 바짝 다가와 앉은 딸에게 시선을 돌렸고, 딸의 얼굴을 주의 깊게 살펴보았다.

"아빠! 오늘 아침에 저는 아주 행복해졌어요!"

"아가, 네가 아주 행복해졌다고?"

"클레넘 씨 덕분이에요, 아빠. 아빠에게 일어난 굉장히 유쾌하고 놀라운 소식을 알려주었거든요. 이 분이 아주 친절하고 상냥하게 그 소식을 들을 준비를 시켜주지 않았으면, 아빠 ― 그 소식을 들을 준비를 시켜주지 않았으면, 아빠 ― 저는 그 소식을 듣고 견뎌내지 못했을 거예요."

그녀는 과하게 흥분한 상태로 눈물을 주르르 흘렸다. 그가 갑자기 가슴에 손을 대더니 클레넘을 바라보았다.

"마음을 가라앉히세요." 클레넘이 말했다. "그리고 천천히 생각해보세요. 인생에서 가장 희망적이고 최고로 운이 좋은 일을 생각하세요. 우리 모두 즐겁고 아주 뜻밖의 일에 대해서 들었던 적이 있잖아요. 그런 일들은 끝난 게 아니에요. 드문 일이긴 하지만 끝난 게 아니라니까요."

"클레넘 씨? 끝난 게 아니라니? 누구에게 끝난 게 아니라는 거지 - ” 그는 “내게 말이오,”라고 하는 대신에 가슴을 살짝 만졌다.

“그래요.” 클레넘이 대답했다.

“어떤 뜻밖의 소식이,” 질문을 하는데, 오른손으로 안경을 탁자 위에 정확히 수평으로 놓고는 왼손을 가슴 위에 댄 채로 말을 멈추었다가 물었다. “어떤 뜻밖의 소식이 내게 일어났다는 거요?”

“다른 질문을 해서 답변에 대신하겠습니다. 도릿 씨, 전혀 기대하지 않았지만 가장 마음에 드는 뜻밖의 소식이 무엇일지 말해보세요. 무엇일지 상상하거나 말하기를 주저하지 말고요.”

그가 클레넘을 뚫어져라 바라보았다. 그리고 그렇게 보는 동안 몹시 늙고 초췌한 사람으로 변하는 것 같았다. 햇살이 창문 너머의 담장에서, 그리고 그 위에 박혀 있는 긴 못에서 밝게 빛났다. 그가 가슴에 댔던 손을 천천히 펼쳐서 담장을 가리켰다.

“담장이 무너졌고,” 클레넘이 말했다. “사라졌어요!”

그는 내내 같은 자세로 클레넘을 뚫어지게 바라보았다.

“그리고 그 대신에,” 클레넘이 천천히 그리고 또박또박 말했다. “그것들이 오랫동안 차단하고 있던 것들을 최대한으로 소유하고 즐길 수 있는 재산을 갖게 됐어요. 도릿 씨, 의심의 여지없이 며칠 내에 자유의 몸이 되고 아주 부자가 될 거예요. 운명의 이런 변화에 대해, 그리고 하늘의 은총으로 당신이 이승에서 획득한 보물 - 당신이 다른 곳에서 가질 수 있는 어떤 재물보다도 뛰어난 재물 - 당신 옆에 있는 보물 - 을 곧 갖고 가게 될 행복한 미래에 대해 진심으로 축하합니다.”

클레넘은 이런 말을 하면서 그의 손을 꼭 쥐었다가 놓아주었다. 그의 딸이 아버지와 얼굴을 마주하고, 그가 겪은 오랜 역경의 세월 동안 사랑과 노고와 진심으로 그를 껴안았던 것처럼, 그의 번영의 순간에 두 팔로 그를 껴안았다. 그리고 감사와 희망, 기쁨과 더없는 환희 등으로 벅찬 가슴을 그에게 털어놓았다.

"제가 아직 본 적이 없는 아빠의 모습을 보게 되었어요. 어두운 구름이 말끔히 걷힌 사랑하는 아빠의 모습을 보게 되었다고요. 오래 전에 불쌍한 엄마가 보았던 대로의 아빠 모습을 보게 되었어요. 아, 아빠, 아빠! 아, 아빠, 아빠! 아, 고마워요, 고마워요!"

마셜시의 아버지는 작은 도릿이 뽀뽀를 하고 포옹을 하도록 내버려두었지만 한쪽 팔을 그녀에게 두르는 거 외에 달리 뽀뽀를 하거나 포옹을 하진 않았다. 또한 한 마디도 하지 않았다. 클레넘을 뚫어져라 보던 눈길로 그녀와 클레넘을 번갈아 보더니 아주 추운 것처럼 덜덜 떨기 시작했다. 아서는 포도주를 가지러 커피하우스에 갔다 오겠노라고 작은 도릿에게 말한 다음에 최대한 서둘러서 그것을 가지고 왔다. 포도주를 지하저장실에서 카운터로 가져오는 동안 많은 사람이 흥분해서 무슨 일인지 물었고, 그는 도릿 씨가 많은 재산을 상속받게 되었다고 서둘러서 알려주었다.

포도주를 가지고 돌아와 보니, 작은 도릿이 이미 아버지를 안락의자에 앉히고 셔츠와 목도리를 느슨하게 풀어준 다음이었다. 그들은 포도주를 큰 잔에 따라서 그의 입술에 대어주었다. 그는 조금 삼킨 다음에 스스로 잔을 잡고 다 비웠다. 그러고 나서는 곧바로 의자에 등을 기대고 손수건으로 얼굴을 가린 채 흐느꼈다.

그런 시간이 잠시 지속되자, 클레넘은 지금이야말로 뜻밖의 소식에 대한 세부내용을 설명해서 그의 주의를 핵심에서 다른 곳으로 돌리기에 적절한 때라고 생각했다. 그래서 천천히 그리고 조용한 목소리로 세부내용을 최대한으로 설명했고, 팽스가 들인 수고의 본질에 대해 세밀하게 설명했다.

"그에게 – 하아 – 그에게 상당한 보상을 하겠소." 마셜시의 아버지가 벌떡 일어나서 방 안을 허둥지둥 왔다갔다하며 말했다. "클레넘 씨, 관련된 모든 사람에게 – 하아 – 틀림없이 관대하게 보상하겠소. 이보시오, 내게 청구한 것이 처리되지 않았다고 하는 사람이 없게 하겠소. 당신에게서 – 흠 – 빌렸던 돈은 특별히 즐겁게 갚겠소. 아들에게 빌려주었던 돈이 얼마인지 편리한 대로 조속히 알려주기 바라오."

특별한 목적이 있어 방 안을 이리저리 서성이는 것은 아니었지만 그는 잠시도 가만히 있질 않았다.

"모든 사람에게," 그가 말했다. "사례하겠소. 누구에게든 빚을 진 채 여기 떠나진 않을 거요. 나와 가족에게 – 하아 – 예절 바르게 행동했던 모든 사람에게 보답하겠소. 치버리에게 보답하겠소. 존도 보답 받아야지. 인색하지 않게 행동하기를 각별히 바라고 또한 그렇게 할 작정이오, 클레넘 씨."

"당장 필요한 비용을 임시로 대드려도 되겠습니까, 도릿 씨?" 아서가 지갑을 탁자 위에 내려놓으며 물었다. "당장 쓸 수 있는 돈을 어느 정도는 갖고 있는 게 나을 거 같은데요."

"고맙소, 고마워. 한 시간 전이었다면 양심상 받을 수 없었겠지만 이제는 기꺼이 받겠소. 잠시 융통해 주겠다니 고맙소. 아주 잠깐이지만 시의적절하군 - 시의적절해." 그의 손이 돈을 움켜쥐더니 집어 들었다. "아까 말했던 빌려줬던 돈에 이 금액도 추가하시오, 그리고 내 아들에게 빌려줬던 돈도 부디 빠뜨리지 않도록 하시오. 내가 요구하는 것은 - 하아 - 총액을 말하기만 하라는 거요."

그 순간 딸에게 시선을 주었다가, 입을 맞추고 딸의 머리를 쓰다듬으려고 잠시 말을 멈추었다.

"얘야, 여성용 모자 만드는 사람을 찾아야겠고, 네가 입고 있는 아주 수수한 의상을 빨리 그리고 완전히 바꿔 입어야겠구나. 매기에게도 뭔가를 해야지, 그 아인 현재 - 하아 - 겨우 흉하지 않은 옷차림을 하고 있는 정도니까, 간신히 흉하지 않은 거 말이야. 그리고 에이미, 네 언니와 오빠도 마찬가지야. 그리고 **내** 동생, 네 삼촌도 - 불쌍한 사람, 이 소식을 들으면 정신을 차리겠지 - 그들을 불러오려면 심부름꾼을 보내야겠다. 그들도 이 소식을 알아야 하니까. 그들에게 이 소식을 조심스레, 하지만 즉시 알려야 해. 지금 이 순간부터 그들이 - 흠 - 그들이 아무 일도 하지 못하게 해야 하니까."

이 말은 그들이 생계를 위해 뭔가를 하고 있다는 사실을 자신이 알고 있었다고 처음으로 암시하는 것이었다.

마셜시의 아버지가 지갑을 손에 쥔 채 방 안을 여전히 왔다갔다 하는데 마당에서 커다랗게 만세 소리가 들려왔다. "소식이 이미 퍼졌군요." 클레넘이 창문에서 밑을 내려다보며 말했다. "도릿 씨, 저들에게 모습을 좀 보여주시죠? 저들이 아주 진지하게 그리고 분명히 원하고 있으니까요."

"내가 - 흠 - 하아 - 고백하자면," 그가 전보다 조금 더 흥분한 기색으로 야단스레 왔다갔다하면서 말했다. "에이미 애야, 먼저 옷을 좀 바꿔 입고 그리고 - 흠 - 줄 달린 시계를 샀으면 좋겠구나. 그러나 지금 차림대로 해야 한다면 그렇게 - 하아 - 그렇게 해야겠지. 애야, 셔츠 칼라를 채워주겠니. 클레넘 씨, 당신 팔꿈치 근처의 그 서랍에 있는 - 흠 - 푸른 목도리를 좀 집어주겠소. 애야, 외투 단추를 가슴께에서는 엇갈리게 채워. 그렇게 채우면 외투가 - 하아 - 외투가 더 넓어 보이거든."

그는 떨리는 손으로 백발을 위로 쓸어 올렸다. 그러고 나서 클레넘과 자기 딸을 지주 삼아 둘의 팔에 기댄 채 창가에 모습을 나타냈다. 학생들이 아주 열렬히 그에게 환호성을 보냈고, 그는 아주 세련되게 그리고 보호하는 투로 그들에게 키스를 보냈다. 방으로 다시 돌아와서는 그들의 비참한 처지를 몹시 동정하는 투로 "불쌍한 사람들 같으니!"라고 했다.

작은 도릿은 아버지가 마음을 가라앉히려면 누워야 하는 게 아닌지 대단히 걱정했다. 아서가 팽스에게 올 수 있는 대로 빨리 와서 그 일을 즐겁게 마무리해도 좋다는 얘기를 하러 가 봐야겠다고 하자, 아버지가 완전히 차분해지고 잠들 때까지 자기와 같이 있어달라고 귀엣말로 간청했다. 그에게 두 번 간청할 필요는 없었기 때문에,

그녀는 잠자리를 준비하고 아버지에게 누우라고 부탁했다. 그녀의 아버지는 죄수들 전체가, 거리가 잘 내다보이는 감옥 창가에서, 자신과 가족이 마차를 타고 영원히 떠나는 모습을 지켜볼 수 있도록 — 그들에게는 볼 만한 거리가 될 거 같다고 했다 — 교도소장이 허락할 것인지 말 것인지의 가능성을 자문자답하며, 반 시간 남짓 좀 더 방 안을 왔다갔다하기만 했지 누우려고 하지 않았다. 그러나 점차 풀이 죽고 지치기 시작했으며 마침내는 침상에 몸을 눕혔다.

그녀는 아버지 옆에 늘 앉던 자리에 정확히 앉아서 그에게 부채질을 해주고 이마를 시원하게 해주었다. 그가(돈이 든 지갑을 여전히 손에 쥐고 있었다) 잠이 든 것 같았는데, 갑자기 일어나서 말했다.

"클레넘 씨, 한 번 더 말해보시오. 이보시오, 내가 — 하아 — 지금 간수실로 감옥을 빠져나가서 — 흠 — 산책할 수 있다고 이해하면 되겠소?"

"그렇게 생각하진 않습니다, 도릿 씨,"라고 클레넘이 마지못해 대답했다. "제출해야 할 관련 서류가 조금 있거든요. 당신을 여기 붙잡아두는 것이 이제는 본질적으로 형식에 불과하지만 아직은 조금 더 지켜야 할 것 같습니다."

그 말을 듣고 그가 다시 눈물을 흘렸다.

"불과 몇 시간이에요." 클레넘이 쾌활하게 설명했다.

"불과 몇 시간이라니." 그가 갑자기 화를 냈다. "몇 시간이라고 너무 쉽게 말하는군! 공기가 부족해서 질식할 지경인 사람에게 한 시간이 얼마나 길 것 같소?"

그것이 그 시간에 대해 그가 마지막으로 감정을 드러내고 한 말이었다. 눈물을 좀 더 흘리고 숨을 쉴 수 없다고 투덜거리며 불평한 후에 천천히 잠들었기 때문이다. 클레넘은 조용히 앉아서 침상에 누워 있는 그를 보노라니, 그리고 그의 얼굴에 부채질을 해주는 그의 딸을 보노라니 생각나는 게 많았다.

작은 도릿도 생각에 잠겨 있었다. 그녀가 아버지의 흰머리를 살며시 옆으로 넘기고 이마에 입술을 맞춘 다음에 아서 쪽을 보자, 아서가 그녀 쪽으로 좀 더 다가갔다. 그녀는 생각하고 있던 문제를 작은 소리로 속삭였다.

"클레넘 씨, 아빠가 여길 떠나기 전에 빚을 마저 갚아야 하나요?"

"물론이야. 전부 다 갚아야지."

"아빠가 제 평생토록 그리고 그보다 더 길게 여기에 갇혀 있었는데도 빚을 마저 갚아야 한다고요?"

"물론이다."

그녀의 표정에 뭔가 반신반의하고 항의하는 기미가, 전혀 만족스러워하지 않는 기미가 어렸다. 그는 그런 기색을 눈치 채고 의아하게 여기며 물었다.

"아버지가 그렇게 하는 게 너도 기쁘지?"

"선생님은 어떠세요?" 작은 도릿이 불만인 듯이 물었다.

"어떠냐고? 아주 진심으로 기뻐!"

"그렇다면 저도 기뻐해야겠네요."

"그런데 그렇지 않다는 거니?"

"제 생각에는 가혹한 거 같아요." 작은 도릿이 말했다. "아빠가 그렇게 오랜 세월을 잃고 또 그렇게 많은 고생을 하고도 결국엔 빚도 마저 갚아야 한다니 말이에요. 아빠가 인생과 돈 양쪽으로 갚아야 한다는 게 제 생각에는 가혹한 거 같아요."

"애야-" 클레넘이 말을 시작하려고 했다.

"그래요, 저도 제가 틀렸다는 걸 알아요." 그녀가 머뭇거리며 변명했다. "절 조금이라도 나쁘게 생각하진 마세요. 제가 감옥에 있는 동안 계속해서 들었던 생각이니까요."

아주 많은 것을 못 쓰게 만들 수 있었던 감옥이 작은 도릿의 마음은 그 정도밖에 더럽히지 못했다. 혼란스러운 그 생각은 불쌍한 죄수인 자신의 아버지에 대한 동정심에서 나온 것이긴 했지만, 감옥이라는 환경이 그녀에게 묻힌 얼룩으로 클레넘이 처음 보는 얼룩이었고 앞으로도 다시 못 볼 얼룩이었다.

그런 생각이 들자 그는 더 이상 말하지 않았다. 그 생각을 하자 그녀의 순수함과 착함이 더할 수 없이 환하게 다가왔기 때문이다. 그 작은 얼룩이 그녀의 순수함과 착함을 더 아름답게 해주었던 것이다.

자신의 감정에 지쳐서 그리고 방 안의 정적에 굴복해서 그녀의 손이 천천히 늦춰지더니 부채질하는 동작이 멈추었고 아버지 옆의 베개에 머리를 떨어뜨렸다. 클레넘은 조용히 일어나서 살며시 문을 닫고 감옥을 빠져나와 소란스러운 거리로 적막을 가지고 갔다.

36 마셜시가 고아가 되다

　이제 도릿 씨와 그의 가족이 감옥을 영원히 떠나, 수없이 밟던 감옥 보도의 돌들을 더 이상 밟지 않게 될 날이 다가왔다.

　그때까지의 기간은 짧았지만 도릿 씨는 너무 길다고 대단히 불평했고, 늦어지는 것에 대해 럭 씨에게 고압적으로 나섰다. 럭 씨에게 오만하게 대했고 다른 사람을 고용하겠다고 협박했다. 럭 씨에게 자기가 감옥에 있다는 사실을 이용하지 말라고 하면서, 직분을 다하시오, 그리고 신속하게 하시오, 라고 요구했다. 럭 씨에게 변호사들, 대리인들이 뭐 하는 사람들인지 안다고, 사기를 당하지는 않겠다고 했다. 그 신사가 자기는 최대한 노력하고 있다고 겸손하게 주장하자, 패니 양은 돈이 문제가 아니라는 이야기를 열두 번은 들었을 텐데 뭘 덜할 수 있는지 알고 싶다고 아주 퉁명스럽게 말했고, 그가 누구와 이야기하고 있는지 잊어버린 거 아니냐는 의심을 표현했다.

　오랫동안 교도소장의 자리에 있었고 그때까지 다툰 적이 없었던 그 소장에게 도릿 씨가 엄하게 행동했다. 그 관리는 개인적으로 축하를 전하면서 관사에 있는 방 두 개를 떠날 때까지 자유롭게 사용하라고 권했다. 도릿 씨는 그 자리에서 고맙다고 하고 생각해보겠노라고 대답했다. 그러나 소장이 돌아가자마자 앉아서 신랄한 편지를 써 보냈다. 편지에, 전에는 소장님의 축하를 받는 영광을 한 번도 누린 적이 없으며(그건 맞는 말이었다, 비록 특별히 축하할 만한 일이 정말로 없었지만 말이다), 그의 제안이 사심 없는 것이라는 점과 세속적 고려가 전혀 없는 것이라는 점을 생각하면 감사해야 마땅하지만 자신과 가족을 대표하여 소장님의 제안을 거절해야겠다고 썼다.

그의 동생이 바뀐 운명에 대해 워낙 미약한 관심만 보였기 때문에 동생이 바뀐 운명을 이해하고 있는지 몹시 의심스러웠지만, 도릿 씨는 자기를 위해 불러들인 메리야스 업자와 양복장이, 모자 만드는 사람과 구두 만드는 사람에게 동생의 복장 치수를 새로 재라고 시켰고, 옛날 옷들은 뺏어서 불태우라고 지시했다. 패니 양과 팁 군에게는 한창 유행하고 있는 우아한 외관을 갖추라고 지시할 필요가 없었다. 그리고 그들 셋은 근처의 가장 좋은 호텔에서 그 기간을 같이 보냈다─패니 양의 말대로, 가장 좋은 호텔이라고 해도 상당히 뒤떨어지는 호텔이라는 게 사실이었지만 말이다. 호텔에 머무는 동안, 팁 군은 이륜유개마차二輪有蓋馬車와 말과 마부, 즉 아주 말쑥한 마차 일습을 빌렸고, 이후 그 마차가 보통 한 번에 두세 시간씩 마셜시 마당 바깥의 버러 하이 가를 우아하게 빛내는 모습을 볼 수 있었다. 빌려 놓은 수수하고 작은 쌍두마차 역시 그곳에서 자주 볼 수 있었는데, 패니 양은 그 마차에서 내리고 탈 때 범접하기 어려운 보닛을 과시해서 교도소장의 딸들을 당황하게 했다.

짧은 기간 동안 많은 사무가 처리되었다. 그중에서도 특히 모뉴먼트 야드의 변호사인 페들 씨와 풀 씨는 그들의 의뢰인인 에드워드 도릿 님에게서 24파운드 9실링 8펜스를 동봉해서 아서 클레넘 씨 앞으로 편지를 보내라는 지시를 받았는데, 그 금액은 그들의 외뢰인이 클레넘 씨에게 빚지고 있다고 생각하는, 연 5퍼센트의 비율로 계산한 원금과 이자의 액수였다. 그런 이야기를 전하고 돈을 송금하면서, 페들 씨와 풀 씨는 (통행료[11]를 포함하여) 지금 갚는 돈을 빌려줬던 호의는 원래 자신이 그에게 요청했던 것이 아니었으며 그호의를 자기 명의로 공공연하게 제공했다면 받지도 않았을 거라는 사실을 클레넘 씨에게 주지시키라는 지시를 의뢰인에게서 추가로 받았다. 그 일을 하면서 그들은 지시받은 대로 인지 붙인 영수증[12]을 요구했다. 곧 고아가 될 마셜시에서도 오랫동안 그곳의 아버지였던 도릿 씨는 마찬가지로 많은 사무를 처리해야 했는데, 주로 학생들이 적은 액수의 돈을 그에게 요청하는 데에서 생겨난 사무였다. 이런 요청에 대해, 그는 최대한으로 너그럽게 그리고 형식상의 절차를 다 밟아서 답장을 보냈다. 요청한 사람이 도릿 씨 자신의 방에서 자신을 모실 수 있는 시간을 정해주는 편지를 언제나 먼저 보냈고, 그다음에는 서류들이 엄청나게 쌓여있는 가운데 요청한 사람을 맞이했으며, 기부를 하면서는(그럴 때마다 "빌려주는 게 아니라 기부하는 거네,"라고 했기 때문에) 머무를 기간이 끝나가는 마셜시의 아버지인 자신이 이런 곳에서조차 누구든 그 나름의 그리고 일반 사람들의 존경을 잃지 않을 수 있다는 본보기로 오랫동안 기억되었으

---

[11] 채무자들은 석방되기 전에 감옥의 출입문을 통과하기 위해 통행료를 내야 했는데, 디킨스의 아버지도 마셜시에서 석방되기 전에 10실링 10펜스를 낸 바 있다.

[12] 영수증이 법적 효력을 지니기 위해서는 인지를 붙이고 서명이 되어 있어야 했다.

면 좋겠다는 취지로 충고를 잔뜩 늘어놓았다.

학생들은 질투하지 않았다. 오랫동안 머물렀던 학생을 개인적으로 그리고 전통적으로 존경해서 그런 점도 있지만, 그 일이 학교에 명예가 되고 학교를 신문지상에서 유명하게 만들어주었기 때문이다. 운이 좋았다면 그런 일이 자신에게 일어날 수 있었다거나, 비슷한 일이 언젠가는 일어날지 모른다는 사실을 그들이 전적으로 의식한 건 아니더라도 상상했을 가능성은 많았다. 그들은 그 일을 썩 잘 받아들였다. 뒤에 남겨진다는 생각, 그것도 가난하게 남겨진다는 생각에 침울해하는 학생들이 몇몇 있었지만, 그들조차도 그 가족의 운명이 눈부시게 역전된 것에 대해 시샘하지는 않았다. 좀 더 품위 있는 신분을 지닌 사람들이었다면 훨씬 더 시샘했을지 모른다. 보통의 재산을 지닌 사람들이 그날그날 먹고사는 학생들보다 – 전당포 주인의 손을 거쳐 하루의 저녁을 해결하는 학생들보다 – 덜 관대한 경향이 있는 거 같으니까 말이다.

학생들이 그에게 드리는 인사말을 유리를 끼운 말쑥한 틀에 넣어서 증정했고(그러나 그것이 나중에 그 가족의 저택에 전시되거나, 가문의 문서 중 일부로 보존되거나 하진 않았다), 그는 그것에 대해 품위 있는 답신을 보냈다. 그 답신에서 도릿 씨는 그들이 표현한 애정의 고백을 그 진실성을 완전히 확신하며 받아들이노라고 위엄 있게 확언했고, 그들에게 자신의 선례를 따르라고 다시 개괄적으로 훈계했다 – 최소한 막대한 부동산을 물려받는 일에 대한 것이었다면 그들이 기꺼이 따라 했으리라는 점은 의심할 나위가 없었다. 그는 학교의 학생들 전부를 마당에 초대해 포괄적으로 환대를 베푸는 그런 자리를 만들어서, 뒤에 두고 떠나게 될 모든 사람의 건강과 행복을 위해 작별의 잔을 들고 싶다고 했다.

그가 그 공개적인 식사 자리에서 친히 식사하지는 않지만(그 자리는 오후 두 시에 있었고 호텔에 시킨 그의 저녁식사는 여섯 시나 되어서야 도착했다), 그의 아들은 주 테이블의 상석에 앉아서 아주 허물없고 매력적으로 행동했다. 직접 손님 사이를 돌아다니면서 그들 각각에게 관심을 보였고, 음식물이 주문한 품질대로 모두 다 제공되도록 조치했으니, 대체로 기분이 아주 좋은 옛날의 귀족 같았다. 식사가 끝나갈 때 그는 오래된 백포도주를 가득 채운 잔으로 손님들을 위해 축배를 들었다. 그리고 지금까지 즐거운 시간 가졌기를 희망하며, 또한 나머지 저녁시간도 즐겁게 보냈으면 좋겠다고 했다. 행운을 바란다고 했고 환영한다고 했다. 손님들이 환호성을 울리며 그의 건강을 위해 건배하자, 그는 감사의 말을 하려다가, 노예에 불과한 그들에 대한 동정심에 사로잡힌 것처럼 감정을 주체하지 못하고 그들 모두 앞에서 눈물을 터뜨릴 정도로 결국 그다지 귀족적이지 못했다. 본인은 실수했다고 생각했지만 이러한 엄청난 성공을 거둔 후에 손님들에게 "치버리 씨와 동료 간수들"을 소개했다. 간수 각자에게 미리 10파운드씩 건네주었기 때문에 그들 모두 그 자리에 참석했다. 치버리 씨가 건배를 제안하며, 여러분이 안전한 곳에 넣어두려고 했던 것은 안전한 곳에 넣어두시오, 그러나 족쇄를 차고 있는 아프리카 흑인의 말을 빌리자면 여러분은 영원히 같은 인간이고 같은 형제라는 사실을 명심하시오, 라고 말했다. 건배할 목록이 다 처리되자 도릿 씨는 자기 다음으로 오래 거주했던 학생과 구주희 놀이하는 동작을 점잖게 취했고, 그곳에 세 들어있는 학생들이 각자 기분전환을 하도록 했다.

그러나 이 모든 일은 마지막 날 이전에 일어났던 일이었다. 이제 도릿 씨와 그의 가족이 감옥을 영원히 떠나, 수없이 밟던 감옥 보도의 돌들을 더 이상 밟지 않게 될 날이 다가왔다.

정오가 출발하기로 정해진 시간이었다. 그 시간이 다가오자 방 안에 남아있는 학생도, 자리를 비운 간수도 하나 없었다. 간수들은 나들이옷을 입었고 대부분의 학생은 상황이 허락하는 한 최대한으로 밝게 차려입었다. 두세 개의 깃발이 내걸리기도 했고, 아이들은 자질구레한 장식용 끈들을 걸쳤다. 그 괴로운 시간에도 도릿 씨 자신은 진심으로 품위 있는 위엄을 잃지 않았다. 그는 동생을 상당히 배려했는데, 그토록 중요한 때에 동생이 취할지 모르는 태도에 대해 불안했던 것이다.

"프레드릭," 그가 말했다. "내게 팔짱을 끼면 친구들 사이를 함께 지나갈 수 있을 거야. 우리가 팔짱을 끼고 나가는 게 적절할 것 같구나, 프레드릭."

"하아!" 프레드릭이 입을 열었다. "응, 그래, 그렇지, 맞아."

"그리고 프레드릭, 만일 – 많이 불편하지 않은 한도에서 네가 약간의 (용서하렴, 프레드릭), 약간의 품위를 평소의 태도에 더할 수 있다면 – "

"윌리엄, 윌리엄," 상대가 고개를 가로저으며 말했다. "그 모든 건 형이 할 일이야. 난 어떻게 하는지 몰라. 모두 잊어버렸거든, 잊어버렸다고!"

"그러나, 동생," 윌리엄이 대꾸했다. "다른 이유가 아니라 바로 그 이유 때문에라도 정신 차리고 적극적으로 노력해야 하는 거야. 잊어버린 것을 이제 기억해내야 하거든, 프레드릭. 네 지위가─"

"뭐라고?" 프레드릭이 물었다.

"네 지위 말이야, 프레드릭."

"내 지위라고?" 그가 처음에는 자신의 모습을, 그다음에는 형의 모습을 쳐다보았다. 그러고 나서 한숨을 쉬며 큰 소리로 말했다. "하아, 맞아! 그래, 그렇지, 맞아."

"프레드릭, 이제 네 지위는 높아. 내 동생이기 때문에 아주 높은 지위란 말이야. 그 지위에 알맞은 사람이 되고, 그 지위를 아름답게 꾸미려고 노력하는 것이 너의 성실과 성격에 맞는다고 생각해. 그 지위에 망신거리가 되지 않게 하고 그 지위를 아름답게 꾸미는 거 말이야."

"윌리엄 형," 상대가 약하게 그리고 한숨을 쉬며 말했다. "형이 바라는 일이라면 할 수 있는 한 뭐든 할 테니까, 내가 지는 능력이 얼마나 부족한 것인지만 기억해줘. 형이 오늘 내게 바라는 게 뭐야? 뭔지 말해봐, 그냥 말만 하라니까."

"프레드릭, 전혀 없어. 너처럼 착한 마음을 가진 사람을 번거롭게 할 정도의 가치는 없어."

"제발 번거롭게 해줘." 상대가 말을 받았다. "형을 위해 하는 일이면 뭐를 하든 조금도 번거롭지 않아."

윌리엄이 두 눈을 쓰다듬으며 만족한 투로 당당하게 중얼거렸다. "너의 애정에 신의 가호가 있기를!" 그러고 나서 큰 소리로 말했다. "그래, 프레드릭, 우리가 걸어 나갈 때 걸어 나가는 그 순간을 의식하고 있다는 점을 보여주려고만 한다면 — 네가 그 순간에 대해 생각하고 있다는 점을 —"

"그 순간에 대해 뭘 생각하라는 거야?" 동생이 고분고분하게 되물었다.

"오오! 프레드릭, 내가 뭐라고 대답할 수 있겠니? 이 착한 사람들을 떠나면서 나 자신이 생각하는 바를 말할 수 있을 뿐이지."

"바로 그거야!" 동생이 크게 말했다. "그게 도움이 될 거야."

"부드러운 동정심이 주조를 이루겠지만 이런저런 감정을 복잡하게 느끼면서, 나 없이 그들이 어떡하지! 라는 문제를 생각할 것 같아, 프레드릭."

"맞아." 동생이 대답했다. "응, 그래, 그렇지, 맞아. 걸어 나갈 때 그 문제를 생각해야겠어, 형 없이 그들은 어떡하지! 불쌍한 것들! 형 없이 어떡해!"

열두 시를 막 쳤을 때 마차가 바깥쪽 마당에 대령했다고 보고되었고, 두 형제는 팔짱을 끼고 아래층으로 내려왔다. 에드워드 도릿 님과(전에는 팁이었다) 그의 동생 패니 역시 팔짱을 끼고 따라갔다. 플로니쉬 씨와 매기는, 그들에게는 옮길 만한 가치가 있다고 여겨지는 가재家財들을 옮기는 일이 맡겨졌는데, 수레에 실을 꾸러미와 짐을 들고 따라갔다.

　마당에는 학생들과 간수들이 모여 있었다. 마당에는 팽스 씨와 럭 씨가 와 있었는데, 자신들이 한 일에 마무리 손질이 더해지는 것을 보러 온 것이었다. 마당에는 존도 있었는데, 비탄에 잠겨서 죽는 순간을 맞이하여 자신을 위한 비문을 새로 짓고 있었다. 마당에는 가부장적인 캐스비도 와 있었는데, 대단히 자애롭게 보여서 많은 학생이 그의 손을 열광적으로 꼭 잡았고, 한층 더 많은 학생의 부인들과 여성 친지들이 그의 손에 입을 맞추었으니, 그가 그 모든 짓을 저질렀으리라는 의심은 조금도 품지 않았던 것이다. 마당에서는 그런 장소에서만 사람들이 보통 이구동성으로 내는 소리가 들렸다. 마당에는 교도소장이 착복한 기부금에 대해 희미하게 불만을 지닌 사람도 와 있었는데, 그는 아침 다섯 시에 일어나서 그 처리 과정의 도저히 이해할 수 없는 내력에 대해 사본 만드는 일을 마무리하고서, 정부를 망연자실하게 만들고 교도소장의 몰락을 가져오도록 의도된 그 사본을 대단히 중요한 문서라며 도릿 씨에게 맡아 달라고 했다. 마당에는 빚을 지려고 언제나 최대한으로 애쓰는 파산자도 와 있었는데, 그는 다른 사람들이 감옥에서 탈출하려고 노력하는 만큼 감옥에 난입하려고 노력했지만 언제나 결백이 증명되었고 칭찬을 들었다. 그에 반해, 그의 옆에 있는 파산자는 — 빚 없이 살기 위해 걱정하고 노력하느라 반쯤 녹초가 된, 작고 홀쭉이고 분투하는 소매상인에 불과한 사람이었다 — 담당자가 자신을 석방하도록 만들기가 정말로 어렵다는 사실을 수많은 책망과 질책을 듣고서야 깨달았다. 마당에는 자식들도 많고 걱정도 많은 사람도 와 있었는데, 그의 파산은 모든 사람을 놀라게 했다. 마당에는 자식은 없고 꾀만 많은 사람도 와 있었는데, 그의 파산은 아무도 놀라게 하지 않았다. 거기에는 늘 내일 나가려고 하다가 늘 연기하는 사람들도 와 있었다. 거기에는 어제 들어왔지만 이와 같은 행운의 변덕에 대해 경험 많은 죄수들보다 훨씬 더 질투하고 분노하는 사람들도 와 있었다. 거기에는 부자가 된 학생과 그의 가족 앞에서 순전히 거지 근성 때문에 굽실거리고 고개를 숙이는 사람들도 몇몇 와 있었다. 거기에는 감금과 빈곤이라는 어둠에 익숙해진 눈이 대단히 밝은 햇살이라는 광선을 정말로 감당할 수 없어서 굽실거리고 고개를 숙이는 또 다른 사람들도 와 있었다. 거기에는 고기와 술을 먹으라고 그의 주머니에 몇 실링씩 넣어주었던 사람도 많이 와 있었지만, 그 사실을 믿고, 어이, 친구 잘 만났네! 라고 주제넘게 나서는 사람은 하나도 없었다. 새장에 든 새들은, 아주 장중하게 자유의 몸이 되려는 새에 대해 약간 주뼛주뼛했고 쇠창살 쪽으로 물러났다가 그가 지나갈 때 약간 흥분하는 듯이 보였다고 오히려 말할 수 있었다.

두 형제가 맨 앞에 선 작은 행렬이 이들 구경꾼들을 거쳐 출입문 쪽으로 천천히 움직였다. 도릿 씨는 불쌍한 사람들이 자기 없이 어떻게 지내지, 라는 문제를 엄청나게 생각하다가 대단히 슬픈 생각이 들었지만 그 생각에 몰두하지는 않았다. 그는 아이들의 머리를 예배

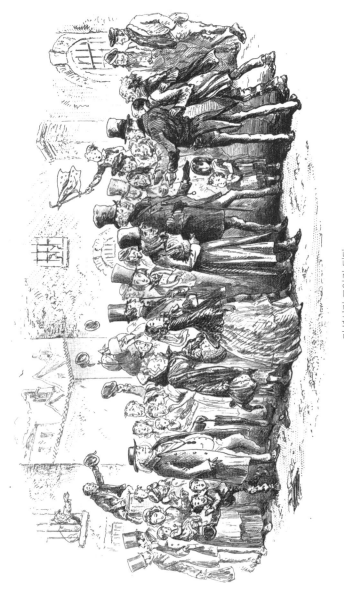

마셜시가 아이를 잃다

보러 가는 로저 드 커벌리 경[13]처럼 쓰다듬었고, 뒤쪽에 있는 사람들을 세례명으로 불렀다. 그리고 참석한 모든 사람에게 거들먹거리면서 그들을 위로하기 위해 "위로를 받아라, 내 백성들아! 견뎌내라!"라고 황금글자로 써넣은 제명題銘에 둘러싸여서 걷는 체했다.

세 차례에 걸쳐 솔직하게 울려 퍼진 만세 소리가 그가 출입문을 통과했고 마셜시는 고아가 되었다는 사실을 마침내 공표했다. 만세 소리가 감옥 담장에 메아리쳤다가 그치기 전에, 도릿 씨 가족이 마차에 탔고 수행원이 디딤판을 집었다.

바로 그때, 그 전은 아니었다. 패니 양이 갑자기 소리쳤다. "맙소사! 에이미가 없어!"

그녀의 아버지는 그녀가 언니와 같이 있을 거라고 생각했었고, 그녀의 언니는 그녀가 "어디엔가" 있을 거라고 생각했었다. 자신들이 언제나 그랬던 것처럼 적절한 순간에 적절한 장소에서 차분하게 있는 그녀를 볼 수 있으리라고 모두 믿었던 것이다. 이대로 떠난다면 그녀 없이 살아가는 삶의 바로 첫 번째 행동이 되었을 것이다.

에이미를 찾느라 일 분쯤 소비되었을지 모르겠다. 그때 마차의 그녀 좌석에서 간수실로 통하는 길고 좁다란 길을 내다보던 패니 양의 얼굴이 분노로 달아올랐다.

"이런, 아빠," 그녀가 큰 소리로 말했다. "수치스러워요!"

"패니, 뭐가 수치스럽다는 거니?"

---

[13] 조지프 애디슨(Joseph Addison, 1672~1719)과 리처드 스틸(Richard Steele, 1672~1729)이 창간한 『스펙테이터』에 등장하는 희극적인 시골신사.

"제 말은," 그녀가 되풀이했다. "더할 나위 없이 부끄럽다고요! 지금 같은 순간에도 차라리 정말 죽고 싶게 만들 정도로요! 그 아이 에이미가, 그토록 고집 부리던, 옛날의 추하고 누추한 옷을 입은 채, 이리로 오고 있어요, 아빠. 그 옷을 바꿔 입으라고 거듭거듭 간청하고 부탁했지만, 그 아인 저 안에 아빠와 같이 있는 동안은 그 옷을 입고 싶다고 하면서 – 아주 저급하고 완전히 공상적인 허튼소리죠 – 거듭거듭 반대하다, 오늘 바꿔 입겠다고 약속했어요. 그 아이 에이미가 결국 그 옷을 입은 채로 안겨서, 마지막 순간까지 그리고 마지막 순간에 우리를 욕보이고 있어요. 그것도 그 클레넘 씨에게 안겨서 말이에요!"

그녀가 비난하는 말을 할 때 그것이 사실임이 입증되었다. 클레넘이 작고 의식이 없는 그 인물을 양팔에 안은 채 마차 문에 나타났던 것이다.

"따님을 잊으셨더군요." 그가 유감스럽다는 투로 말했는데 비난하는 기색이 섞여 있었다. "그녀의 방에 달려 올라갔다가(치버리 씨가 알려주었거든요) 문이 열려 있는 것을 보았고, 졸도한 채 바닥에 쓰러져 있는 것을 발견했어요, 귀여운 아이가 말이에요. 옷을 바꿔 입으려고 갔다가 무리했던 탓에 쓰러진 것 같더라고요. 만세 소리가 울렸을 때일 수도 있고, 그보다 전일 수도 있겠죠. 도릿 양, 이 불쌍하고 차가운 손을 잡아요. 떨어뜨리지 말고요."

"고맙습니다." 도릿 양이 눈물을 터뜨리며 대답했다. "내게 말미를 주면 어떻게 해야 할지 알 거 같아요. 에이미야, 눈 좀 떠래, 그게 사랑이거든! 아, 에이미, 에이미, 정말로 아주 짜증스럽고 수치스럽구나! 정신 차려, 애야! 아, 왜 마차를 몰지 않지! 제발, 아빠, 어서 가요!"

클레넘과 마차의 문 사이에 끼어있던 수행원이 "실례합니다, 선생님!"이라고 날카롭게 말한 후 디딤판을 접었다. 그리고 그들은 마차를 타고 떠났다.

***

(3권으로 이어집니다.)

한국연구재단 학술명저번역총서 서양편·718

작은 도릿 ❷

| 발 행 일 | 2014년 1월 5일 초판 인쇄 |
| | 2014년 1월 15일 초판 발행 |

원 제	*Little Dorrit*
지 은 이	찰스 디킨스(Charles Dickens)
옮 긴 이	장 남 수
책임편집	이 지 은
편 집	조 소 연
펴 낸 이	김 진 수
펴 낸 곳	**한국문화사**
등 록	1991년 11월 9일 제2-1276호
주 소	서울특별시 성동구 아차산로 3(성수동 1가) 502호
전 화	(02)464-7708 / 3409-4488
전 송	(02)499-0846
이 메 일	hkm7708@hanmail.net
홈페이지	www.hankookmunhwasa.co.kr

책값은 15,000원입니다.

잘못된 책은 바꾸어 드립니다.
이 책의 내용은 저작권법에 따라 보호받고 있습니다.

ISBN 978-89-6817-088-1 04840
ISBN 978-89-6817-086-7 (전4권)

이 도서의 국립중앙도서관 출판시도서목록(CIP)은
서지정보유통지원시스템 홈페이지(http://seoji.nl.go.kr)와
국가자료공동목록시스템(http://www.nl.go.kr/kolisnet)에서
이용하실 수 있습니다.(CIP제어번호: CIP2013026857)

'한국연구재단 학술명저번역총서'는 우리 시대 기초학문의 부흥을 위해
한국연구재단과 한국문화사가 공동으로 펼치는 서양고전 번역간행사업
입니다.